KNAUR

Im Knaur Taschenbuch Verlag sind bereits folgende Bücher des Autors erschienen:
Der Bastard von Tolosa
Die Comtessa

Über den Autor:
Ulf Schiewe wurde 1947 geboren. Eigentlich wollte er Kunstmaler werden, doch statt der »brotlosen Kunst« machte er Karriere in der Industrie und lebte lange Jahre im Ausland, darunter in Frankreich, Schweden und Brasilien. Seit frühester Jugend liebt Ulf Schiewe historische Romane und spannende Geschichten in exotischer Umgebung. Ulf Schiewe ist verheiratet, hat drei erwachsene Kinder und lebt in München.
Besuchen Sie den Autor auf seiner Homepage: www.ulfschiewe.de

ULF SCHIEWE

Das Schwert des Normannen

ROMAN

KNAUR

Besuchen Sie uns im Internet:
www.knaur.de

FSC
www.fsc.org
MIX
Papier aus verantwortungsvollen Quellen
FSC® C083411

Originalausgabe Oktober 2013
Knaur Taschenbuch

Ein Unternehmen der Droemerschen Verlagsanstalt
Th. Knaur Nachf. GmbH & Co. KG, München.

Redaktion: Kerstin von Dobschütz
Umschlaggestaltung: ZERO Werbeagentur, München
Umschlagabbildung: FinePic®, München
Karte: Computerkartographie Carrle
Satz: Adobe InDesign im Verlag
Druck und Bindung: CPI books GmbH, Leck
ISBN 978-3-426-51316-3

2 4 5 3 1

Inhalt

Die Flucht 9
Der Wolf der Abruzzen 31
Ankunft in Melfi 63
Die Hochzeit 81
Wegelagerer 111
Monte Gargano 146
Drogos Zorn 172
Der Statthalter von Bisignano 203
Unruhe in Melfi 236
Tödliche Verschwörung 263
Der neue Mann 279
Onfrois Kundschafter 303
Civitate 327
Die Entscheidung 351
Epilog 385
Nachwort des Autors 395

Mar
Adriatico
Chieti
Casauria
Roma
Sora
Civitate
Monte Sant'Angelo
Aquina
Monte Cassino
Siponto
Canne
Teano
Troia
Trani
Fondi
Gaeta
Benevento
Ascoli
Bari
Conversano
Capua
Melfi
Andria
Aversa
Venosa
Genzana
Monopoli
Napoli
Avellino
Acerenza
Brindisi
Amalfi
Salerno
Taranto
Paestum
Grumento
Otranto
Policastro
Castrovillari
Scribla
Rossano
San Marco
Bisignano
Mar Tirreno
S. Severina
S. Euphemia
Catanzaro
Tropea
Mileto
Messina
Palermo
Rometta
Reggio
Troina
Mazara
Castriogiovanni
Paterno
Catania
Agrigento
Siracusa
N
W
O
S
0
200 km

Die Flucht

In der Nacht fielen Bewaffnete über unser Dorf her, sprangen von den Pferden und warfen Brände auf die strohgedeckten Hütten.

Manches, was dann geschah, sehe ich noch in allzu schrecklicher Deutlichkeit vor mir, vieles dagegen nur schemenhaft, denn ich war nicht mehr als ein Dreikäsehoch von vielleicht fünf Jahren. Ich muss bei meiner Mutter gelegen haben. Die Wärme ihres weichen Leibes und ihr schwacher Geruch von Milchbrei und Herdfeuer sind mir als Letztes in Erinnerung geblieben. Und natürlich, wie sie starb.

Beim ersten Gebrüll war sie hochgefahren und hatte gelauscht. Doch bevor sie mich an sich reißen und flüchten konnte, wurde die Tür eingetreten. Zwei Kerle drängten lärmend unter dem niedrigen Türbalken ins Innere der Hütte. Vor dem flackernden Feuerschein draußen wirkten ihre dunklen Gestalten wie Dämonen aus dem Höllenreich. Lange Schwertklingen blitzten in den Fäusten, suchten nach Gegnern. Dann bemerkten sie die schlanke Form meiner Mutter, die sich zitternd erhoben hatte, während ich mich an ihren Hemdzipfel klammerte.

Sie tauschten einen grinsenden Blick aus, bevor sie meine Mutter packten und in die Knie zwangen. Mit einem Ruck rissen sie ihr das dünne Leinenhemd vom Leib und starrten gierig auf ihre nackten Brüste. Mich kegelte ein Fußtritt zwischen die Töpfe und Pfannen an der Kochstelle.

Rücklings warfen sie meine Mutter auf das Lager, einer hielt sie fest, während der andere sich entblößte und auf sie stürzte. Sie kreischte wie besessen, suchte sich ihnen zu entwinden. Doch die Männer lachten nur über ihre vergebliche Mühe. Noch immer habe ich den nackten Hintern des Kerls vor Augen, der als Erster in sie eindrang, und bekomme Gänsehaut bei der Erinnerung an ihre spitzen Schreie. Es dauerte nicht lange, da war der andere an der Reihe. Noch einmal versuchte sie, sich zu wehren. Da wurden die Kerle wütend und schlugen auf sie ein, bis ihr Widerstand erlahmte und ich sie nur noch ächzen und wimmern hörte.

Schlimmer noch war die plötzliche Stille, die dann folgte, so unerträglich, dass ich mich mit einem Schrei gegen den Mann warf, der noch auf ihr lag, und ihm ein Küchenmesser ins Bein rammte. Gewiss nicht tief, dazu fehlte mir die Kraft, doch genug, dass er brüllend nach mir trat, von meiner Mutter abließ und sein Schwert vom Boden hob. Fast träge holte er aus und hätte mich mit einem Hieb in Stücke gehauen, wären da nicht zwei eiserne Fäuste gewesen, die mich von hinten packten und außer Reichweite rissen.

»Nicht den Jungen, ihr Schwachköpfe«, hörte ich eine tiefe Stimme. »Wegen dem sind wir doch nicht hier. Und hört auf, euch wie Säue zu benehmen.«

Ich strampelte wie wild und schrie nach meiner Mutter. Die beiden Schänder zogen beschämt ihre Beinkleider hoch. Sie selbst lag mit stierem Blick auf dem zerwühlten Lager und rührte sich nicht mehr.

»Verdammte Scheiße«, hörte ich meinen Retter bei dem Anblick murmeln, bevor er sie anherrschte. »Durchsucht alles nach Brauchbarem. Und dann raus hier.«

Er klemmte sich meinen kleinen Körper unter den Arm und zwängte sich durch die niedrige Tür. Einen letzten Blick auf die gebrochene Gestalt meiner Mutter konnte ich noch erhaschen, dann war sie für immer aus meinem Leben verschwunden.

Mein Schreien und Treten führte nur dazu, dass ich kurzerhand am Arm über den Erdboden aus der Hütte geschleift wurde. Draußen war der Anblick kaum besser. Brennende Dächer, vom Wind zu lodernder Brunst gefächelt, warfen ihren roten Schein auf ein paar Leichen, die auf dem Dorfplatz lagen. Hühner und Gänse stoben panisch davon, während die Krieger das Vieh zusammentrieben. Zwei heulende Mädchen, fast Kinder noch, wurden an Händen und Füßen gefesselt und wie Mehlsäcke auf einen der Gäule geworfen. Die übrigen Dörfler standen halbnackt und zitternd im kalten Nachtwind und schauten fassungslos zu, wie ihr Dorf niederbrannte.

Der Mann, der mich aus der Hütte gezerrt hatte, hob mich hoch und starrte mir ins tränennasse Gesicht. Ein Hüne von einem Kerl, wenn auch noch jung. Schlank war er und doch muskulös mit massigen Schultern, gutaussehend auf eine kantige Art, mit tiefliegenden Augen und blonden Strähnen, die sein Gesicht umwehten. Ich hasste ihn und versuchte, ihm ins Gesicht zu spucken.

»Nun gib endlich Ruhe, du kleiner Strolch«, lachte er, wobei seine Zähne im Feuerschein blitzten. »Sonst lass ich dich binden wie die Mägde da drüben.«

Er setzte mich vorsichtig auf die Füße, hielt mich aber fest am Nacken, während er Befehl zum Aufbruch gab. Später sollte ich mich noch oft an diese erste Begegnung mit Robert de Hauteville erinnern, den man das Schlitzohr nannte, Robert Guiscard.

*

Von dem langen Ritt ist mir wenig im Gedächtnis geblieben, außer dass Robert mich zu sich aufs Pferd setzte, dass die Nachtluft bitterkalt war und dass ich die meiste Zeit still vor mich hin weinte. Irgendwann musste ich eingenickt sein, denn meine nächste Erinnerung ist die an eine große Frau, die mich, fest an ihren üppigen Busen gedrückt, frühmorgens ins Haus trug, in Decken hüllte und an den warmen Herd setzte. Dabei schimpfte sie ausgiebig über die Herzlosigkeit ihres Männervolkes.

Sie hieß Fressenda, war Roberts Mutter und ein ansehnliches Weib von gutem Normannenblut, breiten Hüften und Haaren so gelb wie reifes Korn. Eine Frau, die zupacken konnte, wie ich bald erfahren sollte, die mit Verstand und einer scharfen Zunge gesegnet war, unter der sich selbst Roberts Vater duckte, wenn sie ihn damit geißelte. Ihrem Tancred de Hauteville, nun schon Mitte fünfzig, war sie ein gutes Weib. Um ihn und die zwölf Söhne kümmerte sie sich ebenso hingebungsvoll wie um die Knechte und Mägde der Burg und um die Bauern aus dem Dorf. Sie hatte ein Herz groß genug für alle, selbst für mich fand sich noch ein Plätzchen darin.

»Wie heißt du?«, fragte sie mich.

Noch voller Furcht und Hass, wollte ich ihr nicht einmal ins Gesicht sehen, geschweige denn antworten. Sie machte sich nichts daraus, flößte mir heiße Milch mit Honig ein und rieb mir die Füße warm. Dabei redete sie unablässig und schalt mich sanft, als wäre ich ein dummer kleiner Junge, der aus Unvernunft in den Dorfteich gefallen war.

»Brynjarr«, murmelte ich nach einer Weile widerwillig.

»Was?«

»Brynjarr.«

»Heißt du so?«

Ich nickte finster und wischte mir die Nase.

»Mag ich nicht«, sagte sie. »Das kriegt ja keiner über die Lippen. Bestimmt so ein Piratenname.«

Piraten waren für sie alle Seefahrer aus dem Norden, die mit ihren Schiffen an die Küste kamen, um Handel zu treiben, und nicht selten, um zu plündern. Dabei vergaß sie gern, dass sie selbst von solchen Leuten abstammte.

Sie überlegte einen Augenblick. »Wir hatten einen Knecht hier, weißt du. Ein guter Kerl. Der ist vor einer Weile gestorben. Und der hieß Gilbert. Ich werde dich nach ihm benennen. Das passt besser zu dir. Bist du eigentlich getauft?«

Ich sah sie nur mit großen Augen an.

»Ach, und selbst wenn …«, meinte sie und zuckte mit den Schultern. »Dann taufen wir dich eben noch mal.«

Und so wurde aus mir Gilbert. Obwohl ich meinen richtigen Namen all die Jahre nicht vergessen habe, denn er ist das Einzige, das mich noch mit meiner Kindheit und meiner Mutter verbindet. Doch Gilbert ist ein rechter Normannenname, und ich bin nicht unzufrieden damit.

Es sollten zwölf Jahre werden, die ich auf dem Besitz der Hautevilles verbrachte. Fressenda ließ mich mit der Zeit meinen Hass vergessen und wurde so etwas wie eine zweite Mutter. Nicht, dass ich verwöhnt wurde. Die Ländereien der Hautevilles waren nicht besonders ausgedehnt und das Leben wenig üppig. Zu viele Mäuler mussten gestopft werden. Anfänglich durfte ich die Gänse hüten, später die Schweine. Daher mein Spitzname, Gilbert Porchon, der Schweinehirt.

Die Schweine wären mir fast zum Verhängnis geworden, als ich mich zum ersten Mal in den Koben wagte. Ich wollte gerade eines der neugeborenen Ferkel auf den Arm nehmen, als mich die Sau anfiel, von den Beinen riss und sich wütend in mich verbiss. Fressenda packte mich am Kragen und zerrte mich außer Reichweite, bevor das Tier mich umbringen konnte. Die Narbe auf meiner Wange ist bis heute sichtbar.

Fressenda duldete keine Müßiggänger. Da war ich keine Ausnahme. Doch mein Vorrecht gegenüber den Knechten war, dass ich von ihr wie ein Sohn behandelt wurde und mit den Herrschaften am gleichen Tisch essen durfte. Manchmal steckte sie mir heimlich ein Stück Wurst zu und nannte mich ihren hübschen Piratenbub. Und vor dem Osterfest der Christen, wenn sie allen Männern der Familie der Reihe nach die Haare schnitt, durfte auch ich nicht fehlen.

Nach einer Weile gewöhnte ich mich an mein neues Leben und verlor selbst vor Robert meine Angst. Er hatte oft ein gutes Wort für mich, nahm mich sogar gelegentlich auf einen Ausritt mit. Gewiss nicht aus Reue, denn das hätte nicht seinem Wesen entsprochen. Aber die Männer, die meine Mutter umgebracht hatten, sah ich nie wieder.

Burg und Dorf von Hauteville lagen auf einem sanften Hügel, der das flache Land nach allen Seiten hin überblickte. Es gab viel Wald in der Gegend, und da das Roden eine ziemliche Schinderei ist, waren die Ackerflächen begrenzt. Von den Hütten des Dorfes umgeben, ragte ein klobiger, düsterer Turm in die Höhe. Er war das einzige Gemäuer aus Stein. Der Rest, ein großes Herrenhaus, Stallungen, Schmiede und Backhaus, war aus Holzstämmen gefügt und das Ganze von Graben und Palisaden umgeben. Keine Befestigung, die einem entschlossenen Angriff standgehalten hätte.

Doch die Stärke der Sippe war nicht die Burg, sondern ihre Männer. An Tancreds Seite standen kampferfahrene Söhne, blonde Riesen, mit denen nicht gut Kirschen essen war. Da war Serlo, der Besonnene und mit dreißig der Älteste. Nach ihm Williame, eine Urgewalt mit dem Kreuz eines Ochsen. Dann Drogo, Onfroi und Godefroi. Diese fünf waren Muriellas Brut, so hatte Tancreds erste Frau geheißen. Von ihr stammte auch eine Tochter, die ich nie zu Gesicht bekam, denn sie war mit einem Edelmann im fernen Rouen verheiratet. Für sie hatte Tancred mit Mühe eine Mitgift zusammengekratzt. Den Söhnen dagegen konnte er nichts geben, um eine Familie zu gründen.

Nach Muriellas Tod hatte Tancred wieder geheiratet und hätte es mit Fressenda nicht besser treffen können. Mit seinen zwanzig Jahren war Robert, mein Entführer, ihr Ältester, gefolgt von Mauger, Guillerm, Aubrey, Tancred, Humbert und Roger. Letztere waren in etwa meinem Alter. Dazu ein Töchterchen, das noch in den Windeln lag.

Natürlich gab es oft Reibereien zwischen den Stiefbrüdern, aber Fressenda machte keinen Unterschied zwischen ihnen. Es waren alles ihre Kinder. Auch ich gehörte jetzt dazu. Obwohl sie mich geraubt hatten, waren die Hautevilles bald meine Familie geworden, auch wenn die Jüngeren der Brüder mich oft hänselten und mich *porchon* riefen, um mich zu ärgern. Nur Roger tat das nicht. Wahrscheinlich habe ich ihn deshalb mein Lebtag lang geliebt.

Die beiden jungen Mädchen, die sie mit mir verschleppt hatten, mussten in der Küche arbeiten. Eine von ihnen wurde schwanger und bald darauf an einen Bauern verkuppelt. Die andere lief eines Tages fort. Die Männer ritten aus, um sie zu fangen. Was dabei aus ihr geworden ist, weiß ich nicht. Jedenfalls wurde sie nicht mehr erwähnt.

Seit unser Normannenherzog Williame seine Macht festigen konnte, sind Kleinkriege, Blutfehden und Raubzüge im Land seltener geworden. Damals, in jenen unruhigen Zeiten, waren solche Dinge jedoch nichts Ungewöhnliches. Und die Brüder Hauteville schienen oft ihre Finger in blutigen Geschäften zu haben, denn für Geld liehen sie ihr Schwert an jeden, der zahlen konnte. Fressenda behagte dies nicht, aber was sie heimbrachten, half, den Kochtopf zu füllen, wenn die Ernten schlecht waren.

Trotz seiner Jugend wurde Robert auch von den älteren Stiefbrüdern mit einer gewissen Achtung behandelt, denn er hatte seit jeher einen schlauen Kopf, daher sein Spitzname Guiscard. Warum er ausgerechnet mich geraubt hatte, darüber wurde lange Zeit nicht gesprochen. Bis zu jenem langen Winterabend, ich war inzwischen zehn Jahre alt, Roger neun. Draußen lag Schnee, die Mägde hatten die Tafel abgeräumt, und alles scharte sich um das große Feuer an der Rückwand der Halle. Die älteren Brüder tranken Bier und würfelten. Fressenda war in eine Decke gehüllt und wärmte ihre Füße an einem erhitzten Stein. Auch Tancred hatte sich ein Schaffell um die Schultern gelegt. Wir Knaben brieten Äpfel am Feuer.

»Erzähl von früher, Vater«, bettelte Roger.

»Nicht schon wieder«, stöhnten die Älteren.

»Doch, Vater, bitte.«

Wenn Tancred etwas gut konnte, dann war es Geschichten erzählen. Je nach Bedarf konnte seine Stimme schmeicheln oder donnern. Und überhaupt, seine ganze Erscheinung gab den Sagen und Legenden ihren besonderen Zauber, denn die weiße Löwenmähne um das wettergegerbte Gesicht ließ ihn wie Göttervater Thor persönlich erscheinen. Seine knallblauen Augen blinzelten verschmitzt, wenn es lustig wurde. Und das war nicht selten.

»Also gut, Jungs.« Er räusperte sich und warf den Hühnerknochen ins Feuer, an dem er genagt hatte. »Dann will ich euch heute erzählen, wie wir Normannen ins Land kamen.«

In Erwartung rückten wir enger zusammen.

»Ihr wisst, dass unsere Vorfahren aus dem hohen Norden kamen, aus dem Land der Fjorde und schneebedeckten Berge.

Manche auch von den Inseln weit draußen im Meer, die man Orkneys nennt. Auf schnellen Drachenschiffen sind sie die Flüsse hinaufgefahren, haben gekämpft und Beute gemacht. Gold, Bernstein und Silber brachten sie heim zu ihren Weibern. Weder vor Sturm noch Schlachtgetümmel fürchteten sie sich, denn die Freuden Walhalls warteten auf die Tapferen, und einen rechten Kerl konnte man an der Zahl der Silberringe erkennen, die seine Arme schmückten.«

»Seeräuber«, murrte Fressenda. Für Walhall und die alten Götter hatte sie wenig übrig.

Doch wir achteten nicht auf sie. Auch wenn wir diese Geschichten schon hundert Mal gehört hatten, wir konnten nie genug davon bekommen.

»Einer dieser Männer hieß Hrolf«, fuhr Tancred fort. »Sie nannten ihn den Geher, Ganger Hrolf. Er hieß so, weil er so groß war, dass ihn kein Pferd tragen konnte. Die Franken nannten ihn später Rollo, das kam ihnen leichter über die Lippen. Er war ein gewaltiger Krieger, der ein Gefolge von Teufelskerlen um sich sammelte und mit ihnen das weite Meer befuhr. Sie fielen in ein Land namens Frisia ein und erkämpften sich Beute, Sklaven und hübsche Weiber.«

Hierauf ließ Fressenda ein verächtliches Grunzen vernehmen. Doch Tancred schien es nicht zu stören.

»Im nächsten Jahr segelten sie zu den Küsten des Westens, wo die Angeln und Sachsen leben. Auch hier erging es ihnen ähnlich, so dass sie bei ihrer Heimkehr als Helden gefeiert wurden. Immer mehr Männer schlossen sich Rollo an.«

Tancred nahm einen Schluck Bier und rülpste genüsslich.

»Schließlich kamen sie an unsere Küsten und begannen, die Seine heraufzurudern, dort wo sie ins Meer fließt. Rollo gefiel, was er sah. Fruchtbares Land mit Flüssen voller Fisch und Wäldern reich an Wild. Auf den Feldern gedieh der Weizen, Schafe und Rinder standen auf saftigen Wiesen. Rollo beschloss, sein Wanderleben aufzugeben und sich hier niederzulassen. Er und seine Gefährten unterwarfen das Volk und errichteten Befestigungen. Das konnte den Franken, denen das Land gehörte, nicht gefallen, und sie führten Krieg gegen Rollo. Charles der Einfältige war damals König. Obwohl er Rollo einmal sogar besiegte, konnte er ihn und seine Nordmänner doch nicht vertreiben, und am Ende schloss er einen Pakt mit ihnen. Sie durften das Land behalten, wenn sie es gegen andere Seeräuber verteidigten. Und dafür sollten sie ihm Gefolgschaft schwören. Zur Bekräftigung nahm Rollo Gisela, des Königs Tochter, zur Frau und ließ sich taufen. Danach sollte er als Zeichen seiner Huldigung, wie es bei den Franken üblich war, den Fuß des Königs küssen.«

Mit einem schelmischen Augenzwinkern hielt Tancred inne und steckte seine Nase in den Bierkrug. Kichernd stießen wir uns an, denn wir wussten schon, was nun kam. Nach einem kräftigen Schluck wischte er sich über die Lippen und nahm den Faden wieder auf.

»Nun, dem König den Fuß zu küssen, Herrgott noch mal, das war Rollo bei aller Liebe nun doch zu viel. Er befahl also einem seiner Männer, es für ihn zu tun. Auch dem widerstrebte dies. Doch Rollo bestand darauf. Da bückte sich der Kerl, packte des Königs Fuß und riss diesen so hoch an seine Lippen, dass der König rücklings in den Dreck stürzte.«

Bei diesen Worten johlten und kreischten wir immer vor Vergnügen, ganz gleich, wie oft wir die Geschichte schon gehört hatten. Roger sprang auf und machte gackernd beide nach, den Kerl, der den Fuß hochriss, und den König, der in den Dreck fiel. Jetzt lachte auch Fressenda und rief ihren Jüngsten zu sich, um ihn zu küssen und liebevoll über die glühenden Wangen zu streicheln.

»Und was lernen wir daraus, Männer?«, fragte Tancred.

»Ein Normanne beugt sich vor niemandem«, brüllten wir alle im Chor.

»So ist es«, lachte Tancred.

Natürlich wollten wir mehr hören, und es folgten einige der vielen Familienlegenden über den nordischen Krieger Hiallt, Tancreds Urgroßvater, der nach Rollos Tod ins Land gekommen war und Williame Langschwert, dessen Sohn, als Gefolgsmann diente. Ihm hatte Hiallt eines Tages bei der Jagd das Leben gerettet und dafür das Lehen erhalten, auf dem die Familie lebte. Hialtus Vila hatte er sein Dorf nach dem eigenen Namen benannt. Daraus wurde mit der Zeit Hauteville, je mehr die Normannen das Fränkische annahmen.

Ich beneidete die Hautevilles um ihre glorreichen Vorfahren. Und so rief ich plötzlich, als Tancred schon gähnte: »Und ich? Bin ich auch ein Nordmann oder ein Däne?«

Als alle mich anstarrten, wurde ich rot vor Verlegenheit.

»Du?«, sagte Humbert verächtlich. »Du bist ein Schweinehirt. Die kommen nicht aus dem Norden.«

»Selber Schweinehirt«, zischte ich und boxte ihm in die Rippen.

»Da hast du unrecht, Humbert, mein Sohn«, erwiderte Tancred. »Er ist als Geisel zu uns gekommen. Und Gilbert ist auch nicht sein richtiger Name.«

Die Jungen staunten. »Als Geisel?«

»Robert!«, brüllte Tancred. »Komm her und erzähl dem Jungen endlich, woher er stammt.«

»Vergiss es, Vater«, kam Roberts Antwort, der immer noch mit den Älteren würfelte. »Was sollen wir darüber reden. Der Mann ist längst tot.«

Robert kannte meinen Vater? Ich saß da wie versteinert. Meine großen Augen schienen Tancred zu dauern, denn er beugte sich vor und strich mir über den zerzausten Haarschopf.

»Er war ein Seefahrer, dein Vater, der mehrere Langschiffe mit Kriegern besaß. Die Seeräuberei zahlt sich heutzutage nicht mehr aus, aber manchmal kommen sie noch. Sein Lager am Strand wurde überfallen, und er musste ein Schiff zurücklassen, auf dem du und deine Mutter euch befandet. Du warst noch sehr klein. Ihr wurdet in jenes Dorf verschleppt, das sich Saint Croix nach dem Kreuz des Christengottes nennt, in der Hoffnung, dein Vater würde kommen und Lösegeld bieten. Davon hatte Robert gehört und beschlossen, dich selbst zu entführen. Er hat dann in den Häfen lange herumgefragt und nach deinem Vater gesucht. Ein wenig Lösegeld wäre uns allen gut bekommen, mein Junge, aber vergebens. Wir haben nie mehr von dem Mann gehört.«

Ich war überwältigt und konnte lange nichts sagen.

»Wie war sein Name?«, hauchte ich schließlich.

»Sven Langhaar soll er geheißen haben.«

»Bestimmt hat Robert sich getäuscht, und Gilbert ist doch nur ein Schweinehirt«, krähte Humbert.

»Vielleicht«, nickte Tancred. Dann zwinkerte er mir zu. »Vielleicht ist er aber auch ein Dänenprinz.«

Ein Dänenprinz. Mein Herz schlug heftig. Er hätte mich nicht glücklicher machen können. In der Nacht konnte ich kaum schlafen. Ich sah mich als Krieger unter rauhen Gesellen auf dem Schiff meines Vaters ins Abenteuer segeln. Brynjarr Svensson, der unerschrockene Sohn des berüchtigten Seefahrers und Kriegsherrn Sven Langhaar. Starker Wein für einen Zehnjährigen. Selbst Humbert behandelte mich von nun an mit mehr Respekt.

Zwei Wochen später wurde Hauteville überfallen.

Diesmal waren es Onfroi und Godefroi, die etwas ausgefressen hatten. Wie die Furien kamen sie durch den Schnee galoppiert, verfolgt von einer Bande bewaffneter Reiter, und nur im letzten Augenblick konnten sie sich in die Burg retten. Doch schon begannen die Verfolger, das Dorf zu plündern. Sie trieben Vieh zusammen und fingen die Pferde auf der Weide ein. Dann flogen Brandpfeile auf die holzgetäfelten Dächer.

»Ruht euch nicht aus«, knurrte Serlo den beiden noch atemlosen Brüdern zu. »Wir müssen sie sofort angreifen.«

Er warf sich in seinen Kettenpanzer und griff nach Schild und Speer. Drei Waffenknechte taten es ihm gleich.

Fressenda, mit wirrem Haar bis auf die Hüften, befahl den Knechten, auf die Dächer zu klettern, um das Feuer zu löschen. Die Frauen bildeten eine Kette, und Eimer mit Brunnenwasser wurden hinaufgehievt.

Auch Robert und Mauger wappneten sich hastig. Selbst Tancred ließ es sich nicht nehmen, eigenhändig den Besitz zu verteidigen. So stürmten sie aus dem Tor und warfen sich gegen ihre Feinde.

Es kam zu einem kurzen, aber heftigen Gefecht, bei dem trotz der Übermacht der Gegner die unbändige Wildheit und Entschlossenheit der Hautevilles rasch die Oberhand gewannen. Drei der Angreifer mussten ihr Leben lassen, bevor die Übrigen sich auf ihren Gäulen davonmachten. Leider war auch Tancred unter den Toten. Ein Pfeil hatte ihm die Kehle durchbohrt.

Lange trauerte ich um ihn.

*

Sven Langhaar.

Der Name sollte mir ein Lebtag lang im Kopf herumspuken. Prinz oder Schweinehirt, wer war ich wirklich? Wahrscheinlich nur der Sohn eines Kauffahrers, dem die Frau entlaufen war.

Und doch befeuerten Tancreds Worte meinen Geist und ließen mich nicht zur Ruhe kommen. Seinen Söhnen muss es ähnlich gegangen sein mit diesen Geschichten von großen Taten, von Kampf und Ehre, Wagemut und Eroberung. Tancred war einer, der von den alten Zeiten träumte, als entschlossene Männer sich noch Reiche schufen. Ganz gleich, wie sehr Fressenda versuchte, seinen Einfluss auszugleichen, alle zwölf waren von diesem Fieber angesteckt, Großes zu vollbringen.

Bei den Hautevilles gab es außer Burg und dem bisschen Land kaum etwas zu erben. Anstatt das wenige aufzuteilen, hatte man beschlossen, dass Serlo, der Älteste, alles übernehmen sollte. Die anderen würden sich bei einem großzügigen Herrn verdingen oder ihr Glück in der Fremde suchen müssen.

Williame und Drogo waren die Ersten, die Fressendas warmes Nest verließen. Das war schon kurz nach meiner Ankunft in Hauteville gewesen. Ihnen war zu Ohren gekommen, dass normannische Söldner im fernen Süden gern gesehen waren. Ein gewisser Normanne namens Richard Drengot sei für seine Kriegsdienste zum Grafen von Aversa aufgestiegen, so hieß es, und könne gute Männer gebrauchen. Wo dieses Aversa wohl lag, war keinem geläufig. In Italia hieß es. Angeblich sollte es dort warm sein, besser als das oft feuchtklamme Wetter in unseren Landen. Also waren die beiden in den Süden aufgebrochen. Wie es ihnen wohl ergangen sein mochte, fragte sich oft die Familie, doch Kunde kam lange Zeit keine.

Nach Tancreds Tod war Fressenda nicht mehr dieselbe. Sie schien oft abwesend, saß still da und starrte vor sich hin. An anderen Tagen machte sie uns verrückt mit endlosem Gerede und ihren Sorgen um Williame und Drogo. Sie vermisste sie, auch wenn es nicht ihre eigenen Söhne waren.

Sieben Jahre waren vergangen, da erreichten eines Tages fremde Krieger die Burg. Sie waren gut gewappnet und braun gebrannt, mit von der Sonne gebleichten Haaren. Einen erkannten wir. Der war damals mit Williame und Drogo geritten und hatte uns viel zu erzählen.

Er komme, um Grüße zu überbringen und Männer anzuwerben. Es sei den Brüdern gut ergangen. Bei den Fürsten der Lombarden hätten sie sich lange Zeit als Söldnerführer verdingt und mal auf dieser, mal auf jener Seite gekämpft. Sogar gegen die Sarazenen in einem Land, das sich Sicilia nannte. Inzwischen aber hätten sich die meisten Normannen in Italia zusammengeschlossen und Williame zu ihrem Anführer gewählt. Williame Bras-de-Fer nannten sie ihn jetzt. Nun, einen Arm wie Eisen hatte er schon immer gehabt. Und doch, wir waren alle erstaunt über das, was der Mann zu berichten hatte. Für einen Kerl, der den Tod nicht fürchtete, gebe es im Mezzogiorno, wie er den reichen Süden nannte, unzählige Städte zu plündern und Land zu erobern, von den hübschen Weibern gar nicht zu reden. Zum Beweis hatte er wertvolle Geschenke mitgebracht.

Dieser Mezzogiorno schien das gelobte Land zu sein. Besonders in Roberts Augen glitzerte es begehrlich, und er wollte alles bis ins Kleinste wissen. Der geht als Nächster, dachte ich bei mir. Doch es war zuerst Onfroi, der zwei Jahre später seinen Brüdern folgte.

Robert dagegen hatte etwas anderes gefunden, von dem er sich eine goldene Zukunft versprach. Er war als Reiterführer in den Dienst des mächtigen Seigneur de Creully getreten, Hamon Le-Dentu, so genannt, weil ihm wegen eines Schwerthiebs ein Teil der Lippen fehlte und dadurch die Zähne sichtbar waren. Diesem Baron hatte Robert sich durch Mut und Klugheit unentbehrlich gemacht. Außerdem war da noch eine Liebesgeschichte mit Hamons einziger Tochter, die Robert zu ehelichen hoffte.

Doch es sollte anders kommen.

Seit mehr als zehn Jahren hatte Unruhe in der Normandie geherrscht und offene Revolte gegen den jungen Herzog Williame den Bastard. Heute ist er König von England, aber damals missgönnten seine Vettern ihm den Herzogtitel, denn er war unehelicher Herkunft. Besonders im Bessin und im Contentin, wo die Hautevilles lebten, hatten die Aufrührer viele Anhänger. Die dortigen Barone hingen noch den alten Zeiten nach. Den Christenglauben und das Lehnswesen der Franken hatten sie eher halbherzig angenommen. Sie fühlten sich als freie Männer, die ihre Führer selbst erwählten. Sich einem halben Kind und noch dazu einem Bastard zu unterwerfen ging ihnen gegen den Strich. Auch Hamon Le-Dentu gehörte zu den Rädelsführern, und Robert Guiscard stand treu an seiner Seite.

Nach einem Mordversuch, dem der jetzt neunzehnjährige Herzog nur mit knapper Not entkam, waren die Fronten vollends verhärtet. Die Aufrührer fürchteten Williames Rache und begannen, ein gewaltiges Heer aufzustellen. Viel stand auf dem Spiel. Ein Sieg konnte Großes auch für Robert bedeuten.

Herzog Williame hatte ebenfalls gerüstet, doch es war ihm nicht gelungen, mehr als eine kleine Schar zusammenzukratzen. Sein Untergang schien besiegelt, als sein Lehnsherr, der Frankenkönig Henri, an der Spitze eines Heeres ihm zu Hilfe eilte.

Es war im August des Jahres 1047, einem ungewöhnlich heißen Sommer. Ich war gerade siebzehn Jahre alt geworden. Wochenlang hatte es nicht geregnet. Die Felder waren abgeerntet, der Boden hart und ausgetrocknet. In der Nähe von Caen sollte es zur entscheidenden Schlacht kommen. Das ganze Land schien den Atem anzuhalten. Wir warteten auf erlösenden Regen und auf Kunde von den Kämpfen.

An einem schwülen Nachmittag näherte sich ein Trupp von Kriegern, sechs Reiter und über zwei Dutzend Mann zu Fuß, die ihre Schilde auf dem Rücken trugen. Ich erkannte Robert und öffnete das Tor. Abgekämpft und aus mehreren Wunden blutend, ließ er sich aus dem Sattel gleiten. Den anderen Männern schien es nicht besser zu gehen. Viele trugen notdürftige Verbände.

»Was ist geschehen?«, fragte ich.

»Das siehst du doch«, herrschte er mich an. »Sie haben uns den Arsch versohlt.«

Fressenda und die anderen kamen aus dem Haus gelaufen.

»Robert«, rief sie und schlug entsetzt die Hand vor den Mund. »Du bist verwundet?«

Er legte den Arm um sie und humpelte an ihrer Seite in die Halle. »Halb so schlimm, Mutter. Mit Nadel und Zwirn bin ich bald wie neu. Kümmert euch um meine Männer. Da sind welche, die haben's nötiger als ich.«

Roger und ich halfen, ihn aus Kettenpanzer und Lederwams zu schälen. Robert hatte recht. Die Wunden an seinem Leib waren nur oberflächlich. Die an seiner Seele tiefer. Während sie ihn nähten und verbanden, goss er zwei Karaffen Wein in sich hinein, ohne ein Wort zu sagen.

»Nun rede schon«, brummte Serlo, seit langem das Oberhaupt der Familie.

»Wir waren so nah dran, verflucht«, ließ Robert endlich hören. »Hatten keine Mühe, durch ihre Linien zu stoßen, drangen sogar bis zum König Henri vor. Dem brach der Gaul unter dem Hintern zusammen, und mein Herr hätte ihn fast getötet. Das wäre der sichere Sieg gewesen.«

»Und was ging schief?«

»Dieser Verräter ist uns in den Rücken gefallen.«

»Wer?«

»Ralf de Tesson.«

»Hatte der nicht geschworen, Williame eigenhändig umzubringen?«

»Der Hundsfott hat es sich anders überlegt. Griff unsere Flanke mit hundertfünfzig Reitern an. Im Durcheinander wurde ich von Hamon getrennt, worauf des Königs Männer über ihn herfielen. Ich musste zusehen, wie sie ihn erschlugen. Der Feind gewann die Überhand, unsere Reihen brachen auseinander. Dann kopflose Flucht. An der Orne holten sie uns ein. Ihr könnt euch das Gemetzel nicht vorstellen. Das Mühlwehr ist von Leichen so verstopft, dass sich das Wasser staut.«

»Wie seid ihr entkommen?«

»Wir konnten uns im Wald verstecken.«

Nach seinem Bericht herrschte lange Stille, während Serlo sich den Bart strich und nachdachte.

»Du kannst hier nicht bleiben«, sagte er. »Williames Rache wird euch alle verfolgen. Bis zum letzten Mann. Die Burgen der Rädelsführer werden sie schleifen und ihren Besitz unter sich verteilen. Du warst Hamons rechte Hand und bist bekannt, vergiss das nicht. Sie werden kommen, Robert, und wenn sie dich finden, werden sie dich foltern und vierteilen.«

Fressenda stöhnte auf, als würde sie selbst gefoltert. Sie trat rasch an Roberts Seite und schlang die Arme um sein Haupt. »Er muss sich verstecken«, rief sie.

Serlo schüttelte den Kopf. »Soll er ein Leben lang vor Williames Häschern weglaufen?«

»Was schlägst du vor?«, fragte Robert, der sich sanft aus der Umarmung seiner Mutter befreite.

»Geh nach Italia. Bei unseren Brüdern bist du sicher.«

Zum ersten Mal, seit er heimgekehrt war, gönnte Robert sich ein dünnes Lächeln.

»In den Mezzogiorno, meinst du?«

»Du hast keine Wahl. Am besten gleich morgen bei Tagesanbruch.«

Robert nickte. Er brütete eine Weile vor sich hin.

»Meine Männer werden sicher mitkommen«, sagte er mit einem Seufzer. »Die sind jetzt genauso gesetzlos wie ich.«

»Ich gebe euch Wegzehrung mit. Und an Ausrüstung, was wir entbehren können.«

»Danke, Bruder.«

Mezzogiorno. Da war es wieder, das Zauberwort. Ich weiß nicht genau, was ich mir darunter vorstellte, aber es packte mich plötzlich eine unbeschreibliche Sehnsucht nach diesem Land.

»Ich komme mit!«, rief ich wild entschlossen. »Du kannst auf mich zählen, Robert.«

»Du?«, lachte er. »Was soll ich mit einem Schweinehirten?«

An seinem Lächeln sah ich, dass er mich nur necken wollte.

»Zusammen mit Roger habe ich reiten und kämpfen gelernt, das weißt du so gut wie ich.«

»Aber Waffen hast du keine.«

»Irgendwas wird sich schon finden«, beharrte ich.

Auf keinen Fall wollte ich mich jetzt abweisen lassen, nachdem der Gedanke in mir gerade so richtig Wurzeln geschlagen hatte.

»Na gut. Du kannst dich um die Pferde kümmern.«

»Danke, Robert.« Ich konnte mein Glück kaum fassen.

»Ich will auch dabei sein«, ließ Roger sich vernehmen.

Fressenda wurde rot im Gesicht und sah aus, als wollte sie ihm eine Maulschelle verpassen. »Auf keinen Fall«, schrie sie. »Du bist viel zu jung.«

»Mutter! Ich bin fast so alt wie Gilbert.«

»Nein, nein, nein! Ich will kein Wort davon hören.«

»Mutter hat recht, Roger«, ließ Serlo sich vernehmen. »Und das ist das letzte Wort, hast du mich verstanden?«

Serlo konnte sehr bedrohlich wirken, wenn ihm der Sinn danach stand. Roger funkelte seinen Halbbruder zornig an. Dann lief er aus der Halle und schlug die Tür hinter sich zu, dass es bis ins Gebälk krachte. Er war so wütend, dass er sich nicht einmal von mir verabschieden wollte.

Dafür hatte ich jemand anderen zu verabschieden.

Denn in diesem heißen Sommer hatte mich der Blitz getroffen, *le coup de foudre*, wie man sagt. Sie hieß Gerlaine und war die Tochter des Schmiedemeisters. Nach der ersten Begeisterung über die bevorstehende Reise ernüchterte mich der Gedanke, sie verlassen zu müssen.

Ich rannte ins Dorf, um mit ihr zu reden. Ihre Mutter war vor wenigen Jahren verstorben, sie hatte keine Geschwister, und ihr Vater war ein griesgrämiger Graubart, der es nicht gern sah, wenn sie sich mit mir traf. Aber an diesem Abend war er nicht zu Hause, und so schlichen wir uns aus dem Dorf und auf die Felder. Am Waldrand setzten wir uns ins Gras und blickten in den Sonnenuntergang.

Ich hatte erwartet, dass sie über unseren Abschied Tränen vergießen würde, aber sie starrte nur versonnen über die abendliche Landschaft und sagte nichts. Bei Gerlaine wusste man nie, woran man war. Ich konnte nicht einmal sagen, ob sie mich wirklich liebte, obwohl sie an meinen Küssen Gefallen hatte und mich manchmal auf eine so seltsame Weise ansah, dass mir die Knie schwach wurden.

»Robert, dein Herr«, meinte sie nach einer Weile, »der wird es weit bringen.«

»Wie kommst du darauf?«

»Man spürt eine Kraft in ihm.« Sie hatte manchmal diesen Blick, als befände sie sich in einer anderen Welt und sähe Dinge, die sonst niemand wahrnehmen konnte. »Und er ist rastlos wie ein hungriger Wolf.«

Ich wusste, was sie meinte. Alle Brüder waren beeindruckende Männer, kraftvoll, lärmend, manchmal streitsüchtig. Aber Robert war noch anders. Er hatte etwas an sich, das Menschen in seinen Bann zog. Von ihm bemerkt zu werden oder gar ein Lob, dafür war man bereit, fast alles zu tun. Dann wieder gab es Momente, da fürchtete man sich vor ihm, denn sein Zorn konnte schrecklich sein. Und auch mit der anderen Bemerkung hatte sie recht. Er schien nie zufrieden, ein ewig Suchender.

»Bist du nicht traurig, dass ich fortgehe?«

Mit einem Ruck drehte sie den Kopf zu mir herum und starrte mich an, aus Augen so graugrün wie Morgennebel über den Feldern. Ihr Blick konnte einem durch Mark und Bein gehen.

»Nimm mich mit, Gilbert.«

»Aber das geht nicht ...«, stammelte ich wie vor den Kopf geschlagen.

»Wolltest du mich nicht heiraten?«

Mit siebzehn und im Überschwang der Gefühle, da redet man so manches unbedachte Wort. Verlegen kaute ich auf der Unterlippe, während sie mich spöttisch musterte.

»Keine Sorge. Heiraten musst du mich nicht. Nur mitnehmen sollst du mich. Ich bin es leid hier. Was gibt's denn schon in diesem Dorf? Irgendwann verkuppelt mein Vater mich mit einem dummen Bauern, der mir zehn Kinder macht. Entweder sterbe ich im Kindbett oder vor lauter Langeweile, während du deinen Spaß hast.« Sie ließ ihren Blick wieder in die Ferne schweifen. »Wie heißt das Land? Mezzogiorno? Was bedeutet das?«

»Mittag. Da, wo am Mittag die Sonne steht.«

Ich konnte nicht glauben, dass sie es ernst meinte. Ein junges Mädchen unter diesen rauhen Kriegern? Ein ungeheuerlicher Gedanke. Ich hatte mir die Kerle angesehen. Einige von denen machten einen ziemlich wüsten Eindruck.

»Gerlaine, du bist vollkommen verrückt.«

»Dann frag ich ihn eben selbst«, war ihre Antwort.

»Er wird es nicht erlauben.«

»Wir werden sehen.«

Als sie sich am nächsten Tag im Morgengrauen herausfordernd vor Robert aufstellte und rundheraus verlangte, sie mitzunehmen, starrte er sie erstaunt an. Dann ließ er seinen Blick an ihr von oben bis unten wandern. An seinem Gesichtsausdruck konnte man erraten, was in ihm vorging. Ein hübsches Mädchen war sie allemal. Und doch schien sie nicht besonders verwöhnt zu sein. Sie hatte gute Schultern, einen geraden Rücken, und ihre Füße steckten in soliden Bundschuhen. Sie trug einfache, etwas verschlissene Männerkleider und hatte einen Ranzen auf dem Rücken, das dunkle Haar unter einem Tuch versteckt.

»Kannst du kochen?«, fragte er.

Sie nickte. »Ebenso gut wie nähen und flicken.«

»Und dein Vater?«

»Der kommt erst in drei Tagen zurück. Bis dahin sind wir weit weg von hier.«

Sie blickte ihn ruhigen Auges an und ganz ohne Furcht. Ich glaube, Robert bewunderte ihren Schneid. Jedenfalls warf er mir einen belustigten Blick zu.

»Du bist verantwortlich für sie, Gilbert. Nicht, dass sie unterwegs schlappmacht.«

Dann lachte er schallend.

Wenig später brachen wir auf.

Das große Abenteuer hatte begonnen.

Der Wolf der Abruzzen

Noch vor dem Abmarsch hatte Robert uns seine Bedingungen klargemacht. Von jedem Einzelnen verlange er uneingeschränkte Treue und Gehorsam. Und ohne seinen ausdrücklichen Befehl dulde er weder Diebstahl noch Plünderei. Schließlich hätten wir anderes zu tun, als uns unterwegs mit wütenden Landbesitzern und Kastellanen herumzuschlagen. Dabei ließ er keinen Zweifel aufkommen, dass jeder Verstoß hart geahndet würde.

»Wem das nicht passt, der soll besser hierbleiben«, sagte er. »Überlegt es euch gut, denn später gibt es kein Zurück.«

Die Männer kannten ihn und wussten, dass er es ernst meinte, doch keiner von ihnen murrte. Besonders nicht unter dem strengen Blick eines rothaarigen Kerls mit gewaltigen Muskeln, der sich Rainulf nannte und wohl Roberts rechte Hand war. Das halbe Ohr hatte der Mann im Kampf verloren, schon sein Auftreten schüchterte ein, obwohl er wenig redete.

»Sold kann ich keinen zahlen«, fuhr Robert fort, »und die Verpflegung ist knapp bemessen. Doch im Süden wird es reiche Beute geben, das verspreche ich. Bis dahin müssen wir den Gürtel enger schnallen. Je schneller wir ankommen, desto besser. Erwartet also keine gemütliche Reise. Wir werden marschieren, bis wir umfallen.«

Und tatsächlich trieb er uns zu unbarmherzigen Gewaltmärschen an. Dabei verlangte er nicht mehr, als er selbst zu leisten bereit war. Wie alle in der Truppe gingen er und die fünf anderen Ritter zu Fuß. Pferde und Maultiere dienten einzig dazu, Gepäck und Waffen zu tragen, damit wir tagsüber schneller und länger marschieren konnten. Einzig meiner Gerlaine erlaubte er gelegentlich zu reiten, aber nur bis ihre Füße abgehärtet waren.

Die ersten Tage waren eine Qual. Zum Glück blieb uns das sommerliche Wetter treu, denn die meisten hatten abends kaum noch Kraft, ihre einfachen Zeltplanen aufzustellen, und so mancher schlief schon vor dem Abendessen ein. Nicht, dass man viel verpasste, denn Kochen war zu viel verlangt, und außer dem harten, mitgebrachten Brot und ein wenig Käse gab es nichts.

Was brachte diese Männer dazu, Robert zu folgen? Einem gesetzlosen Flüchtling, der mit zweiunddreißig Jahren noch nichts vorzuweisen hatte und der uns jetzt diesen Höllenmarsch in eine unsichere Zukunft abverlangte, ohne Aussicht auf Sold, nur mit einem vagen Versprechen auf Beute. Überhaupt, warum die Eile?

Aber so war dieser Robert Guiscard. Hart mit sich selbst und anderen, immer mit einem Ziel vor Augen und erfüllt von ungeduldigem Tatendrang. Zuversichtlich und des Weges sicher marschierte er voran. Ein Blick aus seinen stahlgrauen Augen genügte meist, um jeden Zweifler verstummen zu lassen. Es war schwer zu erklären, aber ihm traute man alles zu. Wer mochte da zurückbleiben oder seinen Spott ertragen?

Mit mir und Gerlaine und zwei Bauernburschen aus dem Dorf als Maultiertreiber waren wir ein bunt zusammengewürfelter Haufen von etwa fünfunddreißig, mehr schlecht als recht bewaffnet. Einige trugen noch Verbände, hätten sich aber lieber die Zunge abgebissen, als über Schmerzen zu klagen. Robert und die Ritter waren die Einzigen, die gut gerüstet waren und Kettenpanzer besaßen. Ich dagegen nannte nur ein langes Messer mein Eigen, das ich täglich schärfte und mit einem öligen Lappen säuberte, damit kein Rost ansetzte.

Es waren auch ein paar Raufbolde darunter, denen man ungern im Dunkeln begegnet wäre. Ihr Sprachrohr war ein vierschrötiger Muskelprotz namens Osbert, der seine flinken Augen überall zu haben schien.

»Halt mir bloß diesen Kerl vom Leib«, sagte Gerlaine schon am ersten Tag, als ahnte sie etwas.

»Wieso? Er tut dir doch nichts.«

Sie sagte nichts weiter, bat mich nur, ihr einen Stock zu schneiden, auf den sie am Wegrand zeigte. Die Astknoten sollte ich lediglich abrunden, und am Ende meiner Schnitzerei war dabei mehr eine Waffe herausgekommen als ein Wanderstab. Diesen Knüppel behielt sie von nun an immer bei sich. Und auch ich hielt ein vorsichtiges Auge auf Osbert, denn ihre Ahnungen hatte ich schon zu schätzen gelernt.

Der Erste, mit dem ich mich anfreundete, war ein sehniger Graubart, den sie Le-Vieux Reynard nannten, obwohl er nicht zu ermüden schien und sich flinker bewegte als so mancher Junge. Vielleicht war er auch gar nicht so alt, sondern nur früh ergraut. Jedenfalls war er schon zweimal im Mezzogiorno gewesen und kannte den Weg.

»Wir werden der Rhone folgen und das große Gebirge umgehen«, meinte er. »Das ist zwar länger, aber man kommt schneller voran.«

»Wie ist es da im Süden?«, wollte ich wissen.

»Du wirst es bald selbst herausfinden«, grinste er.

»Nun sag schon.«

Er lächelte in sich hinein. »Einige haben dort ihr Glück gemacht. Nur, einfach ist es nicht. Mir jedenfalls ist es nicht gelungen.«

»Und warum bist du dann wieder mitgekommen?«

»Weil ich ein verdammter Narr bin«, lachte er. Dabei fiel mir die Zahnlücke im rechten Oberkiefer auf, angeblich die Erinnerung an eine besoffene Prügelei. Der Kerl habe mit einem Hammer zugeschlagen, meinte Reynard, es dann aber doch bereut.

»Warum? Hat er sich entschuldigt?«

»Dazu ist er nicht mehr gekommen«, grinste er und machte eine unmissverständliche Handbewegung.

Auf dem langen Marsch waren mir die Männer unserer kleinen Gemeinschaft vertrauter geworden. Die Reiter unter uns kamen aus Familien mit Land und Namen, und doch standen auch die anderen ihnen in nichts nach. So jedenfalls sah es Robert. Schließlich waren wir jetzt alle gesetzlose Flüchtlinge und aufeinander angewiesen. Außerdem, was habe einen freien Normannen Rang oder Stellung zu kümmern, sagte er. Der Mann allein zähle. Eine Einstellung, die von allen geschätzt wurde.

Den rothaarigen Rainulf habe ich schon erwähnt. Fäuste wie Bärentatzen hatte der Mann und ein Fass von Brustkorb. Es brauchte einiges, um ihn aus der Ruhe zu bringen, und wenn er sprach, ließ er nur Kluges hören, so dass ihm selten einer widersprach. Rainulf war Robert treu ergeben und ließ nichts auf ihn kommen. Und die Truppe hatte er fest im Griff.

Der zweite Unterführer war Fulko. Der trug den besten Panzer von allen und war ein begnadeter Reiter, der jeden störrischen Gaul allein mit der Stimme zu zähmen wusste. Auch unter den Männern suchte er immer nach Ausgleich. Und doch hatte er schon oft seine Tapferkeit bewiesen, wie man hörte.

Als verlässlichen Kameraden hatte ich auch Herman kennengelernt, einen erfahrenen Speerkämpfer mit einem verbeulten Schild. Das Stück hatte schon so manche Schlacht überlebt. Er konnte sich nicht von dem alten Ding trennen und besserte ihn immer wieder aus. »Schild und Speer und die Gefährten, das sind die einzigen Dinge, die zwischen dir und dem Tod stehen, Junge. Merk dir das«, pflegte er zu sagen.

Ich gelobte, es nicht zu vergessen. Überhaupt sollten diese Männer zu meinen Lehrmeistern in den nächsten Jahren werden. Und bessere hätte ich mir kaum wünschen können, zumindest was das Kriegshandwerk betraf. In anderen Dingen waren sie außer Rainulf nicht immer die Klügsten.

Da war zum Beispiel Thore, der mit dem Bogen sogar ein Eichhörnchen vom Ast schießen konnte. Seine Pfeile fertigte er selbst an, mit allergrößter Sorgfalt. Er war ein fröhlicher, gutaussehender Geselle, dem nichts die Laune zu verderben schien. Er gab viel auf sein Äußeres, besonders auf sein Haar, das ihm in strohblonden Flechten den Rücken hinabhing. Und in den Bart geflochten, trug er winzige Silberringe. Wenn sich jemand über seine Eitelkeit lustig machte, grinste er nur und meinte, sie seien doch nur neidisch, weil einem wie ihm die Weiber nachliefen. Es stimmte sogar, wie ich herausfinden sollte. Wenn auch nicht immer die allerhübschesten.

Besonders beeindruckend war Rollo, ein Hüne von Kerl mit Schenkeln wie Baumstämme. Vielleicht hieß er so, weil er an den Rollo aus Tancreds Erzählungen erinnerte, den Urvater der Normandie. Seine Waffen waren ein Kriegshammer, der in seinem Gürtel steckte, und ein mächtiges Schwert, das er auf dem Rücken trug. Er war ein gutmütiger Mensch, bis man ihn reizte, wobei sein riesiger Körper durch schiere Kraft wettmachte, was ihm an Schlauheit fehlte. Er konnte Unmengen saufen. Sein größtes Laster aber war das Würfelspiel, bei dem er leider wenig Geschicklichkeit zeigte, so dass er meistens abgebrannt war.

Nicht zu vergessen mein neuer Freund Reynard Le-Vieux, der sich aus irgendeinem Grund in den Kopf gesetzt hatte, mich wie einen Sohn zu behandeln. Vielleicht weil er selbst vor vielen Jahren und unter tragischen Umständen seine Familie verloren hatte. Mehr als eine Andeutung darüber war aber nicht aus ihm herauszukriegen. Jedes Mal, wenn ich ihn danach fragte, bekam ich nur ein schmerzliches Lächeln zu sehen. Dann verlor sich für gewöhnlich sein Blick in der Ferne.

Mit der Zeit fiel uns der Marsch leichter. Die Blasen an den Füßen wichen frischer Hornhaut, die Waden wurden kräftiger, der Atem reichte bald schon wieder zum Grölen zotiger Lieder.

Abends, nachdem wir das Lager aufgeschlagen hatten, zerrieben wir Korn zu Mehl und buken Fladenbrot auf eisernen Blechen. Gerlaine rührte mit Gemüse, Speck und Kräutern eine dicke Suppe an, die wir heißhungrig hinunterschlangen. Einer blies auf dem Dudelsack. Gesättigt lauschten wir seinen Weisen, sangen oder erzählten uns Geschichten, bis die Feuer niedergebrannt waren. Dann krochen wir unter die Zeltplanen und schliefen bis zum Morgengrauen.

Gerlaine ließ sich von den Männern nicht einschüchtern. Auf dumme Sprüche wusste sie schlagfertige Antworten und hatte die Lacher meist auf ihrer Seite. Ansonsten verhielt sie sich still und vermied, ihre Weiblichkeit zur Schau zu stellen. Dennoch war sie unmerklich der Mittelpunkt der Aufmerksamkeit, auch wenn die Männer so taten, als würden sie über sie hinwegsehen. Kein Wunder, denn mit ihren dunklen, fast schwarzen Haaren, graugrünen Augen und dem kecken Näschen war sie eine Augenweide. Selbst die rauhe Männerkleidung konnte nicht ganz verbergen, was darunter steckte.

Dass sie ihr Nachtlager ausgerechnet mit einem Pferdeknecht teilte, das gefiel nicht jedem. Besonders dieser Osbert ließ seinen beißenden Spott an mir aus, wenn Robert nicht in der Nähe war.

»He, *porchon.* Wie ist sie so, dein kleines Luder?«, zischte er mir gelegentlich zur Belustigung seiner Kumpane zu. »Willst du sie nicht mit uns teilen? Die hat dich bestimmt schon satt und braucht was Handfesteres.« Dabei stießen sie sich grinsend mit den Ellbogen an und machten zotige Gesten.

»Nehmt euch vor diesem Kerl in Acht«, raunte mir der alte Reynard zu. »Ich kenne ihn nur zu gut.«

Gerlaine stellte sich taub, packte nur ihren Knüppel fester und marschierte mit finsterer Miene daher. Als er ihr jedoch wieder einmal aufreizend den Weg versperrte und sie mit anzüglichen Bemerkungen reizte, blieb sie stehen und starrte ihm kalt ins Gesicht.

»Das Lachen wird dir bald vergehen, Osbert. Ein früher Tod ist dir gewiss.«

Osbert lachte, aber es klang gezwungen. Offenbar hatten ihre Worte ihn doch getroffen. Jedenfalls hielt er sich für eine Weile zurück.

Eigentlich hätte ich statt Gerlaine dem Kerl das Maul stopfen sollen, und ich schämte mich, dass mir der Mut dazu gefehlt hatte. Dabei hatten die anderen gar keinen Grund, mich zu beneiden, denn trotz eifrigen Bemühens gelang es mir nicht, die keusche Festung zu nehmen. Nachts, wenn wir unbeobachtet waren, küssten und liebkosten wir uns wie früher, aber mehr ließ sie nicht zu. Ich hätte sie eben heiraten sollen, neckte sie mich. Doch dafür sei es nun zu spät. Dabei schlief sie unbekümmert an meiner Seite, ja sie verlangte sogar, dass ich Wache hielt, wenn sie ihre Notdurft verrichtete oder sich an einem Bächlein wusch. Ihr Vertrauen ehrte mich, doch Nacht für Nacht ihr warmer Leib neben mir, den ich selbst durch die dickste Kleidung nur allzu betörend wahrnahm, das trieb mich oft zu stummer Verzweiflung. Als Verführer war ich wohl nicht der Geschickteste.

Je weiter wir nach Süden kamen, desto mehr lichteten sich die dunklen Wälder, die Landschaft wurde von Feldern und Wiesen bedeckt, die sich auf sanften Hügeln endlos aneinanderreihten. Wir wanderten nun auf Pilgerstraßen, die nach Rom führten, wie man uns versicherte. Die meisten Leute hielten sich jedoch fern von uns, Bauern trieben ihr Viehzeug in Sicherheit, und Mütter rissen ihre Kinder an die Brust, wenn wir vorbeimarschierten. Eine Bande abgerissener Krieger war kein Anblick, der Vertrauen erweckte.

Und schließlich geschah das Unvermeidliche.

Es war an einem Nachmittag. Wir lagerten in einem kleinen Seitental der Rhone, an einem Bach, der von den Höhen floss. Robert war mit ein paar Männern in ein nahe gelegenes Dorf geritten, um unsere Vorräte aufzufrischen. Ich war mit Feuermachen beschäftigt und hatte nicht bemerkt, dass Gerlaine weiter das Tal hinauf zum Kräutersammeln gegangen war.

Plötzlich hörte ich sie irgendwo bachaufwärts schreien.

So schnell ich konnte, rannte ich den Hang hinauf. Weit konnte sie nicht sein, denn ich hatte sie deutlich genug gehört.

Und dann sah ich sie, halb im Gesträuch versteckt. Osbert hatte sie zu Boden geworfen und zerrte an ihren Kleidern. Sie selbst lag seltsam unbeweglich da, ein Bein ganz nackt. Der Anblick weckte mit einem Schlag tief vergrabene, schreckliche Erinnerungen in mir.

Später erfuhr ich, dass sie ihn sich eine Weile mit dem Knüppel vom Leib gehalten hatte. Sogar einen deftigen Hieb auf den Kopf hatte sie ihm verpasst. Aber darüber war er nur noch wütender und begieriger geworden, sie zu besteigen. Den Stock hatte er ihr entrissen und sie mit einem gezielten Fausthieb vorübergehend der Sinne beraubt. Für mich aber sah es aus, als läge sie tot im Gras. Wie meine Mutter vor so vielen Jahren. Der Anblick raubte mir jede Beherrschung, und eine Flut puren Wahnsinns überkam mich.

Osbert, in seiner Gier, hatte mein Nahen nicht bemerkt. Er war zu beschäftigt, seinem Opfer die Beinkleider herunterzureißen. Ohne zu wissen, was ich tat, hatte ich plötzlich mein Messer in der Hand. Ich bekam ihn an den Haaren zu fassen, riss seinen Kopf zurück. Doch bevor ich ihm die Kehle aufschlitzen konnte, hörte ich Gerlaine stöhnen, die sich wieder zu beleben schien.

Mein kurzes Zögern genügte Osbert, sich aus meinem Griff zu winden und aufzuspringen. Den Lederpanzer hatte er im Lager gelassen. Die Tunika war am Kragen eingerissen, Blut rann ihm von der Stirn, wo Gerlaine ihn mit dem Knüppel erwischt hatte, und mit seinem roten, noch halbsteifen Glied, das ihm aus der Hose hing, sah er ziemlich lächerlich aus. Doch der Eindruck änderte sich rasch, als er sein Schwert zog und sich mir drohend näherte.

»Kommst mir gerade recht, Bürschchen«, grinste er. »Bist du erst erledigt, schmeckt mir die Hure umso süßer.«

Blitzschnell holte er aus. Ich konnte gerade rechtzeitig außer Reichweite springen. Aus den Augenwinkeln bemerkte ich, wie Gerlaine, immer noch halbnackt, ihren Stock gepackt hatte, um mir beizustehen.

»Halt dich raus, Gerlaine«, rief ich ihr zu. »Lauf weg!«

Aber sie wollte nicht weichen. Ihre Augen waren weit aufgerissen, die Zähne entblößt wie bei einem Raubtier.

»Wir bringen das Schwein um oder sterben zusammen, das ist mir gleich«, schrie sie und hob den Knüppel höher.

Osbert trat nun seinerseits ein paar vorsichtige Schritte zurück. »Na komm, mein Täubchen«, lachte er. »Versuch es nur.«

Die Sache schien ihm Spaß zu machen. Er war sich seiner Überlegenheit gewiss. Mit Recht, denn Gerlaine war nur ein Mädchen. Und ich wohl groß genug für mein Alter, aber Osbert war stark wie ein Ochse und überraschend schnell auf den Beinen, ein erfahrener Kämpfer mit einem langen Schwert in der Faust. Was konnte ich mit meinem armseligen Messer gegen ihn ausrichten?

»Lauf, Gerlaine!«, rief ich noch einmal. »Hol Hilfe.«

»Hol Hilfe, Gerlaine«, ahmte Osbert mich johlend vor Vergnügen nach und stopfte sich seinen Schwanz wieder in die Hose. Deshalb achtete ich einen Augenblick lang nicht auf ihn, sondern sah besorgt zu Gerlaine hinüber. Das wusste Osbert zu nutzen. So plötzlich stürmte er auf mich zu, dass ich keine Gelegenheit hatte, mich wegzudrehen.

Nur der trügerische Boden rettete mich, denn Osbert strauchelte, sein Schwert verfehlte mich, und ehe ich michs versah, steckte mein Messer tief in seinem Leib. Er erstarrte und glotzte mich an wie blöd. So standen wir einen Wimpernschlag lang Auge in Auge, so dicht, dass ich seinen Atem riechen konnte, bis mir einfiel, was sie mir beigebracht hatten. Ich stieß das Messer noch einmal unter sein Brustbein, um sein Herz zu durchbohren, und drehte die Klinge halb um, damit sie sich nicht festsaugen konnte.

Das Schwert entglitt ihm, er gab ein Ächzen von sich, und das Kinn sackte herunter. Speichel tropfte ihm von der Unterlippe. Dann erzitterte er und fiel rücklings mit ausgebreiteten Armen ins Gras. Dort blieb er still und mit offenen Augen liegen.

Ich hielt das blutige Messer in der Hand und war wie vom Donner gerührt. Bei den Göttern, ich hatte einen Mann getötet.

Gerlaine dagegen blieb erstaunlich ruhig. Sie wischte die Tränen von den Wangen, beugte sich über Osbert und spuckte ihm ins Gesicht. Damit nicht genug, trat sie ihm ein paarmal mit Wucht in die Seite. Als er sich nicht regte, machte sie ein befriedigtes Gesicht und richtete ihre Kleidung.

»Saubere Arbeit, mein Junge«, hörte ich jemanden hinter mir sagen. Wie benommen drehte ich mich um.

Da stand Le-Vieux Reynard, der alles gesehen hatte, begleitet von einem halben Dutzend Männer, die unser Geschrei herbeigelockt hatte. Auch Robert näherte sich. Er warf mir einen wütenden Blick zu.

»Das war ein verdammt guter Mann in der Schlachtreihe«, sagte er mit vor Ärger zusammengepressten Lippen. »Musstest du ihn umbringen?«

»Der Kerl hat nichts Besseres verdient«, erwiderte Reynard. »Außerdem … der Junge hatte nur ein Messer.«

»Trotzdem ärgerlich«, knurrte Robert.

»Ich will seine Waffen«, hörte ich mich zu meinem eigenen Erstaunen sagen, weit mutiger, als ich mich fühlte. Aber irgendwie war mir jetzt alles gleich.

Robert starrte mich ungläubig an.

»Du willst was?«

»Ich habe ihn im Zweikampf getötet. Also gebühren mir seine Waffen.«

Ein geringschätziges Lachen war die Antwort. »Du weißt doch gar nicht, wie man damit umgeht.«

»So ist es Brauch, Guiscard«, warf einer der Männer ein, und die anderen nickten. »Es war ein ehrlicher Kampf. Und Gilbert ist der Sieger.«

Jetzt trat der mächtige Rainulf vor, das halbe Gesicht von rotem Bart bedeckt, der Rest von Sommersprossen. Er musterte mich aufmerksam.

»Gib dem Jungen wenigstens das Schwert«, grollte sein Bass. »Nachher sehen wir, zu was er taugt.«

Robert zuckte mit den Schultern. »Also gut. Du bist zwar nur ein Hänfling, aber ab jetzt darfst du Osberts Schwert tragen. Sieh zu, dass du es nicht verlierst.« Er drehte sich zu den anderen um. »Und dass mir keiner mehr das Mädchen anrührt.« Damit ließ er uns stehen.

Reynard und ein paar andere halfen, dem Leichnam alles an Wert abzunehmen. Dabei reichte er mir Osberts Schwert und Gürtel sowie seine Stiefel. Dann begruben wir ihn im weichen Grund neben dem Bach. Mit Kreuz oder Gebeten nahmen wir es nicht so genau. Osbert hätte ohnehin keinen Pfifferling darauf gegeben. Und ich schon gar nicht.

»Der hat Glück gehabt, dass er mit dem Schwert in der Hand gestorben ist«, sagte Reynard, der den alten Göttern nachhing. »Nun darf er sich an den Feuern von Walhall wärmen.«

Er befingerte das Amulett, das er am Hals trug. Eine kleine Schnitzerei aus einem Walrosszahn, die Thors Hammer darstellte. Gerlaine blickte finster auf den frisch aufgeworfenen Erdhügel. Dann machte sie das Zeichen gegen den bösen Blick und wandte sich ab.

Osberts Schwert war eine außergewöhnlich gute Arbeit aus bestem Stahl. Dass ein solcher Kerl eine so schöne Waffe besessen hatte, wunderte mich. Er musste sie in der Schlacht an der Orne einem toten Ritter abgenommen haben. Als wir zurück im Lager waren, merkte ich, dass mir alle mit neuem Respekt begegneten. Und mit dem Besitz dieses wertvollen Schwertes fühlte ich mich selbst zum Mann und Krieger geworden. Na ja, so halbwegs jedenfalls.

Am Abend folgte Robert mir bis zum Bach, wo ich Wasser holen wollte. Das Mondlicht fiel über sein kantiges Gesicht, und ich sah, dass er mir zulächelte.

»Bin froh, dass es dich nicht erwischt hat, Gilbert«, meinte er. »Du hättest mir gefehlt.« Bevor ich mich von meiner Überraschung erholen konnte, raufte er mir grob durch die Haare, schlug mir kurz auf die Schulter und war wieder im Dunkeln verschwunden.

So sehr mich diese Worte freuten, die wüsten Bilder des Erlebten konnten sie in dieser Nacht nicht vertreiben. Bei der Erinnerung an Osberts Blut durchfuhren mich Schauer. Wie leicht es gewesen war, einen Mann zu töten. Und was für ein verdammtes Glück ich selbst dabei gehabt hatte.

Auch Gerlaine zitterte am ganzen Leib, als sie alles im Geist noch einmal durchlebte. Weinend klammerte sie sich an mich. Dennoch spürte ich eine tiefe Befriedigung, fast eine Befreiung, als hätte ich nach all den Jahren endlich Rache genommen für das, was sie meiner Mutter angetan hatten.

Gerlaines Kopf ruhte auf meiner Brust, und der warme Duft, der ihren Haaren entströmte, hatte etwas Anheimelndes. Ich wiegte sie in meinen Armen, bis sie eingeschlafen war.

*

Wir marschierten weiter in Richtung Süden, vermieden aber die größeren Ortschaften. Gewaltige Berge türmten sich nun zu beiden Seiten des Weges auf, mit dichtbewaldeten Hängen und schroffen Felsgipfeln, die am Abend noch lange in der untergehenden Sonne leuchteten. Ich konnte mich kaum sattsehen, denn Berge wie diese waren ein völlig ungewohnter Anblick. Auch rochen die Wiesen nicht wie daheim nach nassem Gras und modriger Erde, sondern verströmten einen Duft von Wildblumen und Kräutern.

Robert besprach sich oft mit Reynard, der den Weg kannte und kein einziges Mal zögerte, wenn wir an eine Kreuzung kamen. Ohne ihn hätten wir uns in diesen wilden Tälern verloren.

Obwohl er das Plündern verboten hatte, war Robert nicht gewillt, unnütze Zeit auf der Jagd zu vergeuden, nicht in diesen unbekannten Bergwäldern. Es kam ebenfalls nicht in Frage, sein letztes Silber für Nahrung auszugeben. Widerstrebend ließ er es also zu, dass wir unser Essen stahlen. Das war meist recht einfach, denn wenn fünf oder sechs von uns schwerbewaffnet auf einem einsamen Hof auftauchten, rückten die Bauersleute bereitwillig, wenn auch vor Angst zitternd, Korn, Bohnen, Hühner und Zicklein heraus. Was sich einige von uns sonst noch nahmen, will ich lieber gar nicht erwähnen.

Einmal wäre es mir dabei fast an den Kragen gegangen.

Sie hatten Reynard und mich zu einer Hütte geschickt, die in einiger Entfernung in einem Seitental dicht am Waldrand lag. Die war so klein und unscheinbar, dass wir sie nicht weiter beachtet hätten, wäre nicht eine kleine Herde Schafe in der Nähe gewesen. Kein Mensch zu sehen, nicht einmal ein Hund. Eine gute Gelegenheit also. Während die Truppe eine Rast einlegte, wollten wir uns ein paar Hammel holen.

Einer der Krieger, vielleicht war ihm langweilig, schloss sich uns an, Ivain hieß er. Kein besonders großer Kerl, fast schmächtig, aber sehnig und zäh, mit mausgrauem Haar, das ihm tief in die Stirn fiel und sein halbes Gesicht bedeckte. Wahrscheinlich, um die hässliche Brandnarbe zu verbergen, die seine linke Gesichtshälfte verunzierte. Angeblich war er als Jugendlicher beinahe im Feuer umgekommen, als man sein Dorf überfallen und angezündet hatte. Ein Schicksal nicht unähnlich dem meinen. Deshalb mochte ich ihn wohl, obwohl er mich wenig beachtete und nicht viel sprach.

Die Hütte schien verlassen, als wir uns näherten. Also packten wir uns ein paar Schafe und schlachteten sie auf der Stelle. Während wir mit dem Ausweiden beschäftigt waren, stürmte plötzlich wild schreiend ein halbes Dutzend Kerle aus dem

Wald und auf uns zu, allen voran ein gefährlich aussehender Ritter zu Pferde, besonders mit dem langen Schwert, das er schwang.

Ich vergaß vor Schreck, meine Waffe zu ziehen. Auch für Reynard, der Schild und Speer zurückgelassen hatte, war der Angriff so überraschend gekommen, dass er nicht viel mehr als eine Warnung brüllen konnte, schon war der Ritter heran. Da ich dem Kerl genau im Weg stand, hätte es mich zweifellos als Ersten erwischt, wäre es mir nicht eben noch gelungen, zur Seite zu springen. Immerhin spürte ich den Luftzug der Klinge, die mich nur einen Fingerbreit verfehlte.

Auch Reynard konnte ausweichen. Und nun hatten wir endlich unsere Schwerter in den Fäusten. Während der Reiter sein Ross wendete, kamen die Bauern mit Stöcken und Heugabeln auf uns zugerannt, um uns in die Mitte zu nehmen. Zwischen ihnen und dem Ritter sah ich mein letztes Stündlein gekommen.

Wer jedoch die Ruhe bewahrte, war Ivain. Der hatte nicht einmal sein Schwert gezogen, hielt nur eine unscheinbare Wurfaxt in der Hand. Als der Reiter erneut heranstürmte, holte Ivain kurz aus und schleuderte die Axt. Mit einem trockenen Knacken, als bräche ein Ast, fuhr sie dem Mann in die Stirn. Der breitete die Arme aus und fiel rücklings auf die Kruppe seines Gauls. Das Pferd scheute, wendete und rannte davon, wobei der Leichnam ins Gras rutschte und liegen blieb.

Hastig drehte ich mich um, um dem Angriff der Bauern oder Schäfer, was immer sie waren, zu begegnen. Aber die waren abrupt stehen geblieben und starrten mit Schrecken auf den Leib ihres toten Herrn. Es schien ihnen die Lust am Kämpfen genommen zu haben, denn nach einigen wütenden Blicken und gereckten Fäusten machten sie sich aus dem Staub.

Auch wir beeilten uns, die noch blutigen Schafsleiber über die Schulter zu werfen, und kehrten, nachdem Ivain seine Axt geholt hatte, zu den anderen zurück.

Mir hämmerte noch lange das Herz in der Brust. Und das nicht vor Anstrengung. Es war nun schon der zweite Totschlag auf dieser Reise, in den ich verwickelt war. Ich schielte zu Ivain hinüber, der gleichmütig neben uns herstapfte, und bemerkte, dass er noch eine zweite Wurfaxt im Gürtel trug.

»Was für eine Waffe ist das?«, fragte ich ihn.

»*Francisca.* Die gehörten meinem Urgroßvater.« Er zog den Rotz durch die Nase und spuckte in hohem Bogen ins Gras. »Heutzutage kann keiner mehr damit umgehen.«

»Ich würde es gern lernen«, sagte ich.

Er knurrte etwas, das man weder als Zustimmung noch als Ablehnung werten konnte. Ein Windstoß fuhr ihm ins Haar, entblößte seine schrecklich vernarbte Gesichtshälfte. Die sah so unmenschlich aus, dass ich nicht weiter nachfragen mochte.

Robert befahl allen, die Augen offen zu halten. Aber es verfolgte uns niemand. Trotzdem nahmen wir die Beine unter die Arme, um die Gegend schleunigst hinter uns zu lassen.

Eines Tages erreichten wir das Meer. Ein überwältigender Anblick für einen, der noch nie aus der Umgebung von Hauteville herausgekommen war. Diese unglaubliche Weite, die hauchdünne Linie, wo Himmel und Ozean sich trafen, der Wind im Haar, der warme Sand zwischen den Zehen. Eine Wohltat, endlich mal die Stiefel auszuziehen. Ich ließ mich nieder und konnte den Blick nicht von den sanften Wogen wenden, den kreischenden Seevögeln und den kleinen Fischerbooten weit draußen auf den blauen Fluten.

»Woran denkst du?«, rief Gerlaine fröhlich, die ebenfalls mit nackten Füßen und sichtlichem Vergnügen in den ausrollenden Wellen planschte. »Sag bloß nicht, du hast Heimweh.«

Ich antwortete nicht, denn sie hätte mich ausgelacht, wenn sie gewusst hätte, was mich bewegte. Ich konnte einfach nicht auf dieses Meer hinausblicken, ohne an meinen verschollenen Vater zu denken und mir zu wünschen, sein Drachenschiff würde um die ferne Landzunge biegen, um mich auf große Fahrt mitzunehmen.

Gerlaine stand gebückt im Flach, schöpfte Meerwasser mit den Händen und spülte es sich übers Gesicht. Sie hatte alles abgelegt außer einem leichten Unterkleid, das der Wind ihr eng an den Leib drückte, so dass ihre Formen nicht zu übersehen waren, die strammen Beine, das aufreizend runde Gesäß.

Plötzlich merkte sie, wohin ich glotzte.

»Hör auf, mir auf den Hintern zu starren«, grinste sie und bespritzte mich mit Wasser. »Besonders nicht mit diesem hungrigen Wolfsblick.«

Ich sprang auf und packte sie um die Taille. »Was kann ich dafür, wenn du zum Fressen aussiehst«, rief ich.

Wir küssten uns. Doch dann machte sie sich lachend wieder los und lief davon.

Am frühen Abend tauchte ein halbes Dutzend schwerbewaffneter Reiter an unserem Lagerplatz auf. Sie hatten gute Pferde, ihre Rüstungen glänzten in der untergehenden Sonne. Offensichtlich die Patrouille eines Fürsten aus der Gegend.

Was wir hier zu suchen hätten, fragten sie. Die südliche Sprache war eigenartig. Man konnte sie nur mit Mühe verstehen. Robert erwiderte, wir seien auf Pilgerfahrt nach Monte Gargano zum Schrein des heiligen Michael. Davon hätten sie noch nie gehört, meinten die Reiter und beäugten uns misstrauisch. Dabei weiß doch jedes Kind, dass der heilige Michael Schutzpatron der Normannen ist und unsere Leute seit Generationen nach Gargano pilgern. Außerdem wollten sie wissen, wo wir die Schweinerücken gestohlen hatten, die auf unserem Lagerfeuer brieten.

Wir suchten keinen Streit, aber nun war es genug.

Robert erhob sich und baute sich in voller Größe vor ihnen auf. Er kann sehr beeindruckend wirken, besonders mit diesem kalten und zu allem entschlossenen Blick. Das ginge sie verdammt noch mal nichts an, knurrte er.

Ivain begann wie beiläufig, seine Wurfäxte zur Übung auf einen angeschwemmten Baumstamm zu werfen. Rainulf strich liebevoll über die Schneide seiner Streitaxt, und auch Rollo erhob sich und zog sein mächtiges Schwert, um es zu schärfen.

Die fremden Reiter sagten eine Weile nichts, hielten jedoch ein wachsames Auge auf Ivain und seine Wurfäxte. Und dann, ohne ein weiteres Wort, wendeten sie ihre Gäule und trabten davon.

Ragnar brüllte ihnen Beleidigungen hinterher. Irgendwas Unrühmliches über ihre Mütter. Auch er war ein Edelmann und besaß wie Robert, Fulko und Rainulf einen Ringpanzer. Er war muskulös, aber gertenschlank und mit dem Schwert so schnell und geschickt, dass einem schon beim Zuschauen schwindelig wurde. Genauso tödlich war sein Spott. Er selbst aber war schnell beleidigt, wenn man etwas gegen ihn sagte. Womit er für Hamo, den Witzbold unter uns, zur reizvollen Zielscheibe geworden war.

»He, Ragnar«, rief der für einen Normannen eher kleine, wenn auch drahtige Bursche. Er hatte einen Mund, der ebenso selten stillstand wie sein mächtiger Adamsapfel.

»Was willst du, Zwerg?«, entgegnete Ragnar finster.

»Wo war denn gerade dein feiner Saustecher, o Fürst der Schwertkämpfer? Ich habe ihn vermisst. Hatten dich die Kerle so eingeschüchtert?«

Ragnar stieg die Zornesröte ins Gesicht. Er sprang auf, um sich auf Hamo zu stürzen. Der aber lachte nur und stellte sich wie beiläufig neben Rollo, seinen Freund. Die beiden bildeten ein seltsames Paar, der gewitzte Hamo und der dumme, aber gewaltige Rollo, der immer noch stur an seinem Schwert schliff. Und doch war auch Hamo nicht zu unterschätzen. Besonders nicht, wenn er wie jetzt sein Wurfmesser in der Hand hielt.

Ragnar fluchte. »Eines Tages zieh ich dir das Fell über die Ohren, du kleine Ratte.« Frustriert schnitt er sich ein Stück von dem köstlich riechenden Schweinefleisch ab und setzte sich wieder.

»Und was willst du mit meinem Rattenfell?«

»Lass gut sein, Hamo«, grollte Rainulf. »Iss lieber, damit was aus dir wird.«

Darüber mussten alle lachen, und es nahm auch Ragnar die Spitze seines Ärgers. Hamo zuckte ungetrübt mit den Schultern.

»Leute«, rief er. »Ich kann es gar nicht erwarten, bis wir ankommen. Berge von Silber, Fässer vom besten Wein und vor allem Weiber, die Schlange stehen, um uns zu beglücken.«

Herman wieherte vor Vergnügen. »Und die mit den größten …«, ein Blick auf Gerlaine ließ ihn zögern. »Na, du weißt schon, Hamo, die heben wir für dich auf.«

»Was bist du doch für ein liebes Kerlchen«, gluckste Hamo.

So blödelten sie noch eine Weile herum, bis das Gelächter sich beruhigte.

»Gilbert«, raunte mir Reynard zu. »Frag doch mal dein Mädel, ob sie uns die Runen liest. Ich weiß, sie kann das. Ich habe sie gesehen, auch wenn sie es verheimlichen will.«

Das stimmte sogar. Sie hatte die uralten Zeichen von ihrer Mutter gelernt und wusste sie zu deuten. Und seit sie Osbert den eigenen Tod vorausgesagt hatte, waren die Männer überzeugt, sie habe das zweite Gesicht und verfüge über geheime Zauberkräfte. Jedenfalls wurde sie von allen mit Vorsicht und

Achtung behandelt. Selbst Thore, der sonst keinem Rock abgeneigt war, versuchte nicht, sich an sie ranzumachen.

Was aber den Runenzauber betraf, so war dieser, seit viele Normannen Christen geworden waren, nicht bei allen gern gesehen. Um des lieben Friedens willen duldete Rainulf weder die alten Götterbeschwörungen noch übermäßiges Beten der Anhänger des Gekreuzigten. Er selbst hatte weder für das eine noch für das andere viel übrig.

»Ich lege keine Runen«, sagte Gerlaine, die Reynard gehört hatte. »Für niemanden.«

»Nicht einmal für Gilbert?«

Sie schüttelte den Kopf.

»Und was ist mit dir selbst?«, fragte er. »Willst du nicht wissen, wie es mit dir auf dieser Reise gehen wird?« Er lächelte ihr zu. »Oder wen von uns du mal heiratest?«

Sie achtete kaum auf ihn, sondern starrte nur mich mit ihren hellen Augen unverwandt an. Fast wurde mir unheimlich dabei.

»Heiraten werde ich nie«, sagte sie, ohne den Blick von mir zu wenden.

Das traf mich schwer. »Ich dachte, du liebst mich«, sagte ich später, als wir allein waren.

Sie schlang ihre Arme um mich und küsste mich. »Das weißt du doch«, murmelte sie an meiner Brust.

»Und warum sagst du dann so was wie vorhin?«

Sie blieb lange still. Ich dachte schon, sie würde mir nicht antworten, da hörte ich sie sagen: »Ich versuche, die Zukunft zu ergründen, und ich sehe uns nicht darin. Jedenfalls nicht zusammen.«

Ihre Stimme war leise, fast tonlos, und als ich ihr Kinn zu mir hob, sah ich, dass sie Tränen in den Augen hatte.

*

Ich musste die halbe Nacht über Gerlaines Worte grübeln. Konnte sie wirklich in die Zukunft schauen? Trug sie tatsächlich dieses Geschenk der Götter in sich? Oder hatte sie etwas anderes gemeint? In sie bohren mochte ich nicht, denn ich fürchtete eine allzu ehrliche Antwort. Schließlich war ich nur ein *porchon* und Pferdeknecht. Was konnte ich ihr schon bieten?

Trotzdem war ich überzeugt, dass mehr in mir steckte. Ich würde es ihr beweisen. Vielleicht würde eines Tages ein berittener Söldner aus mir. Oder Loki, der gerissenste unter den Göttern, würde mir einflüstern, wie ich mächtig und reich werden könnte, genug, um sie glücklich zu machen.

Mit diesem Gedanken schlief ich endlich ein.

In den nächsten Tagen marschierten wir am Meer entlang durch eine bergige, von Licht durchflutete Küstenlandschaft. Die Strände waren weniger geworden. Stattdessen wand sich der staubige Weg an Felsklippen und steilen, mit krüppeligen Kiefern bedeckten Hängen entlang. An manchen Stellen fiel die Küste so schroff ins Meer, dass einem beim Blick in die Tiefe, wo eine leichte Brandung gegen die Felsen schäumte, schwindelig wurde.

An den Farben dieser Gegend konnte man sich kaum sattsehen, ockerbraun die von sonnenverbrannten Gräsern bedeckte Erde, das dunkle Grün der Kiefern und Pinien, das hier und da vom Grau der Felsen unterbrochen wurde, und allgegenwärtig das blendende, unendliche Blau des Himmels und das noch tiefere Azur des Meeres, so weit das Auge reichte.

Tagsüber war es heiß. Man konnte kaum so schnell trinken, wie man es wieder ausschwitzte. Das heißt, wenn wir überhaupt Wasser fanden, denn die Gegend war trocken. Die kleinen Biester, von den Einheimischen *cicala* genannt, machten einen Höllenlärm, selbst in der Nacht, und Kühlung brachte auch der sanfte Wind nicht, der vom Meer herüberwehte.

Aber es gab wunderbare Früchte. Besonders auf Wassermelonen war ich so versessen, dass mir der Bauch zu platzen drohte. Auch die anderen genossen die Köstlichkeiten, die wir in den Gärten mitgehen ließen.

Natürlich machten wir uns nicht gerade beliebt mit unseren kleinen Räubereien. Einige Male galt es, sich zu verteidigen, weil aufgebrachte Landbesitzer ihre Krieger gegen uns hetzten. Aber zu wirklichen Kämpfen kam es nicht. Wir waren zu viele, als dass man es gewagt hätte, uns ernsthaft anzugreifen.

Als Dieb hatte ich es inzwischen zu einiger Geschicklichkeit gebracht, was mir das Wohlwollen meiner Kameraden einbrachte. Seltsamerweise war zu meinem Schutz der schweigsame Ivain immer dabei. Manchmal auch Thore mit seinem Bogen. Statt Gewalt anzuwenden, stahlen wir heimlich von den Bauern, ohne dass sie es merkten. Ein paar fette Gänse, ein Schaf oder eine Ziege, die sich zu weit vom Hof entfernt hatte.

Robert sagte nicht viel zu meinen Beschaffungskünsten, aber ab und zu schenkte er mir doch ein Augenzwinkern oder dankte mir, wenn ich seinen Gaul versorgt hatte, einen prächtigen Grauschimmel, dem er sehr zugetan war. Und weil er wusste, wie stolz ich auf mein wunderbares, neues Schwert war, zeigte er mir ein paar Tricks, die ich noch nicht kannte. Sogar Ragnar ließ sich gelegentlich herab, mich zu unterweisen.

Eines Tages erreichten wir eine, wie Reynard meinte, wichtige Hafenstadt mit Namen Genova. Nicht wenige hatten ihre Stiefel durchgelaufen und klagten, dass sie auf den kantigen Steinen der Straße nicht länger barfuß laufen wollten. Deshalb machte Robert eine Ausnahme, und wir betraten zum ersten Mal eine richtige Stadt.

Die Wachen am Tor beäugten uns misstrauisch, was man ihnen kaum verdenken konnte, wenn man sich unsere abgerissene Truppe besah. Nur ungern und erst nach langen Beteuerungen unserer Friedfertigkeit ließen sie uns das Tor passieren.

Man kann sich vorstellen, wie dieses Genova auf einen wie mich wirkte, der mit Ausnahme von ein paar Bauerndörfern noch nichts von der Welt gesehen hatte. So viele Häuser auf einmal, nicht wenige davon aus Stein, und vor allem die unzähligen Menschen in den Gassen, die geschäftig wie Ameisen hin und her liefen. Im Gewühl der Händler, Lastenträger, Maultiertreiber und Bürgersfrauen fanden sich reich gekleidete Kaufherren, die eilig einem Treffen zustrebten, edle Damen, die in Sänften dahinschwebten, oder Geistliche in goldbestickten Ornaten.

Überhaupt gab es hier eine Menge Christenkirchen, als hätten die Bewohner es nötig, an jeder Ecke zu ihrem Gott zu beten. Daheim hatte die gute Fressenda auch mich zum Gebet angehalten. Aber etwas hatte sich in mir gesträubt, zu diesem schwächlichen Gott zu beten, den man ans Kreuz genagelt hatte. Wie Tancred waren mir immer noch Thor und Odin lieber, obwohl man das heutzutage nicht mehr laut sagen durfte.

Man zeigte uns die Schuhmachergasse, und nachdem wir uns dort mit dem Nötigsten versorgt hatten, drängten wir in eine der vielen Schenken am Hafen, um unseren Durst zu stillen.

Doch der Wirt, ein beleibter Kerl mit einer Schürze vor dem Bauch, wollte uns nicht bedienen. Wir waren ihm wohl nicht fein genug, oder er fürchtete, wir würden seine Stammkundschaft vertreiben. Da packte Ragnar ihn am Kragen und hielt ihm die Dolchspitze so heftig an die Kehle, dass es blutete und der Mann zitternd seinen Mägden befahl, uns schleunigst Wein aufzutischen.

Die anderen Gäste hatten es mit der Angst zu tun bekommen, denn im Nu war die Schenke leer, so dass wir uns ausbreiten konnten. Nach den langen Wochen der trockenen Wanderschaft machten sich die Männer wie Verdurstende über den Wein her. Rollo stürzte gleich einen ganzen Krug davon hinunter, Thore bemühte sich, mit den Mägden anzubändeln, und Hamo hob ein zotiges Lied an, zu dem die anderen im Takt auf die Tische hauten.

Aber der Spaß dauerte nicht lange. Kaum hatten wir es uns gemütlich gemacht, da standen schon Soldaten der Stadtmiliz vor der Tür. Ein gutes Dutzend und schwer bewaffnet. Sie waren nicht gekommen, um mit uns zu feiern. Ihr Anführer forderte uns auf, die Schenke zu verlassen. Draußen in der Gasse wurde noch viel geschrien und mit den Händen gefuchtelt. Wir verstanden wenig von ihrer ligurischen Sprache, außer dass wir aus Genova verschwinden sollten. Herman und ein paar andere wurden wütend und drohten mit den Waffen, so dass es beinahe zum Kampf gekommen wäre, hätte Robert sie nicht scharf zurechtgewiesen.

Sie wollten uns also loswerden. Nun, am Ende taten wir ihnen den Gefallen. Wenigstens mussten wir nicht den Wein bezahlen. Und ich ließ es mir nicht nehmen, einem Händler trotz seines Gezeters eine Amphore davon abzunehmen, die ich Rollo schenkte.

Viel ist von unserer weiteren Wanderschaft nicht zu berichten, außer dass es ein paarmal Streit unter den Männern gab, den Rainulf wenig zimperlich zu schlichten wusste. Einer bekam Zahnschmerzen, seine Backe schwoll entsetzlich an. Erst als es Hamo gelang, den verdammten Zahn zu ziehen, ging es dem Kerl besser. Ja, Hamo konnte nicht nur Witze reißen. Auch mit Wunden verstand er sich.

Das Wetter blieb uns treu, obwohl die größte Sommerhitze nun vorbei war. Das Land, durch das wir marschierten, gefiel uns gut. Reiche Siedlungen, fruchtbare Ebenen, Berge, Meer und Strände, befestigte Häuser auf den Hügelkuppen und viel Volk auf den alten Heerstraßen der Römer. Alles schien nur einem Ort zuzuströmen oder von dort zu kommen, jener großen Stadt, die in aller Munde war, als ginge von ihr das Heil der Menschheit aus – Rom.

Schon von weitem sahen wir ihre gewaltigen Stadtmauern, die ein riesiges Gelände umfassten. Kaum vorstellbar, wie viele Menschen hier einmal gewohnt haben mussten. Doch die Befestigungen waren zum Teil verfallen, in den Tempelruinen hausten wilde Tiere, das einst stolze Forum war ein zur Viehweide verkommenes Trümmerfeld. Dennoch schienen hier mehr Menschen als sonst wo zu leben, wenn auch viel armes Volk darunter war. Hungernde Kinder, die im Dreck spielten, Bettler in allen Gassen, Diebe, vor denen man sich in Acht nehmen musste. Bei uns daheim waren die meisten ebenfalls arm, aber wenigsten gut genährt, und sie bettelten nicht.

Doch es gab auch Straßen mit prächtigen Villen und prunkvollen Palästen, die mich staunen ließen. Wer die mächtigen Fürsten denn seien, die hier wohnten, fragte ich Reynard. Die hohen Priester der Christen, war seine Antwort. Das wunderte mich, kannte ich doch nur arme Mönche, die nicht mehr besaßen als das Bauernvolk. Vielleicht war der Christenglaube ja doch ein einträgliches Geschäft.

Das bestätigten auch jene unter uns, die in der Kathedrale des heiligen Petrus gebetet hatten. Sie kamen davon zurück, als wäre ihnen Jesus leibhaftig erschienen, so sehr hatte sie die Pracht der Messe und der goldgewandeten Priester geblendet.

Mir hatten es eher die bunten Märkte angetan, auf denen es so viele kostbare Dinge zu sehen gab, dass einem schwindelte. Mein Freund Reynard dagegen meinte, in Wahrheit sei Rom wie eine abgetakelte Hure, der es bei Kerzenschein immer noch gelinge, ihre Freier zu verführen, bei Tageslicht aber die hässlichen Falten nicht verbergen könne. Der Vergleich schien ihm zu gefallen, denn er lachte ausgiebig darüber.

Je näher wir unserem Ziel kamen, umso mehr drehten sich die Gespräche um die reiche Zukunft, die uns bevorstand, und alle bedrängten Reynard Le-Vieux, uns haarklein die Lage zu schildern und welches Leben wir bei den Lombarden zu erwarten hatten.

»Ist nicht leicht zu erklären«, sagte er und kratzte sich den Bart. »Wie soll ich euch Hohlköpfen verständlich machen, was selbst die Klügsten nicht durchschauen.«

»Red nicht um den Brei rum«, knurrte Fulko, einer der Christen unter uns. »Lass einfach hören, was du weißt.«

»Es heißt, vor sehr langer Zeit, nach der römischen Herrschaft, wurde der ganze Mezzogiorno von den Lombarden in Besitz genommen. Sie kamen aus dem Norden wie wir. Irgendwann vor Jahrhunderten haben aber die Byzantiner, die sich immer noch Römer nennen, den östlichen Teil und den Süden zurückerobert. Übrig blieben lombardische Fürstentümer im Westen des Landes. Die heißen Capua, Benevento und Salerno. Und ein paar unabhängige Handelsstädte wie Gaeta, Napoli und Amalfi. Doch untereinander sind sie sich meist spinnefeind. Und weil sie nicht genug gute Krieger haben, wurden wir Normannen gerufen, um für sie das Kämpfen zu erledigen.«

Er nahm einen tiefen Schluck aus dem Weinschlauch.

»Die Lombarden, die im Osten unter den Byzantinern leben, ein reiches Land, das sich Apulien nennt, hatten es vor einigen Jahren satt, sich von Steuereintreibern auspressen zu lassen, und erhoben sich in blutiger Revolte. Ihr Anführer war ein lombardischer Edelmann mit Namen Argyros. Und wen, glaubt ihr, hat er gerufen, um ihnen zu helfen?«

Er gönnte sich noch einen Schluck, während die anderen warteten, dass er weiterredete.

»Uns Normannen natürlich. Denn wenn's ums Kämpfen geht, dann lassen sie uns gern die schmutzige Arbeit tun.« Er deutete auf Robert, der an einer Rippe kaute. »Sein Bruder Williame, ein Teufelskerl, sag ich euch, der führte uns mehr als einmal in die Schlacht gegen die griechischen Hurensöhne.

Und wir lehrten sie das Fürchten, das könnt ihr mir glauben. Ich war dabei.«

Das erntete ihm leuchtende Augen und selbstgefälliges Kopfnicken unter den Männern. Selbst der bedächtige Rainulf konnte ein Grinsen nicht unterdrücken.

»Aber dieser Argyros war nicht so eifrig, als es ums Bezahlen ging«, fuhr er fort. »Also besorgten wir uns den gerechten Lohn selber. Wir plünderten in Apulien, wo immer es was zu holen gab. Darauf wechselte der Bastard die Seiten und wurde plötzlich zu unserem Feind. Ich glaube, die Griechen haben ihn bestochen.«

»Heißt das, die Lombarden in Apulien haben sich mit Byzanz wieder geeinigt?«, fragte Ragnar.

»So ist es«, nickte Reynard. »Und es war nicht das erste Mal, dass ein lombardischer Prinz uns betrogen hat. In Apulien nennen sie uns jetzt eine Plage. Also beschlossen Williame und die anderen Normannenführer, keine Herren mehr über sich zu dulden, sondern ein eigenes Reich zu gründen. Wir stehen noch ganz am Anfang, Jungs, aber ihr kommt zur rechten Zeit, denn die Stunde der Normannen ist gekommen, das verspreche ich euch.«

»Scheint mir eher, dass alle Welt gegen uns ist«, brummte Herman sichtlich enttäuscht. »Was kann daran gut sein?«

»Ich hab ja gesagt, es ist etwas schwierig zu verstehen«, sagte Reynard. »Es streiten sich zu viele Leute um dasselbe Land. Einig sind sie nur im gegenseitigen Hass aufeinander.«

»Teufel noch mal«, stöhnte Thore. »Da ist es friedlicher zu Hause.«

»Hattest du gedacht, du könntest dich zur Ruhe setzen?«, stichelte Hamo.

»Na klar. Am besten mit drei hübschen Weibern.«

»Kannst du mal an was anderes denken?«

Thore zuckte mit den Schultern und grinste.

»Ihr kennt doch den alten Spruch«, fuhr Reynard fort. »Wenn zwei sich streiten, freut sich der Dritte. Und der sind wir.« Seine Augen funkelten, während er in die Runde blickte. »Außerdem stehen wir nicht allein. Wir haben auch einen Freund in der Gegend. Das ist Prinz Guaimar von Salerno. Ein großer Fürst. Auf den war bisher immer Verlass. Und das Beste ist, unsere Leute haben Melfi erobert. Das ist zwar irgendwo in den Bergen und nichts Großartiges. Aber von dort kriegen sie uns nicht mehr weg.«

»Nur eine Burg in den Bergen?«, fragte Herman.

»Weit mehr als das«, erwiderte Reynard. »Das ganze Bergland zwischen Salerno und Apulien ist in unserer Hand. Dorthin traut sich niemand ungestraft.«

Herman schüttelte den Kopf. Er war nicht überzeugt.

»Aber ich hatte gehört«, sagte ein anderer, »dass Williame schon ganz Apulien in normannische Baronien aufgeteilt hat. Zwölf an der Zahl.«

Bevor Reynard antworten konnte, meldete sich Robert zu Wort. »Das hat nicht viel zu bedeuten. Nur eine Maßnahme, damit die einzelnen Anführer sich in ihren Raubzügen nicht in die Quere kommen. Vermeidet Streit untereinander.«

Reynard nickte. »So ist es.«

»Klingt vernünftig«, meinte auch Rainulf.

»Den Bären aufteilen, bevor man ihn erlegt«, johlte Hamo. »Äußerst vernünftig.«

Damit hatte er die Lacher auf seiner Seite.

Ich war jedoch ebenso verwirrt wie Herman. Die Lage für uns Normannen schien mir doch weniger rosig, als wir bisher angenommen hatten. Ein bisschen war ich auch ärgerlich auf Reynard. Vielleicht hatte er uns noch mehr verschwiegen.

Ein paar Wochen später, es war inzwischen November geworden und Winterstürme fegten übers Land, da erreichten wir endlich die fruchtbare Ebene der Campania und die an ihrem nordöstlichen Ende gelegene Stadt Capua des gleichnamigen lombardischen Fürstentums.

Natürlich waren wir noch nicht am Ziel, und doch gehörte Capua schon zu der Region, in der wir unser Glück machen wollten. Robert wollte sich diesmal nicht schäbig zeigen und beschloss, sein letztes Geld auszugeben. Zum ersten Mal auf dieser Reise quartierte er uns in einer Herberge ein. Die meisten würden zwar auf den Bänken im Schankraum schlafen müssen, aber bei dem schlechten Wetter war das immer noch besser als im Freien.

Neugierig sahen wir uns um. Capua war winzig im Vergleich zu Rom, aber wohlhabender. Die Befestigungen waren in gutem Zustand, es gab nicht zu viel Unrat in den Gassen, und die üblichen Bettler hielten sich in Grenzen. Die Einwohner aber sprachen ein Kauderwelsch, das außer Reynard niemand verstand. Sie waren kleiner als wir und dunkler, obwohl es auch einige Blonde oder Rothaarige gab. Waren das die Nachkommen der ehemaligen Einwanderer aus dem Norden, der Lombarden? Wenn ja, so hatten sie ihre alte Stammessprache längst vergessen, genauso wie wir Normannen auch kein Nordisch mehr sprachen.

Aber wohin wir auch kamen, wurden wir an Reynards Worte erinnert, denn besonders freundlich schienen sie uns nicht gesinnt zu sein. Bisher, auf der Wanderschaft durch das reiche Italia, waren wir für die Einheimischen nicht mehr als bewaffnetes Gesindel gewesen. Man hatte uns kaum beachtet. Hier in Capua aber machte es gleich die Runde, dass ein Trupp Normannen angekommen war. Man begegnete uns mit Neugier und Respekt, wenn auch nicht mit Wohlwollen. Die Leute beobachteten uns scheu, fast furchtsam, bekreuzigten sich oder wechselten die Straßenseite, wenn wir irgendwo auftauchten. Besonders die Christenpriester beäugten uns mit Unmut und unterdrücktem Zorn.

»Sieht aus, als ob es schlimmer geworden ist, seit ich das letzte Mal hier war«, meinte Reynard nachdenklich, als eine alte Vettel vor uns ausspuckte und das Zeichen gegen den bösen Blick machte.

»Was haben die gegen uns?«, fragte ich.

Er lachte nur. »Du wirst es noch früh genug herausfinden.«

Mich bedrückte diese Feindseligkeit. Ich hatte mir einen anderen Empfang erhofft. Schließlich hatten unsere Männer für diese Lombarden ihr Blut vergossen. Wussten sie das nicht zu schätzen?

Die Stadt Capua lag in einer Schlaufe des *fiume* Volturno und bestand aus verschlungenen Gassen und eng aneinandergequetschten Häusern. Überall gab es Christenschreine zur Heiligenanbetung. Auf verschiedenen Plätzen wurden Märkte aller Art abgehalten, vom Viehhandel bis zum Tausch von Waren aus den Ländern des Mittelmeeres, und auf den Bänken der Geldwechsler häuften sich Münzen aus aller Welt. Für einen Landjungen wie mich ein Paradies des Wohllebens und Luxus. Am meisten erstaunte mich, wie reich und bunt die Höhergestellten gekleidet waren. In glänzenden Stoffen, die ich noch nie gesehen hatte. Wir dagegen sahen wie Bettler aus in unseren sonnengebleichten Fetzen.

Und was für hübsche Weiber es gab. Zierlich anzusehen mit enggeschnürten Taillen, keck geschwungenen Lippen und dunklen Augen unter reichbestickten Hauben. Nur schade, dass sie uns auswichen, wenn wir sie ansprachen.

»Hier quatscht man keine Frauen auf der Straße an, merkt euch das«, wies Reynard die allzu Forschen zurecht. »Verstehen tun sie euch ohnehin nicht.«

Wir schlenderten weiter. Ich konnte meinen Blick nicht von den Auslagen auf den Ständen reißen. Duftende Kräuter und Gewürze, feinste Stoffe, Leder so weich wie Kinderhaut, Kelche aus getriebenem Silber, elfenbeinerne Ohrhänger, Ringe und Armreifen.

Plötzlich erfasste mich ein unwiderstehliches Verlangen, etwas für Gerlaine zu erstehen, ein Geschenk. Sie war in der Herberge geblieben, um sich zum ersten Mal seit langem in einem richtigen Zuber zu waschen. Und ich stand hier auf dem Marktplatz und starrte sehnsüchtig und tief betrübt auf all die schönen Dinge, die ich ihr nicht kaufen konnte, weil ich weniger als ein verdammtes Kupferstück in der Tasche hatte. Außer Messer und Schwert besaß ich nichts von Wert.

Fast schon war ich gewillt, meine Waffen einzutauschen, da hörte ich Hamos Stimme hinter mir, der mir zuraunte: »Wenn du etwas klauen willst, musst du dich schon klüger anstellen.« Er grinste spöttisch, als ich mich zu ihm umdrehte. Mit dem Kopf wies er auf den Händler, der misstrauisch zu uns herüberäugte. »Der Kerl hat dich seit einer Weile fest im Blick.«

»Hier wird nichts gestohlen«, knurrte Reynard und zog mich fort. »Kehren wir zur Herberge zurück. Da gibt's wenigstens was zu saufen.«

Die arme Gerlaine, die uns erwartete und frisch gebadet noch lieblicher als sonst aussah, verstand nicht, was in mich gefahren war, warum ich ihr vor Scham nicht unter die Augen treten mochte. Stattdessen betrank ich mich auf Roberts Kosten zum ersten Mal in meinem Leben, und dies, ermutigt durch die anderen, bis zur völligen Bewusstlosigkeit. Erst am nächsten Morgen erwachte ich mit heftigen Kopfschmerzen und unter dem wiehernden Gelächter meiner Kumpane. Gerlaine dagegen würdigte mich keines Blickes.

Robert hatte für sich und seine beiden Unterführer, Rainulf und Fulko, die alten, schäbigen Kleider gegen neue eingetauscht. Nichts Auffälliges, aber zusammen mit poliertem Lederzeug und neuen Stiefeln sahen sie ein klein wenig wie Edelleute aus. Umso besser, war die Meinung unter uns anderen. Sollten wenigstens unsere Anführer nicht wie Bettler herumlaufen. Und auch wir würden es den hochnäsigen Lombarden schon zeigen, dass wir kein Deut schlechter waren als sie.

An einem der Tage besuchten wir das einige Meilen entfernte und vor Jahrhunderten zerstörte antike Capua mit seinen eingestürzten Tempeln und der alten Kampfarena, die man Amphitheater nennt. Ein Beweis, dass auch die Römer den Kampf geliebt hatten.

Nun waren wir ausgeruht und bereit weiterzuziehen. Der Himmel hatte sich gelichtet, und Robert war ungeduldig, endlich Melfi zu erreichen und seine Brüder in die Arme zu schließen. Da tauchte eine Abteilung Krieger vor unserer Herberge auf. Sie trugen die Abzeichen Capuas und waren mit Speer und Schild bewaffnet. Fürst Pandulf habe von uns gehört, sagten sie, und verlange Robert zu sprechen.

Der legte seinen Panzer an und gürtete sein Schwert. Wir sahen ihm nach. Was für ein stattlicher Kerl er doch war, hochgewachsen, breitschultrig, braun gebrannt und mit hellen, in der Sonne leuchtenden Haaren. Alle Weiber der Stadt schienen ihm nachzuschauen, als er zusammen mit Rainulf und Fulko den Soldaten zum Fürstenpalast folgte.

»Ausgerechnet dieser Höllenhund Pandulf«, murrte Reynard. »Ich hatte gar nicht gewusst, dass der wieder im Lande ist. Ich frage mich, was er im Schilde führt.«

»Wie meinst du das?«

»Der alte Gauner ist ein Unruhestifter und Schlitzohr. Gegen Geld würde der sogar seine steinalte Mutter feilbieten, wenn einer sie vögeln wollte.« Er legte zwei Finger an die Nase und schneuzte geräuschvoll auf den Boden. »Wisst ihr, wie sie ihn nennen, den feinen Herrn? Sie nennen ihn den reißenden Wolf der Abruzzen. Und den Namen hat er sich redlich verdient.«

Ankunft in Melfi

Als die drei zurückkehrten, machten sie betretene Gesichter. Besonders Robert sah aus, als hätte ihm einer in die Milch gespuckt. Ohne ein Wort zog er sich in seine Kammer zurück, um die Satteltaschen zu packen.

»Was ist los?«, wollte Thore wissen und gähnte ausgiebig. Am Abend zuvor hatte er eine der Küchenmägde beschwatzt und mit ihr die halbe Nacht auf dem Heuboden verbracht. Das Gestöhne war bis in den Schankraum zu hören gewesen.

»Williame de Hauteville ist tot«, sagte Rainulf ernst.

»Was sagst du?« Thore war plötzlich hellwach. Auch wir anderen traten näher.

»Ein Fieber hat ihn erwischt. Letztes Jahr schon.«

Wir waren zutiefst betroffen, fühlten wir uns doch alle als Gefolgsleute der Hautevilles, und auf den großen Williame und seine Erfolge hatten wir alle Hoffnungen gesetzt.

»Und jetzt?«, fragte Reynard. Die Nachricht schien ihm besonders zuzusetzen, war er doch jahrelang Williames Kriegsgefährte gewesen.

»Nach seinem Tod hat es wohl mächtig Streit gegeben.« Diesmal war es Fulko, der berichtete. »Ein gewisser Pierron wollte sein Nachfolger werden. Das wäre weniger gut für uns gewesen. Aber am Ende haben sie sich auf Drogo geeinigt.«

»Roberts Bruder?«, fragte ich.

Fulko nickte.

»Wenigstens ein Hauteville«, brummte Reynard. »Denn dieser Pierron ist ein rabiates Miststück.«

»Drogo wurde gewählt, weil er sich besonders gut mit Guaimar von Salerno versteht.«

»Ich wette, das hat Pandulf nicht gefallen. Niemanden hasst er mehr als Guaimar.«

Reynard erklärte, dass Guaimar in den Jahren so eine Art Schutzpatron für uns Normannen geworden war. Natürlich nicht, weil er so gutherzig war, sondern weil es ihm nützte. Vor allem gegen die Byzantiner in Apulien. Und auch gegen Pandulf, den er vor Jahren von Capua vertrieben hatte, in die Verbannung nach Konstantinopel.

Fulko grinste. »Du hast recht. Pandulf scheint Guaimar aus ganzem Herzen zu hassen. Und lieber hätte er uns Normannen auf seiner Seite. Deshalb wollte er uns wohl auch sprechen.«

»Wenn er gutes Silber zahlt«, meinte Ragnar, »dann bin ich dabei.«

»Aber eine gute Nachricht gibt es doch«, mischte sich Rainulf ein und gestattete sich ein kleines Lächeln. »Der Kaiser, der vor Monaten hier war, hat Drogo persönlich zum Grafen von Apulien und Kalabrien ernannt.«

»Kaiser Heinrich? Ich werd' verrückt!« Reynard starrte Rainulf mit offenem Mund an. »Wie kommen wir denn zu solchen Ehren? Bisher waren wir doch für alle nur bewaffnetes Gesindel. Höchstens nützlich als Söldner.«

Rainulf hob beschwichtigend die Hände. »Das muss man nicht so ernst nehmen. Ist doch nur ein verdammter Titel. Macht uns weder mächtiger noch reicher. Apulien und Kalabrien gehören immer noch den Byzantinern.«

»Aber das ist ein weiterer Schlag gegen Guaimar, der bisher unser Lehnsherr war. Vielleicht ist er dem Kaiser zu mächtig geworden, und er will ihn schwächen. Haben sie deshalb Pandulf aus der Verbannung geholt?«

Rainulf nickte. »Sieht so aus. Und er ist voller Pläne. Reibt sich die Hände und will es Guaimar endlich heimzahlen.«

»Und Robert soll ihm dabei helfen, nehme ich an.«

»So ist es«, erwiderte Fulko. »Er sagt, wir Normannen sollen uns besser einen neuen Meister suchen. Und er habe immer Verwendung für ein paar gute Schwerter. Das sollen wir auch Drogo bestellen.«

»Lasst euch nicht mit diesem Halunken ein, egal, wie schön er jetzt tut«, sagte Reynard. »Ein geschwächter Guaimar ist nicht gut für uns. Ich sage es noch einmal. Pandulf ist gefährlich. Er will einen Keil zwischen uns treiben.«

Bei diesen Worten war Robert in die Schankstube getreten, Satteltaschen über eine Schulter geschlungen. Das ganze Gerede um Kaiser, Capua oder Salerno hatte mich kaltgelassen. Stattdessen forschte ich in seinem Gesicht nach einer Regung. Schließlich hatte er einen Bruder verloren. Doch seine Züge waren hart und unbeweglich wie eine eherne Maske.

»Hat noch keinem geschadet, einem Mann zuzuhören«, sagte er in Reynards Richtung. »Ansonsten genug von dem Geschwätz. Setzt euren Hintern in Bewegung. Wir haben noch eine Strecke vor uns.«

Der Wirt wollte kein Geld von Robert nehmen. Stattdessen versorgte er uns sogar noch mit Wegzehrung für eine Woche. »Dankt es Fürst Pandulf«, sagte er mit mehr Furcht als Respekt in der Stimme. »Er scheint es gut mit euch zu meinen.«

Wir machten uns also wieder auf den Weg und folgten wie zuvor der Via Appia durch die fruchtbare Ebene der Campania. Zwar war es fast Winter und die Felder, mit Ausnahme von Kohl und Rüben, schon lange abgeerntet, aber die dunkle Erde war fett, die Wiesen saftig, und überhaupt konnte man die guten Bauern in diesem Landstrich nur beneiden. Gewiss wuchs hier alles ganz von selbst.

Ich machte mir Gedanken über Williames Tod und ob dieser Umstand etwas für uns ändern würde. An Drogo konnte ich mich gar nicht mehr erinnern. Schließlich war es zwölf Jahre her, dass er mit Williame fortgegangen war. Würden die anderen Normannenführer ihm folgen, wie sie seinem älteren Bruder gefolgt waren? Oder würde ihre Einheit auseinanderbrechen? Und was war mit Robert? Zwischen Muriellas und Fressendas Söhnen hatte es immer eine gewisse Kühle gegeben. Besonders als aufmüpfiger Wortführer von Fressendas Brut war Robert von den Älteren oft mit Herablassung behandelt worden.

»Zu Hause hieß es, Drogo und Robert mochten sich nicht«, sagte ich zu Gerlaine.

Sie zuckte mit den Schultern. »Blut ist dicker als Wasser. Die Hautevilles bringt keiner auseinander, hat mein Vater immer gesagt. Die können sich streiten und prügeln, aber wenn's darauf ankommt, sind sie wie Pech und Schwefel. Warum sollte sich das geändert haben?«

»Ich hoffe, du hast recht.«

Es war das erste Mal, dass Gerlaine ihren Vater erwähnte. Sie schien ihn nicht zu vermissen, im Gegensatz zur Mutter, von der sie oft erzählte. Auch ich dachte manchmal wehmütig zurück, an Fressendas Fürsorge, an den alten Tancred und seine Geschichten. Steckten wir nicht mitten in einem seiner Abenteuer? Was er wohl von unserer abgerissenen Kriegsbande gehalten hätte? Merkt euch Jungs, hätte er bestimmt gesagt, beurteilt einen Kerl nicht nach Stand oder Namen, noch weniger nach seinem Äußeren. Es zählt allein sein Mut und was er zustande bringt. Eine Haltung, die er uns allen beigebracht hatte.

Nun, bisher hatten wir wenig zustande gebracht. Vielleicht waren es Reynards Bedenken gewesen oder Roberts steinernes Gesicht nach der Kunde über Williames Tod, jedenfalls war ich nicht mehr so zuversichtlich wie am Anfang unserer Reise. In Capua war mir bewusst geworden, dass wir uns nicht nur in der Fremde befanden, sondern von Feinden umgeben waren. Nein, Gerlaines Gleichmut konnte ich nicht teilen und fragte mich, was uns in Melfi erwartete. Heimlich betete ich zu Thor, uns allen Kraft zu geben.

Nach zwei Tagen führte uns die alte Römerstraße durch ein langgezogenes Tal, das von hohen Bergrücken flankiert war, die wie Torwächter zu der hügeligen Landschaft wirkten, die sich nun vor unseren Augen öffnete. Auf und ab führte die Straße, durch flache Täler und über sanfte Berge, bis die Mauern von Benevento sich vor uns erhoben. Doch dort hielten wir uns nicht auf, denn Robert hatte es eilig.

Er redete nicht viel dieser Tage, schritt nur stur dahin und verlangte von uns sogar noch mehr, als wir bisher geleistet hatten. Zum Glück waren Dinge wie Blasen oder Krämpfe längst Vergangenheit. Ausdauernd, mager und zäh waren wir geworden. Und wenn Bündel und Waffen uns auch drückten, so marschierten wir doch Stunde um Stunde ohne Rast und mit dem verbissenen Ehrgeiz im Bauch, uns auch von einem Robert Guiscard nicht kleinkriegen zu lassen.

Am siebten Tag nach Capua erreichten wir den Monte Vulture, den höchsten Berg in diesen Gefilden. Wir befanden uns in einer einsamen, bergigen Gegend mit viel Wald und wenig Ackerflächen. Überhaupt hatten wir seit Tagen nur vereinzelt Dörfer angetroffen. Und wenn, dann waren sie ärmlich, von Menschen bewohnt, die unseren Blick mieden. Sollte dies das gelobte Land der Normannen in Italia sein?

Zuletzt mühten wir uns einen steilen, dichtbewaldeten Hang an den Ausläufern des Monte Vulture hinauf, bis wir seine Flanke umrundeten und die Straße sich wieder senkte.

Da gaben die Bäume die Sicht auf einen weiten Talkessel frei, in dessen Mitte, umgeben von Ackerland und mit weiteren Bergen im nebeligen Hintergrund, sich ein klotziger Hügel erhob, an der Nordseite schroff wie eine Klippe.

Auf dieser Kante thronte eine Burg.

Immer wieder wanderte mein Blick zu ihr hinauf, als wir uns näherten. Die aus klobigen Felsbrocken gefügte Ringmauer bildete ein einfaches Viereck mit kantigen Türmen. Einer davon war besonders breit und hoch. Der Bergfried. Dazwischen das Dach des Haupthauses. Unwirtlich grau und bedrohlich wirkte das Gemäuer im trüben Novemberlicht, wie ein geducktes Raubtier. Nur die schmalen Schlitze der Schießscharten sahen zu uns herab. Kein Mensch zu erkennen, kein Banner auf den Zinnen.

»Willkommen in Melfi«, sagte Reynard.

*

Im Gegensatz zur steil abfallenden Nordseite des Hügels hatte die Südseite einen breiten, sanften Anstieg. Dort oben, etwas unterhalb der Burg, befand sich ein großes Dorf, das allerdings dabei war, sich in eine kleine Stadt zu verwandeln, denn überall wurde gebaut.

»Jeder der zwölf Anführer hat hier ein Haus errichtet«, erklärte Reynard. »Und ich sehe, sie machen Fortschritte mit der Umfriedung.«

Neugierig blickte ich mich um. Es sah aus, als hätte man alle Bauern der Umgebung verpflichtet, diese Normannenfestung auszubauen. Aber es waren nicht nur Bauern, die hier schufteten. Fränkische Laute und blondes Haar unter den Einheimischen zeugten davon, dass auch Normannen mit anpackten. Überall wurden neue Häuser hochgezogen oder die Wehrmauern erweitert. Männer gruben Fundamente, Zimmerleute standen in Gruben und sägten Planken oder formten Kanthölzer mit ihren Äxten. Ochsenkarren schleppten Felsbrocken aus einem nahen Steinbruch heran, die gleich vor Ort behauen und an Flaschenzügen auf Gerüste gehievt wurden. In den Gassen hatten die Räder zahlloser Fuhrwerke tiefe Rinnen gegraben, in denen sich dreckig braunes Wasser sammelte. An schlecht passierbaren Stellen waren Bohlen ausgelegt, über die die Fuhrleute fluchend und peitscheschwingend ihre Tiere trieben.

In all der Geschäftigkeit kamen und gingen auch viele Bewaffnete, so dass wir nur ein weiterer Kriegertrupp waren und niemandem auffielen. Fast unbemerkt machten wir unseren Weg zum Haupttor der Burg. Robert, der wie die anderen Reiter unserer Truppe die letzte Meile zu Pferde bestritten hatte, blickte hochmütig auf die Wache herab, wies sich als Hauteville aus und verlangte nach seinen Brüdern.

Nach einigem Zögern mussten dem Hauptmann der Wache gewisse Familienähnlichkeiten aufgefallen sein, denn er gab sich mit einem Mal freundlich, bat die Herren abzusitzen und rief nach Stallknechten. Robert ließ sich aus dem Sattel gleiten.

»Kümmert euch vor allem um meine Männer«, sagte er. »Wir haben einen langen Weg hinter uns. Sie brauchen Unterkünfte.«

»Könnte schwer werden, Herr. Aber wir werden schon ein Plätzchen für euch finden.«

Dann ging er voran, um den Weg zu weisen. Robert bedeutete Rainulf und Fulko, ihm zu folgen. Nach ein paar Schritten drehte er sich um und rief auch nach mir. »Halt dich an meiner Seite«, raunte er. »Du bist schließlich auch ein Hauteville. Ein halber zumindest.«

Rainulf grinste und zwinkerte mir zu. Mir musste allerdings vor Überraschung der Mund offen gestanden haben, dann stolperte ich aufgeregt und hochrot vor Freude hinter ihnen her.

Melfi war erst vor einigen Jahren von Williame de Hauteville erobert worden und die Burg selbst noch unfertig. Mauern und Türme standen, aber innen schienen Behausungen und Ställe hastig aus Holz zusammengezimmert. Einige davon mussten Mannschaftsunterkünfte sein, denn es saßen Krieger davor und vertrieben sich die Zeit mit Würfelspiel. Sie musterten uns gelangweilt. Das Backhaus, eine Schmiede, in der fleißig gearbeitet wurde, und die große Halle an der Nordseite waren aus Stein. Dorthin führte uns der Wachmann.

Es dunkelte schon, als wir eintraten.

Ich weiß nicht, was ich erwartet hatte. Jedenfalls nicht diese riesige, karge Höhle. Tancreds alte Halle war dank Fressenda ein anheimelnder Ort gewesen. Mit einem Kamin, um den man sich scharte, mit Hirschgeweihen an den Wänden und warmen Fellen auf den Sitzbänken. Dazu Schinken im Rauchfang und Kräuter, die zum Trocknen von den rußigen Balken hingen. Beim Essen an der großen Tafel hatten die Gesichter nicht nur im Glanz der Binsenlichter geleuchtet, sondern auch vor guter Laune und Frohsinn, wenn Familie und Gesinde sich über das gemeinsame Mahl hergemacht hatten.

Drogos Halle dagegen war karg. Sie hatte nur wenige, winzige Fenster. Dafür einen gewaltigen Rauchabzug unterm Dachfirst. Der einzige Schmuck waren Waffen an den Wänden. Licht spendete, neben Fackeln an den hölzernen Stützpfeilern, vor allem die riesige Feuerstelle mitten im Raum, über der Knechte sich mühten, ein ganzes Schwein am Spieß zu braten. Ringsum waren Tafeln aufgebockt, an denen Männer saßen und tranken, die Gesichter halb im Schatten. Der Steinboden war dreckig, hier und da lagen abgenagte Knochen, um die sich Hunde balgten. Überhaupt hatte der Raum, trotz der jungen Weiber, die mit Krügen herumliefen und die Becher nachfüllten, etwas lieblos Rauhes und Ungepflegtes, als fehlte die weibliche Hand.

»Euer Bruder, Herr«, rief der Wachmann in den Raum.

Alles verstummte. Neugierige Blicke wandten sich uns zu. Auch die Schankweiber blieben stehen und glotzten. Da erhob sich im Hintergrund eine massige Gestalt.

»Robert? Bist du das?«

Guiscard trat vor. »Onfroi, du alter Bär«, lachte er. »Immer noch derselbe.«

Wie ein tapsiger Bär sah er auch aus. Größer noch als Robert, mit mächtigen Schultern, weizenblonder Mähne und einem gelockten Bart, ganz wie sein Vater Tancred. Mit gemächlichen und doch geschmeidigen Bewegungen näherte er sich und packte Robert an den Schultern. Fröhliche blaue Augen, aus denen der Schalk blitzte, musterten ihn von oben bis unten.

»Du bist es wirklich, beim Henker!«

Sie umarmten sich herzlich.

»Verflucht, wie lange ist es her?«

»Drei Jahre«, erwiderte Robert.

»Kommt mir schon wie eine Ewigkeit vor.« Onfroi drehte sich um. »He, Drogo. Heb deinen Arsch und begrüß unseren kleinen Bruder.«

»Halbbruder.«

In dem Wort hatte wenig Wärme gelegen. Erstaunt blickte ich zur Tafel hinüber, wo ein anderer sich nun erhob und näher trat. Auch er hatte die buschigen Brauen und tiefliegenden Augen der Hautevilles. Doch damit endete die Ähnlichkeit. Drogo war untersetzt und stämmig. Das dunkelblonde Haar war schütter und zeigte erste Spuren von Grau. Neben seinen gutaussehenden Brüdern war er wohl der Hässlichste, besonders mit der langen Narbe über dem linken Auge. Als er sich auf Robert zubewegte, sah man, dass er hinkte.

»Willkommen in Melfi«, sagte er und umarmte Robert kurz. Sein Lächeln war nicht unfreundlich, aber es fehlte an jener Herzlichkeit, die man bei einem solchen Wiedersehen erwartet hätte. Vielleicht waren es aber nur die zwölf Jahre Trennung, die sie entfremdet hatten. »Ich bin erstaunt, dich zu sehen, Robert. Was zum Teufel willst du hier?«

Der grinste. »Meinen Anteil am Gold von Apulien.« Er zupfte bedeutungsvoll an Drogos goldbesticktem Seidenwams. »Oder wollt ihr alles für euch allein behalten?«

Für einen Augenblick flog Unmut über Drogos Gesicht, aber dann lachte er und wandte sich an die Männer im Raum. Es mussten einige der anderen Normannenführer sein. Jedenfalls waren auch sie gut gekleidet, trugen feine Waffen und strahlten Selbstsicherheit und Autorität aus.

»Mein Bruder Robert«, sagte Drogo und klopfte ihm dabei auf die Schulter.

»Noch einer aus eurer Brut«, stöhnte ein magerer Kerl mit langen Beinen und einer tiefen Stimme. »Das ist ja nicht auszuhalten. Wie viele gibt es denn noch?«

Es folgte gutmütiges Gelächter. Doch einige Gesichter blieben verkniffen bei der Bemerkung, starrten Robert fast feindselig an. Auch Drogo musste es bemerkt haben, denn er reckte sich zu voller Höhe auf und blickte herausfordernd in die Runde. Auch wenn er nicht der größte und bestaussehende der Hautevilles war, Respekt forderte er einem allemal ab.

Dann richtete er seine scharfen Schweinsäuglein auf Fulko und Rainulf und ließ sie sich vorstellen. Zuletzt deutete er fragend auf mich.

»Das ist Gilbert«, sagte Robert.

»Gilbert?« Drogo runzelte verständnislos die Stirn.

»Der Junge, den sie damals von einem Raubzug mitgebracht haben«, half Onfroi aus. »Erinnerst du dich nicht?«

Drogo nickte, als ob es ihm dämmerte. »Dessen Alten ihr nie gefunden habt.«

»Genau der«, erwiderte Robert und fügte hinzu: »Jetzt ist er mein Knappe.«

Ich dachte, ich höre nicht recht. Seit wann war ich denn sein Knappe? Bevor ich mich von meinem Erstaunen erholen konnte, hatte Onfroi mich schon zur Tafel geschoben und bedeutete mir, mich neben ihn zu setzen. Auch die anderen nahmen Platz, Rainulf und Fulko weiter hinten an der Tafel. Eine hübsche, dunkeläugige Magd erschien an meiner Seite, lächelte mir zu und schenkte mir einen Becher Wein ein.

»Wie ist es so zu Hause?«, fragte Onfroi. »Wie geht es Mutter?«

»Es geht ihr gut«, antwortete ich schüchtern. Dass ich plötzlich in dieser Runde mächtiger Männer saß, hatte mir fast die Sprache verschlagen. »Sie wird ein bisschen wunderlich, glaube ich. Weil sie euch vermisst.«

Onfroi stürzte einen vollen Becher hinunter. »Bei Odin. Das tu ich auch«, brummte er. »Später erzählst du mir mehr, verstanden?«

»Das ist ja eine einzige Baustelle hier«, hörte ich Robert sagen.

Drogo nahm einen Schluck aus seinem Becher, bevor er antwortete. »Melfi liegt gut. Im Niemandsland, wenn du willst. Zwischen Salerno und Apulien. Gut zu verteidigen, sollten die Byzantiner sich mal bis hierher verirren.« Er lachte, als sei das kaum zu erwarten. »Ich habe beschlossen, den Ort auszubauen und zu befestigen. Wie unsere Burgen daheim.«

»Aber mitten im Winter?«

»Beste Zeit dafür. Hier wird es nie so kalt, dass der Boden gefriert. Außerdem, um die Jahreszeit haben die Bauern nichts zu tun. Statt ihre Weiber zu vögeln, können sie auch arbeiten.« Plötzlich wurde er ernst. »Unser Bruder Williame ist leider …«

Robert unterbrach ihn. »Man hat es mir berichtet.«

»Wer?«

»Pandulf.«

»Du warst in Capua?«

»Er hat mir alles erzählt, von deiner Wahl und dem Titel, den der Kaiser dir verliehen hat. Ist es denn wahr?«

Drogo nickte selbstgefällig. »Nicht schlecht für ein paar Rotznasen aus der Normandie, was?« Er klopfte sich behäbig auf den Bauch. Gold blitzte an seinen Fingern.

»Pandulf sagt, Prinz Guaimar sei am Ende und wir sollen lieber ihm huldigen.«

»Pandulf!« Drogo machte eine wegwerfende Handbewegung. »Ein Mann von gestern. Der Kerl will sich nur wichtigtun. Den darfst du nicht ernst nehmen. Nein, Guaimar ist wie immer unser Mann.«

Ich schaute dem hübschen Mädel nach, das mit dem Krug von einem zum anderen ging und mir schon zweimal einen flüchtigen Blick zugeworfen hatte.

Onfroi hatte es bemerkt und grinste. »Lange nichts mehr gehabt, was?« Er zwinkerte mir zu. »Sei unbesorgt. Hier wird sich schon was Hübsches für dich finden, mein Junge.«

*

Ein paar Tage später erfuhren wir, dass es Drogo bestimmt war, Prinz Guaimars Schwester zu heiraten.

»Bei Thors Hammer«, rief Reynard begeistert. Seine Sorge über den wiedererstarkten Pandulf schien sich gelegt zu haben. »Noch nie hat eine lombardische Prinzessin sich herabgelassen, einen Normannen zu ehelichen. Das müssen wir feiern.«

Die Freude führte zu einem gewaltigen Saufgelage, bei dem Rollo alle unter den Tisch trank und zusammen mit Herman und Ragnar die halbe Burgwache durchprügelte, die versuchte, unseren Übermut zu mäßigen. Erst mit Verstärkung gelang es ihnen, die drei zu überwältigen und zur Ausnüchterung in eine Zelle zu werfen.

Eine Verbindung mit dem Fürstenhaus von Salerno bedeutete nicht nur ein starkes Bündnis für Drogo, sondern auch die Anerkennung einer Art von Ebenbürtigkeit. Die Schicksalsgöttinnen schienen es gut mit uns zu meinen.

Aber wenn Robert gedacht hatte, er könne sich jetzt wie eine Made in den fetten Speck setzen, so hatte er sich geirrt. Das zeigte mir eine Auseinandersetzung, deren Zeuge ich wurde, als Robert und seine Brüder ausritten, um die Bauarbeiten zu begutachten. Ich sollte die Pferde halten, während sie auf den Gerüsten herumkletterten.

Was für Forderungen Robert stellte, hatte ich nicht mitbekommen, aber Drogo wurde plötzlich rot vor Zorn und brüllte ihn an. Er habe verdammt noch mal nicht vor, ihm irgendwas zu schenken. Hier müsse ein Mann sich beweisen und selbst erkämpfen, was er brauche. Außerdem könne er keinen bevorzugen, nur weil er sein Bruder sei.

Robert machte ein finsteres Gesicht, und seine Kinnmuskeln mahlten. Immer ein untrügliches Zeichen, dass er kurz davor war, die Beherrschung zu verlieren. Aber er riss sich zusammen, wenn auch mit aufeinandergepressten Lippen. Onfroi zuckte mit den Schultern, und auf dem Rückweg herrschte eisiges Schweigen.

»Was macht eigentlich ein Knappe?«, fragte ich Reynard. Das Wort hatte ich schon gehört, aber was meine genauen Pflichten betraf, so war ich mir nicht sicher.

»Warum willst du das wissen?«

»Weil Robert meint, das sei jetzt meine Aufgabe.«

Er zog die Brauen hoch und pfiff durch die Zähne. »Darauf kannst du dir aber was einbilden«, meinte er und schlug mir auf die Schulter. »Ist zwar auch nicht viel besser als ein Knecht, aber du bist immerhin Roberts persönlicher Diener. Du musst dich um seinen Gaul kümmern, seine Waffen und Kleidung. Und wenn du's gut machst, gibt er dir vielleicht sogar ein Pferd und Rüstung. Dann bist du ein Schildknappe und musst ihm im Kampf zur Seite stehen.«

»Du meinst, so was wie ein berittener Söldner?«

»Wer weiß? Wenn du dich nicht zu blöd anstellst.«

Er lachte, als er mein strahlendes Gesicht sah. Bei Odins Raben, das waren gute Nachrichten. Mein Gebet zu Loki hatte also genützt.

Meine neue Verantwortung sprach sich rasch herum, und die Kameraden begannen mich zu hänseln. Was für ein feiner Herr ich doch jetzt sei. Aber dafür, dass ich Robert nun ganz persönlich dienen durfte, wollte ich ihren Spott schon ertragen.

Die Anführer unserer kleinen Truppe schliefen in der Burg. Aber auch die anderen hatten bessere Unterkünfte, obwohl nicht mehr als eine Scheune, deren unterer Teil hastig in einen großen Schlafraum verwandelt worden war. Immerhin hatten Handwerker Pritschen und sogar ein paar Bettkästen gezimmert, damit man nicht auf dem festgestampften Boden schlafen musste. Wahrlich kein Palast, aber weitaus besser, als draußen im Nassen zu schlafen, denn erst am Abend hatten sich die düsteren Regenwolken verzogen. Neben der Scheune lagen Viehställe, wo auch unsere Pferde untergebracht waren.

»Tausend Meilen sind wir gewandert, Freunde«, rief Hamo vergnügt, »und wo enden wir? In einem Kuhstall.«

»Sei froh, dass es kein Schweinekoben ist«, knurrte Herman.

»Gibt doch nichts Besseres als frisches Heu zum Morgenmahl.«

»Eine dralle Melkerin ist mir lieber«, grinste Herman und verdrehte verzückt die Augen. »Eine mit prallen Eutern.« Ich hatte schon gemerkt, der Mann hatte es besonders mit den Vollbusigen des anderen Geschlechts.

»Hör bloß auf«, stöhnte Ragnar. »Hab doch glatt vergessen, wie ein Weib sich anfühlt.«

Die anderen lachten, und Hamo rief anzügliche Bemerkungen zu uns herauf, denn Gerlaine und ich hatten es uns auf dem Heuboden eingerichtet. Eigentlich sollte ich in der Burg in Roberts Nähe schlafen, aber am Abend hatte ich mich davongeschlichen, um bei Gerlaine zu sein.

»Darf man dich mal stören, edler Knappe?«, schallte es von unten herauf. Alles kicherte.

»Was willst du, Hamo?«, rief ich.

»Mich drückt die verdammte Pritsche. Wirf mir mal ein Bündel Stroh herunter.«

Ich tat ihm den Gefallen. »Und jetzt lösch das Licht und lass uns in Ruhe.«

»Aber natürlich. Wünsche, gut zu ruhen, Hochwürden«, spottete er. »Und vor allem tu nichts, was wir nicht auch gern tun würden.«

Auf diese Weise lästerten sie noch eine Weile. Es waren nur gutmütige Scherze und wir daran gewöhnt. Und doch wurmte es mich. Hier lag ich auf einer Zeltplane über duftendem Heu mit dem schönsten Mädel der Welt neben mir, spürte ihren süßen Atem auf der Wange, ihren Arm um mich geschlungen und die weichen Brüste so verführerisch in meine Seite gepresst, dass einem ganz anders wurde. Aber nichts geschah zwischen uns. Drei Monate Wanderschaft und immer noch nichts.

Unterwegs waren wir abends so hundemüde gewesen, dass wir sofort eingeschlafen waren. Aber nun lungerten wir seit Tagen untätig in Melfi herum. Ich war ausgeruht und hungrig nach Liebe wie ein junger Wolf. Kein Wunder, dass ich nicht schlafen konnte. Ich lauschte den Schnarchlauten, die von unten heraufdrangen, den fernen Rufen eines Käuzchens. Einmal waren es Katzen, die sich vergnügten, ausgerechnet auf dem Dach genau über uns. Verdammt noch mal, alle Welt trieb es, nur wir nicht.

Aber auch Gerlaine war unruhig in dieser Nacht. Sie drehte und wendete sich, ich hörte sie seufzen. Und plötzlich spürte ich ihren Mund auf dem meinen. Sie küsste mich, wie sie mich noch nie geküsst hatte, saugte sich förmlich fest an meinen Lippen, drängte sich an mich und stöhnte auf, als meine Hand unter ihre Tunika schlüpfte und nackte Haut fand.

Aber als ich begann, ihr die Kleider vom Leib zu reißen, erstarrte sie plötzlich. »Nein!«, keuchte sie. »Hör auf. Ich will das nicht.« Sie machte sich los und rückte ab.

»Warum nicht?« Mir kamen fast die Tränen vor enttäuschter Begierde. »Nacht für Nacht liege ich neben dir und spüre deinen Leib an meiner Seite. Das bringt mich noch um den Verstand. Ist es, weil du noch Jungfrau bist?«

Das Gleiche konnte ich von mir nicht behaupten. Eine von Fressendas Mägden hatte mich ein paarmal heimlich verführt.

»Nein. Das ist es nicht.«

»Ich liebe dich, Gerlaine, verflucht noch mal.«

»Ich weiß.« Sie berührte meinen Arm. »Und es ist doch auch für mich schwer«, sagte sie leise.

»Was hält dich dann zurück?« Ich war dagegen etwas laut geworden.

Sie setzte sich auf. Im Dunkeln konnte ich nur schwach ihren Schatten erkennen.

»Du meinst also, ich müsste unbedingt mit dir schlafen, was?«, erwiderte sie erregt. »Und was soll mir das bringen?«

»Wie meinst du das?«

»Du wirst mir ein Balg andrehen und dann verschwinden. Über alle Berge. Wie es meiner Mutter passiert ist.«

»Aber sie hat deinen Vater doch geheiratet.«

»Der ist nicht mein Vater. Den alten Griesgram hat sie nur genommen, weil kein anderer sie wollte. Mit einem Kind im Bauch, verstehst du? Und geschlagen hat er sie auch.«

»Aber ich heirate dich. Gleich morgen früh, wenn du willst.«

Plötzlich dröhnte eine ärgerliche Stimme von unten herauf, ich glaube, es war Ragnar. »Nun lass ihn doch endlich an deine Honigpforte ran, Mädel, damit Ruhe ist und ein Mann schlafen kann. Ist ja nicht zum Aushalten, verdammt noch mal!«

Erschrocken verstummten wir einen Augenblick.

»Was geht es dich an, Ragnar, wen ich an was ranlasse«, rief Gerlaine aufgebracht. »Dich jedenfalls bestimmt nicht.«

Von unten hörten wir ein Kichern. »Da hast du's«, hörten wir Hamo lästern. »Unsere Gerlaine ist wählerisch.«

Eine Weile blieben wir still.

»Lass uns heiraten«, bedrängte ich sie aufs Neue und versuchte, sie an mich zu ziehen. »Ich sorge für dich. Ich schwör's.«

»Du willst für mich sorgen?«, zischte sie zurück. »Du hast doch nichts. Bist nur ein Pferdeknecht.«

»Knappe!«

»Na wenn schon! Kannst du damit eine Frau ernähren?«

»Warum bist du dann mit mir gekommen?«

»Weil ich aus dem verdammten Dorf rauswollte. Ein besseres Leben als die Hütte eines Schmieds oder Bauerntölpels.«

»Und ich dachte, du liebst mich.«

»Das ist ja das Schlimme!« Es klang wie ein Aufschrei.

Ragnars Stimme dröhnte wieder von unten herauf. »Wollt ihr da oben wohl endlich den Schnabel halten?«

»Die Turteltäubchen zanken sich. Wie rührend«, musste Hamo noch dazugeben.

So war das also. Ich war nur gut dafür gewesen, sie aus dem verdammten Dorf zu holen. Jetzt war ich wütend und drehte mich zur Seite. Gerlaines Hand berührte mich in der Dunkelheit, als wollte sie es wiedergutmachen, aber ich stieß sie von mir. Langsam hatte ich genug von ihrem Possenspiel. Nach einer Weile konnte ich es neben ihr nicht mehr aushalten. Ich erhob mich, kletterte leise die Leiter hinunter und kehrte zur Burg zurück.

Die Hochzeit

In ein paar Wochen, am Julfest, sollte Drogos Hochzeit stattfinden, der Tag, an dem die Christen die Geburt des Gekreuzigten feiern. Prinz Guaimar würde mit großem Gefolge erscheinen, um seine Schwester höchstpersönlich dem zukünftigen Schwager zuzuführen.

Überall herrschte hektischer Betrieb, denn der hohe Besuch sollte gebührend empfangen werden. Die Bauarbeiten in der Stadt ruhten, die Wege wurden gesäubert, Unrat wurde beseitigt, und in der Hauptgasse ließ Drogo hölzerne Gehsteige anlegen, damit man nicht durch Pfützen laufen musste. Das Gesinde der Burg wurde aufgestockt, die große Halle gefegt, der Boden mit frischem Stroh ausgelegt. Aus dem Umland kamen Bauern, um Weizen, Bohnen und Wintergemüse abzuliefern, oder sie trieben Schafe und Schweine, ja sogar junge Ochsen vor sich her. Ständig hing ein leichter Blutgeruch in der Luft, denn es wurde viel geschlachtet dieser Tage und das Fleisch in die Vorratskammern gehängt.

Ich reinigte gerade Roberts Rüstung, ölte lederne Schnallen und Gürtel, als er mich zu sich rief. Er wies auf ein Bündel Kleider auf seinem Bett.

»Für dich«, sagte er und grinste über mein erstauntes Gesicht. »Ich kann doch meinen Knappen nicht in Lumpen herumlaufen lassen. Wie steh ich denn da?«

Da lagen dunkle Beinkleider, wollene Socken, eine weinrote Tunika, die nach fränkischer Art nur bis zum Knie reichte, ein dunkelgrünes Wams aus gutem Stoff, Umhang, Gürtel und sogar ein paar Stiefel in brauchbarem Zustand. Ich dankte ihm überschwenglich.

»Die Sachen sind nicht neu.« Er wies auf ein paar geflickte Stellen. »Gehörten einem von Onfrois Männern, der vor kurzem gefallen ist. Hatte deine Statur.«

Neu oder nicht, noch nie hatte ich eine so wertvolle Gewandung besessen. Auch Robert ging in letzter Zeit besser gekleidet. Es gehörte auch zu meinen Aufgaben, seine Ausstattung regelmäßig waschen oder ausbürsten zu lassen.

»Und lass dir Haare und Nägel schneiden. Ich möchte, dass du vorzeigbar bist, hast du gehört?«

Ich nickte. »Und was ist mit den anderen, unseren Männern?«

»Was meinst du?«

»Die könnten auch was Besseres gebrauchen.«

Ein Schatten von Unmut flog über sein Gesicht. Ich biss mir auf die Lippen. Jetzt hatte ich ihn verärgert. Doch dann nickte er verlegen. »Du hast recht. Ich will sehen, was sich machen lässt. Nur versprechen kann ich nichts.«

An seinem grimmen Ausdruck konnte ich erkennen, dass ihn sein Mangel an Barem und die Abhängigkeit von den Brüdern wurmten. Lange würde der Frieden nicht halten, dachte ich. Robert war kein Mann, der sich mit Almosen oder abgelegten Kleidern zufriedengab. Wenn Drogo ihm nicht bald ein eigenes Lehen zuwies, würde es Streit geben.

Was Gerlaine und mich betraf, so hatte ich sie gemieden, denn ich war immer noch wütend, dass ich für sie nicht mehr als der Esel war, der sie hatte aus dem Dorf tragen dürfen.

Auch sie tat, als würde sie mich nicht kennen. Man hatte sie in die Hochzeitsvorbereitungen eingespannt, und oft sah ich sie wie die anderen Mägde zwischen Keller, Küche oder der großen Halle hin und her hasten. Sie blickte jedes Mal weg, wenn ich stolz wie ein Pfau in meinem neuen Aufzug daherkam. Das ärgerte mich, hätte ich sie doch gern beeindruckt. Die Farben standen mir gut, dazu mein schönes Schwert. Fast kam ich mir wie ein Edelmann vor.

Während wir uns also gegenseitig wie Luft behandelten, war meine äußerliche Verwandlung doch nicht ganz unbemerkt geblieben. Sie hieß Elda, wie ich bald herausfand, und war eben jenes Mädchen, das mich schon bei unserer Ankunft in Melfi so neugierig gemustert hatte. Elda war nicht groß, eher zierlich, mit dunklen, zu einem langen Zopf geflochtenen Haaren, großen, schwarzen Augen und einem hübschen Näschen. Ich hatte nicht übel Lust, mit ihr anzubändeln, schon allein, um Gerlaine zu ärgern.

Ihrem Gebaren nach zu urteilen musste Elda mich in meinem neuen Gewand für einen jungen Herrn halten. Sie schien einen Narren an mir gefressen zu haben, denn sobald ich abends in der Halle auftauchte, eilte sie herbei, schenkte mir ein keckes Lächeln und fragte nach meinem Begehr. Ehe ich michs versah, standen schon ein voller Becher vor mir und eine Kleinigkeit aus der Küche, um vor dem Mahl den Magen anzuregen. Nicht, dass er solcher Ermutigung bedurft hätte, war ich doch in einem Alter, in dem man imstande ist, ganze Berge hinunterzuschlingen.

Ich sonnte mich in Eldas Aufmerksamkeit und genoss dank Robert mein Vorrecht, bei den Mächtigen zu speisen. Denn jeden Abend, sobald die Sonne hinter den Bergen um Melfi versunken war, versammelte sich der Normannenadel mit seinen engen Vertrauten, um in Drogos Halle zu tafeln und zu saufen. Das heißt diejenigen, die sich gerade in der Stadt aufhielten und nicht irgendwo in Apulien ihr Unwesen trieben.

Hier in der Runde prahlten sie gern damit, welchen Bischof sie kürzlich geschröpft hatten, welches Städtchen gezwungen, den vereinbarten Tribut zu zahlen, oder wo es ihnen gelungen war, eine Patrouille der Byzantiner zu demütigen. Anscheinend schlugen sie zu, wo es ihnen gefiel, tauchten auf, um Schrecken zu verbreiten, und verschwanden wieder. Mit den Unmengen an Bier und Wein, die sie in sich hineinschütteten, wurden die Geschichten immer bunter und wilder. Besonders wenn Drogo, wie an diesem Abend, selbst nicht zugegen war, sondern auf seinem Landgut bei Venosa weilte.

Onfroi war aufgetaucht, hatte mir eine schwere Hand auf die Schulter gelegt und darauf bestanden, mich zu ihm und seinen Kumpanen zu setzen.

»Das ist Gilbert«, sagte er. »Aufgewecktes Kerlchen. Gehört zur Familie.« Er zwinkerte mir zu. Die anderen nickten nur, beachteten mich ansonsten nicht weiter, sondern führten ihre Unterhaltung fort.

»Hab nichts dagegen, wenn Drogo den frommen Mann spielen will«, maulte ein gewisser Asclettin von Aceranza schon ziemlich angeheitert. Er musste den ganzen Nachmittag getrunken haben. Er war der weitaus Älteste in dieser Runde, vielleicht um die fünfzig, und in ihm erkannte ich den hageren Kerl mit den langen Beinen wieder, der über die vielen Söhne der Hautevilles gespottet hatte. Der hässliche Zug um seinen Mund schien ein Dauerzustand zu sein. »Aber ich sage dir, er soll uns nicht verbieten, auf Beutezug zu gehen. Das ist unser Kriegsrecht. Dafür sind wir doch hier, verflucht noch mal.«

Neben ihm saß Girard de Buonalbergo, ein entfernter Verwandter von Roberts Mutter Fressenda, wie ich herausgefunden hatte. Ich mochte den Mann. Er hatte ein ehrliches, offenes Gesicht, wenn auch zum Teil von Pockennarben entstellt, die nur halb von einem kurzen Bart verdeckt waren.

Als eines der Schankweiber, eine füllige Magd, Asclettin den Humpen nachfüllte, griff er ihr unter den Rock. Sie zuckte zurück und schlug ihm auf die Pranke. »Ihr seid betrunken, Herr«, rief sie, zwang sich jedoch zu einem versöhnlichen Lächeln. Schließlich war er einer der zwölf Barone. Ein Mann, mit dem man es sich nicht verscherzen sollte.

»Maria«, lachte er. »Keine hat so einen saftigen Hintern wie du.« Er wollte sie nochmals begrapschen, aber da war sie schon davongeeilt.

Als hätte er eine Heldentat vollbracht, wandte er sich grinsend wieder uns anderen zu.

Ein solches Benehmen hätte es an Fressendas Tafel nicht gegeben oder wäre mit einem Kochlöffel auf die Finger geahndet worden. Hier aber schien sich niemand daran zu stören.

»Wir können nicht ewig so weitermachen«, sagte Girard. »Sonst ist bald das ganze Land in Aufruhr gegen uns.«

»Wegen ein paar Klöster, die wir um ihr Gold erleichtern?« Asclettin stierte ihn herausfordernd an. Eine lange Haarsträhne hing ihm tief ins Gesicht. »Die Pfaffen sind doch selbst die größten Halunken. Plündern weit und breit das Landvolk aus. Wir hingegen bedienen uns nur bei den reichen Schmarotzern. Und die haben es nicht besser verdient.« Er hob seinen Humpen und nahm einen kräftigen Zug.

»Das mit den Klöstern solltest du Drogo besser nicht wissen lassen«, lachte Onfroi. »Er nimmt seinen Glauben ernst.«

Asclettin knallte den Humpen auf den Tisch.

»Seit wann das denn?«, knurrte er. »Seit er die Fürstentochter heiraten soll? Oder seit der Kaiser ihn zum verdammten Grafen von Apulien und Kalabrien gemacht hat? Will er sich jetzt reinwaschen und vergessen machen, was er jahrelang selbst getrieben hat?«

»Man könnte glauben, du bist eifersüchtig«, grinste Onfroi.

»Eifersüchtig? Auf die magere Ziege, die er heiraten soll?« Asclettin lachte schallend auf. Man sah, dass ihm ein Backenzahn fehlte. »Da ist mir eine wie Maria tausendmal lieber.«

»Ich finde, Drogo hat recht«, mischte sich Girard wieder ein. »Brandschatzen, Plündern und Geiselnahmen müssen ein Ende haben. Statt uns zu bereichern wie Wegelagerer, sollten wir weiter auf byzantinisches Gebiet vordringen und feste Burgen bauen, so wie in der Heimat, damit wir das Land sichern und halten können.«

»Burgenbauen kostet Geld, du Naseweis. Und Mannschaften, um sie zu besetzen, auch. Wo soll man es denn hernehmen, eh?«

Onfroi lachte. »Jetzt hör auf zu jammern, du altes Schlitzohr. Ich wette, in deinem Haus hier stapelt sich das Gold bis zur Decke.« Er schlug ihm gutmütig auf die Schulter.

Aber Asclettins Gesicht verdüsterte sich mit einem Mal. »Ich scheue mich nicht, es dir offen ins Gesicht zu sagen, Onfroi. Ihr verdammten Hautevilles meint, alles beherrschen zu können.« Er spie die Worte förmlich aus und schlug mit der Faust auf den Tisch. »Pierron di Trani und ein paar andere auch, wir haben es satt, von euch herumkommandiert zu werden. Wenn Drogo glaubt, mit seinem neuen Titel muss er nicht länger Rücksicht auf uns nehmen, dann hat er sich geirrt. Du kennst Pierron und weißt, zu was er fähig ist. Fordert ihn nicht heraus.«

Noch einer der zwölf Barone saß an der Tafel. Tristan di Montepeloso nannte er sich. Er hatte ein kantiges, wettergebräuntes Gesicht mit tiefen Falten um den Mund und musste um die Ende dreißig sein. Bisher hatte er sich nicht an dem Gespräch beteiligt. Ich konnte ihn nicht recht einschätzen, aber mir schien, man sollte sich vor ihm in Acht nehmen.

»He, Tristan«, wandte sich Asclettin jetzt an ihn. »Sag auch mal was. Hab ich nicht recht?«

Der zuckte mit den Schultern. »Was soll ich dazu sagen? Du hast recht und du hast unrecht.«

Asclettin stierte ihn verärgert an. »Immer das Gleiche mit dir. Du hältst dich aus allem raus.«

In diesem Augenblick betrat Robert die Halle, mit Rainulf an seiner Seite. Als Asclettin die beiden sah, wurde seine Miene noch finsterer. Er erhob sich unsicher. »Nicht noch ein Hauteville. Da geh ich doch lieber pissen«, knurrte er.

Wankenden Schrittes verließ er die Halle.

»War das eine Drohung?«, fragte Girard.

Onfroi machte eine wegwerfende Handbewegung. »Was er über Pierron gesagt hat? Vergiss es. Der hat nur zu viel gesoffen. Morgen erinnert der sich an nichts mehr.«

Girard warf mir einen scharfen Blick zu. »Du kannst hoffentlich das Maul halten, Junge«, sagte er. »Das muss nicht gleich die Runde machen, hörst du?«

»Und wenn schon«, brummte Onfroi gleichmütig. »Ist nur dummes Geschwätz. He, Robert!« Er winkte seinem Bruder zu. »Kommt her und setzt euch.«

So harmlos hatte das aber nicht geklungen, dachte ich. Girards Miene verriet, dass es ihm ähnlich ging. Robert und Rainulf ließen sich nieder, und als Elda eilfertig auftauchte, verlangten sie nach Wein.

»Bring mir auch welchen«, sagte Onfroi und schob seinen Humpen weg. »Die verstehen hier kein gutes Bier zu brauen. Aber der Wein ist nicht zu verachten. Besser als das saure Gesöff daheim.«

Robert sah mich an und runzelte die Stirn. Vielleicht fragte er sich, was ich in dieser Runde zu suchen hatte. Auch Rainulf schien mich loswerden zu wollen. »Ich meine, du solltest mal wieder nach deinen Kameraden sehen, Gilbert. Die vermissen dich.«

Ich setzte eine widerborstige Miene auf, denn ich war sicher, er meinte Gerlaine. Sollte sie sich ruhig nach mir verzehren.

Onfroi legte mir den Arm um die Schultern. »Lasst den Jungen hier. Er erinnert mich an zu Hause.«

»Heimweh?«, fragte Robert.

»Da hast du verdammt recht«, war die Antwort. »Drogo will von zu Hause nichts mehr wissen. Der hat nur noch seine ehrgeizigen Ziele im Kopf. Aber mir fehlt die Heimat und Mutters Schweinebraten.«

Darauf tranken sie ausgiebig, denn Elda hatte gerade ihre Becher gefüllt. Sie stand noch neben uns und bedachte mich mit einem Lächeln, da brummte Rainulf, ob sie nichts Besseres zu tun habe, als Maulaffen feilzuhalten. Mit hochroten Wangen entfernte sie sich eilig.

Als ich ihr nachschaute, fiel mein Blick auf eine andere junge Frau am Eingang der Halle, begleitet von ein paar Bewaffneten. Die hohe Gestalt, das helle Haar und ihre Kleidung ließen auf eine Normannin schließen und eine edle Dame dazu. Etwas verloren stand sie da und sah sich suchend um.

Da wurde auch Girard auf sie aufmerksam, eilte ihr entgegen und führte sie an unsere Tafel. In der Halle war es still geworden, nur das Knistern des Feuers war zu hören, denn der ganze Saal voll rauher Gesellen hatte nichts Besseres zu tun, als zu glotzen und jeden Schritt ihres anmutigen Gangs zu beobachten.

An unserer Tafel angelangt, hatten die Männer den Anstand, sich eiligst zu erheben. Es war, als wäre eine Jungfrau aus Walhall unter uns getreten, schön wie eine Frühlingsblume. Und ebenso jung, kaum älter als ich. Ein weiter Schal schützte ihre Schultern gegen die Nachtkälte, das dunkelblaue Überkleid bildete einen hübschen Gegensatz zu ihrem offenen Haar. Darunter trug sie eine weiße Seidentunika, die bis auf die Füße fiel und den schlanken Leib bei jeder ihrer Bewegungen umschmeichelte.

»Robert, ich möchte dir Alberada vorstellen«, sagte Girard. Den anderen war sie anscheinend bekannt.

Irgendetwas schien mit Roberts Stimme passiert zu sein, denn er sah sie unverwandt an, bekam aber keinen Ton heraus. Mit scheuem Lächeln reichte sie ihm die Hand, die er gar nicht mehr loslassen wollte, während er stumm und wie vom Donner gerührt in diese leuchtend blauen Augen blickte. Ihre goldblonden Locken umrahmten ein Gesicht von milchweißer, makelloser Haut, hohen Wangenknochen und vollen Lippen, jetzt leicht geöffnet, so dass sie etwas kindlich atemlos wirkte. Sie errötete und senkte den Blick.

Robert schien sich aus seiner Starre zu lösen, beugte sich vor und küsste ihr die Hand. Etwas zerstreut nickte Alberada auch Rainulf und mir zu und ließ sich neben Girard auf der Bank nieder, wo Onfroi ihr Platz gemacht hatte. Sie kam mir in dieser Männerrunde etwas schüchtern vor. Und doch war ich sicher, dass sie sich ihrer Wirkung durchaus bewusst war. Sogar Onfroi beeilte sich, ihr einen sauberen Becher mit Wein zu füllen, den sie mit einem dankbaren Augenaufschlag entgegennahm.

Es stellte sich heraus, dass sie Girards Tante war. Kaum zu glauben, war sie doch um so vieles jünger als er. »Meines Vaters Halbschwester«, erklärte er. »Unser Großvater hat noch mal spät geheiratet, der alte Lustmolch.«

»Kein Wunder, wenn die Mutter so hübsch wie Alberada ist«, warf Onfroi mit einem Augenzwinkern ein. »Wer kann da widerstehen?«

Sie lächelte scheu. Dann bekam sie feuchte Augen. »Sie sind beide tot«, sagte sie. »Letztes Jahr starb auch Mutter.«

Girard nickte. »Ich habe Alberada holen lassen. Seit kurzem lebt sie hier in meinem Haus in Melfi, und Drogos Hochzeit ist eine Gelegenheit, sie mal unter Menschen zu bringen.«

Und so plauderte man unverfängliches Zeug. Den ganzen Abend brachte Robert kaum ein Wort über die Lippen. Immer wieder, obwohl er es zu verbergen suchte, ruhten seine Augen auf diesem anmutigen Geschöpf. Auch sie war sich seiner Blicke wohl bewusst, das war nur allzu deutlich. Oha, dachte ich. Da bahnt sich etwas an.

Nach dem Mahl erhob ich mich, um meine Freunde in der Scheune zu besuchen, hatte ich sie doch wirklich ein paar Tage lang nicht gesehen. Als ich vor die Tür trat, war die Nacht schwarz wie Odins Raben, kein Mond am Himmel, nur der schwache Schein eines Wachfeuers am Burgtor. Ich blieb einen Augenblick lang stehen, um meine Augen an die Dunkelheit zu gewöhnen, und zog die kalte Winterluft tief in die Lungen, froh, den Braten- und Bierdünsten in der Halle entkommen zu sein.

Plötzlich hörte ich ein winziges Geräusch, spürte, wie jemand mich sanft bei der Hand fasste. Ein kleiner, kaum wahrnehmbarer Schatten tauchte vor mir auf, zwei weiche Hände, die mein Gesicht umfassten, ein flüchtiger Kuss und gleichzeitig dieser betörende Mädchenduft. Als ich nach ihr greifen wollte, entglitt sie mir. Nur ein Kichern vernahm ich und leichte Schritte, die sich rasch entfernten.

»Elda«, rief ich. »Bist du das?«

Die Antwort war ein helles Mädchenlachen, dann eine Tür, die zugeschlagen wurde.

*

Nach dieser kurzen, hautnahen Begegnung mit Elda – ich war mir sicher, dass sie es gewesen war – traute ich mich nicht, Gerlaine unter die Augen zu treten. Der unerwartete Kuss brannte mir noch allzu deutlich auf den Lippen. Ich verzichtete deshalb auf den Besuch bei meinen Gefährten und zog mich in die große Kammer zurück, die ich in der Burg mit anderen teilte. Doch der Schlaf ließ lange auf sich warten, so viel von den neuen Eindrücken in Melfi schwirrte mir im Kopf herum.

Am Morgen traf ich mich mit meinen Gefährten auf dem Kampfplatz. Robert bestand darauf, dass ich die täglichen Waffenübungen nicht vernachlässigte, und heute war es an Thore, mich im Bogenschießen zu unterweisen. Auch Gerlaine war zugegen, aber sie sagte kein Wort, saß nur mit ernster, eher abweisender Miene auf der Mauer und sah auf uns herab. Die anderen ließen es sich nicht nehmen, meine stümperhaften Versuche lautstark und mit viel Gelächter zu bewerten.

»Starr nicht am Pfeil entlang«, sagte Thore. »Vergiss den Bogen. Fass einfach das Ziel ins Auge und atme langsam aus. Dann lass die Sehne los, wenn es sich richtig anfühlt.«

Der Pfeil flog tief, traf nicht einmal die Zielscheibe.

»Steh gerade, verdammt noch mal. Und zieh richtig durch.«

»Mir tun schon die Arme weh.«

»Ist eben nichts für Schwächlinge. Nur durch Übung kannst du deine Muskeln stärken.«

»Hör auf den Mann, Gilbert«, johlte Hamo. »Ohne Schweiß kein Meister. Da nützt auch dein feines Gewand nichts. Vielleicht klappt's besser, wenn du's wieder ausziehst.«

»Das könnte dir so passen.«

Ich blickte zu Gerlaine hinüber. Wenigstens sie hatte nicht über mich gelästert wie die anderen. Trotz ihrer abgenutzten Männerkleider schien sie mir schöner denn je, so entrückt da oben auf der Mauer, fast unnahbar. Mit ihren wild zerzausten, dunklen Haaren war sie der vollkommene Gegensatz zur blonden Alberada, aber in meinen Augen nicht weniger anziehend.

»Sie ist ziemlich wütend auf dich«, raunte Thore mir zu, der mich in ihre Richtung schielen sah. »Und sie redet kaum ein Wort mit uns. Irgendwie unheimlich. Alles deine Schuld. Vielleicht bringt das noch Unglück, und sie verhext uns.«

»Das meinst du doch nicht im Ernst.«

Er trat näher und flüsterte: »Sei ein bisschen nett zu ihr. Kann doch nicht schaden. Aber wenn du nicht willst, dann kümmere ich mich um sie.« Er lachte. »Einer muss es doch tun.«

»Untersteh dich, du Hurensohn!«

»Dann geh und vertrag dich.«

Vielleicht hatte er recht. War ja wirklich nur ein dummer Streit. Ich gab mir einen Ruck. Noch mit dem Bogen in der Hand wanderte ich zu der Stelle hinüber, wo sie auf der Mauer thronte. Mit gekreuzten Beinen und geradem Rücken blickte sie auf mich herab, ohne eine Regung zu zeigen.

»Was willst du?«, fragte sie.

Ich war gekommen, mich mit ihr zu vertragen, aber ihr kalter Ton ärgerte mich von neuem.

»Ich möchte wissen, warum ich Esel nur gut genug war, dich aus der Schmiede deines Alten zu holen.«

Sie holte tief Luft. »Und ich möchte wissen, warum ich für dich nichts als ein Stück Fleisch für dein Vergnügen bin.«

Ihre Augen funkelten mich unversöhnlich an. Da packte mich eine solche Wut, dass es mir in den Händen zuckte. Ohne zu wissen, was ich tat, legte ich einen Pfeil auf, riss den Bogen hoch und zog, so weit ich konnte, an der Sehne. Der Pfeil löste sich wie von selbst und flog mit ungeheurer Wucht auf die Zielscheibe zu, wo er genau in der Mitte zitternd stecken blieb.

Einen Augenblick lang war es still. Dann johlten die Kameraden und klatschten begeistert Beifall. Auch Thore grinste übers ganze Gesicht. Ich aber warf ihm den Bogen vor die Füße und stapfte wütend davon.

»He, Gilbert, meine Pfeile«, rief er mir nach. Ohne mich umzudrehen, ließ ich seinen Köcher von der Schulter gleiten und marschierte weiter zur Burg hinüber.

Von Gerlaines schroffer Abfuhr fühlte ich mich verletzt und vor allem ungerecht behandelt. Nach weiteren Auseinandersetzungen mit ihr stand mir wahrlich nicht der Sinn. Wie eine Schnecke, die bei Berührung die Hörner einzieht, so beschloss ich, sie zu meiden, und ließ mich die nächsten Tage auch auf dem Übungsplatz nicht blicken. Dafür kam Le-Vieux Reynard zu mir auf die Burg.

»Die Jungs werden etwas unruhig«, sagte er.

»Wie meinst du das?«

»Die Verpflegung ist gut, da will ich nicht klagen. Aber wir sind nicht drei Monate lang wie die Irren marschiert, um jetzt untätig auf dem Arsch zu sitzen. Ragnar liegt mir täglich in den Ohren, wann wir endlich Beute machen können. Und die anderen sind auch nicht besser. Rollo hat bei allen Spielschulden, du weißt, wie er ist. Rainulf meint, wir sollen uns gedulden, aber vielleicht könntest du mal mit Robert reden. Du siehst ihn doch jeden Tag.«

»Ist es eigentlich wahr, dass in der Gegend schon viel geplündert wurde? Ich hörte jemanden so was in Drogos Halle sagen. Vielleicht ist schon alles abgegrast.«

»Bei den reichen Küstenstädten ist es schwierig. Die sind fest im Griff der Byzantiner und auch zu stark befestigt. Aber zwischen Melfi und der Küste gibt's eine Menge Land und kleine Städtchen, die keiner so recht beherrscht, verstehst du? Da lässt sich einiges holen. Man muss nur wissen, wo.«

»Aber Drogo ist dagegen.«

»So, ist er das? Das ist mir neu.«

»Und christenfromm ist er auch.«

»In diesem Land ist jeder fromm«, lachte er. »Da wird gebetet ohne Unterlass. Aber das hindert sie nicht, sich ständig zu bekriegen. Pandulf, zum Beispiel, der räubert jetzt viel auf Guaimars Gebiet, wie ich höre. Und unsere Leute tun das bei den Byzantinern bis vor die Tore von Bari. Also rede mal mit Robert.«

Ich nickte.

»Sag ihm«, raunte er im Verschwörerton, »ich kenne da so ein paar Gelegenheiten ... na, du weißt schon.«

»Eben nicht. Du musst schon deutlicher werden.«

»Klöster und Kirchen. San Vincenzo zum Beispiel, am Fluss Volturno. Oder noch besser Monte Sant'Angelo.«

»Das Heiligtum auf Gargano? Es bringt vielleicht Unglück, eine Pilgerstätte auszurauben. Noch dazu eine, wo auch Normannen beten.«

»Was kümmert dich ein Christenheiligtum? Es soll sich da ein Vermögen angesammelt haben. Gerade wegen der vielen Pilger.«

»Ich glaube kaum, dass Robert auf mich hört, aber ich kann es ja mal erwähnen.«

»Gut, Junge.« Er wandte sich zum Gehen. »Übrigens, noch was. Ich glaube, du tust Gerlaine unrecht.«

»Hat sie dich geschickt, mir das zu sagen?«

»Eher würde sie sich die Zunge abbeißen.«

»Na also. Was soll dann dein Gerede?«

»Ich mein's ja nur gut.«

»Vergiss es, Mann.«

An einem Nachmittag, zwei Tage später, hielten Prinz Guaimar und sein Gefolge Einzug in Melfi. Von den Zinnen aus konnte man schon in der Ferne die bunte Reiterschar erkennen. Banner und Wimpel flogen im Wind, Rüstungen und Helme schimmerten in der Sonne, und Hornstöße verkündeten ihre Ankunft. Ebenso fröhlich schallte die Antwort von den Wachtürmen der Burg.

Da ruhte alle Arbeit, und ganz Melfi säumte die Hauptgasse, als der Zug mitten durch die Stadt den Weg hinauf zur Festung ritt. Voran der Prinz, in Eisen gekleidet und auf einem prächtig gezäumten Rappen. Er trug keinen Helm, und man sah, dass er ein gutaussehender Mann war, nicht viel älter als Robert, mit sorgfältig gestutztem Bart und braunen Locken, die lose bis auf die Schultern fielen.

Ihm folgten Leibwachen und Bannerträger. Dahinter eine Dame auf einem feinen Zelter, gegen die winterliche Kälte in kostbare Pelze gehüllt. Das musste Gaitelgrima sein. Sie trug einen breitkrempigen Reisehut und war tief verschleiert, denn bei den Lombarden, so ließ ich mir sagen, brachte es Unglück, wenn ein Mann die Braut schon vor der Trauung zu sehen bekam. Auch Christenmönche waren dabei, und nach einem Tross von Packtieren bildete eine Schar bewaffneter Reiter den Abschluss, gut gerüstet mit Schild und Lanze.

Alle normannischen Barone, so auch Robert und Onfroi, hatten sich eingefunden und erwarteten den Fürsten im Burghof. Drogo trat vor und hielt ehrerbietig die Zügel seines Pferdes, während Guaimar aus dem Sattel stieg. Obwohl Drogo nun nicht mehr Salernos Vasall war, so beugte er doch das Knie. Guaimar bedeutete ihm aufzustehen und umarmte ihn in aller Herzlichkeit. Dann stellte er seine Schwester vor, die immer noch auf ihrem Pferd saß und in stummer Begrüßung mit dem Knopf nickte. Bedienstete schleppten eilig einen Holzschemel für sie herbei, und der Prinz selbst half ihr vom Pferd. Dann führte der *maior domus* der Burg, ein älterer Lombarde, die Herrschaften in die vorbereiteten Gemächer.

*

Gleich am nächsten Nachmittag, nach der Christmette, sollte die Trauung stattfinden. Ausgerechnet in diesem kleinen Ort in den Bergen, weit ab von den betriebsamen Städten der Küste.

Jahrhundertelang, wie man mir später erzählte, hatte Melfi einsam und unbedeutend vor sich hin gedämmert, bis wir Normannen gekommen waren, um aus ihm eine Festungsstadt zu machen, den Mittelpunkt unserer nicht von allen erwünschten Gegenwart im Mezzogiorno. Und in diesem Nest, inmitten einfacher Häuser, offener Baugruben, Felsbrocken und Mörtel sollte eine edle Lombardenprinzessin heiraten, Spross aus stolzem Geschlecht, Erbin ehrwürdiger Traditionen. Noch dazu in einer schmucklosen Halle, umringt von groben, ungeschliffenen Fremdlingen aus dem Norden, die ihrer schönen Sprache Gewalt antaten.

Zumindest war sie nicht allein, denn außer ihrem Bruder hatten Edelleute und hohe Christenpriester aus Salerno sie begleitet. In ihren festlichen Gewändern verliehen sie Drogos Halle einen ungewohnten Glanz. Auch wenn ich bisher in meiner Unerfahrenheit von Melfi und seinen normannischen Baronen beeindruckt gewesen war, hier bot sich mir ein ganz anderes Bild.

Ich stand in hinterster Reihe und gaffte mir die Augen aus dem Kopf, denn der Raum glänzte förmlich vor edlem Tuch in allen Farben des Regenbogens. Die Lombarden trugen seltsam lange Gewänder bis auf die Füße, fast hätte man sie für Weiber gehalten. Schuhe aus weichem Kalbsleder, zierliche, mit Edelsteinen besetzte Gürtel, viel zu leicht für das Gewicht eines ordentlichen Schwerts, dazu Umhänge mit Zobel und Hermelin verbrämt, von goldenen Fibeln gehalten.

Die Unsrigen dagegen in ihrer schmucklosen Aufmachung sahen wie Bauerntölpel aus. Auch wenn sie zu Ehren des Anlasses besser als sonst gekleidet waren, sich den Bart hatten stutzen und die Haare schneiden lassen. Besonders Drogo trug ein feines Gewand, Gold blitzte auf seiner Brust und an den Fingern. Und doch war es wie ein bäurischer Versuch, es den lombardischen Herren gleichzutun. Sein humpelnder Gang ließ ihn plump aussehen, und die Narbe quer über dem Auge verlieh seinem unschönen Gesicht etwas Brutales.

Nein, Drogo war kein edler Höfling und Melfi kein Salerno. Kein Wunder, dass die Lombarden sich hochnäsig umschauten, als ob sie sich fragten, was im Namen Odins sie hier zu suchen hätten.

Nicht so Prinz Guaimar.

Obwohl nicht mehr als mittelgroß und schlank, füllte er doch den großen Raum mit seiner Gegenwart. Er gab sich freundlich und hatte für jedermann ein offenes, herzerwärmendes Lächeln. Nach Reynards Worten verband ihn und uns Fremde aus dem Norden seit Jahren ein für beide Seiten nützliches Bündnis. Seine schützende Hand hatte den Normannen so etwas wie Rechtmäßigkeit verliehen. Und umgekehrt brauchte er uns, um seine Macht zu stärken und seine ehrgeizigen Pläne durchzusetzen, besonders jetzt nach dem Verlust von Capua und Pandulfs neuerlichen Angriffen auf sein Gebiet. Um dieses Bündnis zu erneuern und auch Drogos Ansehen unter seinesgleichen zu erhöhen, war er bereit gewesen, hierherzukommen und die eigene Schwester mit ihm zu vermählen.

Er scherzte mit Drogo und Onfroi, die ihm seit langem vertraut waren, und fand mit ihrer Hilfe als Übersetzer auch freundliche Worte für Robert, der ihm zum ersten Mal vorgestellt wurde. Dann machte er die Runde unter den anderen Baronen, klopfte dem einen oder anderen auf die Schulter und verweilte am Ende bei einem knorrigen, breitschultrigen Kerl, der eine Binde über dem rechten Auge trug und dessen helles Haar bereits von Silberfäden durchzogen war. Sein kräftiger Bass trug bis zu mir herüber, doch leider war ich mit der römischen Sprache zu wenig vertraut, um etwas zu verstehen.

»Wer ist das?«, wagte ich Girard di Buonalbergo anzusprechen, der neben mir stand und mich mit einem freundlichen Blick bedacht hatte.

»Das ist Pierron«, raunte er mir zu. »Asclettins Freund, du weißt schon. Heute scheint er friedlich zu sein, nicht wie beim letzten Mal, als er in Melfi war. Da hat es richtig Streit gegeben.«

»Um was ging es denn?«

»Er wollte Drogos Wahl nicht hinnehmen. Beinahe wäre Blut geflossen, hätte Onfroi ihn nicht mit einem Faustschlag zu Boden gestreckt.« Er lachte in sich hinein. »Unser guter Onfroi haut selbst einen Ochsen um.«

Auf Befehl des Prinzen verstummten die Gespräche. Mönche stimmten ein frommes Lied an, bei dem die Lombarden mitsangen, dann hieß ein dicker Kirchenmann in golddurchwirktem Ornat alle niederknien. Später erfuhr ich, dass es der oberste Christenpriester im ganzen Land war, ein gewisser Johannes, Erzbischof von Salerno. Er hob ergeben die Augen zur Decke und sprach ein Gebet, woraufhin er alle Anwesenden segnete, auch Drogo, aber besonders Prinz Guaimar.

Ein ältlicher Mönch begann jetzt, auf Lateinisch von einem Pergament zu lesen, laut genug, dass alle es hören konnten. Girard flüsterte, es sei der Ehevertrag, der die Bündnisverpflichtungen festlege und so wichtige Dinge wie Gaitelgrimas Mitgift. Bestimmt mehr als ein paar Kühe wie bei unseren Bauern üblich, dachte ich belustigt, verbiss mir aber die Bemerkung. Schließlich wollte ich Girard nicht verärgern. Es war schon ungewöhnlich genug, dass er sich herabließ, einem wie mir die Welt zu erklären.

Nach den feierlichen Unterschriften, bei denen als Zeugen auch Edelleute beider Seiten ihr Zeichen unter die Urkunden setzten, umarmten sich Guaimar und Drogo, dessen ernstes Gesicht aussah, als würde die ganze Tragweite dieses Augenblicks auf ihm lasten. Guaimar dagegen schlug ihm herzlich auf die Schulter und rief lautstark nach der Braut.

Man erinnerte ihn daran, dass die Kirche zu klein war und die Trauung im Burghof stattfinden sollte, damit auch das gemeine Volk teilhaben könne. Und so begab man sich nach draußen.

Der Hof war vollgestopft mit Menschen. Auch auf den Wehrgängen standen sie dicht an dicht, und vor der Halle bemühten sich Wachen, die Leute auf Abstand zu halten. Ich weiß nicht, was es mit Hochzeiten auf sich hat, dass alle Welt so versessen darauf ist, dabei zu sein. Ich winkte meinen Freunden zu, die irgendwo in der Menge standen. Gerlaine konnte ich nirgends entdecken.

Es war winterlich kühl, aber wenigstens sonnig. Ein gutes Omen. Nun fehlte nur noch die Braut. Drogo fuhr sich wiederholt mit der Hand über sein schütteres Haar, als wollte er sich vergewissern, dass es noch da war, und Pierron machte eine bissige Bemerkung, ob die Braut vielleicht das Weite gesucht habe.

Endlich rissen Bedienstete eine Nebentür zum Hof auf. Da stand sie und verharrte einen Augenblick auf der Schwelle, wohl um das Bild, das sich ihr bot, ganz in sich aufzunehmen. Gemessenen Schrittes trat sie schließlich vor und blieb für alle sichtbar stehen, wie um sich bewundern zu lassen.

Und was für eine prächtige Erscheinung sie war. Ein unter dem Busen gerafftes Unterkleid aus blütenweißer Seide fiel ihr in vielen Falten bis über die zierlichen Schuhe. Darüber ein weitärmeliges, schweres Gewand aus sündhaft teurem Goldbrokat, vorne weit offen, während es hinten in eine Art Schleppe überging, die auf dem Boden schleifte. Haupt und Antlitz waren von einem weißen Schleier verhüllt, der ihre Züge nur erahnen ließ.

Prinz Guaimar selbst geleitete sie feierlich bis an Drogos Seite. Würdevoll ergriff er die Hände der künftigen Eheleute und fügte sie ineinander. Daraufhin rief er lautstark, und sogar auf Fränkisch, Gott zum Zeugen an, dass sie nun Mann und Frau seien. Der Erzbischof sprach ein Gebet und segnete den Bund.

Nun war es an Drogo, ihr seinen Ring überzustreifen. Er tat dies so vorsichtig, als fürchtete er, ihre lilienweiße Hand in seiner rauhen Pranke zu zerbrechen. Dann, und dies war der Augenblick, auf den alle gewartet hatten, nahm er ihr behutsam den weißen Schleier ab, der das Zeichen ihrer jungfräulichen Unschuld darstellen sollte. Gaitelgrima hob ihm das Gesicht entgegen, und er küsste sie, wobei er sich etwas tapsig anstellte. In der Menge hörte man Frauen seufzen. Und schließlich jubelte das versammelte Volk.

Auch ich war neugierig auf Gaitelgrima gewesen. Das also war Asclettins magere Ziege, *la capra magra,* wie er sie genannt hatte. Obwohl, so mager fand ich sie gar nicht. Zumindest war sie ausreichend gepolstert, wo man es bei einer Frau gern sieht. Aber in einem hatte er recht, ihr Gesicht war schmal und lang, die Nase scharf wie bei einem Raubvogel. Dafür waren ihre Brauen schön geschwungen, die großen Augen tiefgründig dunkel, die Lippen voll und sinnlich. Unschuldig jedenfalls sah sie nicht aus. Nun, sie war ja auch schon Ende zwanzig.

Nachdem das Paar sich rundum gebührend gezeigt hatte, kehrten sie und die Edelleute in die inzwischen festlich geschmückte Halle zurück.

Diesmal hatte Drogo sich überboten. Die aufgebockten Tafeln waren mit feinem Tuch, kostbarem Geschirr und Löffeln aus reinem Silber gedeckt. Die rußigen Fackeln hatte man verbannt, stattdessen standen silberne Kerzenleuchter auf den Tischen, um die sogar tagsüber trübe Halle mit warmem Licht zu füllen.

An der Feuerstelle mühten sich Knechte mit zwei ganzen Wildschweinen ab, die sie langsam am Spieß rösteten, und aus der Küche nebenan waberten Düfte, die einem den Mund wässrig machten. Selbst an Spielleuten hatte er nicht gespart, die jetzt die Hochzeitsgäste mit Flöte und Tambour, Gesang und Tanz empfingen. Schankmägde gingen reihum und füllten die Becher mit Wein. Unter ihnen war auch Elda, die mich in der Menge aber nicht bemerkte.

Der *maior domus* wies die Plätze zu. Dabei wurde streng auf den Rang eines jeden geachtet. Am Kopfende saß das neuvermählte Paar, an ihren Seiten Guaimar, Onfroi und der Erzbischof. Lombardische Edelleute und Mönche auf der einen, normannische Barone und ihre Weiber auf der anderen Seite, unter ihnen Robert und Girard, ganz hinten auch Rainulf und Fulko. Ich hingegen bekam nicht einmal einen Platz an der Tafel, sondern hockte, wie viele andere auch, auf einer Bank in der zweiten Reihe am Ende der Halle. Deshalb bekam ich auch kaum etwas von den Gesprächen mit, sondern musste mich aufs Zuschauen beschränken.

Während die ersten Happen herumgereicht wurden, verlegten die Herren sich gleich aufs Trinken. Eine Tätigkeit, auf die sich die Normannen besser verstanden als die Gäste aus Salerno. Rollo hätte seine helle Freude daran gehabt, zu sehen, wie sie ihre Becher in einem Zug leerten und gleich nach mehr verlangten. Als der Wein seine Wirkung zeigte, begann Drogo sich zu entspannen, lachte laut, zwinkerte seiner Angetrauten zu und redete über ihren Kopf hinweg mit Guaimar, der ebenfalls in bester Laune zu sein schien.

Gaitelgrima dagegen beantwortete Drogos Aufmerksamkeiten eher einsilbig, und von Wein und dem vorzüglichen Essen kostete sie wenig. Stattdessen schaute sie mit hochmütigem Blick im Saal umher, und doch auch ein wenig verloren, als würde sie nach einer vertrauten Seele suchen. Einige der Lombarden bemerkten es und sprangen auf, um auf ihr Wohl zu trinken, der Erzbischof raunte ihr etwas zu. Da sah ich sie zum ersten Mal lächeln.

Dann fiel ihr Blick auf Alberada an Roberts Seite, und ihre Augen verengten sich. Denn Girards junge Tante war in bester Laune, redete und lachte ungezwungen. Aber vor allem war sie wie immer eine Augenweide, zog unentwegt die Blicke der Männer auf sich, sogar die der edlen Lombarden. Das konnte auch Gaitelgrima nicht entgehen, die zwar weit höher gestellt und teurer gekleidet war, aber der Normannin an Schönheit nicht das Wasser reichen konnte.

Auch war nicht zu übersehen, dass ihr Blick immer wieder verstohlen über Roberts breite Schultern und heldenhafter Gestalt wanderte, der allerdings nur Augen für Alberada zu haben schien. Ob sie ihn heimlich mit Drogo verglich, fragte ich mich, und ihren Bruder verfluchte, sie in diese Ehe gezwungen zu haben?

Das Fest wurde immer lebhafter und lauter, besonders auf der normannischen Seite des Raumes. Die Gäste ließen es sich schmecken, fischten mit bloßen Fingern von den herumgereichten Platten dicke, fetttriefende Stücke von Fasan, Ente oder geröstetem Wildschwein und hauten ihre hungrigen Zähne hinein, als wäre es ihr allerletztes Mahl. Sie aßen, redeten und lachten, ließen die abgenagten Knochen auf den Boden fallen und wuschen alles mit Drogos edlem Wein hinunter.

Dabei vergaßen sie nicht, lüsterne Blicke auf die Brüste der Schankweiber zu werfen, wenn diese sich über den Tisch beugten, um Becher zu füllen oder schmutziges Geschirr abzuräumen.

Plötzlich entdeckte ich Gerlaine, die ebenfalls bei Tisch bediente. Mein Herz schlug heftig bei ihrem Anblick. Sie sah so wunderschön und irgendwie ganz anders aus in einem Kleid. Es ließ, wie bei den anderen Schankmädchen, auf unzüchtige Weise die Schultern unbedeckt. Wo hatte sie es nur her? Und was zum Teufel trieb sie hier, halbnackt in der Öffentlichkeit? Wollte sie sich von den Kerlen begrapschen lassen? Ich wusste doch, wie es zuging, wenn die Männer betrunken waren.

Als sie näher kam, wollte ich ihr das sagen. Aber sie schüttelte meinen Arm ab und rauschte vorbei, ohne mich anzusehen. Wie lange will sie den dummen Streit noch aufrechterhalten?, fragte ich mich wütend.

Inzwischen brach die Musik der Spielleute ab, der Gesprächslärm verebbte. Drogo hatte sich erhoben und bat um Ruhe.

»Unser guter Erzbischof, Hochwürden Johannes«, begann er, »hat mich gerade gescholten, dass wir nur diese schäbige, kleine Kirche haben. Und er hat recht. Unsere junge Grafschaft Apulien verdient natürlich Besseres. Und da heute ein so glücklicher Tag für uns alle ist, ganz besonders für mich selbst …«, er beugte sich zu Gaitelgrima und küsste ihr die Hand, eine Geste, die sie mit einem höflichen Kopfnicken beantwortete, »… so gelobe ich hiermit, den Bau eines neuen, großen Gotteshauses in Auftrag zu geben. Aber nicht allein deshalb hoffe ich, dass unsere neue Herrin sich bald heimisch unter uns fühlen wird. Lasst sie uns gemeinsam willkommen heißen.«

Reihum erhoben sie die Becher, ließen Drogo und Gaitelgrima hochleben und tranken ihnen zu. Ein paar anzügliche

Bemerkungen flogen durch den Raum, Gelächter flackerte auf.

Ich hörte gar nicht richtig zu, denn auf der gegenüberliegenden Seite der Tafelrunde sah ich Gerlaine, die sich vorbeugte, um eine Fleischplatte abzustellen. Auch bei ihr waren in dieser Haltung die Rundungen ihrer Brüste deutlich erkennbar. Als könnte sie meine Blicke spüren, sah sie auf und starrte mich herausfordernd an, mit einer Miene wie eine Kampfansage. Doch schon drehte sie sich weg, warf den Kopf mit hochmütigem Schwung in den Nacken und verschwand durch die Tür zur Küche. Na warte nur, dieses Spiel kann man auch zu zweit spielen, dachte ich ärgerlich.

»Durch diesen Bund mit der edlen Fürstenfamilie von Salerno«, hörte ich Drogo seine Ansprache fortsetzen, »wird unsere Bruderschaft für die Zukunft gestärkt. Und so ist heute auch ein guter Tag, in dieser Runde zu bestätigen, worüber wir uns schon geeinigt hatten. Mein Bruder Onfroi soll ab heute Herr über die verwaiste Baronie von Lavello werden.«

Onfroi kam auf die Füße, und breit grinsend umarmten sich die Brüder. Guaimar gratulierte beiden, die Lombarden klatschten höflich, am meisten aber zeigten die Normannen ihre Begeisterung, denn Onfroi schien beliebt zu sein. Nur Pierron di Tranis Lächeln blieb steinern und unaufrichtig, als er den Becher hob und zusammen mit den anderen auf Onfrois Wohl trank.

»Ich hoffe, ihr erwartet keine Rede von mir«, sagte Onfroi, der schon einiges getrunken haben musste, denn er wankte ein wenig. »Besonders nicht auf Lombardisch.« Er zwinkerte Guaimar zu, der ihm ein breites Lächeln schenkte.

»Verschon uns mit Reden, Bruder«, rief Tristan di Montepeloso, der mir genauso angeheitert vorkam wie Onfroi. »Setz dich lieber auf deinen Hintern und trink.«

Auch ich nahm einen guten Schluck aus meinem Becher. Da entdeckte ich Elda, die sich mit einem vollen Krug in der Hand näherte. Sie hatte mich diesmal erspäht, obwohl die Ecke, in der ich mich befand, nur spärlich beleuchtet war. Allerliebst sah sie aus, mit geröteten Wangen, blitzenden Augen und diesem immer fröhlichen Lächeln. Ich erhob mich und verstellte ihr den Weg. Sie trat dicht an mich heran, neigte den Kopf zur Seite und sah mir mit einem schelmischen Grinsen in die Augen.

»Hat gefallen Kuss?«, fragte sie und kicherte verlegen.

Bis dahin hatten wir erst wenige Worte gewechselt. Ich wusste nicht einmal, wie viel sie von unserem Fränkisch verstand. Doch es gibt eine Sprache, die versteht jeder.

»Und ob«, sagte ich, nahm ihr den Krug aus der Hand und stellte ihn neben mich auf den Boden. Vielleicht war es der Wein oder Gerlaines herausfordernder Blick, aber plötzlich ritt mich der Teufel. Ich umfasste Eldas Gesicht mit beiden Händen und küsste sie auf den überraschten Mund. Es schien ihr zu gefallen, denn als ich sie auf meinen Schoß zog, schlang sie die Arme um meinen Hals und vergalt mir den Kuss mit Hingabe. Um uns herum hörte ich lüsterne Bemerkungen über unser Treiben. Doch in diesem Augenblick war mir alles gleich.

»Und was ist mit dem da?«, hörte ich plötzlich Pierrons schneidende Stimme. Erschrocken blickte ich auf. Doch der Mann meinte nicht mich, sondern deutete auf Robert. »Noch so ein Bruder von dir, Drogo. Was gedenkst du dem zu schenken? Dafür, dass er nichts geleistet hat. Soll hier alles bald den Bastarden deines Vaters gehören?«

Der Saal wurde still. Irgendeiner gluckste, als hätte er einen guten Witz gehört, verstummte jedoch gleich wieder. Aller Augen waren auf Pierron, Drogo und Robert gerichtet. Die Spannung im Raum war zum Greifen. Elda schien dies nicht zu merken, denn sie schmiegte sich noch enger an mich. Doch ich achtete kaum auf sie, denn eine solche Beleidigung würde Robert nicht auf sich sitzen lassen.

Sein Gesicht hatte sich verdunkelt. Langsam stand er auf. Im Zorn wirkte er noch größer als sonst. Dieser Pierron hatte es gewagt, ihn vor Alberada zu schmähen. Die Wut in ihm war greifbar. Dennoch blieb er beherrscht.

»Wer hat dich überhaupt gefragt, Bretone«, sagte er gefährlich ruhig in Pierrons Richtung. »Du bist nicht einmal ein richtiger Normanne. Wenn du noch mal so unverschämt von meiner Familie redest, reiß ich dir auch dein einzig verbliebenes Auge raus. Hast du mich verstanden?«

Pierron wollte aufspringen, doch Asclettin an seiner Seite hielt ihn zurück. Robert aber achtete nicht mehr auf ihn, als sei der Wurm keiner weiteren Würdigung wert. Stattdessen hielt er den Blick auf Drogo gerichtet.

»Aber die Frage ist berechtigt, Drogo«, bellte er in den Saal. »Auch ich hätte gern eine Antwort darauf.«

Elda flüsterte etwas und suchte erneut meine Lippen. Ich schob sie sanft beiseite, denn wie ich wusste, hatte sich bei Robert so einiges aufgestaut. Der Streit mit Drogo und das untätige Warten. Außerdem hatte mich mein weinseliger Mut wieder verlassen. Bei dem Gedanken, Gerlaine könnte uns sehen, wurde mir heiß unter dem Kragen. Aber Elda ließ nicht ab, kicherte nur und küsste mich von neuem.

»Meine Männer und ich sind gekommen, um zu kämpfen«, hörte ich Robert sagen und legte Elda die Hand auf den Mund, denn ich wollte kein Wort von dem verlieren, was er zu sagen hatte.

»Um zu kämpfen, hörst du? Nicht, um Feste zu feiern oder uns den Wanst mit fetten Speisen vollzuschlagen. Auch nicht, um in irgendeiner verdammten Kirche zu beten, und vor allem nicht, um deinen lombardischen Freunden in den Arsch zu kriechen.«

Der Erzbischof sah aus, als müsste er ersticken. Guaimar runzelte die Stirn, zeigte ansonsten keine Regung. Gaitelgrima dagegen blickte mit einem belustigten, geradezu neugierigen Lächeln von einem zum anderen, als frage sie sich, wer von beiden sich als der Stärkere erweisen würde. Pierron war für den Augenblick vergessen.

Drogos Gesicht war aufgedunsen vom Wein und nun rot vor Zorn geworden, die Augen zu Schlitzen verengt. Die beiden maßen sich mit wütenden Blicken. Da hat sich Robert zu einer Dummheit hinreißen lassen, schoss es mir durch den Kopf. Sein Bruder würde es nicht ungestraft hinnehmen, so öffentlich herausgefordert zu werden.

»Du willst also kämpfen?«, fragte Drogo scharf. Dann lachte er gehässig und ließ seine Augen über die versammelten Gäste schweifen. »Mein kleiner Bruder will kämpfen, sagt er. Was haltet ihr davon? Vielleicht sollten wir ihm den Gefallen tun.«

Seine Züge wurden hart, als er sich wieder Robert zuwandte, und seine Stimme triefte vor Spott. »Ich werde dir ein ertragreiches Lehen geben. Mit einer schönen Burg dazu. Und viel Land zum Kämpfen und Erobern. Du kannst dir dort die Taschen füllen. Darauf bist du doch aus, oder?«

»Und wo soll das sein?«

»Burg Scribla natürlich. In Kalabrien.«

Wenn Pierron zornig gewesen war, bei diesen Worten verging selbst ihm der Ärger auf der Stelle. Er prustete förmlich vor Vergnügen.

»Scribla«, lachte er. »Willkommen in der Einöde, Kamerad. Mehr als Schlangen und Skorpione wirst du da nicht zu fassen kriegen.«

Auch die anderen Normannen grölten jetzt vor Lachen.

»Nein, nein! Ganz so schlimm ist es nicht«, johlte Asclettin. »Ein paar schöne Strände gibt es auch noch. Und einen Fluss. Gib ihm doch einen Dreizack mit, Drogo, damit er sich einen Fisch fangen kann.«

Das brachte eine neue Lachsalve mit sich. Robert war rot vor Zorn und Scham geworden. Und doch stand er weiter trotzig aufrecht und ließ es über sich ergehen. Inzwischen hatte auch Elda begriffen, dass Wichtigeres vor sich ging, und warf einen Blick auf die beiden Streithähne.

»Ich sage, Scribla für dich, Robert, oder gar nichts«, dröhnte Drogo, als der Saal sich wieder beruhigt hatte. »Entweder du ziehst nach Kalabrien, oder du kannst mit deinen verlausten Kerlen wieder nach Hause gehen. Hast du mich verstanden?«

Robert hielt Drogos herausforderndem Blick mit grimmer Miene stand. Ich selbst konnte vor Anspannung kaum atmen und hoffte, dass er jetzt nicht die Beherrschung verlieren würde.

Ich sah ihn noch den Mund zu einer Erwiderung öffnen, als plötzlich Gerlaine wie ein Racheengel über uns ragte. Ohne ein Wort packte sie Elda bei den Haaren, riss sie von meinem Schoß und schleuderte sie gegen den Rücken eines der Tafelnden. Gellend schrie Elda auf, dass es von den Wänden hallte. Sie strauchelte, kam wieder auf die Füße und starrte ungläubig auf Gerlaine, die heftig atmend und mit geballten Fäusten vor ihr stand. Ich war so überrascht, dass ich wie erstarrt auf meiner Bank hocken blieb.

Im Saal war es schlagartig still geworden. Aller Augen waren auf die beiden Mädchen gerichtet, die sich kampflustig anfunkelten. Von ihrem Schrecken erholt, wollte Elda sich auf ihre Gegnerin stürzen, da wurde sie von Gerlaines gewaltigem Faustschlag getroffen. Die Wucht ließ sie rückwärts gegen die Tafel krachen, die dabei von den Böcken stürzte und alles mit sich riss.

»Gerlaine!«, schrie ich empört. Doch flinker, als ich mich erheben konnte, hatte sie den vollen Weinkrug neben mir ergriffen und über meinem Kopf ausgeleert. Dann schmetterte sie ihn auf den Boden, wo er in tausend Stücke zerbrach, und marschierte erhobenen Hauptes aus der Halle und in die Nacht hinaus.

Die Leute im Saal waren zuerst so verblüfft, dass sie regungslos und mit offenen Mündern gafften. Doch dann klatschte einer Beifall. Und daraufhin brach der ganze Saal in ein Riesengelächter aus. Die Männer johlten und schlugen sich gegenseitig auf die Schultern. Selbst die Lombarden wollten sich vor Lachen schier ausschütten.

Während der Saal vor Vergnügen tobte, sprang ich auf, um Elda zu helfen, die zwischen zerbrochenem Geschirr und Speiseresten wimmernd am Boden lag. Zu allem Unglück hatte sie sich auch noch am Ellbogen geschnitten.

»He, Tristan, du suchst doch ein Weib«, wieherte Asclettin. Er wies auf die Tür, durch die Gerlaine verschwunden war. »Nimm die da. Die wird dir Heldensöhne gebären, da kannst du sicher sein.« Die Antwort war noch mehr Gelächter.

Eldas Gesicht war tränenüberströmt, wohl mehr vor Erniedrigung als aus Schmerz. Ich wollte sie stützen, aber sie stieß mich weg und rannte davon. Da stand ich wie ein Trottel, mein schönes Wams besudelt. Wein war mir in den Nacken gelaufen und tropfte immer noch von Haar und Kinn. Und zu alldem tauchte Robert neben mir auf und packte mich am Kragen.

»Kannst du dich nicht benehmen, verflucht?«, zischte er.

»Tut mir leid«, stammelte ich.

Er zerrte mich zur Seite. »Sag den Jungs Bescheid«, knurrte er leise. »Die sollen ihre Sachen packen. Noch vor Morgengrauen marschieren wir ab.«

»Wohin?«

»Stell keine dummen Fragen, und tu, was ich dir sage. Und wehe dir, es fehlt einer morgen. Verschwinde jetzt, bevor ich die Geduld mit dir verliere.«

Ich versuchte, noch einen Blick auf Elda zu erhaschen, aber die war nirgends mehr zu sehen. Also trollte ich mich. Es war vielleicht nicht die schönste Hochzeitsfeier meines Lebens gewesen, aber sicher eine, die ich nie vergessen würde.

Wegelagerer

Als ich mitten in der Nacht die Scheune erreichte, wo unsere Truppe hauste, fand ich nur wenige, die auf den Pritschen schliefen. Ich tastete mich im Dunkeln vor, um einen von ihnen zu wecken.

»Wo sind die anderen?«

»Keine Ahnung, Mann«, murmelte er schlaftrunken. »In irgend'ner Schenke, wo sonst?« Er drehte sich um und schlief weiter.

Oben auf ihrem Heuboden hörte ich Gerlaine rumoren. Zum Glück sprach sie mich nicht an. Ich war nicht in der Stimmung, mit ihr zu plaudern. Stattdessen musste ich an die arme Elda denken und wie schamlos ich sie für meine Zwecke benutzt hatte. Dabei mochte ich sie sehr. Aber bei unserem bevorstehenden Aufbruch am frühen Morgen würde ich mich nicht einmal bei ihr entschuldigen können. Das einzig Tröstliche an der Sache war, dass ich Gerlaine wohl doch nicht so ganz gleichgültig war. Warum sonst hätte sie Elda niederstrecken sollen? Und ein bemerkenswerter Faustschlag war es gewesen, das musste man ihr lassen.

Ich verließ die Scheune und steckte den Kopf in einen Viehtrog, um mir den klebrigen Wein aus Bart und Haar zu waschen. Mit dem Ärmel trocknete ich mir notdürftig das Gesicht ab. Ein scharfer Nachtwind ließ mich frösteln. Ich war noch benommen vom Trinken und hätte mich gern schlafen gelegt, aber es half nichts, ich musste die Kameraden suchen.

In einer gerammelt vollen Schenke in Melfi traf ich auf Ivain, der still bei seinem Bier saß und dem Treiben zuschaute. Wir weckten Herman, der unter einen Tisch gesunken war und schnarchte. Beide glaubten, auch Thore gesehen zu haben. Als ich den Wirt fragte, deutete er mit dem Daumen auf die Ställe hinterm Haus. Ich nahm eine Fackel mit, und tatsächlich fanden wir unseren Freund selig im Heu schlafen, mit zwei halbnackten Weibern im Arm.

»Was ist los?«, fuhr er hoch, als wir ihn weckten. Ich erklärte es ihm. »Scheiße«, murrte er. »War gerade so schön hier. Aber wenigstens Ragnar wird sich freuen, wenn wir endlich loslegen.«

»Wo ist er?«

»Am Stadttor, da ist noch so eine Kaschemme. Übles Loch, sag ich euch. Da wollte er hin.« Er küsste die beiden Mädels, die uns im Fackelschein schlaftrunken anblinzelten und sich gar nicht beeilten, ihre Blöße zu bedecken. Er gab ihnen einen Klaps auf den Po und stand auf. »Ich komme mit.«

Wir machten uns auf den Weg. Die halbe Stadt war auf den Beinen. Offensichtlich wurde nicht nur auf der Burg gefeiert, denn überall torkelten Betrunkene umher, grölten Zoten oder pinkelten an Hauswände. Und es waren nicht nur Normannen, sondern auch Melfitanos und Lombarden aus Salerno, die einander in den Armen lagen. Die allgemeine Verbrüderung schien in dieser Nacht vollkommen.

Als wir die Spelunke erreichten, kamen wir gerade zur rechten Zeit, denn Ragnar war dabei, sich vor dem Eingang einen Zweikampf zu liefern. Umstellt und angefeuert von einer Horde Schaulustiger, stolperten die beiden Kampfhähne mit ihren Waffen wild fuchtelnd umeinander her, viel zu betrunken, um das Schwert ordentlich zu führen. Aber immer noch gefährlich, nicht nur für die Kämpfer.

Thore und ich, die noch einigermaßen nüchtern waren, wechselten einen Blick. Auf Kommando packte er dann den einen und ich hielt von hinten Ragnar fest im Griff.

»Was soll das, verflucht«, brüllte er. »Lass mich los!«

Ich sagte nichts, schleppte ihn nur zu einem nahen Pferdetrog und tauchte seinen Oberkörper hinein, bis er das Schwert fallen ließ und zappelte, als wäre er kurz vor dem Ersaufen.

»Willst du mich umbringen?«, schrie er, als er wieder Luft in den Lungen hatte, und schüttelte sich, nass wie ein Kater, den man aus dem Fluss gezogen hat.

»Es gibt zu tun, Mann. Im Morgengrauen marschieren wir.«

Es dauerte noch eine Weile, bis der Gedanke bei ihm angekommen war, dann knurrte er: »Gut. Wird ja auch langsam Zeit.« Er hob sein Schwert auf und folgte uns auf unsicheren Beinen.

Auf diese Weise fanden wir einen nach dem anderen und schickten sie alle in die Scheune, damit sie noch ein paar Stunden Schlaf bekamen. Nur Rollo und Hamo konnten wir nirgends auftreiben.

Ich weiß nicht mehr, wie viele Leute wir befragt und an wie viele Türen wir gehämmert hatten, aber endlich spürten wir sie auf, nämlich dort, wo wir gleich hätten nachsehen sollen. Im Kerker der Stadtwache, wo sie ungetrübt ihren Rausch ausschliefen.

Rollo hatte mal wieder gespielt und heftig verloren. Als er nicht zahlen konnte, war es zu einer derben Keilerei gekommen, bei der er so einigen die Rippen und Nasen gebrochen hatte, bis die Stadtwache ihn zu fünft oder sechst überwältigen konnte. Hamos linkes Auge war bös geschwollen, das andere von Blut verklebt, aus einer Platzwunde an der Stirn. Ansonsten war er betrunken, aber unverletzt.

Auch Rollo hatte ein paar Wunden davongetragen, doch ihn zu wecken war unmöglich. Er schnarchte, dass die Kerkerwände wackelten, doch aufwachen wollte er nicht. Thore und Ivain besorgten einen Baukarren, und mit vereinten Kräften wuchteten wir ihn aus dem Verlies und auf den Karren. Dann machten wir uns auf den Heimweg.

Am Ende wurde es trotz meiner Bemühungen heller Tag, bevor wir aufbrechen konnten, denn Robert selbst verspätete sich. Es war ihm anscheinend wichtig gewesen, sich von Alberada gebührend zu verabschieden. In Girards Begleitung tauchte er endlich auf. Das Gute war, sie hatten Pferde mitgebracht. Fünf gute Schlachtrösser. Girards Geschenk für seinen Verwandten.

»Die Stute da ist für dich«, knurrte Robert mir zu, immer noch schlechter Laune. Ich war hocherfreut. Nur was sollte ich mit einem Schlachtross ohne ritterliche Waffen? Doch ich zog es vor, den Mund zu halten, nahm die Stute beim Halfter und machte mich mit ihr bekannt. Sie war nicht scheu, sondern beäugte mich neugierig, als ich ihr die Nüstern streichelte. Ein kräftiges Tier, dunkelbraun mit einem hellen Fleck auf der Stirn.

»Wie heißt sie?«, erkundigte ich mich.

Girard sah sich fragend nach seinem Stallknecht um. »Alba, Herr«, war die Antwort. »Wegen der Blesse.«

Alba. Ein schöner Name.

»Noch was, Girard«, hörte ich Robert sagen. »Ich werde Alberada heiraten. Damit du's weißt.«

Girard grinste. »Danke, dass du mich vorwarnst. Weiß sie schon von ihrem Glück?«

Robert schüttelte den Kopf. »Hatte keine Zeit, sie ordentlich zu fragen.«

»Ich hoffe, es hat dir nicht der Mut gefehlt«, lachte Girard. »Aber im Ernst, Robert, ich kann sie dir nicht geben. Wie stellst du dir das vor? Sosehr ich dich mag, aber du bist ein armer Schlucker. Und jetzt hast du es dir auch noch mit Drogo verscherzt. Alberada verdient was Besseres.«

»Ich weiß«, erwiderte Robert zerknirscht. Doch dann trat er einen Schritt auf ihn zu. »Aber die Dinge werden sich ändern. Unterdessen gibst du sie keinem anderen, hast du gehört? Sonst komme ich und schneid dir die Eier ab.«

»Da muss ich jetzt aber zittern«, lachte Girard. Er wollte die Sache mit einem Scherz abtun, aber er merkte, wie ernst es Robert war. Da legte er ihm die Hand auf die Schulter. »Wir werden sehen, mein Freund.«

»Versprich es.«

Girard nickte. »Keine Sorge. Falls einer auftaucht, werde ich es ihm ausreden. Nur, allzu lange wird das nicht gehen. Sie ist im heiratsfähigen Alter, und die Kerle umschwärmen sie wie Motten das Licht.«

Robert nickte grimmig. »Ich werde nicht lange fortbleiben. Bis dahin …«

In diesem Augenblick tauchte Gerlaine auf. Jetzt wieder in Männerkleidung und mit ihrem Ranzen auf dem Rücken. Auch ihren Knüppel hielt sie in der Faust. Sie hatte Ringe unter den Augen, und die Knöchel ihrer rechten Hand waren blau angelaufen.

Girard schmunzelte bei ihrem Anblick. »Da kommt ja unsere tapfere Schildmaid.«

Robert dagegen schüttelte missbilligend den Kopf. »Du bleibst hier. Wo wir hingehen, können wir keine Weiber gebrauchen.«

Doch Gerlaine ließ sich nicht einschüchtern. Mit einem Seitenblick auf mich sagte sie: »Ist es wegen gestern Abend? Wegen der kleinen Schlampe?«

Robert musste lachen. »Das war ein guter Haken, Gerlaine. Und eigentlich muss ich dir dankbar sein. Du hast mir aus einer Verlegenheit geholfen, sonst hätte ich mich vielleicht noch mit meinem Bruder geprügelt.«

»Dann darf ich also mitkommen?«

»Diesmal gehen wir nicht auf Wanderschaft. Es kann gefährlich werden. Hier bist du besser aufgehoben.«

»Ich habe keine Angst«, sagte sie.

»Das hab ich schon gemerkt.«

»Außerdem, was soll ich hier? Mich als Schankweib den ganzen Tag begrapschen lassen? Wo jeder Esel meint, er darf über einen drübersteigen.«

»Ach, wär ich doch nur ein Esel!«, krähte Hamo und verdrehte genüsslich die Augen.

»Du bist schon einer«, brummte Ragnar.

Robert schien zu überlegen. Dann sah er mich an. »Ihr habt euch gestritten. Und ziemlich heftig, vor allen Leuten.« Er lächelte spöttisch. »Ich überlasse es also dir, Gilbert. Willst du sie dabeihaben oder nicht?«

Ich vermied es, Gerlaine anzuschauen.

»Meinetwegen.«

Robert grinste, als hätte er nichts anderes erwartet.

Bevor ich michs versah, zog er mir das Messer aus dem Gürtel und reichte es Gerlaine. »Bring ihr wenigstens bei, wie man mit so was umgeht.« Er fasste sie am Kinn und schüttelte es sanft. »Du bist schon eine rechte Normannenbraut.« Und zu mir: »Du könntest es wahrlich schlechter treffen, Junge. Also vertrag dich mit ihr. Ich will keinen Streit in der Truppe.«

Damit wandte er sich ab und besprach mit Rainulf, wie die restlichen vier Gäule zu verteilen seien. Nun hatten wir also zehn Reiter in der Truppe. Girard und er umarmten sich zum Abschied, dann ging es endlich los.

Mehr als ein paar streunende Hunde waren in ganz Melfi nicht zu sehen, als wir durch die Gassen marschierten. Alles schien den nächtlichen Rausch auszuschlafen, und so manch einer von uns hätte das auch gern getan. Besonders Rollo wankte wie ein Rohr im Wind. Wir waren schon aus der Stadt heraus und über den Bach, der im Tal fließt, als Onfroi aus einem Olivenhain hervortrat, wo er gewartet hatte. Ein paar Knechte mit einer Reihe von Maultieren folgten ihm.

»Drogo wird mich umbringen, aber ich kann dich doch nicht mit leeren Händen gehen lassen, Bruder«, sagte er und grinste vergnügt.

»Und was hast du da?«

»Eine Menge Wegzehrung. Schinken, Käse, Getreide, du weißt schon. Und Waffen. Das meiste erbeutet. Wird euch gewiss nützlich werden. Und noch das hier.« Er warf Robert einen schweren Beutel mit klingender Münze zu. »Ein bisschen Geld kann nicht schaden.«

»Ich danke dir«, sagte Robert.

»Gehst du nach Scribla, wie Drogo gesagt hat?«

»Ich gehe, wohin ich will.«

Onfroi nickte. »Ist aber nicht so schlimm dort unten, wie sie gestern behauptet haben. Die Burg ist zwar nur ein Fort aus Holz, aber es hat eine gute Besatzung. Und die Byzantiner haben nur wenige Leute in der Gegend.« Er winkte einen Mann mittleren Alters heran, ein Lombarde nach seinem Aussehen zu urteilen. »Du wirst einen Ortskundigen brauchen. Das hier ist Lando. Er kennt sich bestens aus.«

»Wenn du meinst.«

Onfroi deutete auf Alba, die ich am Zügel führte. »Dein Gaul?«, fragte er.

Ich nickte.

»Das trifft sich gut. Ich hab nämlich auch was für dich. Damit du nicht so nackt herumlaufen musst.« Er gab einem Knecht ein Zeichen. Der schleppte für mich einen Lederpanzer heran, dazu noch Helm und Schild. Ich machte große Augen, bediente mich aber rasch, bevor er es sich anders überlegen konnte. Der Panzer war hart und steif. Der Helm saß ein bisschen knapp, aber es ging. »Lanzen gibt es genug auf den Maultieren. Damit solltest du fürs Erste gewappnet sein.«

»Danke, Onfroi.«

»Nichts zu danken, Junge.«

Robert räusperte sich. »Du kannst Drogo sagen, dass er ein Scheißkerl ist.«

Onfroi nickte. »Mach ich.«

»Und mit der Frau wird er nicht glücklich werden.«

»Mit der mageren Ziege?« Onfroi lachte in sich hinein. »Ich mag die Ziege. Sie hat was.«

»Also, dann mach's gut, Alter.«

»Du auch, Robert.« Onfroi winkte den anderen ebenfalls zu. »Viel Glück, Jungs. Und zeigt ihnen, was ein richtiger Nordmann ist.«

Damit verabschiedeten wir uns. Er sah uns noch lange nach, bis wir ihn aus den Augen verloren. Was für ein Kerl, dieser Onfroi, dachte ich und war froh, dass wir Freunde wie ihn und Girard gefunden hatten.

Eine Stunde lang marschierten wir nach Süden, dann, an einer Wegkreuzung, hielt Robert an. Er winkte Lando zu sich.

»Kann man sich auf dich verlassen?«

»Gewiss, Herr.« Der Mann schmunzelte, wobei sich unzählige Krähenfüße in seinen Augenwinkeln zeigten.

»Was grinst du?«

»Ihr habt gar nicht vor, nach Süden zu marschieren, hab ich recht?«

»Woher willst du das wissen?«

»Onfroi hat mich vorgewarnt, Herr.«

Das hatte Robert nicht erwartet. Doch er erholte sich schnell von seiner Überraschung und winkte alle zu sich. »Scribla kann uns gestohlen bleiben. Wir gehen auf Beutezug in Feindesland. Ihr seid doch dabei, oder?«

Alle nickten freudig und sahen sich vieldeutig an.

»Aber zuerst müssen wir dem berüchtigten Wolf der Abruzzen einen Besuch abstatten. Lando, zeig uns den Weg.«

»Mit Vergnügen, Herr.«

*

Wieder schien es Robert eiliger zu haben, als unsere armen Beine folgen konnten. Und wieder marschierten wir zu Fuß, denn er wollte nicht, dass es den einen gut- und den anderen schlechtging. So hatten wir es alle schlecht.

Was nützte mir mein schöner Gaul, wenn ich ihn nicht reiten konnte? Ich durfte Alba nicht einmal die schwere Rüstung tragen lassen, denn der gestrenge Herr Rainulf bestand darauf, dass ich mich gefälligst an das Gewicht zu gewöhnen hätte.

Zugegeben, meine Rüstung war kein so schwerer Kettenpanzer wie die der anderen Ritter, die bis übers Knie reichte. Er bestand hauptsächlich aus einem schenkellangen, wattierten Wams und darüber einer Panzerung aus gekochtem und geöltem Rindsleder mit aufgenähten Eisenplättchen. Trotzdem ein schweres Stück. Und verdammt sperrig und unbequem. Bei der Eile, die wir an den Tag legten, lief mir bald der Schweiß den Rücken herunter, und es juckte an Stellen, wo man sich nicht kratzen konnte. Einmal wurde es so schlimm, dass Reynard mir einen Zweig unter den Panzer schieben musste, um mein irre juckendes Schulterblatt zu erreichen.

Danach mussten wir uns beeilen, um die anderen wieder einzuholen.

Das Wetter war kalt und regnerisch, die Straßen waren aufgeweicht, so dass wir es die halbe Zeit in durchnässten Sachen auszuhalten hatten. Am ersten Abend lagerten wir auf einer feuchten Wiese in der Nähe eines Bächleins. Trockenes Holz fand sich nicht, also mussten wir auf Warmes verzichten. Dank Onfroi gab es wenigstens genug zu essen. Und für Wein hatte er auch gesorgt.

»Ich will ein Zelt für mich alleine«, hörte ich Gerlaine zu Rainulf sagen.

»Kommt nicht in Frage. Für Prinzessinnen ist hier kein Platz.« Er deutete auf mich. »Du bist mit ihm gekommen, und bei ihm bleibst du.«

»Dann schlaf ich unter freiem Himmel.«

»Wie's dir beliebt«, war die kurze Antwort.

»Du kannst gern bei mir nächtigen«, sagte Thore wie beiläufig und mit einem flüchtigen Blick auf mich.

»Wenn du mir auch nur einen Schritt zu nahe kommst, Thore, dann befrag ich die Nornen nach deinem elenden Schicksal. So wie bei Osbert. Du weißt, was dem passiert ist.«

Er hob beschwörend die Hände. »War doch nur gut gemeint, mein Herzchen.« Und später raunte er mir zu: »Die ist ja immer noch so bissig.«

»Lass sie in Ruhe, Mann«, sagte ich. »Und wenn nicht, schneid ich dir höchstpersönlich den Schwanz ab.«

»He, was ist nur los mit euch? Das ist ja nicht zum Aushalten.« Beleidigt zog er sich zurück, um mit Hamo und Rollo zu trinken.

Gerlaine hielt ihr Versprechen, denn tatsächlich legte sie sich mit einer Decke ins feuchte Gras. Aber mitten in der Nacht wachte ich auf und spürte, wie sie doch in mein Zelt gekrochen kam. Wortlos machte ich ihr Platz. Sie drehte mir den Rücken zu, rückte jedoch eng genug heran, um sich ein wenig zu wärmen. Sie musste völlig durchgefroren sein, denn noch lange spürte ich ihr Zittern.

Das war zum Glück die einzige Nacht, die wir bei diesem Wetter im Freien zu verbringen hatten, denn Lando stellte sich als ein nützlicher Kerl heraus. Er war einmal Fuhrmann gewesen, bevor er in Onfrois Dienste getreten war. Er kannte nicht nur alle Wege, sondern wusste auch, wo eine günstige Herberge zu finden war oder eine trockene Scheune.

Immer noch redeten Gerlaine und ich nicht miteinander. Am dritten Tag hielt ich es nicht mehr aus und war entschlossen, die Dinge endlich ins Reine zu bringen. Nach dem Abendessen auf dem Hof eines Bauern, dem Robert etwas Silber zugesteckt hatte, hielt ich den rechten Augenblick für gekommen. Während die anderen sich am Feuer wärmten und Geschichten erzählten, lud ich sie ein, ein paar Schritte zu gehen, denn ein voller Mond hing am Himmel und verzauberte die nächtliche Landschaft mit seinem milchigen Licht. Sie sah mich nicht an, aber willigte ein.

»Warum hast du Elda verprügelt?«, fragte ich.

»Heißt sie so, die Schlampe?«

»Sie ist ein freundliches Mädchen und hat dir nichts getan.«

»Ich hab gesehen, wie sie sich an dich rangeschmissen hat.«

»Was kratzt dich das? Du willst doch nichts mehr von mir wissen.«

»Ganz recht«, fauchte sie. »Ihr könnt euch beide zum Teufel scheren.«

Sie war stehen geblieben und drehte mir den Rücken zu.

»Na schön. Anscheinend hab ich's mal wieder vermasselt«, sagte ich nach einer Weile. »Eigentlich wollte ich mich mit dir versöhnen.«

Sie war nach wie vor wütend. »In Wirklichkeit hab ich der Kuh einen Gefallen getan und sie vor dir bewahrt«, stieß sie hervor. »Du willst doch nur die Nächstbeste vögeln, die für dich die Beine breit macht. So wie Thore. Der ist bestimmt dein großes Vorbild.«

»So denkst du von mir?«

Sie antwortete nicht.

»Dabei hab ich die ganze Zeit nur dich im Sinn«, beschwor ich sie. »Wer hat denn in Melfi gesagt, dass du mitkommen darfst, als Robert dagegen war? Ich bin unglücklich, wenn du nicht in meiner Nähe bist. Bitte, Gerlaine, können wir uns nicht vertragen und so sein wie vorher?«

Aber darauf erhielt ich keine Antwort. Nach einer Weile, die mir fast wie eine Ewigkeit vorkam, seufzte ich entmutigt und wandte mich zum Gehen.

»Ich will, dass du mich respektierst«, hörte ich sie leise sagen. Schon wesentlich versöhnlicher.

»Aber das tu ich doch.«

»Schwör es.«

»Ich schwöre es bei Odin und allen Göttern. Ich schwöre bei meiner toten Mutter, bei Fressenda und beim Haupt meines Seeräubervaters. Ich schwöre, wenn du willst, sogar bei dem Gekreuzigten und …«

»Schon gut«, lachte sie und kam in meine Arme. »Aber du musst mir etwas versprechen.«

»Was?«

»Keine anderen Mädchen, hörst du? Ich weiß, ihr Kerle nehmt es nicht so genau, aber ich werde rasend, wenn du eine andere anfasst. Noch einmal, und es ist aus zwischen uns.«

»Aber da war nichts, Gerlaine.«

»Versprich es.«

»Versprochen.«

Sie schmiegte sich an mich, und wir küssten uns lang und ausgiebig. Es war wie ein Heimkommen nach langer Reise.

»Es ist schon komisch«, sagte ich auf dem Rückweg, den wir diesmal Arm in Arm nahmen. »Wie es aussieht, sind Robert und ich in der gleichen Zwickmühle.«

»Wie meinst du das?«

»Er liebt Alberada, darf sie aber nicht heiraten, weil er nur ein mittelloser Edelmann ist.«

»Und du bist nur ein mittelloser Reitknecht.«

»Knappe! Ich bitte dich.«

»Komm her, du edler Knappe«, flüsterte sie und zog mich zu sich, um mich noch einmal so heftig zu küssen, dass mir die Luft wegblieb. »Vielleicht werden wir ja reich zusammen auf diesem Beutezug«, flüsterte sie. »Ich will euch jedenfalls helfen.«

Doch was wussten wir schon, was es hieß, auf Beutezug zu gehen. Ein lustiges Abenteuer sollte es werden, die Reichen im Land der Byzantiner um ihr überflüssiges Gold zu erleichtern. Sicher würde es auch ein paar Kämpfe geben, aber gewiss nichts Ernsthaftes. Und dann würden wir uns vielleicht in Melfi ein Häuschen bauen. So stellten wir uns das vor.

Jedenfalls war es von diesem Tag an wieder gut zwischen uns beiden. Und Gerlaine war es ernst damit, ein vollwertiges Mitglied unserer Truppe zu sein und nicht nur Feldkoch oder Anhängsel. Unter Onfrois Waffensammlung fand sich ein kleiner, besser für sie geeigneter Dolch als mein langes Messer, und sie gewöhnte sich daran, es unter ihren Kleidern versteckt immer bei sich zu tragen. Wenn sich Gelegenheit bot, zeigte ich ihr, wie man damit umging, wie man sich verteidigte, wie man tötete. Abends, wenn wir lagerten, lernte sie, ein Pferd zu pflegen und aufzuzäumen, oder ich brachte ihr das Reiten bei, zumindest das Nötigste.

»Aber was kann ich wirklich tun?«, wollte sie wissen. »Ich soll doch nicht etwa mit dem Schwert kämpfen, oder?«

»Nein, aber es wird sich schon etwas finden«, beruhigte ich sie und war vor allem glücklich, sie nachts wieder in meinen Armen halten zu dürfen. Und wärmer war es auch so, in diesen feuchten Winternächten.

Reynard Le-Vieux war nicht froh darüber, dass wir nach Capua marschierten. Immer wieder fing er davon an.

»Ich verstehe Robert nicht. Pandulf ist Guaimars Feind und somit auch unserer. Es kann nur Unglück bringen.«

»Was geht uns sein Krieg mit Guaimar an?«, meinte Rainulf, der ihn gehört hatte. »Da halten wir uns raus. Und hätte Drogo uns besser behandelt, wären wir jetzt nicht hier.«

»Aber was hat Robert vor? Dieser Pandulf ist doch ein Schlitzohr. Der hat schon so manchen übertölpelt.«

»Wart's ab. Und unser Robert ist auch nicht ohne«, lachte Rainulf. »Nicht umsonst wird er Guiscard genannt. Mach dir keine Sorgen.«

Jedenfalls war Robert nicht so dumm, persönlich nach Capua zu gehen und sich Pandulfs Willkür auszusetzen. »Es könnte ihm ja einfallen, mich als Geisel zu benutzen«, sagte er. »Ich werde einen Boten schicken. Er soll selbst kommen. Mit kleinem Gefolge.«

Wir hatten unser Lager nicht weit von der Stadt auf einem bewaldeten Hügel aufgeschlagen, der wie ein Kegel über den Fluss Volturno aufragte. Lando hatte den Ort für uns ausfindig gemacht. Hier lagerten wir von der Straße unbemerkt und hatten doch eine gute Sicht über das ganze Land und auf die alte Römerbrücke über den Fluss.

»Unten auf der Brücke soll er uns treffen«, sagte Robert. »Dort ist es zu eng, um uns zu überwältigen, falls er mit schlechten Absichten kommt.«

»Und wen willst du schicken?«, fragte Rainulf.

»Gilbert«, war die Antwort. »Er ist ein gewitztes Bürschchen, aber nur ein Knappe, also unbedeutend für Pandulf.«

»Mich?« Ich war entsetzt. Ich sollte mit einer Botschaft vor einen richtigen Fürsten treten? »Aber ich spreche kein Lombardisch.«

»Reynard wird dir helfen.«

Der machte ein besorgtes Gesicht, nickte aber bereitwillig. »Dann kann ich wenigstens auf dich aufpassen«, raunte er mir beruhigend zu.

»Und ich will Ivain dabeihaben«, verlangte ich. Mit seinen Wurfäxten hinter mir würde ich mich wohler fühlen.

Damit war es beschlossen. Ein schneller Kuss von Gerlaine, und wir saßen auf. »Immer den Fluss entlang«, riet uns Lando. »So kommt ihr in die Stadt.«

Wie alle Männer, die auf einem Bauernhof aufgewachsen waren, konnten auch Reynard und Ivain reiten, und es dauerte nicht lange, bis wir ans Stadttor kamen und uns zum Fürstenpalast durchfragten. Allerdings bedurfte es Reynards ganzer Überredungskunst, uns seltsame drei Kerle, die den Prinzen zu sprechen wünschten, überhaupt vorzulassen. Leider nur ohne Waffen. Auch für Ivains Wurfäxte wurde keine Ausnahme gemacht.

Ich hatte eine mächtige Zitadelle oder Trutzburg erwartet. Stattdessen war der Palast nichts als ein schmuckes, weiträumiges Gebäude in römischer Bauart mit Rundbogen und langen Säulengängen. Dennoch war der Ort gut bewacht. Überall standen Bewaffnete und beäugten uns misstrauisch, als wir zur großen *aula* geführt wurden. Dort mussten wir warten. Und das ziemlich lange.

Ich sah mich neugierig um. Der Boden war mit viereckigen Fliesen ausgelegt, die Mitte frei von Möbeln, dafür standen an den Wänden Bänke zum Verweilen. Darüber gab es schmale Fenster, auch hier in Rundbogenform, und dazwischen schwere Teppiche mit frommen Motiven. An der Stirnwand stand ein aus dunklem Holz geschnitzter Thronstuhl, daneben ein kleinerer. Für seine Gemahlin vielleicht? Aber soviel ich wusste, hatte er keine. Zumindest im Augenblick nicht.

»Was braucht er eine Gemahlin?«, flüsterte Reynard uns zu. »Der Mann hält sich einen ganzen Stall von Sklavinnen. Es gibt die unglaublichsten Geschichten über ihn.«

»Und? Erzähl schon.«

»Wisst ihr, warum er und Guaimar sich hassen? Die waren sogar mal Verbündete gewesen vor vielen Jahren. Bis es Pandulf eines Tages einfiel, Guaimars Nichte zu vergewaltigen. Kaum zu glauben, aber es stimmt. Jedenfalls hat Guaimar ihn daraufhin beim Kaiser angeschwärzt, der ihn prompt vertrieben hat. War lange in Konstantinopel. Jetzt ist er wieder da.«

In diesem Augenblick öffnete sich eine Hintertür, und der Prinz trat von Bewaffneten begleitet ein, die sich zu beiden Seiten des Throns aufstellten. Pandulf warf einen kurzen Blick auf uns, die wir aufgesprungen waren, als hätte man uns bei einer Missetat ertappt. Mit einem Seufzer ließ er sich nieder.

Er musste Mitte fünfzig sein, wenn nicht älter, denn sein Bart und das lange Haar sahen zwar gepflegt aus, waren aber stark mit Grau durchsetzt, und das Gesicht von scharfen Falten gezeichnet, besonders um den Mund. Außerdem hatte das gute Leben bei ihm einen Bauch und auch sonst ein paar Polster hinterlassen, die er unter einem langen Gewand zu verstecken suchte. Er musterte uns mit listigen Augen, denen nichts zu entgehen schien. Mir war etwas mulmig zumute.

»Wer führt hier die Rede?«, fragte er mit einer Stimme, die wie ein Reibeisen klang. Das heißt, ich konnte nur vermuten, dass er das gemeint hatte, denn Reynard stieß mich in den Rücken und flüsterte: »Jetzt bist du dran.«

Ich holte tief Luft, trat vor und beugte das Knie.

»Robert Guiscard schickt mich, Dominus.«

Reynard hatte mir beigebracht, Lombarden von Stand so anzureden. Zum Glück stand er jetzt hinter mir, um mir zu helfen und zu übersetzen.

»Das hab ich schon verstanden«, brummte Pandulf. »Und wer bist du?«

»Sein Knappe, Dominus.«

»Einen Knappen schickt er mir also. Noch dazu ein halbes Kind. Da sollte ich doch wohl sehr beleidigt sein, dass er mir so einen dummen Hanswurst schickt wie dich. Und wer ist der andere da, mit dieser Fratze zum Fürchten?« Er deutete auf Ivain.

Reynard wartete nicht auf mich, sondern erklärte ihm, dass Ivain als Jugendlicher ins Feuer gefallen war oder so ähnlich.

»Was für eine traurige Truppe.« Pandulf schüttelte den Kopf. »Nun denn, Knappe, warum kommt Robert nicht selbst?«

»Er möchte sich mit Euch treffen, Herr, außerhalb der Stadt.«

Pandulf runzelte einen Augenblick lang verdutzt die Stirn, dann lächelte er dünn. »Hat er etwa Angst vor mir?«

»Nein, Dominus. Das hat er nicht«, sagte ich mit möglichst fester Stimme. »Aber was er mit Euch besprechen will, ließe sich besser außerhalb der Stadt erledigen, so sagt er.«

»Ich bin ein alter Mann. Und vor die Stadt zu reiten ist nicht gut für meine Verdauung. Wenn er etwas zu bereden hat, soll er selbst kommen.« Er machte eine Handbewegung, als wollte er lästige Fliegen verscheuchen. »Und jetzt verschwindet.«

Für einen Augenblick fehlten mir die Worte, bis Reynard mir nochmals in den Rücken stieß. »Nun sag schon, was Robert dir aufgetragen hat.«

Da fiel es mir wieder ein, und ich verbeugte mich. »Wie Ihr wünscht, Dominus. Ich soll Euch aber noch sagen, dass er sich mit Drogo entzweit hat und dass auch andere Normannen unzufrieden sind.«

Lange starrte er mich wortlos mit etwas zur Seite geneigtem Kopf und aus halbgeschlossenen Lidern an. Fast dachte ich, er wäre eingeschlafen, als er plötzlich breit lächelte. Seine Zähne sahen dabei gelb und verrottet aus.

»Also gut«, knurrte er. »Wann und wo?«

Ich sagte es ihm. »Und mit kleinem Gefolge«, fügte ich hinzu.

Er lachte. »Ich glaube, er hat doch Angst vor mir. Aber gut, hab schon verstanden.« Er griff in sein Gewand und warf mir ein Goldstück zu. »Für deine Mühe, Knappe.«

Dann brach er in schallendes Gelächter aus.

Wir ritten zurück zum Lager und berichteten. Robert war sehr zufrieden mit mir, besonders als Pandulf am nächsten Nachmittag tatsächlich wie verabredet an der alten Römerbrücke auftauchte. Diesmal war das Wetter besser als während der vergangenen Tage. Die Sonne tauchte den gemächlich dahinfließenden Volturno und seine von Gebüsch umsäumten Ufer in ein warmes Licht. Hinter uns grüne Hügel, auf denen Kiefern und Zypressen wuchsen, und vor uns die fruchtbare Campania. Ein schönes Fleckchen Erde.

Robert ritt auf seinem herrlichen Grauschimmel bis auf die Mitte der Brücke vor. Dort blieb er stehen. Rainulf war an seiner Seite und dahinter der große Rollo zu ihrem Schutz. Und natürlich Reynard zum Übersetzen. Alle vier hoch zu Ross, falls sie gezwungen sein würden, zu fliehen.

Von der anderen Seite näherte sich Pandulf, ebenfalls von zwei Kriegern begleitet und seinem eigenen Übersetzer, obwohl mir im Palast der Verdacht gekommen war, dass er durchaus unsere Sprache verstand, denn mehrmals hatte er gar nicht gewartet, bis Reynard mit dem Übersetzen fertig gewesen war. Auch er war heute gewappnet. Bestimmt eine Sonderanfertigung, damit sein Bauch hineinpasste.

»Hat er dir wirklich ein Goldstück gegeben?«, fragte Ragnar. »Zeig mal her.«

Ich reichte es ihm. »Ein Solidus, byzantinische Prägung.«

»Mann, davon könnte ich einen ganzen Beutel voll gebrauchen.«

»Denk bloß nicht daran, es einzustecken.«

»Ist schon gut. Hab nicht vor, dich zu beklauen.« Er reichte mir das Goldstück wieder. »Frag mich nur, was die da so lange zu bereden haben.«

Ragnar, ich und ein paar andere Reiter saßen am Ufer zu Pferde, hielten einige Bauern zurück, die die Brücke überqueren wollten, und blieben wachsam und bereit, jederzeit einzugreifen, falls Pandulf ein faules Spiel mit uns treiben sollte. Aber es blieb alles friedlich.

Schließlich trennten sich beide Seiten in gutem Einvernehmen, und wir kehrten zu unserem Lager auf dem Hügel zurück.

»Was haben sie besprochen?«, fragte ich Reynard am Abend, nachdem wir gegessen hatten. Wir saßen etwas abseits von unseren Anführern. Auch ein paar andere Kameraden hatten sich zu uns gesellt.

»Er sagt, er hat in Apulien Spione bei den Byzantinern. Er kennt die fettesten Klöster und wird uns wissen lassen, wo wir zuschlagen sollen.«

»Und warum tut er das?«

»Angeblich braucht er Geld genau wie Robert. Und selbst kann er sein Wissen nicht verwenden. Es würde seinem Ruf schaden, der ohnehin schon nicht der beste ist. Er will es sich nicht mit dem Papst verderben.«

»Wir teilen uns also die Beute.«

»So ist es. Aber wohl ist mir nicht dabei.«

»Warum?«

»Pandulf war immer auf byzantinischer Seite. Und nun lässt er uns bei ihnen plündern? Das ist doch seltsam.«

»Er will sich bereichern. Du hast es doch selbst gesagt.«

»Ich glaube nicht, dass ihm so sehr am Gold gelegen ist. Er will Unruhe stiften.«

»Aber zu welchem Zweck?«

»Es hat ihm zum Beispiel sehr gefallen, dass Robert und Drogo sich gestritten haben. Auch nach Pierron und Asclettin hat er gefragt und wie die darüber denken. Ich glaube, er will einen Keil zwischen uns Normannen treiben.«

»Ich leg mich jetzt aufs Ohr«, sagte Herman und gähnte. »Robert wird schon wissen, was er tut.«

*

Am Morgen blies ein eisiger Wind von Westen her. Wir hockten eng ums Feuer, um uns zu wärmen.

»Was sitzen wir immer noch auf diesem Hügel herum«, beklagte sich Herman. Seine Augen waren rot gerändert, und er nieste in einem fort. »Man holt sich noch den Tod. Auf was warten wir eigentlich?«

»Auf Pferde.« Reynard befingerte das heiße Stück Speck, das er über dem Feuer gebraten hatte, und versuchte, etwas abzuschneiden, ohne sich zu verbrennen. »Ist Teil der Abmachung. Pandulf liefert Gäule für alle. Damit wir uns schneller bewegen können.«

»Nichts gegen Reiten«, murrte Herman, »aber kämpfen tu ich nur zu Fuß. Hab noch nie auf einem Gaul gekämpft. Wüsste nicht, wie's geht.«

»Dann wird's Zeit, dass du's lernst«, meinte Ragnar. »Bevor du alt und schwach wirst oder an deiner eigenen Rotze verreckst.«

Wenig später tauchte tatsächlich eine kleine Herde Pferde auf, geführt von drei Lombarden aus Capua. Schnell traten wir die Feuer aus und schulterten unsere Bündel. Unten an der Brücke nahmen wir die Tiere gezäumt und gesattelt in Empfang, so wie Robert es verlangt hatte. Fachkundig begutachtete er sie.

»Nicht die edelsten«, meinte er, »aber brauchbar.«

Die drei Männer trugen Schwerter, ansonsten aber einfache, unauffällige Kleidung. Man hätte sie für reisende Kaufleute halten können.

»Wir werden Euch als Führer begleiten«, sagte einer von ihnen. Er schien ihr *capo* zu sein, wie sie es hier nannten, und beherrschte unsere Sprache fließend. »Außerdem achten wir darauf, dass die Vereinbarung eingehalten wird. Auf Anweisung des Fürsten.«

»Und wie heißt du?«

»Arichis, Herr.«

»Gut. Dann lasst uns aufbrechen.«

Ein seltsamer Vogel, dieser Arichis. Er war hager, und ein dünner Bart zierte seine ausgehöhlten Wangen. Die linke Hand war verkrüppelt. Aber das Hervorstechendste waren die tiefliegenden Augen, schlau und irgendwie hinterhältig kamen sie mir vor. Er schien alles zu sehen, konnte einem aber doch nicht so recht ins Gesicht blicken. Vielleicht tat ich ihm unrecht, aber ich fühlte mich unwohl in seiner Gegenwart.

»Ich hoffe, der führt uns nicht in einen Hinterhalt«, murmelte Reynard, dem es wohl ähnlich ging.

Trotz unserer Vorbehalte sollte er sich als hilfreicher Führer erweisen. Arichis war einer von Pandulfs Spionen, wie er selbst zugab. Gelegentlich verließ er uns und kehrte erst nach Tagen zurück, meistens mit der Kunde, wo sich feindliche Truppen befanden, wo es dagegen sicher war oder wo man einem Kaufmannszug auflauern konnte. Überall schien er Spitzel oder Zuträger zu haben, die ihn auf dem Laufenden hielten. Ich fragte mich, wie viele solcher Männer Pandulf auch in Salerno und Melfi hatte.

Wir drangen in bergiges Land vor, nordöstlich von Capua, das zum Fürstentum Benevento gehörte. Hier hofften wir auf gute Beute, denn die Gegend lag fernab von byzantinischer Herrschaft, während die einheimische Prinzenfamilie so sehr vom eigenen Volk gehasst wurde, dass sie sich mit dem Hauptteil ihrer Truppen in der Stadt verschanzt hielt. Kaum jemand kümmerte sich um den Schutz des Umlandes mit seinen vielen Höhenzügen und Tälern, versteckten Örtchen und verschlafenen Klöstern.

Das Landvolk erschrak, wo immer wir auftauchten, und versteckte sich und sein Vieh, denn eine Bande normannischer Krieger, das konnte nur eines bedeuten. Wir nahmen uns bei den Bauern, was wir an Nahrung brauchten, ließen sie aber ansonsten in Ruhe. Und um unsere Anwesenheit geheim zu halten, ritten wir oft nachts und ließen uns von Mond und Sternenhimmel leiten, vor allem aber von Arichis' guten Ortskenntnissen. Dafür blieben wir tagsüber irgendwo in den dichten Wäldern der Hügel und Berge versteckt, wo wir warteten, während er oder einer seiner Männer auf Kundschaft unterwegs waren.

Gleich in den ersten Tagen stießen wir auf ein paar kleinere Kaufmannszüge von wenigen Ochsenkarren. Sie reisten von Söldnern bewacht, doch wir waren zu viele, als dass sie Widerstand gewagt hätten. Die Ausbeute war gering, denn Weizen, Olivenöl oder gesalzener Fisch war nicht, was wir suchten, und von Wertvollerem hatten diese kleinen Händler nur wenig bei sich. Dabei bestahlen wir sie nicht, sondern nahmen uns einen Wegzoll, wie Robert es zu nennen pflegte, dessen Höhe er und Arichis nach dem Wert der Ladung schätzten. Da die Fuhrleute eine solche Summe oft nicht dabeihatten, nahmen wir von ihrer Ladung oder persönlichem Besitz, was uns gefiel.

»Möchte wissen, warum er es Wegzoll nennt«, sagte Gerlaine. »Im Grunde bestehlen wir sie doch.«

Ich zuckte mit den Schultern. »Mir ist es gleich, wie er es nennen will. Glaubst du, die Sache lohnt sich? Bis jetzt bestimmt nicht.«

»Bald wird eine bessere Gelegenheit kommen. Ich spüre es.«

»Wenn uns dieser Arichis nur nicht an der Nase herumführt«, erwiderte ich, obwohl ich gelernt hatte, ihren Eingebungen zu vertrauen.

»Ich fürchte mich mehr vor Drogo. Er wird nicht gutheißen, was wir tun.«

»Drogo ist es gleich, was aus uns wird. Er ist jetzt der große Herr und wir sind nicht mehr als die armen Verwandten, die einem lästig sind.«

»Er wird sich noch wundern«, lachte sie. »Und andere auch.«

Ihre Zuversicht machte mir Mut. Und tatsächlich, nach einigen Tagen berichtete Arichis von einem besonders gesicherten Warentransport. Angeblich von Bari unterwegs nach Westen, womöglich für Monte Cassino bestimmt, denn er sei von Mönchen begleitet. Auf meine Frage, was es denn mit diesem Monte Cassino auf sich habe, erfuhr ich, dass es das größte und mächtigste Kloster des Südens ist, dass es gewaltige Ländereien besitzt und sogar ein eigenes Söldnerheer, um sich zu schützen.

Robert bekam leuchtende Augen, als er Arichis berichten hörte. Es gab nur eine Straße, auf der sie kommen konnten. Dort legten wir an einsamer Stelle einen Hinterhalt. Der Weg führte an einem Bächlein entlang, rechts und links stieg das dichtbewaldete Gelände an. Wir versteckten die Gäule und legten uns auf die Lauer. Doch wir waren zu früh an Ort und Stelle und mussten die ganze Nacht im Wald ausharren, bis unsere Späher endlich am nächsten Vormittag den Kaufmannszug ankündigten. Wir machten uns bereit.

Ein halbes Dutzend Söldner ritt dem Zug voran. Gleich darauf rumpelte der erste voll beladene Ochsenkarren um die Wegbiegung, gefolgt von drei weiteren. Die Fuhrleute marschierten neben ihren Tieren, vorn auf den Wagen saßen die Mönche. Den Abschluss bildete eine weitere Handvoll bewaffneter Reiter.

Thore und noch zwei, die sich aufs Bogenschießen verstanden, legten auf. Wir hielten den Atem an. Und dann, auf Roberts Zeichen, flogen die ersten Pfeile. Zwei von den vorderen Reitern stürzten getroffen zu Boden, ein dritter wankte und hielt sich die Schulter. Und bevor die Übrigen überhaupt zu den Waffen greifen konnten, wurden noch zwei von ihnen getroffen. Der Letzte riss den Gaul herum, um sein Heil bei der Nachhut zu suchen, als Ivains Wurfaxt ihn mit voller Wucht im Nacken traf. Mit einem gellenden Schrei stürzte der Mann in den Bach.

Inzwischen hatte die Nachhut ihren Reittieren die Sporen gegeben, um den Kameraden zu Hilfe zu eilen. Aber sie kamen nicht weit, denn wir brachen mit Geheul von beiden Seiten aus dem Wald hervor und stellten uns ihnen mit Speer und Schild entgegen. Zwei von ihnen wurden gleich von den Gäulen gerissen und auf der Stelle erledigt. Ein Pferd stürzte, von Rollos Hammer getroffen, zu Boden und begrub seinen Mann unter sich, ein anderes stieg in Panik hoch und warf den Reiter direkt vor Roberts Füße, der ihn mit einem Streich enthauptete. Nur den beiden letzten Söldnern gelang die Flucht.

Den Verwundeten nahmen wir die Waffen ab und banden sie. Gerlaine stand dabei und starrte wie gebannt auf die Toten und das viele Blut. Mir ging es nicht anders, denn es war das erste Mal, dass ich an einem solchen Kampf teilgenommen hatte. Wild entschlossen war ich mit den anderen vorgeprescht, aber bevor ich hatte zum Zuge kommen können, war alles schon vorüber gewesen. Und doch, die plötzliche Wucht des Erlebten konnte einem schon die Knie weich werden lassen.

Auch die Fuhrleute und Mönche wagten kaum, sich zu bewegen. Das Entsetzen stand ihnen in den Augen. Nur ein alter Mönch mit hochrotem Kopf stieg furchtlos vom Bock und verlangte zu wissen, wer unser Anführer sei. Wütend funkelte er Robert an, auf den Arichis gewiesen hatte. Er sei Bruder Anselmus, ließ er ihn wissen, und wie wir es wagen könnten, uns am Eigentum des heiligen Klosters von Monte Cassino zu vergreifen. Es sei ein Frevel an Gott selbst, und wir alle würden bis in alle Ewigkeit in den Flammen der Hölle schmoren.

Robert schenkte ihm keine Beachtung, bis er sein Schwert an einem Grasbüschel vom Blut gereinigt hatte. Dann drehte er sich um und lächelte freundlich auf ihn herab.

»Sag ihm, Arichis, es ist doch eher ein Frevel, wenn ausgerechnet Männer Gottes so viel Reichtum an sich raffen, derweil die Armen darben müssen. Wir befreien sie nur ein wenig von dieser sündhaften Last. Zu Ehren Christi, der die Armen liebte.«

Bei diesen Worten musste selbst der sonst so verschlossene Arichis grinsen. Und Bruder Anselmus blieb nichts anderes übrig, als zähneknirschend zuzusehen, wie wir die Ladung von den Karren zerrten, Ballen aufschnitten und überall nach Wertvollem suchten.

Diesmal hatten wir es gut getroffen, denn unter viel nutzlosem Zeug fanden wir Beutel voll klingender Münze, goldene Kelche, feinste Seide, sündhaft teuren Purpur, Gewürze aus dem fernen Osten, Kreuze aus Gold und Silber von den Goldschmieden in Bari und elfenbeinerne Kästchen voller Edelsteine zur Verzierung geistlicher Ornate. Beim Anblick dieser Herrlichkeiten war Robert viel zu gierig, um nur einen Wegzoll zu verlangen. Alles, was sich einschmelzen oder zu Geld machen ließ, nahmen wir an uns, ebenso wie die Pferde, Waffen und Rüstungen der Söldner.

»Wer bist du?«, wollte Anselmus grollend wissen.

»Roberto d'Altavilla, il Guiscardo genannt«, antwortete er. »Sag das deinem Abt und merkt euch den Namen, denn bald werdet ihr mehr von mir zu hören bekommen.«

Es war das erste Mal, dass Robert etwas auf Lombardisch sagte. Er hatte natürlich recht. Es wurde Zeit, dass wir die Landessprache lernten.

»Il Guiscardo«, wiederholte der Mönch mit Hass in der Stimme. »Soll dich doch gleich der Satan holen.«

Die Christen unter uns bekreuzigten sich bei diesen Worten, aber Robert lachte nur. Wir überließen es den Mönchen, sich um Tote und Verwundete zu kümmern, und machten uns aus dem Staub.

Abends, am Lagerfeuer, erhielt Arichis gemäß der Abmachung seinen Anteil an der Beute. Vom Rest versprach Robert die Hälfte unter den Männern aufzuteilen, aber erst wenn wir wieder in Melfi waren. Trotzdem gab er jedem schon ein paar Goldmünzen, um uns bei Laune zu halten. Den Rest luden wir auf ein Maultier, das vier Mann Tag und Nacht zu bewachen hatten, als traute er Arichis nicht so ganz.

*

Wir zogen weiter Richtung Nordosten und kamen bald in die Nähe eines Dorfes, das um ein Kloster entstanden und einem dieser christlichen Heiligen geweiht war. San Marco oder San Michele, ich erinnere mich nicht mehr genau. Arichis meinte, in der kleinen Wallfahrtskirche wüsste er goldenes Altargeschirr, ein wertvolles Kruzifix und auch einige Reliquien, die sich für gutes Geld veräußern ließen.

Das Kloster sei allerdings ummauert, ebenso wie das Dorf, und Wachleute würden regelmäßig ihre Runden gehen. Seit die Fürsten des Südens zu schwach geworden waren, um auf dem Land ihre Macht durchzusetzen, wurden selbst Klöster befestigt und von bewaffneten Söldnern bewacht.

Nun, das sollte uns nicht abschrecken. Der jüngste Erfolg hatte uns ermutigt, etwas Größeres zu wagen. Die Frage war nur, wie wir es am besten angehen sollten. Robert wollte unnötiges Blutvergießen vermeiden. Damit war ein direkter Angriff ausgeschlossen. Wir würden uns also durch List des Klosters bemächtigen oder in der Nacht heimlich über die Mauer steigen müssen.

Unser Lager hatten wir abermals auf einer Anhöhe tief im Wald aufgeschlagen, wo es unwahrscheinlich war, dass uns jemand bemerkte. Am Morgen zeichnete Arichis einen Plan der Klosteranlage in den Sand und deutete an, wo ein guter Kletterer vielleicht die Mauer überwinden konnte. Das schien allen die beste Lösung zu sein, denn unter der Ausrüstung, die Onfroi uns überlassen hatte, waren auch zwei kräftige Wurfhaken. Doch diesmal wollte Robert sich nicht allein auf Arichis' Wort verlassen. Jemand aus unserer Mitte sollte die Örtlichkeit auskundschaften.

Es meldeten sich Freiwillige, aber Arichis wandte ein, dass die Leute in diesen Gegenden misstrauisch seien und den meisten von uns sehe man schon von weitem den Normannen an.

»Dann gehe ich«, erbot sich Gerlaine. »Bei einer Frau und meinen dunklen Haaren wird niemand Verdacht schöpfen. Ich bin einfach eine Pilgerin, die die Wallfahrtskirche besucht.«

»Ganz allein?«, fragte ich besorgt. »Das würde seltsam aussehen. Da gehe ich doch lieber mit.«

Robert schüttelte den Kopf. »Du hast gehört, was Arichis gesagt hat. Nein, besser, wenn Lando sie begleitet. Er ist Lombarde und unverdächtig. Und er spricht die Sprache.«

Robert und Rainulf schärften ihnen ein, auf was sie zu achten hatten. Lando ließ außer einem Dolch seine Waffen zurück und schnürte sich einen ähnlichen Ranzen auf den Rücken, wie Gerlaine ihn besaß. Dann marschierten sie los.

Stunde um Stunde verging, und ich wurde immer unruhiger, je weiter sich die Sonne dem Horizont zuneigte. Mein Magen war wie zugeschnürt, so dass ich den ganzen Tag lang keinen Bissen hinunterbekam. Was, wenn man Gerlaine entlarven würde? Nicht auszudenken. Robert dagegen war die Ruhe selbst. Fast hätte ich ihn dafür gehasst.

Und dann, als ich gerade vom Pinkeln kam, standen beide im Lager und grinsten wie Kinder, die einen wilden Streich ausgeheckt hatten. Alles umringte sie aufgeregt, und sie erzählten, dass sie eine noch bessere Stelle gefunden hatten, an der Klostermauer selbst und nahe an dessen Eingangspforte. Dort war ein Felsen übermauert worden, auf den man sich stellen konnte. Das machte den Kletterweg kürzer. Und das große silberne Kruzifix hing auch genau dort, wo Arichis gesagt hatte, über dem Altar in der Kirche.

Nachdem wir uns abends mit Brot und Speck verköstigt hatten, denn ein Feuer anzuzünden wagten wir nicht, ging ich zu Robert und bestand darauf, als Erster über die Mauer zu steigen, denn ich wollte Gerlaine in nichts nachstehen und mich endlich als Krieger beweisen.

Robert stocherte gedankenverloren zwischen seinen Zähnen. Er hatte die beunruhigende Angewohnheit, einen unentwegt anzustarren, während er nachdachte, aber ohne einen wirklich wahrzunehmen. Verlegen wanderte mein Blick zu Rainulf, der neben ihm saß. Auch der musterte mich prüfend, kaute dabei an einer Speckschwarte. Sein feuerroter Bart war lang geworden, fuhr es mir durch den Sinn, als ob das etwas mit meiner Bitte zu tun gehabt hätte.

»Du bist noch nicht so weit«, meinte Rainulf in seinem grollenden Bass. »Du hast noch nichts dergleichen gemacht. Und wenn du es vermasselst …«

»Wen würdest du denn mitnehmen?«, unterbrach ihn Robert.

»Ivain und Thore. Wir drei sind gut eingespielt.«

»Aber das hier ist mehr als ein paar Ziegen stehlen.«

»Beide können lautlos und aus der Entfernung töten, falls es nötig wird. Und ich mache euch das Tor auf.«

Rainulf schüttelte immer noch den Kopf, aber Robert legte mir die Hand auf die Schulter. »Die Sache ist nicht ungefährlich, also sei vorsichtig. Und unser Erfolg hängt allein von dir ab.«

Es füllte mich mit unbändigem Stolz, dass er mir diese Aufgabe anvertraut hatte. Trotzdem flatterten mir tausend Schmetterlinge im Magen, wenn ich ehrlich war.

»Musstest du dich unbedingt vordrängeln?«, fragte Gerlaine etwas später wenig begeistert.

»Hast du Angst um mich?«

»Mir ist nicht wohl dabei.« Sie schlang ihre Arme um mich und legte ihren Kopf an meine Brust. »Ich habe das Gefühl, jemand, den ich kenne, wird sterben.«

»Mir geschieht nichts«, sagte ich mutiger, als ich mich fühlte, wiegte sie in meinen Armen und küsste ihre Stirn. »Außerdem, was du getan hast, war doch auch gefährlich.«

»Überhaupt nicht. Lando hat ganz höflich die Leute im Dorf gegrüßt und sich nach dem Heiligen erkundigt. Es kommen regelmäßig Pilger an diesen Ort, so dass wir kaum beachtet wurden. In der Kirche hat sogar ein junger Priester mit mir geredet.«

»Aber du kannst doch kein Lombardisch«, rief ich erschrocken.

»Ich war gerade dabei, mir das Kruzifix anzusehen, während Lando so tat, als wäre er im Gebet versunken. Auf einmal stand dieser Priester neben mir und sprach mich an.«

»Bei Odin! Was hast du gemacht?«

Gerlaine kicherte. »Ich musste ihn recht dämlich angestarrt haben, denn er redete plötzlich Fränkisch mit mir und fragte, ob ich eine *normanna* sei. Natürlich war ich sprachlos vor Schreck, aber schon kam Lando mir zu Hilfe und stellte mich als seine Frau vor. Wir kämen aus Aversa und wären auf dem Weg zum Heiligtum auf dem Monte Gargano.«

»Und er hat es geglaubt?«

»Er war sehr freundlich. Er hat uns gesegnet und gemeint, er würde für unsere sichere Weiterreise beten.«

Das war geistesgegenwärtig von Lando gewesen, denn das kleine Aversa in der Nähe von Napoli war die erste normannische Grafschaft gewesen, lange Zeit mit Capua und Benevento verbündet, bis sie sich erst vor kurzem von Pandulf losgesagt hatte.

Wir saßen etwas abseits an einen Baum gelehnt. Die letzten Strahlen der Abendsonne erhellten unsere Gesichter.

»Ich weiß nicht, was ich getan hätte, wenn dir etwas zugestoßen wäre«, murmelte ich und hielt sie fester umschlungen.

Gerlaine schenkte mir einen zärtlichen Blick und strich mir durch die zerzausten Strähnen. »Hat dir jemand schon gesagt, dass du ein hübscher Kerl bist, mit deinen gelben Haaren?«

»Nur die alte Fressenda«, grinste ich.

»Und die sollte es wissen«, lachte sie. »Bei zwölf Söhnen.«

Reynard zeigte mir später, wie man mit dem vierzackigen Wurfhaken umging, und Ivain, Thore und ich übten abwechselnd an einem hohen Baum, bis wir es im Schlaf beherrschten.

Ich schätze, es muss gegen Mitternacht gewesen sein, als wir aufbrachen und unter Vollmond den Weg zum Dorf einschlugen. Auch Gerlaine war dabei. Sie hatte nicht im Lager bei Gepäck und Pferden bleiben wollen, die wir unter Bewachung von fünf Mann zurückgelassen hatten. Weder Wiehern noch das Getrappel von Hufen sollte uns verraten. Auch Arichis und seine beiden Gefährten würden im Lager auf uns warten, denn sie wollten bei dem Überfall nicht gesehen werden, um nicht ihren Wert als Spione zu beeinträchtigen.

Wir stiegen von der Anhöhe hinab. Der verdammte Vollmond würde die ganze Nacht hindurch leuchten und uns für scharfe Augen leichter sichtbar machen. Aber wenigstens hatten wir nicht zu befürchten, über die eigenen Füße zu stolpern.

Der Weg führte durch ein kleines Tal und dann wieder bergauf, denn das Kloster saß auf einem Buckel auf halber Höhe eines langen Berghangs, von wo aus sich die ganze Gegend überblicken ließ. Im Mezzogiorno thronten viele Siedlungen in luftigen Höhen. Wahrscheinlich weil sie so besser zu verteidigen waren.

Das Dorf lag wie ausgestorben im Mondschein, kein Licht, kein Laut, das Tor gut verschlossen. Lautlos schlichen wir näher. Von unten wirkte die Mauer höher, als sie war. Darüber konnten wir den Dachfirst der Kirche und den frei stehenden Kampanile erkennen. Ein paar Katzen machten sich bemerkbar, ein Hund heulte den Mond an, dann war es wieder still.

Der Hauptteil unserer Truppe, unter Roberts Führung, legte sich in den Schatten einiger Sträucher in der Nähe des Tors, während Lando uns durch niedriges Gestrüpp so leise wie möglich zu der Stelle führte, wo wir die Mauer erklimmen sollten. Auch Rainulf war gekommen, um sich den Mauerabschnitt genauestens anzusehen. Ohne ein Wort deutete er auf Ritzen und Vorsprünge, wo man die Füße hineinstemmen konnte. Dann nahm er mir den Wurfhaken aus der Hand. Sorgfältig rollte er das Seil in der linken Hand zusammen. Wir lauschten angestrengt. Nichts zu hören. Keine Schritte eines Wachmanns. Alles schien zu schlafen.

Rainulf schwang den Haken und warf ihn mit Schwung nach oben. Aber zu kurz. Mit metallischem Klirren prallte er auf dem Weg nach unten vom Fels ab und fiel ins Gebüsch. Wie erstarrt standen wir da. Aber da oben schien es niemand gehört zu haben. Und ich war froh, dass es Rainulf passiert war und nicht mir.

Der zweite Wurf gelang, der Haken saß fest, und er reichte mir das Seil. Wir hatten in kurzen Abständen Knoten hineingebunden, um den Aufstieg zu erleichtern. Trotzdem war es eine elende Schinderei, besonders mit Schwert, Helm und Rüstung. Meine Füße rutschten einige Male ab, aber langsam kämpfte ich mich nach oben, schwang einen Arm über die Mauerkrone und sah mich um. Niemand zu sehen. Ich hakte einen Fuß über, machte eine letzte Anstrengung und saß heftig atmend auf der Mauer.

Unter mir ein Hof, fast wie in einer Burg, mit niedrigen Gebäuden. Das mussten die Behausungen der Mönche sein. Auch einen Backofen konnte ich erkennen. Rechter Hand lag die Pforte, die ins Dorf führte. Sie schien offen zu stehen. Gegenüber war die Kirche, daneben der Kampanile. Und unter uns, wie an die Mauer geklebt, das Dach eines langen Schuppens.

Zu meiner Erleichterung war immer noch niemand zu sehen. Ein Hund bellte im Dorf, verstummte aber bald wieder. Ich machte meinen Gefährten ein Zeichen, dass die Luft rein war.

Als Nächster kam Thore mit dem Bogen über der Schulter. Dank seiner kräftigen Arme schien es ihm leichter zu fallen als mir. Auch Ivain schaffte es. Auf der Innenseite der Mauer verlief ein breiter Vorsprung, ähnlich einem Wehrgang. Dort schlichen wir entlang, denn irgendwo musste sich eine Treppe befinden. Plötzlich trat ich mit dem linken Fuß ins Leere, konnte mich nicht halten und stürzte mit schmerzhaftem Aufprall auf das Dach des Schuppens. Ich versuchte, mich noch festzukrallen, riss aber nur Dachziegel aus ihrer morschen Verankerung. Mit lautem Getöse landete ich unten im Hof auf einer Regentonne, die prompt umkippte und ihren Inhalt über mich ergoss.

Durchnässt und umgeben von zerbrochenen Dachpfannen, lag ich einen Augenblick still, mehr aus Schreck als vor Schmerzen. Mein Herz hämmerte wie wild. Dann rappelte ich mich hoch. Zum Glück schien nichts gebrochen zu sein. Ich humpelte ein paar Schritte in den Hof und winkte meinen Gefährten zu. Thore schien über meine Ungeschicklichkeit vor Lachen schier zu platzen, obwohl er sich verzweifelt bemühte, keinen Laut von sich zu geben.

Da hörte ich ein Geräusch hinter mir, wirbelte herum und sah einen Schatten im Rahmen der Kirchentür. Ein schwaches Licht im Innern ließ eine Mönchsgestalt davor erkennen. Andere drängten nach und riefen, wer da sei. Was bei Odin, hatten die mitten in der Nacht in ihrer Kirche verloren? Erst später klärte man mich auf, dass die Mönche sogar in der Nacht aufstanden, um zu ihrem Gott zu beten.

Kaum hatte ich mein Schwert gezogen, als sie aufschrien und einer von ihnen auf den Kampanile zurannte. Natürlich. Die Glocke. Er wollte das Dorf und die Wachleute alarmieren.

Doch der Mann war noch keine fünf Schritte gelaufen, als Thores Pfeil ihn ereilte und mit einem Ächzen zusammenbrechen ließ. Während meine Gefährten den gleichen Weg wie ich von der Mauer nahmen und die Mönche in Schach hielten, rannte ich los, so schnell ich konnte, durch die Pforte ins nachtstille Dorf hinunter. Ein Hund kam um eine Ecke geschossen und schnappte nach meinen Beinen. Aber ein Schwertstreich ließ ihn winselnd liegen, dann war ich schon am Tor, das durch einen mächtigen Querbalken gesichert war. Ich wuchtete ihn aus der Halterung und stieß die Torflügel auf.

Da stand Robert, und seine Zähne blitzten im Mondschein, als er mich verwegen angrinste. »Gut gemacht, Gilbert«, zischte er und winkte die anderen durchs Tor.

Der Überfall hätte nicht müheloser gelingen können. Einer der Bewaffneten, die benommen aus der Wachstube torkelten, starb einen nutzlosen Tod, als er Widerstand leisten wollte. Die anderen ergaben sich. Wir verteilten uns und sicherten alle Ausgänge, den kleinen Dorfplatz und das Kloster.

Nach und nach kamen die Leute schlaftrunken und verängstigt aus ihren Hütten, während unsere Männer unter ihren Habseligkeiten nach Wertvollem stöberten. Das ganze Dorf war in Aufruhr. Kinder plärrten, alte Weiber wehklagten, Männer stellten sich angstvoll vor ihre Frauen. Dabei hatten wir gar nicht vor, ihnen Gewalt anzutun. Nur ein alter Mann stürzte unglücklich und schlug sich die Stirn blutig, als er sich nicht von einer lumpigen Handvoll Münzen trennen wollte. Ein beleibtes Weib, dem Hamo ein Kruzifix vom Hals gerissen hatte, schlug ihm wütend ins Gesicht, woraufhin er im Zorn seinen Dolch zog. Doch Rainulf rief ihn scharf zur Ordnung und erinnerte ihn an Roberts Befehle.

Das Kloster lieferte die meiste Beute. Wir entzündeten Fackeln und fanden goldene Gerätschaften, darunter eine edelsteinbesetzte Monstranz, die sie für die Messe verwendeten. In der Krypta war ein Schrein mit dem in Gold gefassten Schädelknochen ihres Heiligen. Außerdem eine Truhe voller Münzen, die wir aufbrachen. Das waren die Spenden der frommen Pilger.

Der Abt des Klosters, ein alter, dicker Mönch, verfluchte uns bis in alle Ewigkeit und konnte dennoch nicht verhindern, dass wir das große silberne Kreuz von der Wand nahmen und in Stücke hackten, um es besser wegtragen zu können.

Nicht wenige der Kameraden schlugen mir zufrieden auf die Schulter, obwohl ich doch gar nicht viel geleistet hatte. Als ich nach Gerlaine suchte, fand ich sie im Hof mit einer Fackel in der Hand. Sie beleuchtete die Züge des Mönches, den Thores Pfeil niedergestreckt hatte. Er saß gegen die Kirchenmauer gelehnt und hatte Mühe, zu atmen. Thores Pfeil hatte ihm die Lunge durchbohrt. Aus dunklen Augen voller Schmerz blickte er zu ihr auf. Gerlaine kniete neben ihm und nahm seine Hand.

»*Perdona me, padre*«, murmelte sie. »Bitte vergib mir.«

Ich fasste sie am Arm und zog sie langsam weg. Mit einem Lungenschuss würde der Mann die Nacht nicht überleben.

»Es ist der Priester, der uns gesegnet hat«, murmelte sie und wischte sich die Tränen aus den Augen.

Monte Gargano

Beim ersten Licht hatte das Plündern ein Ende. Unsere Beute steckten wir in leere Säcke, die wir gefunden hatten, und schlangen sie uns auf den Rücken. Damit verließen wir das Dorf und kehrten laut singend zum Lager zurück.

»He, Hamo«, spottete Ragnar. »Vielleicht wollte die Dicke dich nur küssen. Du hättest zuvorkommender sein sollen.«

Hamo nickte. »Du hast recht. Und schon wieder eine gute Gelegenheit verpasst.«

So frotzelten sie im Überschwang und zogen sich gegenseitig auf, nur Gerlaine war die Einzige, die keinen Gefallen daran fand.

»Seid ihr jetzt Helden, weil ihr arme Leute beraubt hat?«, murrte sie. »Nichts gegen Priestergold, aber Kindern das Brot vom Munde stehlen …«

»Ich hab niemandem sein Brot gestohlen«, erwiderte Herman entrüstet. »Silber kann man nicht essen.«

»Die können noch froh sein«, knurrte Ragnar. »Daheim hätte man ihnen das Dach über dem Kopf angezündet.«

Da hatte er nicht unrecht, besonders wenn ich bedachte, wie mein eigenes Dorf abgebrannt und meine Mutter und andere umgebracht worden waren.

»Ist es wegen des Priesters?«, fragte ich Gerlaine.

»Das auch. Ich habe doch gesagt, es stirbt jemand, den ich kenne.«

Da wurde mir wieder unheimlich zumute, obwohl ich an Gerlaines Eingebungen schon gewöhnt war.

Als wir das Lager erreichten, wollten die anderen, die zur Bewachung zurückgeblieben waren, gleich sehen, was wir erbeutet hatten. Und natürlich mussten wir alles erzählen. Mein Sturz von der Mauer sorgte für viel Heiterkeit, und doch schien mein Ansehen unter den Männern gestiegen zu sein. An Schlaf war jedenfalls nicht zu denken.

»Wer reden kann, kann auch marschieren«, sagte Robert und befahl den Aufbruch.

Es war ihm wichtig, die Gegend rasch zu verlassen. Unsere Räubereien mussten sich herumgesprochen haben. Wer konnte wissen, ob wir nicht doch von einer Kriegerhorde aus Benevento verfolgt würden? Also brachen wir das Lager ab, sattelten die Pferde und machten, dass wir davonkamen.

Tagelang marschierten wir in nordöstlicher Richtung hügelauf und hügelab, die Berge schienen kein Ende zu nehmen. Im Gegenteil, sie türmten sich noch höher in den Himmel, und die menschlichen Behausungen wurden seltener und ärmlicher. Auf Siedlungen stießen wir kaum noch, nur auf vereinzelte Schafhirten in den Talsohlen oder auf Köhler, die ihre Ware aus den Wäldern karrten. Auch wenn man in den Nächten nach wie vor erbärmlich fror, tagsüber wurde es jetzt angenehmer. In den Ritzen zwischen Felsen und auf winterdürren Wiesen kämpften sich die ersten Frühlingsblumen durch den harten Boden. Auf den der Sonne zugewandten Hanglichtungen bildeten sie sogar zartbunte Teppiche.

Endlich überwanden wir den letzten Pass und stiegen in den fruchtbaren Norden Apuliens ab, der unter byzantinischer Herrschaft lag. Mehr denn je galt es, wachsam zu sein. Deshalb ritt ständig Arichis oder einer seiner Männer voraus, um die Gegend zu erkunden. Lando schloss sich ihnen ebenfalls als Späher an.

Flach wie in der Gegend um Capua war es auch hier nicht, eher eine Landschaft sanft geschwungener Hügel voller Wiesen und Ackerflächen, hier und da liebliche Haine, in denen man ein Bächlein plätschern hörte. Hier war der Frühling schon länger eingezogen. Es blühte überall, und ein grüner Flaum von jungem Weizen zeigte sich auf den Feldern. Die Dörfer sahen wohlhabender aus, das Vieh war besser genährt, und auf den Straßen war viel Volk unterwegs. Ich hatte schon so einiges Schöne in diesem Italia gesehen, aber jetzt verstand ich, warum so viele Herren um Apulien kämpften und es besitzen wollten.

Leider waren die Blicke der Leute, die uns begegneten, noch finsterer als in Capua oder Benevento. Sie erschraken bei unserem Anblick und machten nicht selten das Zeichen der *corna,* wie um sich vor dem Satan zu schützen. Und einmal bewarfen kleine Jungs uns sogar mit Steinen. Ragnars Gaul scheute und hätte ihn beinahe abgeworfen. Aber wir verfolgten sie nicht. Es waren ja nur Kinder.

Ich fragte Arichis, warum die Menschen sich so feindselig gaben. Als Antwort bedachte er mich mit einem Blick, als sei ich ein Tölpel.

»Hast du vergessen, was wir selbst hier treiben? Für die Einheimischen in Apulien sind Fremde zunächst einmal Feinde. Entweder byzantinische Steuereintreiber, die ihnen die Ernte oder das Ersparte nehmen, Kriegsherren, die ihr Land rauben, oder Normannen, die beides tun. In letzter Zeit besonders ihr Normannen. Nichts ist vor euch sicher.«

Natürlich, dachte ich beschämt. Wie dumm von mir.

»Aber du hilfst uns doch dabei. Warum?«

Er zuckte mit den Schultern. »Ich diene nur meinem Herrn.«

»Bist du gläubiger Christ?«

Er bedachte mich mit einem giftigen Blick. »Was geht dich das an, Normanne?«

Ich dachte schon, ich hätte ihn verärgert, da sagte er: »Für die meisten in diesem Land ist die Kirche das Einzige, auf das man sich verlassen kann, und der Glaube ein Trost, um das zu ertragen, was man nicht abwenden kann.«

Damit beendete er abrupt die Unterhaltung und gab seinem Pferd die Sporen. Also doch ein gläubiger Christ, dachte ich, erstaunt darüber, solche Worte aus dem Mund eines Mannes zu vernehmen, den ich mir so gar nicht im frommen Gebet vorstellen konnte. Und wie mochte er wohl sein Tun mit dem Gebot der Nächstenliebe vereinbaren? Da fiel mir ein, dass die Christen ihre Verfehlungen einem Priester beichteten und danach wieder reinen Gewissens waren. Ein seltsamer Brauch, aber nicht ohne Vorzüge. Ob die Christen unter den Gefährten, so wie Fulko, Herman und andere, wohl das Gleiche taten? Ich hatte sie noch nicht dabei gesehen. Aber den Feind zu berauben ist schließlich Kriegsrecht und keine Sünde.

Einmal gelang es uns nur im letzten Augenblick, einem größeren Trupp byzantinischer Soldaten auszuweichen. Mindestens hundert Mann schwerbewaffneter Fußkämpfer, begleitet von einem Dutzend gepanzerter Reiter. Sie transportierten etwas auf zwei Ochsenkarren. Konnten das Steuereinnahmen sein? Wir hätten sie gern angegriffen, aber es waren zu viele. Mit großem Bedauern blieben wir in unserem Versteck und ließen sie vorüberziehen.

Arichis führte uns schließlich zu einem Ort mit Namen Civitate. Nicht wirklich eine Stadt, aber ein großes, mit hohen Mauern befestigtes Dorf. In der Nähe bewohnte angeblich ein Bischof einen großen Gutshof mit vielen Landarbeitern und Bediensteten. Wäre doch verwunderlich, wenn es dort nichts zu holen gäbe, sagte er zu Robert.

Kurz vor Morgengrauen schlugen wir zu, ritten einfach vor das Tor, schafften uns mit Äxten Zugang und stürmten das

Haupthaus, bevor sich größerer Widerstand bilden konnte. Trotzdem gab es ein paar Tote unter den Bewachern. Zum Glück blieben die Unsrigen verschont, außer Herman, dem ein Messer die Wange aufgeschlitzt hatte. Hamo vernähte es notdürftig, und Gerlaine legte ihm Kräuter auf die Wunde und einen Verband um den Kopf.

Der Bischof war nicht zugegen, aber als wir nur mäßig Wertvolles fanden, hielten wir uns an den Verwalter, einen hageren Lombarden, fast so rothaarig wie Rainulf. Doch der Kerl war verstockt und wollte nichts sagen, bis Ragnar und ein paar andere sich daran machten, ihn an seinen Eiern von den Deckenbalken aufzuhängen. Da war die Liebe zu seinem Herrn nicht mehr so groß, und er verriet uns, wo der Bischof sein Geld aufbewahrt hielt.

Wir fanden es in einer Truhe aus soliden Eichenbohlen, die im Keller hinter einer falschen Wand mit einer Eisenkette gesichert war. Wir brauchten bis zum Morgen, um sie aufzubrechen, doch zu aller Freude war die Mühe nicht umsonst gewesen. Dieser Bischof hatte sich ein kleines Vermögen zusammengerafft. Wir fanden byzantinische und maurische Goldmünzen in Mengen. Dazu Geschmeide, Perlen und wertvolle Steine.

Rainulf meinte, nun hätten wir genug Beute gemacht und sollten heimkehren, bevor wir einem größeren Trupp Byzantiner über den Weg liefen. Doch Robert schien der Erfolg den Kopf verdreht zu haben, denn er war Reynards Gerede verfallen, der immer wieder von Monte Sant'Angelo auf Gargano anfing und den Schätzen, die sich angeblich dort befanden.

Manch einen kann die Gier nach Gold so heftig packen, dass er an nichts anderes mehr denken kann. Doch wenn ich Robert richtig einschätzte, so bedeuteten ihm Prunk und Reichtum wenig, außer wenn er sich damit Macht erkaufen konnte. Wahrscheinlich rechnete er sich aus, wie viele Krieger er würde anheuern können, wenn wir die Beute verdoppelten. Und ganz gewiss hatte er auch Alberadas verzücktes Lächeln im Sinn, wenn er ihr ein fürstliches Brautgeschenk machen könnte.

Arichis riet allerdings davon ab, Sant'Angelo zu überfallen. Er bestätigte zwar, dass es Gerüchte von Schätzen gab, aber ganz gewiss wären sie übertrieben, schließlich handelte es sich nur um eine kleine Mönchsgemeinde.

»Und warum hat noch niemand versucht, es herauszufinden?«, fragte Robert.

Arichis zuckte mit den Schultern. »Der Ort ist schwer zugänglich, auf einem hohen Berg. Und die eigentliche Basilika San Michele liegt tief im Fels in einer Grotte. Ist außerdem gut bewacht.«

»Ich bin sicher, es gibt einen Weg hinein.«

Man sah Arichis an, dass ihm die Sache unangenehm war.

»Sant'Angelo ist ein ehrwürdiges Heiligtum, Herr.«

»Die ganze Gegend ist voller Heiligtümer. Vor ein paar Wochen haben wir auch eines geplündert.«

»Dieses ist anders. Schon lange vor uns Christen sind Menschen dorthin gepilgert, um zu beten und den Göttern nahe zu sein. Es heißt, wer die heilige Grotte betritt, dem sind alle Sünden erlassen. Aber nur, wenn er im Guten kommt. Selbst für Normannen wäre es ein ungeheurer Frevel, den Frieden dieses Ortes zu stören. Heißt es nicht, der Engel Michael vernichtet seine Feinde mit flammendem Schwert?«

Es war sehr still geworden, als er das sagte. Nicht wenige bekreuzigten sich, besonders da die Worte aus dem Mund eines abgebrühten Kerls wie Arichis kamen. Auch mir lief ein Schauer den Rücken herunter. Lange Zeit sprach niemand. Robert hielt den Blick unverwandt auf Arichis gerichtet und dachte nach.

»Was sagst du dazu, Reynard?«, fragte er schließlich.

Der kratzte sich am Bart, bevor er sprach. »Ich glaube nicht an diesen ganzen Heiligenkram. Es ist nichts als eine Grotte, Robert, ein Loch im Fels. Und davor ein gemauerter Eingang. Wir Normannen haben schon viele Kirchen und Klöster um ihr Gold erleichtert, und keinen hat dabei das flammende Schwert getroffen. In irgendeine dämliche Hölle ist auch noch niemand gefahren. Ich sage, wir holen uns das Gold.«

Man sah in Roberts Augen, dass die Entscheidung längst gefallen war, noch bevor er nickte. Rainulf versuchte noch einzuwenden, dass es vielleicht zu gefährlich sei und es dort wegen des regen Pilgerzulaufs vor byzantinischen Truppen nur so wimmeln müsse. »Wir könnten alles verlieren, Robert, wenn wir zu gierig sind«, fügte er hinzu, wie immer vorsichtig und besonnen.

Und sicher hatte er recht. Besser, wir kehrten um und teilten in Ruhe die Beute, die wir schon gewonnen hatten. Aber Robert wollte nichts davon hören. In seinen Augen glühte ein Feuer. Er hatte es eilig, sich einen Namen unter den Normannen zu machen. Und Monte Sant'Angelo war die Gelegenheit dazu.

Da meldete sich Fulko zu Wort.

»Vielleicht sollten wir Christen den Rückzug sichern«, sagte er mit Bedacht, »beteiligen uns aber nicht an dem Überfall. Damit wäre allen gedient.«

Fulko war einer, der gern auf Ausgleich und Einvernehmen bedacht war. Sein Vorschlag war gewiss gut gemeint, aber es würde bedeuten, wir wären ab jetzt keine Einheit mehr, sondern in zwei Gruppen geteilt. Wegen einer dummen Glaubensfrage? Nicht verwunderlich, dass Roberts Miene sich verdüsterte. Er richtete sich zu voller Größe auf und musterte alle mit einem drohenden Blick, so dass die meisten, besonders die Christen, verlegen auf ihre Füße starrten.

»Auch ich wurde in unserem Dorf von einem Mönch getauft«, begann er, »und nenne mich Christ, wenn ihr wollt.

Sogar Gilbert hier, auch wenn er es nicht hören will. Meine Mutter ist eine eifrige Christin und betet jeden Tag. Aber selbst sie hat uns nie erklären können, warum man seine Feinde lieben soll. Warum ein Krieger nicht kämpfen, Land erobern oder Beute machen soll. Das ist seit Menschengedenken die Bestimmung eines Kriegers. Deshalb gehe ich nach Gargano. Wer mir nicht folgen will, soll es gleich sagen und mir danach nicht wieder unter die Augen treten.«

Fulko machte ein betretenes Gesicht. Und da alle Robert liebten und seinen Zorn mehr fürchteten als den heiligen Michael, gab es nun kein Murren mehr in dieser Frage.

*

Trotz seiner Vorbehalte hatte Arichis sich bereit erklärt, uns weiterhin zu führen, unter der Bedingung, dass seine Männer schon jetzt mit Pandulfs Anteil heimkehren durften. Von der möglichen Beute eines Überfalls auf das Heiligtum wollte er nichts haben. Damit war auch Robert einverstanden gewesen.

»Ich frage mich, warum Arichis uns trotzdem hilft, wenn er so dagegen ist?«, murmelte Reynard.

Es war spät geworden, die Lagerfeuer fast schon niedergebrannt, während Reynard, Herman und ich immer noch im Schein der letzten Glut dem Wein des guten Bischofs zusprachen, anstatt uns schlafen zu legen.

»Weil Pandulf es ihm befohlen hat«, erwiderte ich.

»Aber warum verzichtet er dann auf seinen Anteil der Beute? Was wird sein Herr dazu sagen?«

Der Wein und die späte Stunde hatten mich schläfrig gemacht, für tiefsinnige Überlegungen war ich zu träge. Ich sagte einfach das Erstbeste, das mir in den Sinn kam.

»Vielleicht geht es gar nicht um die Beute.«

»Um was soll es denn sonst gehen?«, brummte Herman und betastete vorsichtig die Stelle, wo seine notdürftig zugenähte Wunde unter dem Verband lag. Den ganzen Abend schon hatte er über Schmerzen geklagt.

»Lass endlich die Wunde in Ruhe«, sagte ich. »Wie soll sie heilen, wenn du ständig daran fummelst?«

Hastig zog er die Hand weg und lehnte sich mit einem gereizten Seufzer gegen den Sattel, der ihm als Kopfstütze diente. Auch ich hatte es mir bequem gemacht und schloss einen Moment die Augen.

»Du hast recht, Junge«, hörte ich Reynard sagen. »Dem alten Fuchs geht es vielleicht gar nicht um die Beute. Ist dir nicht aufgefallen, dass Arichis uns bisher nur Kirchenbesitz hat plündern lassen? Reiche Landbesitzer hat er verschont. Und jetzt soll er gegen einen Überfall auf Sant'Angelo sein? Dass ich nicht lache. Ich bin sicher, das ist genau, was er will.«

»Warum?«

»Weil es dann einen gewaltigen Aufschrei geben wird, der durchs ganze Land geht.«

»Na und?«

»Das könnte unseren Feinden in die Hände spielen.«

»Aber gerade du wolltest doch die ganze Zeit das verdammte Heiligtum plündern, hast ständig gebohrt.«

Er nickte nachdenklich. »War vielleicht ein Fehler, und Rainulf hat recht, wir sollten es nicht übertreiben.«

»Jetzt ist es zu spät. Robert wird seinen Entschluss nicht mehr ändern.« Ich trank noch einen Schluck von dem herrlichen Wein, einem Tropfen, an den man sich wirklich gewöhnen konnte. Müde, wie ich war, zog es mich zu Gerlaine, die ein paar Schritte weiter, ganz in warme Decken gehüllt, in unserem kleinen Zelt lag. »Du machst dir zu viele Gedanken, Reynard. Gehen wir lieber schlafen.«

In den folgenden Tagen ritten wir wieder nachts und lagerten am Tage, wo immer wir Deckung fanden. Niemand sollte erahnen, wohin wir unterwegs waren. Je mehr wir uns der Küste näherten, desto karger und trockener wurde die Landschaft. Hier waren die Wälder dünner gesät, manchmal bestanden sie nur aus Krüppelkiefern und dichtem Gestrüpp. Nicht weit von unserem Ziel fanden wir eine kleine Schlucht, wo ein winziges Bächlein genügend Wasser spendete, um Mensch und Tier zu versorgen. Feuer machten wir vorsichtshalber nicht.

Seit dem Tod des Priesters, der Thores Pfeil zum Opfer gefallen war, schien Gerlaine ihre Begeisterung für den Beutezug verloren zu haben. Die Sache mit Sant'Angelo gefiel ihr nicht. Warum, das konnte sie nicht sagen. Fast hatte ich den Eindruck, dass sie es inzwischen bereute, mitgekommen zu sein. Dennoch begleitete sie Lando ohne Murren, als Robert sie beide wieder auf Kundschaft schickte.

Wir blieben zurück und warteten, striegelten die Pferde, schärften die Waffen, vertrieben uns die Zeit mit Würfelspielen oder lagen im Gras und starrten in den Himmel. Gerlaines Beklemmung hatte auch auf meine Stimmung abgefärbt. Ich begann mir zu wünschen, wir wären zurück in Melfi. Fulko und die anderen Christen waren stiller als sonst, und Reynards sorgenvolle Miene war ebenfalls nicht dazu angetan, meine Laune zu verbessern. Bisher war alles gutgegangen. Aber würde Loki uns zu guter Letzt noch einen schlimmen Streich spielen? Heißt es nicht, dieser göttliche Halunke ist schön von Gestalt, aber unbeständig und böse von Gemüt? Nur zu gern narrt er die Menschen mit hinterlistigem Spiel. Unruhig wartete ich auf Gerlaines Rückkehr.

Dann endlich, nach zwei Tagen, tauchten die beiden wieder auf und berichteten, was sie vorgefunden hatten.

Wie es aussah, stellte sich die Sache schwieriger dar als gedacht. Der kleine Ort Sant'Angelo, der sich um das Heiligtum gebildet hatte und vom Geld der Pilger lebte, lag auf dem langgestreckten, schmalen Grat eines hohen Berges. Von da oben hatte man, wie Gerlaine erzählte, einen unglaublichen Blick über das Meer und die weite Bucht von Siponto. Wohl eben deshalb stand da ein alter Wachturm, wie auf so manchen Bergspitzen in der Nähe des Meeres, hauptsächlich, um vor maurischen Piraten und Sklavenjägern zu warnen.

Der Turm war von einer Mannschaft byzantinischer Soldaten besetzt. Das Heiligtum selbst dagegen wurde von Lombarden bewacht, die allerdings mehr Ordnungshüter als Krieger waren. Zugang zur Bergspitze gab es nur über zwei schmale Straßen, die sich in engen Kurven hinaufschlängelten. Die südliche war die am meisten begangene und stieg von Siponto aus über einen steilen Hang hinauf, unten mit Olivenbäumen bepflanzt, ansonsten trocken und kahl. Vom Wachturm würde unser Anmarsch schon von weitem zu sehen sein. Dazu kam, dass die Straße zuletzt auch noch durch den ganzen Ort führte, denn der Eingang des Heiligtums lag auf der anderen, der Nordseite, und etwas unterhalb der Bergkuppe. Für einen Überraschungsangriff war dieser Weg also nicht geeignet.

»Vielleicht nachts?«, fragte Rainulf.

Gerlaine schüttelte den Kopf. »Bei Sonnenuntergang verschließen sie das Heiligtum. Und das Felsportal ist aus bronzebeschlagener Eiche.«

»Und die andere Straße?«, fragte Robert.

Der nördliche Weg verliefe durch das enge Valle Carbonara, berichteten sie. Dort sei der Hang noch steiler, aber grün und zum großen Teil bewaldet. Die Straße führe außer Sichtweite des Turms und ohne die Ortschaft zu durchqueren direkt zum Eingang der Höhle.

Robert nickte befriedigt. »Und wie sieht es innen aus?«

Lando antwortete zögerlich, als fiele es ihm schwer, die Geheimnisse des Heiligtums preiszugeben.

»Die Himmlische Basilika liegt tief im Berg«, erklärte er. Sie heiße so, weil sie nicht von Menschenhand, sondern allein von Gott geschaffen war. Eine ziemlich geräumige Grotte mit Bänken für die Gläubigen. Im Hintergrund der Altar mit einem mächtigen Kreuz. Daneben der Schrein des Erzengels Michael, angeblich dort, wo er den Menschen zum ersten Mal erschienen war. »Aber bevor man in die Grotte gelangt, muss man durch mehrere Felsgalerien«, fuhr er fort. »Manche tragen alte lombardische Inschriften an den Wänden, sogar Bilder von Heiligen.«

»Ist es nicht finster dadrinnen?«

»Nein. Überall brennen Fackeln, außerdem ist die Basilika selbst mit wohlriechenden Kerzen erleuchtet. Trotzdem ist es nicht stickig, denn von irgendwoher scheint frische Luft in die Grotte zu strömen.«

»Ein Ausgang? Vielleicht nach oben zum Dorf?«

»Ich weiß es nicht, Herr. Nachsehen konnten wir nicht. Man ist dort nie allein.«

»Wie steht es mit den Wachen?«

»Nur am Portal und innen am Eingang zur Grotte. Immer jeweils zwei oder drei. Sie sind mit Schwert und Speer bewaffnet, tragen aber keine Rüstungen.«

»Und was gibt es an Wertvollem?«

Auf diese Frage hatten alle gewartet. Sie rückten näher und spitzten die Ohren. Lando zögerte wieder. Doch dann gab er sich einen Ruck.

»Am Eingang zur Basilika steht ein großer Opferstock, der von einem Mönch bewacht wird. Jeder spendet, wozu er imstande ist. Das kann bei manchen eine ganze Menge sein. Manche Pilger bewegen sich nur auf Knien vorwärts, viele entzünden Kerzen, hinterlassen eine Bitte oder legen ein Gelübde ab. Kranke werden von einem Priester mit der *stilla,* dem wundertätigen Sickerwasser, gesegnet, das von den Wänden tropft. Familien tragen ihre Kranken auf Bahren ins Heiligtum, um sie genesen zu lassen.«

»Schön«, unterbrach Robert ihn etwas ungeduldig. »Aber meine Frage zielte in eine andere Richtung.«

Lando schlug die Augen nieder. »Ich weiß, Herr.«

Endlich zählte er auf, was sie an Schätzen zu Gesicht bekommen hatten, besonders die *vasa sacra,* die heiligen Gerätschaften für die Messe, alles aus massivem Gold, wie es schien, aber auch Kreuze und Leuchter aus edlen Metallen.

»Während der häufigen Messen strahlt alles im goldenen Glanz. Besonders auch die heilige Statue.«

»Eine Statue? Aus Gold?«

»Nicht sehr groß.« Er zeigte mit den Händen eine Höhe von etwas mehr als einem Fuß an. »Sie stellt den Erzengel mit einem Speer in der Faust dar. Während der Messe öffnen sie die Flügeltüren des Schreins, in dem sie steht. Wer viel gespendet hat, darf den Fuß des Engels küssen.«

Jetzt mischte Gerlaine sich ein. »Tagsüber sind immer Menschen in der Grotte, auch wenn keine Messe abgehalten wird. Ich frage mich, was bei einem Überfall geschehen könnte, wenn Panik ausbricht.«

»Wir werden Sorge dafür tragen, dass niemand zu Schaden kommt«, sagte Robert. »Soweit es möglich ist.«

»Aber es kann Unglück bringen, einen heiligen Ort zu entweihen.« Diese Worte, gerade aus ihrem Mund, beunruhigten die Männer sichtlich.

Roberts Brauen zogen sich zusammen. »Das reicht jetzt, Gerlaine!« Er funkelte auch die anderen an. »Wer schwachen Herzens ist, kann kein Reich gewinnen. Meint ihr, unsere Vorfahren hätten Land und Ehre erworben, wenn sie sich vor ein paar Heiligen gefürchtet hätten? Wenn der alte Rollo und Williame Langschwert noch lebten und euch jetzt sehen könnten, sie würden sich zu Tode lachen.«

Die Männer raunten und murmelten untereinander, beeilten sich aber vor allem, Entschlossenheit zu zeigen. Niemand sollte auf den Gedanken kommen, sie könnten feige sein, auch wenn die meisten heimlich abergläubisch waren. Man konnte dem Lebensfaden, den einem die Nornen spannen, ohnehin nicht entrinnen. Allein die Unerschrockenheit gegenüber dem Schicksal zeichnete einen rechten Kerl aus.

Rainulf kratzte sich den roten Bart. »Wir müssen überlegen, wie wir es am besten angehen. Ich nehme an, Robert, du willst wieder möglichst wenig Blutvergießen und keine Männer verlieren.«

»So ist es.«

»Das heißt«, fuhr Rainulf fort, wobei der Spott in seiner Stimme nicht zu überhören war, »wir nähern uns von Norden, überwinden einen langen, steilen Hang, ohne bemerkt zu werden, überraschen die Wache, packen die Schätze ein und machen uns davon, ohne dass die Byzantiner auch nur einen Hauch davon mitbekommen und uns den Weg abschneiden können.«

Robert musste lachen. »Ich gebe zu, das klingt nicht ganz einfach. Aber wenn es so einfach wäre, hätten andere es schon getan. Wer einen guten Einfall hat, soll jetzt sprechen.«

Alle dachten angestrengt nach. Dann begannen sie, durcheinanderzureden und sich gegenseitig mit Vorschlägen zu übertrumpfen. Doch das meiste erwies sich als unbrauchbar. Nach einer Weile nistete sich Ratlosigkeit ein, und es wurde wieder still.

Ich räusperte mich verlegen. »Wenn wir uns als Pilger verkleiden würden …« Ich hielt inne, denn ich wollte vor den anderen nichts Dummes sagen.

Robert nickte mir aufmunternd zu. »Sprich weiter.«

»Es kommen doch auch Normannen zum Schrein, wie man hört. Mehr als eine Handvoll von uns braucht es vielleicht nicht, wenn wir erst einmal im Innern sind.«

»Waffen sind nicht erlaubt«, gab Lando zu bedenken. »Am Felsportal wird man untersucht und muss sie zurücklassen. Sogar Dolche.«

»Es wäre also eine Frage, wie wir die Waffen hineinschmuggeln.« Robert starrte mich lange nachdenklich an. Dann blickte er zu Lando hinüber. »Hast du nicht gesagt, sie tragen Kranke auf Bahren hinein?«

Lando nickte.

»Werden die auch untersucht?«

»Ich glaube nicht. Sie werden durchgewunken.«

Befriedigt blickte Robert in unsere verdutzten Gesichter.

»So machen wir es. Einer von uns spielt den Todkranken. Und unter seinem Rücken verstecken wir die Schwerter. Am besten, wenn wir die Pforte kurz vor Sonnenuntergang erreichen. Dann sind nicht so viele Pilger in der Grotte.«

Er stand auf und schlug mir auf die Schulter. »Da Gilbert den Einfall gehabt hat, soll er auch den Kranken spielen. Was sagt ihr dazu?«

Zu meinem Schrecken nickten alle begeistert. Auf was hatte ich mich da nun wieder eingelassen?, dachte ich zerknirscht. Besonders Gerlaines Abneigung gegen unser Vorhaben gab mir zu denken.

»Glaubst du wirklich, es wird uns Unglück bringen?«

»Ich weiß nicht«, erwiderte sie. »Es fühlt sich jedenfalls nicht richtig an.«

Sie legte den Kopf auf meine Brust und drängte sich eng an meine Seite. »Sei vorsichtig«, sagte sie. »Für mich.«

*

Den nächsten Tag verbrachten wir mit den Vorbereitungen. Arichis ließ sich herab, zusammen mit Lando einen Pferdekarren zu stehlen. Unterdessen fertigten wir anderen eine Bahre aus einer Zeltplane und Stangen an, die wir im Wald schnitten. Die darüber ausgebreiteten Felle sollten die Schwerter verstecken. Es war nicht sehr bequem, darauf zu liegen, denn trotz Fell störten die klobigen Schwertgriffe.

»Das ist doch gut«, lachte Hamo. »Dann stöhnst du umso überzeugender.«

Abends teilte Robert jedem seine Aufgabe zu. Mich würden sie am nächsten Morgen samt Bahre auf den Pferdekarren packen. Robert nahm es auf sich, den normannischen Edelmann zu spielen, der den kranken Bruder in frommer Hoffnung auf Genesung zur Himmlischen Basilika begleitet. Eigenhändig würde er ihn in die Grotte tragen, zusammen mit Fulko, Reynard und drei weiteren kampferprobten Kerlen, Bjarni, Herve und dem gewaltigen Rollo.

Ragnar und ein paar andere sollten, ebenfalls als Pilger verkleidet und mit unter langen Umhängen versteckten Waffen, vorausgehen und unauffällig in der Nähe des Felsportals herumlungern, um uns bei Gefahr zu unterstützen. Der Rest unter Rainulfs Führung würde in gebührendem Abstand bei den Pferden warten, bereit, den Rückzug zu decken.

An Fulkos Gesicht war abzulesen, dass er nicht glücklich darüber war, selbst zur ersten Gruppe zu gehören, aber er sagte nichts. Später am Abend hatte ich Gelegenheit, Robert unter vier Augen zu fragen, warum er Fulko dazu zwang, wenn es ihm als Christen widerstrebte.

»Ich muss mir meiner Männer sicher sein«, erwiderte er. »Er ist einer der Anführer. Wie macht sich das, besonders vor den anderen Christen, wenn ich ihm erlaube, zu kneifen?«

»Aber Rainulf kommt auch nicht mit in die Grotte.«

»Jeder hat seine Aufgabe«, sagte er kurz angebunden und wollte keine weiteren Fragen dazu hören.

Am Morgen marschierten wir los. Lando und Gerlaine, zusammen mit Ragnar und seiner Gruppe, waren schon frühzeitig aufgebrochen, um die Lage auszukundschaften. Keiner von ihnen trug eine Rüstung oder sah im mindesten kriegerisch aus.

Dann waren wir an der Reihe. Der Karren rumpelte so elendig über die tiefen Furchen und Löcher auf der Straße, dass sich mir jedes Mal die verdammten Schwertgriffe in den Rücken bohrten. Nur gemächlich ging es voran, wie es sich für einen Pilgerzug gehörte, der einen Todkranken zur Wallfahrtskirche transportierte. Robert ritt voraus. Zum ersten Mal, seit wir Melfi verlassen hatten, war er in einfacher Kleidung ohne Helm oder Rüstung und nur mit einem Schwert an seiner Seite. Die übrigen »Pilger«, wie ich selbst auch, waren ähnlich friedlich gekleidet.

Gegen Mittag erreichten wir das Valle Carbonara, ein enges, langgezogenes Tal mit schroffen, bewaldeten Hängen, besonders rechter Hand, wo sich hoch über uns das Dorf Sant'Angelo befand, von dem man allerdings vom Tal aus kaum etwas zu sehen bekam. Bisher waren wir nur wenigen begegnet, außer ein paar Bauern aus dem Umland, einem Ochsentreiber und einem Dutzend schnatternder Mönche. Später einer größeren Gruppe Wanderer in entgegengesetzter Richtung. Vermutlich ein Pilgerzug von Leuten, die zu ihrem Schutz gemeinsam unterwegs waren.

Am Aufstieg zum Heiligtum rasteten wir, bis Gerlaine am Nachmittag auftauchte und meldete, dass alles ruhig und wie immer sei. Wir begannen, den steilen Pfad zu erklimmen. Dabei nahmen wir uns Zeit, um nicht zu früh anzukommen.

Während einer dieser Pausen übernahm es Gerlaine, mich für meinen Auftritt vorzubereiten. Mit etwas grauweißem

Straßenstaub ließ sie mich bleicher erscheinen, und mit einer Winzigkeit dunkler Walderde zauberte sie mir tiefe Ringe unter die Augen.

»Wenn ich dich so sehe, Mann, kommen mir die Tränen«, lästerte Hamo.

»Was für eine Krankheit hab ich eigentlich?«

»Ist doch unwichtig. Es verrecken viele, ohne zu wissen, woran. Mach einfach die Augen zu und lern, wie ein Kind zu wimmern. Sollte dir doch nicht schwerfallen bei deinem zarten Alter.«

Ich sagte ihm, wo er sich mein Alter hinstecken könnte, da befahl Robert den Weitermarsch.

Als sich die Sonne über der fernen apulischen Ebene dem Horizont zuneigte, näherten wir uns endlich dem Heiligtum. Gerlaine ging voraus, um mit Lando den Posten zu wechseln. Ich fragte mich besorgt, ob die Wachen vor dem Portal sich über ihr ständiges Kommen und Gehen wundern würden. Überhaupt, das ganze verrückte Unternehmen bereitete mir mächtiges Magenkribbeln. Es war, als kröchen wir in die Höhle des Drachen Fafnir, um ihm seinen Goldhort zu stehlen. Und wenn er uns nicht verschlingen würde, dann bestimmt der Christengott. Oder eine Horde Byzantiner, die drinnen auf uns warteten.

An einer Kehre, von wo aus man das letzte Wegstück bis zum Gipfel überblicken konnte, blieben unsere Bogenschützen unter Thores Führung zurück. Dazu noch Herman mit einer Handvoll Männer. Ihre Aufgabe war es, etwaige Verfolger aufzuhalten.

»Es sind nicht mehr viele Leute in der Grotte«, sagte Lando. »Die Wachen sprechen ein wenig Fränkisch, ihr werdet mich also nicht brauchen.«

Mir tat alles weh, deshalb versuchte ich, mich etwas bequemer zurechtzurücken. Reynard versicherte sich, dass die

Waffen nicht zu sehen waren. Er breitete noch eine Decke über mich, dann erklommen wir das letzte Stück des Weges. Mein Mund war staubtrocken. Ich schloss die Augen und betete unentwegt zu Thor und Odin, bis das Geschaukel aufhörte und wir anhielten.

»Die Wachen kommen«, raunte Reynard mir zu.

Aus den Augenwinkeln sah ich, wie Robert und die anderen von den Pferden stiegen. Männer aus Rainulfs Gruppe würden sie übernehmen. Ich vernahm fremde Stimmen, erst Lombardisch, dann gebrochenes Fränkisch. Sie wollten wissen, wer wir seien.

»Roberto Guiscardo aus Aversa«, hörte ich Robert sagen. »Und dies hier ist mein kleiner Bruder. Er ist schwer krank, und San Michele ist unsere letzte Hoffnung.«

Ich stöhnte leise und bewegte den Kopf hin und her, als könnte ich die Schmerzen kaum ertragen. Als ich durch halbgeschlossene Lider blinzelte, erschrak ich, denn einer der Wachleute starrte mir genau ins Gesicht. Schnell sah ich zur Seite und stöhnte noch einmal. Der Kerl riss mir kurz die Decke vom Leib, um in den Karren zu sehen, dann warf er sie wieder über mich.

»Nicht alle können gehen«, sagte er.

»Natürlich. Nur ich und die Träger der Bahre«, erwiderte Robert fast unterwürfig. »Ist es wahr, das heilige Wasser der Grotte heilt alle Gebrechen?«

Der Wachmann ging auf die Frage nicht ein, meinte nur, wir müssten uns beeilen, denn die Pforte würde bald geschlossen werden.

»Aber Waffen hierlassen!«, befahl er. »Und Eure Krieger sind hier nicht erlaubt. Dies ist ein heiliger Ort. Sie sollen weggehen.«

Ich hörte, wie Robert und die anderen fünf ihre Schwertgürtel ablegten und alles Rainulf anvertrauten. Der würde sich jetzt mit den Pferden und den übrigen Männern zurückziehen, wie die Wachen es verlangt hatten. Ich spürte, wie die Bahre vom Karren gezogen wurde. Langsamen Schrittes trugen sie mich durch das Portal und in die Höhle. Es wurde düster um mich herum. Vorsichtig wagte ich einen Blick.

Wir befanden uns noch in der ersten Felsgalerie hinter einer Biegung, aber nicht weit vom Eingang entfernt. Alles war, wie Lando und Gerlaine es beschrieben hatten. Ein paar Fackeln warfen ihr trübes Licht auf rauhes Kalkgestein. An einigen Stellen hingen feucht glänzende Bündel von langen, steinernen Nadeln von der Decke. Auf Augenhöhe, wo der Fels geglättet worden war, befanden sich Inschriften. Und bei Odin, das waren Runen. Was hatten Runen an einem Christenort zu suchen?

Wir hielten an, um zwei Pilgern den Weg frei zu machen, die im Begriff waren, die Höhle zu verlassen. Neugierig blickten sie sich um, was für einer da wohl auf einer Bahre getragen wurde. Sobald sie verschwunden waren, setzten die Männer mich auf dem Boden ab.

»Los Gilbert!«, zischte Robert.

Ich sprang auf und riss das Fell weg. Alle bückten sich nach ihren Schwertern. Mit pochendem Herzen hob ich mein eigenes auf. Der Griff war noch warm von meinem Leib, und das Gewicht der Waffe in der Hand verlieh mir Mut.

Auf Roberts Befehl rannte Reynard zurück in Richtung Eingang. Sobald er um die Felsbiegung lief, begann er, auf Lombardisch wild nach den Wachen zu brüllen, als wäre etwas Schreckliches passiert. Rollo und Bjarni folgten ihm, legten sich aber zu beiden Seiten der Galerie im Halbschatten der Fackeln auf die Lauer.

Als der erste Wachmann um die Ecke gestürmt kam, packte Rollo ihn am Arm und schmetterte ihn mit dem Kopf zuerst so heftig gegen die kantige Felswand, dass man deutlich das

Bersten des Schädelknochens hörte. Wie eine zerbrochene Gliederpuppe blieb der Mann liegen.

Der zweite folgte dicht auf. Als er seinen Kameraden am Boden liegen sah, blieb er jäh stehen und versuchte, sein Schwert zu ziehen. Doch Bjarni war schneller und durchbohrte ihn eine Handbreit unter dem Brustbein. Ächzend brach der Kerl in die Knie. Bjarni zog die Klinge heraus und stieß den tödlich Getroffenen mit dem Fuß zur Seite. Rollo machte ihm endgültig den Garaus. Und dann hörten wir das ferne Krachen, als Reynard das Tor zuschlug und den schweren Querbalken auflegte. Niemand sollte uns stören. So hatten wir es verabredet.

Fulko und Herve packten die Bahre, die wir noch brauchen würden, als ein Mann in der Galerie erschien und unsere Schwerter im Fackelschein blitzen sah. Ein Blick auf die beiden Toten, und er drehte sich um und lief schreiend davon.

»Rasch, Gilbert. Ihm nach!«

So schnell ich konnte, jagte ich ihm hinterher, denn wir mussten vermeiden, dass er die Wachen an der Grotte alarmierte. Die würden sonst den Eingang zum Heiligtum verschließen.

Der Mann schaute sich ängstlich um, als er meine Schritte hinter sich hörte. Das kostete ihn Zeit. Außerdem war er nicht mehr der Jüngste. Ich holte rasch auf. Dennoch drohte er noch vor mir die Treppe zu erreichen, die zur Grotte hinaufführte. Da warf ich mein Schwert nach ihm. Das verwundete ihn zwar nicht, brachte ihn aber zu Fall. Bevor er sich aufrappeln konnte, war ich mit dem Messer über ihm und schnitt ihm in meiner Panik die Kehle durch. Warm sprudelte es über meine Hand und auf den Boden. Wie erstarrt hockte ich über dem Sterbenden, und als ich aufsah, erkannte ich das Bildnis eines Heiligen an der Wand, der mich mit erhobenem Finger strafend anstarrte.

»Komm schon«, rief Robert und zog mich hoch.

Fulko und Herve waren bereits die Treppe hinaufgeeilt. Ich packte mein Schwert, und wir hasteten ihnen nach, gefolgt von den übrigen Gefährten.

Die Wachen vor der Grotte mussten etwas gehört haben, denn einer hielt sein Schwert in der Hand und horchte in die Galerie hinein, während der andere an der Tür stand, bereit, sie zu schließen. Wie Höllenhunde mussten wir ihnen erscheinen, als wir mit blutigen Waffen aus der Tiefe auftauchten. Herve ließ die Bahre fahren und warf sich mit Gebrüll auf den ersten Wachmann. Fulko hieb dem anderen das Schwert in den Nacken, bevor der sich aus seiner Schreckstarre lösen konnte. Und dann waren wir in der heiligen Grotte.

Menschen schrien gellend auf und sprangen von den Gebetsbänken. Zwei Priester im Messgewand wichen erschrocken zurück, bis sie mit dem Rücken an den Altar stießen. Einer rutschte dabei aus und brachte einen Kandelaber zu Fall. Der Mönch neben dem Opferstock stand wie gelähmt da und starrte uns aus schreckgeweiteten Augen an. Noch etwa ein halbes Dutzend Pilger befand sich in der Himmlischen Basilika, darunter auch zwei Frauen. Mit drohenden Gebärden trieben wir Geistliche wie Pilger in eine Ecke der Grotte, wo Rollo und Bjarni sie mit gezogenen Schwertern bewachten. Dann blickten wir uns um.

Die Grotte hatte eine hohe Decke aus natürlichem Fels, die zum kerzenerleuchteten Altar hin immer niedriger wurde. Es herrschte ein sanftes Licht, das mir überirdisch erschien. Aber das war vielleicht nur der Widerschein von den silbernen Kandelabern ringsum, dem Kreuz und den Gefäßen auf dem Altar, aber vor allem auch von der kleinen Statue des heiligen Michael in seinem Schrein, die auch von hinten beleuchtet war. Alles glänzte in Gold und poliertem Silber. Sogar Robert bekam für einen Augenblick den Mund nicht zu.

Dann bellte er Befehle.

»Los, beeilt euch! Alles Wertvolle auf die Bahre.«

Wir eilten hin und her und griffen uns, was glänzte. Weinkannen, Kelche, Hostiengefäße, Weihrauchfässchen, Löffelchen und so einiges mehr, dessen Zweck uns nicht geläufig war. Die Priester schrien und bewarfen uns mit Beschimpfungen. Einer wagte sich vor, bis Bjarni ihm das Schwert an die Kehle hielt.

Aber wir kümmerten uns nicht um ihr Geschrei, sondern häuften alles auf die Bahre. Dazu noch einige besonders schöne Kandelaber. Das Kreuz über dem Altar war zu schwer. Außerdem war es nur vergoldet, wie ein wenig Schaben mit dem Dolch bewies. Der Opferstock saß fest an einer Stange, die in den Boden eingelassen war. Wir riefen Rollo, und es dauerte nicht lange, da hatte er ihn aus seiner Verankerung gerissen. Wir suchten noch weiter in Truhen unter dem Altar und fanden ein Säckchen Münzen, ansonsten jedoch nur Priestergewänder.

Nun war nur noch die Statue übrig geblieben. Selbst Robert zögerte, denn schließlich war es der heilige Michael. Aber dann packte er zum Entsetzen der Priester und Pilger zu. Die Figur musste hohl sein, denn es gelang ihm ohne Mühe, sie vom Sockel zu heben und zur Bahre zu tragen.

»Verschwinden wir jetzt«, knurrte er.

Rollo, Bjarni, Herve und ich hoben die schwerbeladene Bahre auf. Das verdammte Ding wog mehr als mein eigenes Gewicht zuvor. Besonders die Statue und der Opferstock trugen dazu bei. Fluchend stolperten wir hinter Fulko und Reynard her, die vorangingen. Mein letzter Blick in die Grotte fiel auf Robert, der sich noch einmal umschaute, bevor er uns folgte.

Vorsichtig stiegen wir die Treppe hinunter, durchquerten die Felsgalerien, lasen unterwegs meine Decke auf, um die

Beute zu bedecken, dann waren wir an der Pforte. Reynard öffnete sie vorsichtig und spähte hinaus. Ragnar musste ihn gleich gesehen haben, denn es dauerte nicht lange, da näherte sich Rainulfs Truppe mit den Pferden.

Reynard riss die Türflügel weit auf, und wir rannten hinaus. Mir lief der Schweiß den Rücken herunter, und ich stolperte, hätte fast die Bahre mit mir niedergerissen. Wir setzten die Bürde ab und überließen es anderen, Beuteteile rasch in Decken zu wickeln und auf den Gäulen zu verstauen.

Ragnar und seine Männer waren nicht die Einzigen gewesen, die den Sonnenuntergang bewundert hatten. Zuerst neugierig, dann erschrocken hatten müßige Pilger, die dort saßen, auf die wilden Kerle gestarrt, die mit einer Bahre voller Silber und Gold aus dem Heiligtum gehetzt kamen.

Und dann brach der Sturm los. Wütendes Läuten vom Kampanile weiter oben im Dorf. Da war also doch ein Hinterausgang gewesen, und man hatte die Besatzung des Turms alarmiert. Über das ganze Tal schallten die Glocken und verkündeten unseren Frevel in alle Richtungen.

»Die Byzantiner kommen«, rief Ragnar und schwang sich auf seinen Gaul. »Bewegt euren Hintern, verdammt noch mal.«

Ich sah Krieger und Bogenschützen den Weg zum Heiligtum herunterstürmen. Plötzlich schrie Herve auf. Ein Pfeil steckte ihm in der Schulter. Einer der Gäule wurde in der Kruppe getroffen. Das Tier bäumte sich auf und galoppierte davon. Es war Ivains Stute, aber zum Glück hatte sie ihn nicht abgeworfen. Ich zog mich in Albas Sattel und preschte hinterher, gefolgt von Rainulf, Robert und dem Rest der Truppe. Hinter mir schepperte es, als ob Metallgefäße aneinanderschlugen. Goldkannen zweifellos. Da überkam mich ein irrer Lachreiz. Wir hatten es geschafft, verflucht noch mal, wir hatten es geschafft. Ich musste lachen, bis mir die Tränen kamen.

Dann waren wir an der Kehre, wo Thore im Hinterhalt lag, und zügelten unsere Tiere. Robert blickte zurück.

»Sie verfolgen uns. Ein halbes Dutzend Reiter. Vermutlich werden später noch mehr kommen.« Er wandte sich an Thore, der zwischen den Büschen stand. »Sie gehören dir, Thore. Aber seid vorsichtig. Und dann kommt so schnell wie möglich nach.«

Rainulf gab seinem Tier die Sporen. Wir anderen folgten ihm. Ein gefährlicher Ritt den steilen Weg hinunter. Gerlaines bleiches Gesicht war hinter mir. Sie hatte Mühe, sich im Sattel zu halten, klammerte sich jedoch verbissen an der Mähne fest.

Inzwischen war es dunkler geworden, und die Dämmerung ließ alles grau erscheinen. Irgendwann hörten wir weiter oben Männer schreien und fluchen, aber wir ritten weiter. Erst unten im Tal, an der Weggabelung angekommen, hielten wir an und versteckten uns zwischen hohen Sträuchern, um auf Thore und Herman zu warten. Oder auf die Byzantiner, sollten sie unsere Jungs da oben niedergemacht haben.

Ivains verwundetes Pferd würden wir zurücklassen müssen. Er schnallte Sattel und seine wenigen Habseligkeiten auf eines der Maultiere. Rainulf nutzte die Gelegenheit, die Beute besser zu verstauen, und Hamo kümmerte sich um Herve. Die Wunde schmerzte ihn, er stöhnte zum Erbarmen, bis Rollo ihn kurzerhand bewusstlos schlug, so dass Hamo ihm in Ruhe den Pfeil aus der Schulter ziehen konnte. Anschließend verband er ihn mit einem abgerissenen Fetzen aus seiner Tunika.

Robert legte seinen Arm um Fulkos Schultern. »Ich danke dir für deinen Einsatz und deine Treue, Fulko«, hörte ich ihn sagen. »Ich weiß, es war nicht leicht für dich. Ich werde es dir jedenfalls nicht vergessen.«

Fulko nickte. »Was soll's? Wir haben ja nur Gold genommen. Und Gott wohnt nicht im Gold.«

Bald darauf hörten wir Hufgetrappel, das sich vom Berg herab näherte, und waren erleichtert, als wir unter den Ersten Thores helles Haar erkannten.

»Wie ist es gegangen?«, fragte Robert ihn.

Thore war außer Atem. »Wie geplant.« Er holte tief Luft. »Vier von ihnen haben wir erwischt. Die anderen sind geflohen.«

»Die werden bald noch mehr schicken. Wahrscheinlich holen sie Verstärkung aus Siponto. Aber erst am Morgen. Bis dahin sind wir lange weg.«

»Einen haben wir verloren«, sagte Thore.

»Wen?«

»Den kleinen Richard. Den hat einer mit der Lanze erwischt. Mitten durch die Brust. War nicht mehr zu retten.«

Ein stiller Bursche. Ich kannte ihn kaum. Und doch stimmte uns der Verlust traurig.

Als Herve wieder zur Besinnung kam und reiten konnte, brachen wir auf und folgten dem Pfad durchs Tal, während die Nacht uns schützend umhüllte.

Drogos Zorn

Zwei Nächte lang ritten wir nach Süden. Niemand verfolgte uns. Und selbst wenn. Das Wetter war trocken, und auf den tagsüber recht belebten Straßen waren unsere Spuren gewiss schon lange von Hunderten von Füßen, Hufen und Karrenrädern unkenntlich gemacht worden.

Seltsam war, dass Arichis sich plötzlich und von allen unbemerkt davongemacht hatte. Schon in der ersten Nacht. In einem Augenblick war er noch da, im nächsten hatte ihn der Erdboden verschluckt. Doch Robert schien es nicht zu kümmern. Arichis hatte seinen Zweck erfüllt.

»Seltsamer Knabe«, raunte Reynard. »Irgendwas sagt mir, mit dem sind wir noch nicht fertig.«

Am dritten Tag trauten wir uns auch tagsüber auf die Straßen, und als wir einen kleinen Ort erreichten, der kein befestigtes *castello* besaß außer einem alten, unbemannten Turm, beschloss Robert, uns einen Tag Rast zu gönnen. Um vor Überraschungen sicher zu sein, schickten wir Wachen auf den Turm, von wo aus man einen freien Ausblick in alle Himmelsrichtungen hatte. Foggia hieß das Städtchen und lag mitten in einer weiten Ebene, Teile davon feucht und sumpfig.

Die Bewohner waren furchtsam und taten alles, um uns gefällig zu sein. Zum ersten Mal seit Wochen bekamen wir etwas Vernünftiges zu essen. Schinken, Würste, besten Käse und gutes Brot. Auch ihr Wein war nicht zu verachten. Robert zeigte sich großzügig und bezahlte aus unserem Hort für alles, was sie uns brachten. Dann ließ er einige der Pferde neu beschlagen. Und dabei entdeckte er in der Schmiedewerkstatt zwei Kettenhemden, an denen der Schmied bis vor kurzem gearbeitet hatte. Der wollte sie ihm erst nicht überlassen, denn sie waren für einen Edelmann aus der Gegend. Aber Roberts Gold überzeugte ihn schließlich, denn in einer solchen Panzerung steckten viele Monate Arbeit. Ein sicherer Käufer war daher mehr wert als das vage Versprechen eines Landedelmannes.

Eines der Kettenhemden schenkte Robert mir.

»Du hast dich bewährt, Junge«, sagte er, als ich große Augen machte. »Wenn wir in Melfi sind, will ich, dass Fulko und Ragnar dich noch besser mit dem Schwert und im Reiterkampf unterweisen. Dann sollst du immer an meiner Seite sein. Ich brauche einen verlässlichen Schildträger. Und du gehörst schließlich zur Familie.«

Ich weiß nicht, über was ich mich mehr freute, über den Kettenpanzer oder dass ich sein Schildträger werden sollte. Bei Odin und allen Göttern. Da konnte einem schon der Kamm schwellen.

Sobald die Leute im Ort gemerkt hatten, dass wir für Dienste und Waren mit Silber bezahlten, begannen sie, uns alles Mögliche zum Kauf anzubieten. Und so kamen unsere Jungs endlich zu brauchbaren Kleidern, Stiefeln, neuen Umhängen und was sie sonst noch gebrauchen konnten. In der Dunkelheit der Nacht und hinter den Hütten boten einige sogar ihre Töchter und Schwestern an. Das ließ sich so mancher, besonders natürlich Thore, nicht entgehen.

Wir blieben noch ein paar Tage. Und als wir endlich wieder die Pferde bestiegen, brachten sie uns gebratene Hühner,

Lammkeulen und einiges mehr an Wegzehrung. Danach standen sie noch lange am Ortsrand und schauten uns nach. Und wir freuten uns, dass wir diesmal nicht hatten stehlen müssen.

Einige Jahre später sollte ich per Zufall wieder durch diesen Ort kommen. Und hol mich der Teufel, wenn da nicht ein paar hellhaarige Kinder herumgelaufen wären. Ich wette, keiner von meinen Kameraden hat eine Ahnung davon. Man kann eben nie wissen, wo es den Nornen in den Sinn kommt, unseren Schicksalsfaden mit denen anderer zu verweben.

Jedenfalls erreichten wir Melfi ohne weitere Zwischenfälle.

Diesmal sah die Burg aus der Ferne nicht mehr so bedrohlich aus wie noch im November. Es war Frühling, alles grünte und blühte, Vögel schwirrten umher und bauten ihre Nester. In den Wäldern hämmerten die Spechte. Es war, als läge Musik im Wind, als könnte man sanfte Hirtenweisen in der Ferne hören. Aber das Beste überhaupt: Wir waren jetzt reich. Zumindest sobald Robert Gelegenheit haben würde, die Beute zu teilen.

»Es ist alles gutgegangen«, sagte ich zu Gerlaine. »Deine Befürchtungen haben sich nicht bewahrheitet. Der Christengott konnte uns nichts anhaben.«

Sie zuckte mit den Schultern. »Ich habe mich wohl getäuscht«, erwiderte sie. »Umso besser.«

Sie lenkte ihr Pferd dichter heran, um mich zu küssen. Doch meine gute Alba schien etwas gegen ihren Gaul zu haben und biss ihm in den Hals, woraufhin das arme Tier einen Satz zur Seite machte und Gerlaine beinahe abgeworfen hätte.

»Ich hab einfach kein Glück mit dir«, scherzte ich, als sie ihr Pferd wieder im Griff hatte. »Nicht mal in Ruhe küssen kann man dich.«

»Du hättest dir eines dieser Bauerntrampel in Foggia nehmen sollen. Die waren billig zu haben.«

»Nur damit du das arme Ding wieder verprügelt hättest?«

So scherzten wir noch eine Weile und ritten gut gelaunt in Melfi ein, wo man uns erkannte und zuwinkte. Es wurde immer noch fleißig gebaut, und hier und da ließen sich Fortschritte erkennen. Robert bat Fulko, sich um Unterkünfte für die Truppe zu kümmern. Mir befahl er, ihm und Rainulf mit den Maultieren, die unsere Schätze trugen, zur Burg zu folgen.

Wir grüßten die Wachen am Tor und stiegen im Burghof von den Pferden. Gleich waren wir von Knechten umringt, die unser Gepäck abladen wollten. Aber Robert ließ niemand an unsere Sachen heran. Wir nahmen die Beute von den Maultieren und verstauten alles in seiner Kammer. Zurück im Hof erfrischten wir uns an einem Brunnen die Gesichter und gingen frohgemut zur großen Halle, um unsere Rückkehr zu feiern. Ich war sicher, man würde Robert endlich den gebührenden Respekt zollen, auch wenn wir nicht nach Scribla gezogen waren.

Es war bereits die vorgerückte Stunde des späten Nachmittags, wenn sich für gewöhnlich die Barone, die in der Stadt weilten, mit ihren Vertrauten einfanden, um zu tratschen und die ersten Bierkrüge zu leeren, bevor das Mahl aufgetragen wurde.

Als wir eintraten, blieb Robert einen Augenblick lang stehen und sah sich um. Bei seinem Anblick verstummten die Gespräche schlagartig, alle Blicke flogen in seine Richtung. Obwohl er zu jenen seltenen Menschen gehörte, die stets die Aufmerksamkeit auf sich ziehen, wo immer sie auftauchen, heute musste die plötzliche Stille noch etwas anderes bedeuten. Niemand schien überrascht, uns zu sehen. Es herrschte eine seltsame Stimmung. Der ganze Saal schien den Atem anzuhalten, sogar die Schankweiber standen still und starrten zu uns herüber.

»Seid allerseits gegrüßt«, rief Robert unbekümmert und schlenderte auf einen freien Platz zu, wo er sich niederließ und die Magd Maria anwies, uns Wein zu bringen. Zu meiner Erleichterung war Elda nirgends zu sehen.

Rainulf und ich nahmen ebenfalls Platz. Von den Baronen waren weder Girard di Buonalbergo noch Onfroi zugegen. Dafür aber Pierron di Trani, Asclettin, Tristan und einige andere mir bekannte Gesichter. Drogo thronte am gewohnten Ehrenplatz und neben ihm seine neue Gemahlin Gaitelgrima. Sie nahm uns, das heißt eher Robert, mit unverhohlener Neugierde in Augenschein. Aber nicht ohne ein spöttisches Lächeln in Richtung ihres Gemahls, als würde sie gespannt darauf warten, was er zu unserem Erscheinen zu sagen hätte.

Drogos Miene war düster geworden und sein unschönes Gesicht so dunkel angelaufen, dass sich die Narbe über dem Auge noch stärker als sonst bemerkbar machte. Die Zeichen standen auf Sturm, nur mit Mühe schien er sich zu beherrschen.

Doch Robert kümmerte es wenig. »Wie du siehst, sind wir wohlbehalten zurück, Bruderherz«, sagte er mit einem gewinnenden Lächeln, hob seinen Becher und trank ihm zu.

Aber nun war es Drogo wohl zu viel.

»Verdammt noch mal, Robert«, brüllte er und schlug mit der Faust auf die Tafel, dass die Becher tanzten. »Erst missachtest du meinen Befehl, und jetzt hast du auch noch die Stirn, dich hier blicken zu lassen.«

»Warum nicht? Ist doch jetzt mein neues Heim. Ich bin gerne hier.«

»Zumindest hat der Mann Eier in der Hose, das musst du ihm lassen«, gluckste Pierron.

Drogo achtete nicht auf ihn. »Mein eigener Bruder hintergeht mich. Es ist nicht zu fassen.«

»Tja, Drogo«, lachte Asclettin. »Familienleben ist nicht mehr, was es mal war.«

»Halt dein vorlautes Maul, Asclettin. Sonst stopfe ich es dir mit Eisen«, fuhr Drogo ihn an. Dann wandte er sich wieder an Robert. »Meinst du, es ist mir verborgen geblieben, wo du dich herumgetrieben hast? Das Geschrei und Gezeter über deine Frevel ist dir vorausgeeilt. Das ganze Land redet davon.«

»Na und?«, erwiderte Robert ruhig. »Ein Mann muss sehen, wie er zurechtkommt. Du wolltest mich mit Krümel abspeisen, die keiner will. Ich habe Besseres verdient.«

»Und da meinst du, du darfst dir ohne meine Erlaubnis nehmen, was du willst?«

»Was solltest du gegen ein wenig Plündern haben? Ihr habt euch doch alle hier bedient. Und das seit Jahren.«

»Die Zeiten haben sich geändert. Das versuche ich euch Schwachköpfen hier seit langem klarzumachen.« Wütend blickte er in die Runde. Und als Pierron die Augen verdrehte, schrie er ihn an: »Auch du wirst es hoffentlich eines Tages begreifen, Pierron. Spätestens, wenn sie deinen Arsch aus dem Land jagen.«

Pierron lachte auf. »Wer soll mich denn aus dem Land jagen? Du etwa?«

»Sie fangen an, sich gegen uns zu verbünden. Für die Lombarden sind wir zur Landplage geworden. Und solche Alleingänge, wie der von Robert hier, die gießen mächtig Öl ins Feuer.«

Gaitelgrima meldete sich zu Wort. Sie hatte eine angenehme Stimme, obwohl sie stark das »R« rollte. Ihr Fränkisch war fehlerhaft, aber dennoch gut verständlich. »Warum mit deinem Bruder streiten? Nutze lieber seinen starken Arm.«

Sie blickte lächelnd zu Robert hinüber, der sich mit einer angedeuteten Verbeugung bedankte. Dass sein eigenes Weib so offen für Robert sprach, schien Drogo nur noch wütender zu machen.

»Ein Kerl, der mich hintergeht und mit dem Feind paktiert?«, brüllte er. »Gib's zu, Robert. Du bist zu Pandulf gelaufen. Oder etwa nicht?«

Woher zum Teufel wusste er das, fragte ich mich. Robert aber zuckte nur mit den Schultern.

»Der Mann hat Hilfe angeboten«, sagte er. »Das ist mehr, als du getan hast.«

Asclettin pfiff durch die Zähne. »Du hast dich mit dieser Ratte Pandulf eingelassen? Das ist verdammt noch mal nicht gut. Der Kerl ist kein Freund von uns.«

»Aber jetzt ist Robert wieder hier«, versuchte Gaitelgrima noch einmal zu vermitteln. »Nun könnt ihr euch versöhnen …«

»Halt dich da raus, Weib«, schnitt Drogo ihr mit einer wütenden Handbewegung das Wort ab. »Das geht dich nichts an.«

Gaitelgrima nahm die Zurückweisung schweigend hin, doch nicht ohne einen giftigen Blick in seine Richtung. Mit dem Einvernehmen zwischen diesen beiden stand es wohl nicht zum Besten. Auch Pierron hatte es bemerkt und grinste in sich hinein.

Zornig maß Drogo seinen Bruder. »Du widersetzt dich meinen Anordnungen, du plünderst nach Belieben und hast Umgang mit unseren Feinden. Auch wenn du mein Bruder bist, das kann ich dir nicht durchgehen lassen.«

Robert runzelte die Stirn. »Und was hast du vor?«

Drogo gab seiner Leibwache ein Zeichen. »Durchsucht seine Kammer«, befahl er. »Da haben sie ihre Beute versteckt. Und bringt alles her.«

Er hatte den Befehl kaum ausgesprochen, da umringten uns vier Mann mit nackter Klinge in den Fäusten. Woher die so schnell gekommen waren, war mir ein Rätsel. Doch dann ging mir auf, dass es geplant gewesen war, dass sie nur auf Drogos Zeichen gewartet hatten.

Robert sprang auf. »Was zum Teufel soll das?«

»Setz dich wieder hin, du Holzkopf!«, brüllte Drogo. »Während wir hier warten, will ich dir mal unsere Welt erklären. Und besonders auch den anderen Unbelehrbaren hier.« Er nahm einen tiefen Schluck aus seinem Weinkelch, bevor er weiterredete. Dass ihm dabei der Wein in den Bart lief und auf die Tunika tropfte, schien ihn nicht zu stören. »Als die apulischen Lombarden für unsere Hilfe gegen Byzanz nicht bezahlen wollten, da haben wir uns den Lohn selbst geholt. Das war mehr als gerechtfertigt. Aber inzwischen hat es überhandgenommen.«

»Wer sagt das?«, warf Pierron ein. »Dein neuer Freund, der Kaiser?«

Drogo funkelte ihn an. »Wenn ihr so weitermacht, wird er bald nicht mehr unser Freund sein. Besonders die Überfälle auf Kirchen und Klöster bringen die Lombarden gegen uns auf. Seit langem flehen sie Papst Leo an, etwas gegen uns zu unternehmen. In Benevento, wo Robert gewildert hat, sind sie schon so weit, den Fürsten zu verjagen, weil er nicht imstande ist, das Volk zu schützen. Sie wollen, dass der Papst dort nach dem Rechten sieht. Und die Äbte von Monte Cassino und von San Vincenzo sind gegenwärtig in Rom, um ihn zu bitten, endlich ein Heer gegen uns aufzustellen.«

»Dass ich nicht lache«, sagte Pierron. »Ein Kerl in Weiberröcken will gegen uns Krieg führen?«

»Das Lachen wird dir vergehen, wenn auch der Kaiser Truppen schickt, um für Ordnung zu sorgen. Oder wenn Leo sich mit den Byzantinern verbündet, um uns von beiden Seiten den Garaus zu machen.«

»Griechen und Lateiner«, warf Tristan geringschätzig in die Runde, »die sind sich doch spinnefeind. Nennen sich alle Christen, aber bezichtigen sich gegenseitig des falschen Glaubens. Die werden sich nie verbünden.«

»O doch, das werden sie. Wenn wir es zu bunt treiben. Deshalb sage ich, haltet euch verdammt noch mal zurück. Byzanz ist unser Feind. Sonst niemand.«

»Und Pandulf?«, bemerkte Pierron. »Der war doch schon immer ein Gefolgsmann der Griechen. Genau wie der Verräter Argyros, der uns damals nicht bezahlen wollte.«

»Ganz recht«, erwiderte Drogo. »Pandulf ist unser Feind. Aber nicht das Volk von Capua und auch nicht ihre Kirchen und Klöster.«

Fast schien es, als hätte die Runde Robert vergessen, da tauchten die Wachen mit unseren Packtaschen auf und leerten sie scheppernd vor Drogo auf dem Boden aus.

Im Schein des großen Feuers in der Halle und der Wandfackeln glänzte und glitzerte es vor goldenen Kelchen und Gefäßen, silbernen Leuchtern und Kreuzen, vor Perlen und Edelsteinen, Ketten und Diademen. Dazu prallgefüllte Beutel mit Münzen in allen Prägungen der Länder des Mittelmeeres. Asclettin pfiff durch die Zähne, diesmal vor Erstaunen. Und selbst die edle Gaitelgrima bekam gierige Augen.

»Da wart ihr aber fleißig«, murmelte Pierron.

Noch erstaunter waren sie, als eine der Wachen die goldene Statue aus ihrer Umhüllung befreite.

»Was zum Teufel ist das?«, entfuhr es Drogo.

»San Michele di Sant'Angelo«, sagte Robert gleichmütig.

»Das Heiligtum?« Asclettin zog die Brauen hoch. »Aber das ist doch eine richtige Festung da oben. Wie bei Odin seid ihr da reingekommen?«

»Soll ich dir etwa meine Tricks verraten?«

Während sie so redeten, sah ich, wie Gaitelgrima sich an die Kehle gefasst und dann erschrocken bekreuzigt hatte. Auch Drogo machte ein Gesicht, als hätte er ein Gespenst erblickt.

»Hol mich der Henker«, hörte ich ihn murmeln. Fassungslos schüttelte er den Kopf, als könnte er nicht glauben, was da vor ihm stand. Welche Unverfrorenheit, ein solches Heiligtum zu rauben. Er gab sich einen Ruck.

»Wir werden es zurückgeben«, sagte er mit fester Stimme. »Diesmal werden wir alles zurückgeben.«

Nun war es Robert, der nach Luft schnappte. »Bist du verrückt geworden?«

Da lief Drogo so rot an, dass man fürchten musste, die Adern an seinen Schläfen würden platzen.

»Ich sage dir, wer verrückt ist!«, schrie er. »Dieses Heiligtum ist der ganze Stolz der Lombarden, und du raubst es aus? Hast du vor gar nichts Ehrfurcht?« Er drehte sich zu den Wachen um. »Packt alles zusammen und werft die verdammten Kerle in den Turm.«

Und so geschah es.

Die Waffen nahmen sie uns ab, das heißt Robert, Rainulf und mir. Und dann schlossen sie uns in ein Verlies im Turm. Einen Krug mit Wasser stellten sie uns hin, einen Laib Brot, ein paar Hühnerkeulen und einen Eimer für unsere Notdurft. Auf Betten und Licht mussten wir verzichten. Und so fanden wir uns auf dem kalten, steinigen Boden im Dunkeln sitzend wieder, noch viel zu überrascht, um einen klaren Gedanken zu fassen.

*

Tagelang saßen wir im Turm fest, ohne dass sich ein bekanntes Gesicht gezeigt hätte. Die Wachen brachten gerade genug zu essen, um uns nicht verhungern zu lassen, mehr aber auch nicht. Sie waren nicht unfreundlich, aber man hatte ihnen verboten, mit uns zu reden. Nicht einmal Stroh zum Liegen gab es. In der Nacht hockten wir mit dem Rücken an der Wand auf dem kalten Boden und versuchten, ein Auge zu schließen. Tagsüber fiel etwas Licht durch eine schmale Schießscharte, die einen begrenzten Blick nach draußen ins Tal hinunter erlaubte, auf der schroffen Rückseite des Hügels von Melfi.

Ich machte mir Sorgen um Gerlaine und hoffte, sie würde bei den Kameraden in Sicherheit sein. Drogos Zorn war doch gewiss nur gegen Robert gerichtet, so hoffte ich. Wenigstens war Fulko in Freiheit. Er würde sich um die Truppe kümmern. Und doch war ich beunruhigt, denn ich hatte noch nie jemanden so wütend gesehen wie Drogo.

»Meint ihr, wir kommen hier noch mal raus?«, fragte ich.

»Er will uns mürbe machen«, sagte Robert. Er schloss die Augen und lehnte den Kopf an die Wand. »Sei geduldig. Es wird sich schon was ergeben.«

»Dass er den eigenen Bruder einsperrt, hätte ich ihm nicht zugetraut«, sagte Rainulf. »Ihr seid schon eine wilde Familie.«

Robert öffnete die Augen. »Ich will euch mal was verraten über Drogo. Ganz im Vertrauen. Serlo und Williame waren immer diejenigen, die bei uns den Ton angegeben haben. Sie sind ja auch die Ältesten. Und Drogo, so herrisch der sich manchmal aufführt, musste immer klein beigeben. Nun ist Williame tot, Serlo ist daheim geblieben. Also ist endlich seine Stunde gekommen, versteht ihr? Es ist ihm ganz wichtig, sich zu behaupten. Und es läuft ja auch gut für ihn. Ich hätte ihn jedenfalls nicht so herausfordern sollen. Aber ich bin eben auch ein Dickkopf.«

»Glaubst du, er wird wirklich die Beute zurückgeben? Ich kann es mir nicht vorstellen.«

»Natürlich nicht.« Robert lachte grimmig. »Das wird alles in seiner eigenen Schatztruhe verschwinden. Außer vielleicht die Statue. Um die Lombarden zu beruhigen. Aber die ist ohnehin nicht echt.«

»Nicht aus Gold?«, fragte ich.

»Die Figur ist selbstverständlich hohl und aus Silber, dann feuervergoldet. Ich habe an der Rückseite gekratzt. Natürlich ist sie immer noch viel wert. Aber die kann er von mir aus gerne zurückgeben, wenn es die frommen Gemüter beruhigt.«

»Gleich wie, Robert, es hat sich gelohnt«, lachte Rainulf. »Schon allein, um die verdutzten Gesichter zu sehen. Denen sind doch fast die Augen aus dem Kopf gepurzelt.«

»Du warst doch erst dagegen.«

»Na ja, du kennst meine vorsichtige Natur. Aber hast du gesehen, was Gaitelgrima für Augen gemacht hat? Und wie die beiden sich angegiftet haben?«

»Ich sag's ja, an der wird mein Bruder keine Freude haben.«

»Und sie nicht an ihm. Das kann man ihr jetzt schon vom Gesicht ablesen.«

Mit solchem Gerede versuchten wir, unseren Mut hochzuhalten, obwohl es von Tag zu Tag schwerer fiel, die kalten Nächte auf dem harten Boden zu ertragen.

Endlich, am vierten Tag, öffnete sich unsere Kerkerpforte und man ließ Girard di Buonalbergo zu uns herein.

»Tut mir leid. Früher wollten sie mich nicht kommen lassen.«

»He, Alter«, grinste Robert. »Froh, dich zu sehen. Wie sieht die Welt da draußen aus?«

»Beschissen, sag ich dir. Dein Bruder ist immer noch fuchsteufelswild. Er droht, dich hier verrecken zu lassen.«

Robert zuckte mit den Schultern, als ob ihn das nichts anginge. »Er wird sich schon beruhigen.«

»Da, ich hab euch was mitgebracht.« Girard steckte jedem von uns eine schöne geräucherte Wurst zu. Dann hockte er sich neben uns auf den Boden. »Ist nicht gerade gemütlich hier. Ein paar Pritschen hätten sie euch schon lassen können.«

»Wo ist eigentlich Onfroi?«, fragte Robert.

»In Lavello, um dort eine Burg errichten zu lassen.«

»Der hätte die Sache vielleicht anders gesehen.«

»Mag sein. Aber so ganz unrecht hat Drogo nicht. Durch die Anerkennung des Kaisers haben wir uns gewisse Rechte in diesem Land erworben. Die sollten wir nicht aufs Spiel setzen.«

»Möglich«, brummte Robert. »Das hätte er mir aber auch persönlich erklären können, statt mich wie seinen Stallburschen zu behandeln.«

Girard nickte. »Drogo ist nicht immer einfach. Das weiß jeder hier. Aber mal ehrlich. Du wolltest mit dem Kopf durch die Wand. Jetzt bist du noch weniger als ein Stallbursche.«

»Ich bin, was ich bin, Girard«, sagte Robert mit ruhiger Stimme und heftete seinen Blick fest auf ihn. »Daran ändern auch diese Mauern nichts. Und niemand wird mich aufhalten. Das kann ich dir versprechen.«

»Ich traue dir schon einiges zu, Guiscard. Aber erst einmal musst du hier raus.« Nun wandte er sich an Rainulf und mich. »Sagt mal, ihr Teufelskerle. Wie seid ihr überhaupt in dieses verdammte Heiligtum reingekommen? Es soll gut bewacht sein.«

Als wir es ihm erklärten, pfiff er anerkennend durch die Zähne. »Du machst deinem Beinamen alle Ehre, Robert.«

»Eigentlich war es Gilberts Einfall. Als Belohnung durfte er den Todkranken spielen.«

Girard zwinkerte mir anerkennend zu. Doch dann wurde er wieder ernst. »So wie ich das sehe, Robert, die einzige Möglichkeit, aus diesem Turm zu kommen, ist, wenn du dich fügst und nach Kalabrien gehst. Für ein paar Jahre wenigstens.«

»Hat er dich geschickt, um mir das zu sagen?«

»Nein.«

»Du meinst also, ich soll ihm den Arsch küssen?«

»Dich fügen.«

»Das kannst du vergessen.«

»Wenn keiner von euch Starrköpfen nachgibt, wirst du hier verrotten.«

Robert machte eine wegwerfende Handbewegung. »Erzähl mir lieber, wie es Alberada geht. Du hast sie doch keinem anderen versprochen, oder?«

»Sie macht mich verrückt, sag ich dir. Das dumme Huhn behauptet, sie verzehre sich Tag und Nacht nach dir. Kann gar nicht verstehen, warum.« Er lachte.

Robert lächelte versonnen. »Bring sie doch mal her«, bat er. »Ich wäre sehr glücklich darüber.«

»Weiß nicht, ob sie es erlauben. Aber mal sehen, was sich machen lässt.«

Mitfühlend schlug er Robert auf die Schulter und erhob sich.

Ich stand ebenfalls auf. »Eine Bitte, Girard«, sagte ich. »Du kennst doch Gerlaine aus unserer Truppe.«

»Die kämpferische Jungfrau? Das heißt, wenn sie noch eine ist. Jungfrau, meine ich.«

Er lachte, und ich wurde rot. Doch dessen ungeachtet fuhr ich fort: »Ich mache mir Sorgen um sie. Kannst du nach ihr sehen, ob es ihr gutgeht? Bitte.«

»Habt ihr Kerle nur Weiber im Kopf?«, brummte er gutmütig. Er legte mir die Hand auf die Schulter. »Keine Sorge. Ich kümmere mich um sie.«

Auf sein Rufen kamen die Wachen, um ihn herauszulassen. »Bis bald, ihr Halunken«, rief er noch, dann fiel die Pforte hinter ihm ins Schloss, und der Riegel wurde wieder vorgeschoben.

Mit großem Genuss machten wir uns über die Würste her. Was für ein feiner Kerl unser Girard doch war.

Am nächsten Tag öffnete sich die Pforte erneut. Ein Wachmann kam herein und befahl uns auf die Beine. Als er zur Seite trat und die Tür aufhielt, schwebte zu unserem allergrößten Erstaunen die edle Gaitelgrima höchstpersönlich herein.

Rainulf und ich beugten das Knie.

Robert dagegen lächelte nur und betrachtete sie neugierig. »Welche Ehre«, sagte er schließlich.

Unter seinem forschenden Blick färbten sich ihre Wangen rot, was sie hübscher erscheinen ließ und ihren scharfen Zügen fast etwas Kindliches verlieh.

»Ich bin gekommen …«, stammelte sie und sah ihn mit ihren dunklen Augen an. »Nun ja. Dieser Streit ist lächerlich, nicht wahr?«

»Das finde ich auch«, antwortete er.

Sie blickte sich um und rümpfte die Nase. In der Tat verbreitete der Eimer in der Ecke nicht die angenehmsten Düfte. Und unsere ungewaschenen Leiber machten es nicht besser.

»Er lässt euch hausen wie Tiere«, sagte sie entrüstet.

»Nun, wir sind Krieger, Contessa«, erwiderte Robert. »An harte Umstände gewöhnt.«

Sie legte den Kopf in den Nacken und sah mit einem warmen Lächeln zu ihm auf.

»Ich möchte helfen. Was kann ich für Euch tun, Roberto?«

Die romanische Form seines Namens, zumindest wie sie ihn aussprach, hatte etwas Schmeichelndes, fast Zärtliches, oder bildete ich mir das ein?

Robert holte tief Luft. »Was Drogo uns vorwirft, dafür bin allein ich verantwortlich. Meine Gefährten hier trifft keine Schuld. Sie sollten freigesetzt werden.«

Zum ersten Mal bedachte Gaitelgrima auch Rainulf und mich mit einem mehr als flüchtigen Blick. Dann nickte sie. »Ich werde mit Drogo reden.«

Rainulf hob abwehrend die Hand. »Lasst vor allem den Jungen gehen. Was mich angeht, ich bleibe an Roberts Seite.«

Gaitelgrima sah ihn erstaunt an. Solche Treue schien sie zu überraschen. »Wie Ihr wollt«, sagte sie etwas schnippisch und wandte sich an den Wachmann, der immer noch neben ihr strammstand. »Betten, Tisch und Stühle. Und wehe, du tust nicht, was ich sage.«

»Jawohl, Domina«, bellte der Mann.

Zuletzt schenkte sie Robert noch ein besonders strahlendes Lächeln. »Ich rede mit Drogo. Ich verspreche es, mein lieber ...« Sie zögerte. »Wie sagt man für *cognato?*«

»Schwager«, erwiderte Roberto.

»Richtig. Mein lieber Schwager.«

Damit verließ sie das Kerkergemach.

Als die Tür wieder verriegelt war, sahen wir uns ungläubig an. »Was zum Teufel war das denn?« Rainulf schüttelte den Kopf. »Und woher weißt du, was *cognato* heißt?«

»Ich hab euch schon gesagt, ihr sollt die verdammte Sprache lernen. *Padre, madre, figlio.* Ist doch nicht so schwer. Und die Frau ist meine *cognata.* Alles klar?«

Rainulf legte den Kopf schräg und zwinkerte ihm belustigt zu. »Ich würde sagen, mein lieber *cognato,* auf dieses Feld solltest du sehr vorsichtig treten. Schließlich steckst du ohnehin schon bis zum Hals in der Scheiße.«

Robert lachte. »Da könntest du recht haben.«

*

Noch am gleichen Tag kamen die Wachleute und sagten zu Rainulf und mir, wir wären frei und könnten gehen. Rainulf aber weigerte sich, obwohl Robert es ihm ausdrücklich nahelegte.

»Ich habe mich dir verschworen«, sagte er, »und werde dich jetzt nicht im Stich lassen. Dass du hier im Kerker sitzen musst, ist schlimm genug. So bist du wenigstens nicht allein.«

Darauf bekam Robert feuchte Augen und dankte ihm. Doch als auch ich vorschlug zu bleiben, wollte er nichts davon hören.

»Du sollst da draußen für mich Auge und Ohr sein. So bist du mir nützlicher als hier drinnen.« Er fuhr mir mit einer freundlichen Geste durchs Haar und fügte hinzu: »Halt dich an Lando. Er wird dir helfen. Und sag den anderen, sie sollen guten Mutes sein und sich zur Abwechslung mal anständig benehmen.«

»Ohne Silber kein Besäufnis. Was sollen sie schon anstellen?«, erwiderte ich betrübt.

»Auch wieder wahr.« Er lächelte. »Und nun geh.«

Schweren Herzens ließ ich sie zurück. Bevor ich ging, sah ich noch, wie die Wachen Strohlager, Tisch und Stühle für die beiden brachten. Wenigstens würden sie die Gefangenschaft so besser ertragen können.

Nachdem ich mir meine Waffen geholt und im Stall der Burg nach Alba gesehen hatte, ging ich auf die Suche nach den Kameraden. In unserer Scheune hausten jetzt andere. Erst nach langem Herumfragen fand ich sie auf freiem Feld außerhalb der Stadt, wo sie ein Lager errichtet hatten. Mit bedrückten Mienen umringten sie mich.

»Habt ihr nichts Besseres als diese Wiese gefunden?«

»Drogos Leute zeigen uns die kalte Schulter«, meinte Fulko. »Zum Glück sind die Nächte jetzt wärmer. Und Verpflegung kriegen wir auch.«

Dann erkundigte er sich nach Robert und Rainulf und schüttelte niedergeschlagen den Kopf, als ich erzählte, wie wir behandelt worden waren. Vielleicht sei es Gottes Strafe für unsere Taten, meinte er. Auch dass uns alle Beute genommen worden war.

»Ach. Ist Drogo etwa ein Heiliger, dass dein Gott ihn mit unserem Gold überhäuft?«, bemerkte ich giftig. »Sag mir lieber, wo Gerlaine ist. Ich kann sie nirgends sehen.«

»Girard di Buonalbergo hat sie geholt. Sie soll seiner Tante Alberada zur Hand gehen.«

»Und sonst sind alle vollzählig?«

»Außer Thore«, krähte Hamo. »Der hat ein warmes Nest gefunden. Man sieht ihn kaum noch.«

»Und wo?«

»Du erinnerst dich an die zwei Weiber, mit denen er damals im Stroh gelegen hat?« Herman kicherte und rollte bedeutungsvoll die Augen. »Stellt sich raus, die sind Schwestern. Die Eltern sind gestorben, und die beiden haben ein hübsches Häuschen am Stadtrand geerbt.«

»Wo findet der so was nur immer«, knurrte Ragnar mit unverhohlenem Neid. »Gleich zwei auf einmal und muss noch nicht mal bezahlen.«

»Irgendwann erwischt ihn ein gehörnter Ehemann«, feixte Hamo. »Dann setzt es was.«

Ich erzählte ihnen, dass Robert und Rainulf jetzt besser behandelt würden und dass sie frohen Mutes wären, bald freizukommen. Natürlich war das gelogen, aber ich wollte den Jungs ein wenig Hoffnung machen. Und als ich ihnen ausrichtete, sie sollten sich gefälligst benehmen, grinsten sie und rissen ein paar Witze, besonders über Rollos wüste Raufereien, aber die übliche Ausgelassenheit war nicht zu spüren. Am Ende herrschte betretenes Schweigen.

»Ist scheiße gelaufen, Mann«, fasste Herman die Gefühle zusammen. »Jetzt geh und küss deine Braut. Wir kommen schon zurecht.«

Ich fragte mich zu Buonalbergos Haus durch und fand es in einer versteckten Gasse. Es war groß und geräumig, hatte gar ein zweites Stockwerk und Ställe im Hinterhof, aber es war hastig errichtet worden und nicht besonders schön. Eine Mauer umgab das Anwesen, vor dem Tor standen Wachen. Girard sei nicht anwesend, hieß es. Ich erklärte ihnen, ich hätte eine Botschaft für die Baronessa von Robert Guiscard. Daraufhin ließen sie mich ein.

Alberada erschien sofort. Selbst in verweintem Zustand war sie noch wunderschön. Kein Wunder, dass Robert ihr mit Leib und Leben verfallen war.

Sie fasste mich am Arm. »Wie geht es ihm?«, hauchte sie.

Hinter ihr sah ich Gerlaine im Schatten des Hauses stehen. Unbeweglich. Doch ihre Augen lächelten.

»Es geht ihm gut und er vermisst Euch, Domina.«

»Wirklich? Gott sei gelobt. Und ich danke dir.« Sie küsste mich auf die Wange. »Haben sie genug zu essen? Ist es nicht zu kalt im Kerker? Ach, wenn ich doch nur zu ihm könnte.«

»Girard will mit Drogo reden, damit er es erlaubt.«

Ein Funke von Hoffnung blitzte in ihren Augen auf. »Aber davon hat Girard mir gar nichts gesagt. Glaubst du, Drogo lässt es zu? Und überhaupt. Warum hat er ihn eingekerkert? Robert hat doch niemandem etwas getan. Jedenfalls nichts, was Drogo nicht selbst auch getan hat.« Doch dann zog sie ein schuldbewusstes Gesicht. »Ich plappere hier dummes Zeug. Dabei willst du doch nur mit deiner Gerlaine reden. Ich lass euch jetzt allein.«

Kaum hatte Alberada sich zurückgezogen, fiel mein Mädchen mir um den Hals. »Ich bin so froh, dass du frei bist«, flüsterte sie und küsste mich mit einer Inbrunst, dass es mir den Atem raubte. Welch ein Gefühl, sie wieder in den Armen zu halten. Doch dann dachte ich daran, dass sich unsere Hoffnungen auf ein gemeinsames Leben vorerst zerschlagen hatten.

»Wir haben alles verloren«, sagte ich betrübt. »Und ohne Robert wird sich bald die Truppe auflösen. Die werden sich anderen anschließen.«

»Robert wird nicht untergehen. Das weiß ich.«

»Und was wird mit uns?«

»Sei nicht so mutlos.«

»Wenigstens bist du hier besser untergebracht, als draußen vor dem Tor.«

Sie nickte. »Alberada ist gut zu mir. Ich glaube, ich werde für eine Weile bei ihr bleiben. Sie braucht Gesellschaft.«

»Und ich nicht?«

»Sei nicht so.« Sie strich mir durch die Haare und gab mir noch einen Kuss. »Ich laufe dir ja nicht weg.«

»Na schön. Aber ich muss jetzt gehen. Robert möchte, dass ich mich umhöre, wie die Stimmung ist.«

Doch Gerlaine hielt mich fest und drängte sich verführerisch an mich. »Meine Stimmung ist erheblich besser, seit du wieder da bist«, flüsterte sie und legte meine Hand auf ihre Brust. »Das kannst du ihm gerne sagen.«

Wieder küsste sie mich, dass mir ganz anders wurde. Doch als ich sie fester packen wollte, stieß sie mich mit einem Lachen von sich. »Geh jetzt. Das hier ist ein anständiges Haus.«

»Ach, Gerlaine. Du treibst es zu bunt mit mir.«

»Na gut. Einen Kuss bekommst du noch.« Sie schmiegte sich in meine Arme und flüsterte mir ihre Liebe ins Ohr, dann machte sie sich los und war verschwunden.

Ich wanderte zur Burg und kümmerte mich darum, dass ich noch eine Lagerstatt unter den Knappen hatte. Dann betrat ich die große Halle. Es war früher Abend und das Mahl schon in vollem Gange, obwohl aufgrund des nahenden Osterfests das Essen ziemlich mager war. Kaum jemand achtete auf mich, als ich irgendwo hinten ein Plätzchen fand. Es war so voll, dass ein paar Kerle für mich zusammenrücken mussten.

Aber jemand hatte mich doch bemerkt. Und das war Gaitelgrima. Sie lächelte nicht in meine Richtung, dennoch musste sie mich erkannt haben, denn ihr Blick ruhte eine Weile so aufmerksam auf mir, dass es mir ungemütlich wurde und ich wegsah.

Als die Magd Maria mich bediente, fragte ich nach Elda. Maria sah mich vorwurfsvoll an. »Wegen dir, junger Herr, ist sie davongejagt worden.«

»Aber warum? Sie hat doch nichts getan.«

Maria beugte sich vor. »Unsere neue Herrin duldet keine derben Späße«, flüsterte sie. »Ist nicht mehr so lustig, wenn sie zugegen ist.« Sie zwinkerte mir zu und wollte gehen. Ich aber hielt sie fest.

»Wo ist Elda jetzt?«

»Auf dem Hof ihrer Eltern. Nicht weit von hier.«

»Morgen erklärst du mir den Weg.«

»Ich glaube nicht, dass sie dich sehen will.«

Sie eilte davon. Als ich mich wieder der Tafelrunde zuwandte, bemerkte ich, wie Asclettin mich spöttisch musterte.

»Da ist ja Roberts Knappe«, rief er und deutete in meine Richtung, so dass mich plötzlich alle anstarrten. »Und wo ist dein Mädel, diese kleine Wildkatze?« Nicht wenige grinsten in Erinnerung an den Vorfall. Asclettin wandte sich an Tristan neben ihm. »Ich hab dir schon mal gesagt, die wär was für dich, Alter. Die Kleine hat Feuer im Hintern.« Er schlug Tristan auf die Schulter und lachte mit den anderen.

»Die Wildkatze, wie du sie nennst, ist bei mir«, hörte ich Girard sagen. »Unter meinem Schutz.«

Er musste soeben hereingekommen sein und stand jetzt aufrecht da mit einer Hand auf dem Schwertknauf. Zwei Männer räumten ihren Platz an der Tafel, damit er sich setzen konnte.

»Seit wann spielst du Kindermädchen, Girard«, spottete Asclettin.

»Jeder Einzelne von Roberts Leuten steht unter meinem Schutz. Merkt euch das.« Er blickte herausfordernd in die

Runde und ließ dabei auch Drogo nicht aus. Der sagte nichts, musterte ihn nur nachdenklich.

Pierron meldete sich zu Wort. »Wenn wir schon von Robert sprechen, wie geht es ihm in deiner Obhut, Drogo?«

»Geht dich nichts an. Das ist allein meine Angelegenheit. Und spar dir deine Häme.«

»Dann reden wir von etwas Angenehmerem.« Pierron grinste zu Girard hinüber, und sein einziges Auge funkelte verwegen im Feuerschein. »Warum hast du deine schöne Tante nicht mitgebracht, Girard?«

Bei den Worten ging ein angeregtes Raunen durch den Saal. Nicht wenige stießen sich belustigt an. Die schöne Alberada war offensichtlich ein beliebter Gesprächsgegenstand.

»Ich bring sie nicht mit, Pierron, weil dir bei ihrem Anblick die Zunge jedes Mal so tief aus dem Hals hängt, dass einem schlecht wird. Das kann man der Armen doch nicht antun.«

Alles lachte und grölte. Pierron stieg vor Unmut die Röte ins Gesicht. »Das mag sein«, sagte er, nachdem der Saal sich wieder beruhigt hatte. »Aber nenn mir den Mann, der keine Augen für ein schönes Weib hat?«

Um seine Worte besonders zu unterstreichen, erhob er sich und verbeugte sich in Gaitelgrimas Richtung, die ihm die Höflichkeit mit einem süßsauren Lächeln vergalt.

»Aber du musst zugeben«, fuhr er an Girard gewandt fort, »es ist an der Zeit, sie mit einem rechten Kerl zu verheiraten, bevor sie dir mit dem Nächstbesten davonläuft.«

»Mach dir keine Hoffnungen, Pierron«, erwiderte Girard trocken, »denn sie ist schon versprochen.«

»Versprochen? Wem?«

»Meinem Vetter, Robert Guiscard.«

Zuerst herrschte überraschte Stille über diese unerwartete Ankündigung. Dann brach ein gewaltiger Sturm der Belustigung los. Alles grölte und lachte durcheinander, als hätte er den Scherz des Jahrhunderts gemacht. Nur Pierron funkelte Girard wütend an. Und dass er nur ein Auge hatte, machte es nicht weniger bedrohlich. Auch Gaitelgrima bedachte Girard mit einem eiskalten Blick.

»Hast du den Verstand verloren?«, rief Pierron, als es wieder ruhiger wurde. »Ein Habenichts, der wegen der Entweihung eines Heiligtums auch noch im Kerker sitzt? Und das zu Recht, wenn du mich fragst. An den willst du Alberada verschwenden?«

»Setz dich wieder hin, Pierron«, donnerte Drogo. »Ich habe bei der Sache schließlich auch noch ein Wörtchen mitzureden.«

Aber das Gerede und Gemunkel wollte nicht aufhören. Viele starrten Girard kopfschüttelnd an. Ein schönes Weib in der Familie war schließlich dazu da, sich eine vorteilhafte Verbindung zu verschaffen. Nicht, um sie an irgendeinen mittellosen Schwärmer zu vergeuden, selbst wenn der Drogos Halbbruder war. Überhaupt, war das nicht eine offene Schmähung von Drogos Autorität, der den Burschen eingekerkert hatte?

Nun sprang Asclettin auf, die Stimmung nutzend.

»Wenn ihm so wenig an Alberada liegt, Pierron«, schrie er, »dann holen wir uns doch die Braut. Bevor er sie an den nächstbesten Mauren verscherbeln kann. Oder sie zu diesem Nichtsnutz in den Turm schickt.«

Das fand begeisterte Zustimmung, auch wenn der Vorschlag nicht wirklich ernst zu nehmen war. Doch Girard war nicht zum Lachen zumute. Er erhob sich, maß Pierron und Asclettin mit einem wilden Blick und wandte sich zum Gehen.

»Wo willst du hin, Girard?«, brüllte Drogo. »Ich habe mit dir zu reden.«

»Du hast sie gehört. Ich muss meinen Besitz verteidigen. Vor diesen tollwütigen Wölfen.«

Dabei spuckte er vor Asclettin auf den Boden und verließ die Halle. Der zog sein Schwert. Und nur mit Gewalt konnte man ihn daran hindern, Girard mit blanker Waffe nachzueilen. Ich nutzte den Aufruhr, mich unbemerkt davonzumachen.

»Ich glaube, das war nicht klug«, sagte ich zu Girard, als ich ihn eingeholt hatte. »Jetzt hast du dich unbeliebt gemacht. Und Drogo wird nicht mehr zustimmen, dass Alberada ihn besucht.«

»Da magst du recht haben. Aber den Kerlen wollte ich es schon lange mal zeigen.«

»Ich wusste nicht, dass es so viel Streit unter den Baronen gibt.«

»Ach, weißt du, das sind alles Glücksritter. Da ist jeder nur auf den eigenen Vorteil bedacht. Hier setzt sich nur durch, wer eine starke Faust hat.«

»Ich weiß nicht, ob ich es mir einbilde«, sagte ich. »Aber ich glaube, die Contessa Gaitelgrima hat ein Auge auf Robert geworfen.«

Er blieb stehen und packte mich am Arm. »Was sagst du da? Das wird ja immer schöner, verflucht. Bist du sicher?«

»Nein. Aber sie hat uns im Kerker besucht und sich seltsam dabei benommen. Und heute Abend hätte sie dich mit ihren Augen beinahe erdolcht bei deiner Ankündigung.«

»Aber das ist völlig verrückt. Drogo würde sie umbringen. Du musst dich geirrt haben.« Er schüttelte den Kopf. Dann blieb er stehen und packte mich an der Schulter. »In einem hast du recht. Im Moment sind wir nicht sehr beliebt. Auch du solltest dich eine Weile nicht blicken lassen. Und ich werde Tür und Tor verrammeln. Man kann nie wissen, zu was die Kerle fähig sind, wenn sie sich besaufen.«

Ich befolgte seinen Rat und sattelte am nächsten Tag mein Pferd, um Elda zu besuchen. In der Stadt gedachten sie des Leidenswegs ihres Jesus. Betend und Weihrauch schwingend, wandelten Priester durch die Gassen, gefolgt von einer langen Menschenschlange. Sogar Drogo und Gaitelgrima warteten zu Fuß vor der kleinen Kirche, um der Kreuzigung des Gottessohnes ihre Ehrerbietung zu erweisen. Eine seltsame Sitte. Wie einen Verbrecher hatte man ihn hingerichtet. Und nicht einmal gewehrt hatte sich der Mann. Wie konnten sie ihn ihren Erlöser nennen? Ich bildete mir ein, mein Vater, Sven Langhaar, hätte für so etwas nichts übrig. Und auch ich würde es nie verstehen.

Ich war froh, der Stadt und dem Singsang der Priester zu entkommen und den schönen Tag zu genießen. Auch meine Stute Alba hatte Freude daran, die Beine zu strecken, und so ließ ich sie ein Stück des Weges im leichten Galopp laufen, bis die Straße wieder anstieg. Irgendwo weiter oben sollte der kleine Hof liegen. Maria hatte mir den Weg erklärt.

Auf einer Anhöhe hielt ich an, um mich umzusehen. Die bewaldeten Hügel ringsum, die blauen Berge im Hintergrund, der mächtige Volturno über mir. Hier und da gerodete Flächen mit Feldern. Meist einfache Hütten, in denen die Bauern zusammen mit ihrem Vieh hausten. Es war seltsam still und friedlich, kein Mensch zu sehen. Wahrscheinlich beteten sie alle.

Die Landschaft gefiel mir sehr. Es würde mir leidtun, wenn es für uns hier keinen Platz gäbe. Zurück nach Hauteville? Nein, das war jetzt nicht mehr denkbar, ganz im Gegenteil. Ich konnte nur hoffen, dass Gerlaine recht hatte, dass Robert nicht untergehen würde. Hatte sie nicht immer recht? Selbst gegen Sant'Angelo war sie gewesen und hatte damit richtiggelegen. Ganz gleich, ob Robert freikam, ich nahm mir vor, die Sprache zu lernen und mich mit den Einheimischen vertraut zu machen. Wer weiß, vielleicht würde ich mich sogar an ihre seltsamen Gebräuche gewöhnen können.

Wenig später fand ich die alte Eiche, die Maria beschrieben hatte. Von dort führte ein Trampelpfad zu einer Hochebene, und dann sah ich schon den kleinen Hof mit seinen Ställen und der Einfriedung aus Dornensträuchern. Dahinter Felder, ein Olivenhain und Weinstöcke, die zu sprießen begonnen hatten. Beim Haus bellte ein Hund. Ich stieg vom Pferd und ging den Rest des Weges zu Fuß. Plötzlich stand Elda vor mir. Sie hatte mich wahrscheinlich schon von weitem kommen sehen.

»Was willst du?«, fragte sie und schien wenig erfreut, mich zu sehen. Sie trug einen einfachen Kittel, sah deshalb aber nicht weniger hübsch aus. Hinter einer Hecke bemerkte ich das misstrauische Gesicht einer alten Frau, die gleich darauf verschwand, um den Hund zu beruhigen, der nicht aufhören wollte zu bellen.

»Wer war das?«

»Großmutter.«

»Es tut mir leid, dass du deine Arbeit auf der Burg verloren hast.«

»Ach das«, sagte sie immer noch mit einem mürrischen Ausdruck im Gesicht.

»Und überhaupt wollte ich dich um Verzeihung bitten.«

»Nicht deine Schuld.« Sie seufzte. »Aber ich bleibe besser hier. Auf der Burg gibt's nur Dreckskerle.«

»Und ich? Bin ich auch einer?«

»Vielleicht.« Sie sagte es mit einem kleinen Lächeln, das an ihre sonst so kecke Art erinnerte. Doch gleich darauf wurde sie wieder ernst. »Diese Gerlaine. Ist sie aus deinem Dorf?«

Ich nickte.

»Sie kämpft um dich. Sei froh.«

Ich fingerte an meiner Gürteltasche herum, um ihr eines von meinen letzten zwei Silberstücken zu schenken.

»Nein«, sagte sie, als ich es ihr in die Hand drücken wollte. »Großmutter wird schlecht von mir denken, wenn ich dein Geld nehme. Besser, du gehst jetzt.«

Ich küsste sie sanft auf die Wange und schwang mich wieder auf mein Pferd. Als ich mich noch einmal im Sattel umdrehte, winkte sie mir verstohlen zu.

Auf dem Heimweg konnte ich nicht umhin, beide zu vergleichen. Die fröhliche Elda hatte von einem anderen Leben geträumt, von Knappen und von Kriegern und adligen Herren. Doch am Ende würde sie sich brav jenem Schicksal fügen, das ihr als Tochter eines Bauern vorgezeichnet war, einen einfachen Kerl aus der Gegend heiraten, auf dem Feld arbeiten und Kinder gebären.

Gerlaine dagegen wollte um alles in der Welt einem solchen Leben entfliehen. Und auch ich war nicht viel anders. Das Herumtreiben mit all seinen Gefahren und Wagnissen gefiel mir besser. Sosehr ich Elda mochte, aber mein Herz gehörte allein Gerlaine, der hellsichtigen Abenteuerin, die sich von niemandem Vorschriften machen ließ. Auch wenn ich manchmal an ihrer Sturheit verzweifelte.

Als ich am Nachmittag zurück in Melfi war, fand ich Girards Haus in Aufruhr. Gerlaine öffnete die Tür, legte den Finger auf die Lippen und zog mich hinaus in den Hof. Doch selbst durch die angelehnte Tür konnte man Alberadas Wehklagen hören und Girards Stimme, der sie zu beruhigen suchte.

»Was bei Odin ist los?«

»Drogo hat verboten, dass sie Robert besucht.«

»Das überrascht mich nicht.«

»Es ist noch schlimmer. Er will sie Pierron zur Frau geben.«

»Was?« Ich war entsetzt. »Aber das wird Girard doch nicht zulassen.«

»Er kann nichts dagegen tun. Drogo hat gedroht, ihm sein Lehen zu nehmen, wenn er sich nicht fügt.«

»Aber da müssen die anderen Barone doch gewiss zustimmen.«

»Das ist wahr. Aber Girard sagt, die Stimmung ist gegen Robert. Für die Gemeinschaft hat er bisher nichts geleistet, und unser Beuteerfolg hat ihm nur Neider eingebracht. Warum sollte ausgerechnet er die schönste Frau in Melfi bekommen.«

»Verstehe.«

»Außerdem ist er ein Hauteville. Nicht wenige denken, die Brüder raffen sich mehr zusammen, als ihnen zusteht.«

»Und Alberada soll das Friedensangebot sein?«

»So ähnlich. Mit Pierron und seinen Freunden liegt Drogo schon lange im Streit. Mit dieser Vermählung soll Freundschaft geschlossen werden.«

Ich schüttelte den Kopf. »Da hat sich Drogo aber was Schönes ausgedacht. Den eigenen Bruder so …«

»Es war angeblich gar nicht Drogos Einfall.«

»Wessen denn?«

»Unsere Contessa riet ihm dazu.«

»Gaitelgrima?«, rief ich überrascht. Doch dann wurde mir alles klar. »Oh, diese Schlange.«

*

Noch tagelang dauerte das Gezerre und Gezeter an.

Alberada versicherte unter Tränen, sie würde sich eher umbringen, als dieses Scheusal Pierron zu ehelichen. Der war dagegen ungeduldig, die Verhandlung über die Mitgift zu beginnen. Daraufhin erhöhte Drogo den Druck auf Girard. Er solle doch endlich das halsstarrige Weibsbild zur Vernunft bringen.

Gaitelgrima ihrerseits war überfreundlich zu Pierron und schwebte durch die Burg mit dem Gesicht einer Katze, die eine Maus gefressen hat. Robert schwor, er würde seinem Bruder persönlich die Eier abreißen, wenn er nur erst aus dem

Kerker käme. Drogo wiederum ließ ihm ausrichten, es sei kaum zu erwarten, dass er freikäme, solange er nicht bereit sei, Alberada zu vergessen und nach Kalabrien zu ziehen. Woraufhin Girard Alberada beschwichtigen musste, und so ging der Reigen weiter.

Schließlich kehrte Onfroi mit seinen Männern in die Stadt zurück und wollte wissen, ob sie alle verrückt geworden seien. Nachdem er jeden angehört hatte, begann er langsam, den Knoten zu entwirren.

Pierron ließ sich zähneknirschend überzeugen, dass es ihm wenig nützte, ein Weib zu ehelichen, das ihn hasste. Stattdessen versprach Onfroi ihm Kriegsbeistand für seine geplanten Feldzüge um Trani herum. Alberada musste ihm schwören, sich zu gedulden, wenn sie Robert jemals heiraten wollte. Drogo machte er klar, er könne den eigenen Bruder nicht ewig im Kerker schmachten lassen. Die Contessa Gaitelgrima ließ er freundlich, aber bestimmt wissen, sie habe sich gefälligst nicht in Männerangelegenheiten einzumischen. Und zuletzt, und das war das schwerste Stück Arbeit, brachte er Robert dazu, auf sein Gold zu verzichten, Drogo zu gehorchen und nach Kalabrien zu ziehen, wenn er verhindern wollte, dass Pierron seine Alberada bekam.

Onfroi, der sich sonst so unbeteiligt gab und tat, als könne er kein Wässerchen trüben, zeigte auf einmal seine wahren Qualitäten. Er war nicht nur ein wagemutiger Reiterführer, wie alle wussten, sondern auch ein geschickter Raubtierbändiger. Ich jedenfalls merkte mir, Onfroi niemals zu unterschätzen.

Das Wichtigste für unsere kleine eingeschworene Truppe war, dass Robert und Rainulf endlich frei waren. Auch wenn es hieß, dass wir nun wieder auf der Straße waren und in diesen fernen, unbekannten Süden marschieren mussten, von dem man sich nichts Gutes erzählte. Zumindest besaßen wir nun alle Pferde, wenn wir ansonsten auch wieder bettelarm waren. Doch das machte den Jungs nichts aus, denn sie trauten Robert zu, selbst aus dem größten Misthaufen noch Gold zu zaubern.

Nur Gerlaine bereitete mir großen Kummer.

»Ich komme diesmal nicht mit«, sagte sie.

»Aber warum nicht?«

»Ich habe das Räuberleben satt. Besonders wenn ihr Menschen ausraubt, die es nicht verdient haben. Deshalb bleibe ich bei Alberada.«

Wir hielten uns lange an den Händen und weinten bittere Tränen, denn uns beiden tat der Abschied weh, aber von ihrem Entschluss ließ sie sich nicht abbringen.

»Gib gut auf dich acht«, sagte sie. »Damit du heil zu mir zurückkommst.«

Am Vortag unserer Abreise bat sie Reynard, die Worte »Sieg und Leben« in Runenschrift in mein Schwert zu ritzen. Als es fertig war, ritten Gerlaine und ich ein Stück weit in die umliegenden Hügel, wo wir tief im Wald eine stille Lichtung fanden.

Dort legten wir einige Steine so, dass sie einen Kreis bildeten, und in der Mitte entzündeten wir ein großes Feuer. Lange saßen wir eng umschlungen an einen Baum gelehnt und starrten in die Flammen. Als das Holz fast niedergebrannt war, warf sie unter geflüsterten Zaubersprüchen Kräuter ins Feuer und atmete deren Rauch ein, bis ihr fast die Sinne schwanden. Schließlich schob sie die Klinge in die Glut. Und als diese begann, sich rot zu färben, legte Gerlaine sie auf den Waldboden, wischte mit etwas Moos die Inschrift sauber und ließ mein Blut aus einem kleinen Schnitt am Unterarm auf die Runen tropfen, wo es zischend verdampfte und die Schrift sichtbar hervortreten ließ.

»Sieg und Leben«, murmelte sie. »Bei Odin, Tyr und Frija, bei allen Göttern unserer Väter. Dieses Schwert soll dich beschützen und über deine Feinde triumphieren lassen, wo immer du auf Erden wanderst.«

Danach war sie so erschöpft, dass sie an meiner Brust in einen tiefen Schlaf fiel.

Der Statthalter von Bisignano

Ich hatte schon fast vergessen, dass mein herrliches Schwert einmal Osbert gehört hatte, so vertraut war sein Gewicht an meiner Hüfte geworden. Doch nun, durch Gerlaines nächtlichen Zauber, hatte es sich in einen Gegenstand der Magie verwandelt, in ein Kleinod, das mich beschützen und stark machen sollte, mit dem ich aber achtsam umzugehen hatte.

Im Morgengrauen brachte ich Gerlaine zu ihrer neuen Heimstatt, wo wir auch Robert vorfanden, der sich von seiner Alberada verabschiedete. Ihr Gesicht war geschwollen, und die Augen gerötet. Man merkte ihr an, dass sie sich bemühte, die Tränen zurückzuhalten. Als Gerlaine ihre neue Herrin so aufgelöst sah, bekam auch sie feuchte Augen und umarmte mich, als wollte sie mich nie mehr loslassen.

»Jetzt ist es aber genug«, murrte Girard. »Ist ja nicht so, als ob die beiden nicht wiederkämen.«

Doch das führte zu noch mehr Schwüren, Küssen und Umarmungen, bis wir uns endlich losreißen konnten. Girard begleitete uns bis zum Sammelplatz, wo die Truppe schon bereitstand. Auch Thore sah etwas mitgenommen aus, dass er seine beiden Hübschen zurücklassen musste. Aber so ist das Los der Krieger.

Neben meiner guten Alba führte ich noch Gerlaines Stute am Halfter, die sie nicht mehr brauchen würde.

»Nimm«, sagte ich zu Ivain und drückte ihm die Zügel in die Hand. »Besser als dein Maultier. Gerlaine bleibt in Melfi.«

»Was soll das heißen?«, fragte Thore. »Sie kommt nicht mit? Habt ihr euch wieder gestritten? Was ist es diesmal?«

Auch die anderen starrten mich vorwurfsvoll an. Beschwichtigend hob ich die Hände.

»Kein Streit. Ich schwör's.«

»Unsere Gerlaine hat die Lust an Raubzügen verloren«, erklärte Reynard, der schon Bescheid wusste.

»Das ist nicht gut«, knurrte Herman düster. »Das ist gar nicht gut. Sie hat uns immer Glück gebracht.«

»Nun musst du eben ohne deine Kinderfrau auskommen«, lachte Hamo. »Außerdem bist du doch Christ. Wozu brauchst du Runenzauber?«

»Man kann nie wissen«, murmelte Herman. »Ich fühl mich einfach wohler, wenn sie dabei ist.«

Ich zeigte ihm die Inschrift auf meinem Schwert. »Mit meinem eigenen Blut geweiht. Halt dich also an meiner Seite, Herman. Kann nicht schaden.«

»Danke«, nickte er ganz ernsthaft. »Ich werd's mir merken.«

Rainulf machte die Runde. »Hört auf zu quatschen und seht zu, dass ihr bereit seid und nichts Wichtiges zurücklässt.«

Wir saßen schon auf, als Onfroi auftauchte und Robert umarmte.

»Mach mir diesmal keinen Ärger, hörst du?«, sagte er. »Und vergiss deinen Zorn auf Drogo. Er ist, wie er ist.«

Onfroi und Girard winkten uns nach, fast wie beim letzten Mal. Und schon bald lag Melfi hinter uns. Es war gut, dass auch Lando wieder als Führer dabei war. Wir hatten uns an diesen freundlichen, stillen Mann mit den klugen Augen gewöhnt. Robert bestand darauf, dass wir nur noch Lombardisch mit ihm sprachen. Das fiel vielen zuerst schwer, obwohl es der einzige Weg war, uns bald nicht mehr wie hilflose Fremdlinge zu fühlen.

Was Robert betraf, so gab er sich dieser Tage wenn nicht mürrisch, so doch verschlossen. Man konnte ihm anmerken, dass er den Kuhhandel mit seinen Brüdern als Erniedrigung empfand und darüber nachsann, wie er endlich die Oberhand gewinnen könnte. Er redete wenig und hatte es diesmal auch gar nicht so eilig. In aller Ruhe machten wir unseren Weg durch die hügelige Landschaft, rasteten gelegentlich und schlugen schon nachmittags das Lager auf, um am Feuer unseren Speck zu braten, den Weinschlauch kreisen zu lassen und den Sonnenuntergang zu genießen. Besonders in solchen Augenblicken und noch mehr, wenn ich in mein Zelt kroch, vermisste ich Gerlaine. Zum Glück gab es die Gemeinschaft der Gefährten, die mir inzwischen so vertraut geworden waren – Ragnars scharfe Zunge, Hamos dumme Witze oder Thores Weibergeschichten.

»In Benevento hat es einen Aufstand gegeben«, hörte ich Robert zu Rainulf und Fulko sagen. »Wie befürchtet, haben sie den Prinzen vertrieben und den Schlüssel der Stadt dem Papst übersandt.«

»Und was bedeutet das für uns?«, fragte Rainulf.

»Dass Drogo vielleicht recht hat und sich der Widerstand gegen uns Normannen festigt.«

»Glaubst du, unsere Plünderungen haben dazu beigetragen?«

»Kann ich mir nicht vorstellen. Aber vielleicht kommt es zum Krieg.«

»Was haben wir dann in Scribla verloren?«

Robert zuckte mürrisch mit den Schultern. »Weil mein guter Bruder mich aus dem Weg haben will. Aber ich sage dir, unsere Zeit wird noch kommen.«

Mit gemischten Gefühlen zogen wir weiter, denn immer noch wurmte uns der Verlust der Beute, eine Schmach, die es eines Tages auszumerzen galt, davon waren wir alle überzeugt. Aber zumindest hingen wir nicht mehr untätig in Melfi herum.

Südlich von Potenza kamen wir in eine Gegend, wo uns manche Dörfer wie entvölkert vorkamen, nur von Alten und Gebrechlichen bewohnt, die sich vor jedem fürchteten und in ihren Hütten versteckten, wenn sie Fremde sahen.

»Sklavenjäger«, sagte Lando, als ich ihn fragte, was das zu bedeuten hatte. »Maurische Piraten aus Sicilia. Sie landen irgendwo in einer stillen Bucht, marschieren weite Strecken und überfallen Dörfer, um vor allem die Jungen und Kräftigen zu verschleppen.«

»Was ist mit Guaimar? Beschützt er nicht sein Land?«

»Du wirst sehen. Je weiter wir nach Süden kommen, umso hilfloser sind die Menschen den Eindringlingen ausgeliefert. Guaimars Männer lassen sich selten blicken. Die sind wie immer mit anderen Dingen beschäftigt. In letzter Zeit mit Pandulfs Übergriffen. Und auch die Byzantiner bewachen nur die Küstenorte.«

Wir waren an diesem Nachmittag die Letzten in unserer Reiterkolonne. Lando zügelte sein Pferd und deutete auf ein paar ferne Siedlungen in der Landschaft.

»Die Menschen versuchen, so gut es geht, sich zu verteidigen. Deshalb sind die meisten Dörfer von Mauern umgeben. Und sie liegen auf Hügeln und nicht im Tal, wo sich die Felder befinden. Es könnte ein blühendes Land sein, wenn es nicht ständig ausgeplündert würde.«

Ich sah ihn schuldbewusst an. »Meinst du uns, die Normannenplage?«

Er zuckte mit den Schultern. »Es ist schon seit Jahrhunderten so, lange bevor Normannen kamen. Für den Kaiser haben wir keine Bedeutung, der hat andere Sorgen. Und auch Byzanz hat genug an seiner Grenze im Osten zu tun. Da bleiben kaum Truppen für Italia übrig.«

»Es heißt, der Papst soll bald für Ordnung sorgen.«

»Der Papst …« Er machte eine hilflose Geste. »Der Papst ist schwach. Wie auch die lombardischen Fürsten.«

»Woher weißt du so viel?«, fragte ich. »Viel zu viel für einen Fuhrmann, oder?«

Er lächelte still in sich hinein. »Du bist ein guter Beobachter, Gilbert. Das habe ich schon bemerkt.«

»Bist du so etwas wie Arichis? Ein Spion? Muss man sich vor dir in Acht nehmen?«

»Ich will nur das Beste für mein Land.«

»Und deshalb dienst du Onfroi?«, fragte ich ungläubig.

»Ich mag Onfroi. Er hat mir einmal das Leben gerettet. Überhaupt seid ihr Normannen gar nicht so übel, wie man meint. Es stimmt, ihr seid gewalttätig, goldgierig, gerissen und wegen Kleinigkeiten schnell in Rage. Aber wenn es darauf ankommt, haltet ihr zusammen. Das habe ich schon des Öfteren erlebt. Treue und Ehre haben noch eine Bedeutung bei euch. Nicht wie bei den Byzantinern, die ihre eigenen Mütter verkaufen würden, wenn es einen Vorteil brächte. Und wenn ihr euch einmal etwas in den Kopf gesetzt habt, handelt ihr tatkräftig und entschlossen.«

»Jetzt erstaunst du mich aber, Lando. Ich dachte, wir wären nur Abschaum in euren Augen.«

»Für viele seid ihr das. Aber das Land braucht Männer, die es fest in die Hand nehmen, Ordnung schaffen und beschützen. Unsere Prinzen haben darin seit Generationen versagt. Wer weiß, ob Normannen das nicht besser könnten. Drogo hat vielleicht das Zeug dazu oder Onfroi. Obwohl es ein langer Weg sein würde, denn der Süden ist einfach zu zerrissen und zersplittert.«

Ich war über seine Worte mehr als verwundert. »Ein Normanne soll hier für Ordnung sorgen?« Ich musste lachen, so fremd kam mir der Gedanke vor. »Und warum Drogo und nicht Robert?«

»Ich weiß, Robert ist dein Held«, erwiderte er. »Aber er ist unerfahren und mittellos. Und dann diese winzige Truppe. Was soll er damit ausrichten?«

»Es war doch nur ein Scherz, Lando.«

»Ich glaube, du nimmst nicht ernst, was ich sage.«

Lachend schüttelte ich den Kopf. »Nein, wirklich nicht. Wir Normannen sind nur eine Schar Fremder, die sich als Söldner ein bisschen bereichern wollen. Selbst Drogo besitzt kaum mehr als Melfi und ein paar Burgen in den Bergen. Und irgendwann zieht es die meisten wieder nach Hause.«

Lando zwinkerte mir zu. »Das wäre schade, denn ich habe mich schon fast an euch gewöhnt.«

Diesmal war er es, der mich verspottete.

Aber meinte er tatsächlich, wir Normannen könnten so etwas wie eine Hoffnung für sein Land sein? Damit stünde er wohl ganz allein unter seinen Landsleuten, die uns lieber heute als morgen loswerden würden. Außer Guaimar natürlich. Aber der wollte sich selbst zum Herrn über den ganzen Süden aufschwingen, wie ich gehört hatte. Und Drogo mit seiner Bruderschaft von Söldnern sollte ihm dabei helfen.

Nun, das ging uns alles nichts an. Unser Weg führte nach Scribla zu den Schlangen und Skorpionen, wie Pierron sich ausgedrückt hatte. Ein Außenposten ohne Bedeutung. Roberts Ort der Verbannung.

Nach einigen Tagen stießen wir auf die alte Römerstraße nach Kalabrien, die Via Popilia. Doch schneller voran kamen wir deshalb auch nicht, denn die Berge wurden immer höher. Was hatte dieses Land nur für Berge! Nicht so hoch wie die, welche man Alpen nennt. Und doch, einer reihte sich an den anderen. Die Straße wand sich an steilen Hängen entlang und über Pässe in immer neue Täler hinunter, nur um bald wieder aufzusteigen und Mensch und Tier erneut zum Keuchen zu bringen. Besonders in der Mittagshitze, die einem den verdammten Schweiß aus den Poren trieb. Umso mehr, da Robert darauf bestand, in voller Rüstung zu reiten, als befürchtete er jederzeit einen Angriff.

Schließlich wanderten wir an den Flanken des mächtigen Pollino entlang, der die Pforte nach Kalabrien bewacht und die höchste Bergkette der Region ist. Die Hänge bedeckten herrliche Wälder von Buchen, Kastanien und hohen Kiefern, von Wild aller Art bevölkert. Und zu guter Letzt erreichten wir Cassano, von wo aus man das weite Tal des Flusses Crati überblicken konnte. Das Dorf umgingen wir, da wir nicht wussten, ob es von byzantinischen Truppen besetzt war. Stattdessen marschierten wir weiter nach Osten in die Ebene hinunter, bis wir endlich Drogos *castello* ansichtig wurden.

Es war schon früher Abend, als wir ankamen. Die Sonne stand tief über den westlichen Höhenzügen und beleuchtete die Burg mit warmem Licht. Nach Schlangen und Skorpionen sah es hier allerdings nicht aus, eher nach einer ganz passablen Lage für Ackerbau und Viehzucht. Besonders weiter östlich zum Meer hin und südlich, wo man den Fluss zwischen fernen Bäumen glitzern sah.

In etwa zweihundert Schritt Entfernung ließ Robert anhalten, um sein neues Reich in Augenschein zu nehmen. Die Enttäuschung war ihm anzusehen, denn Scribla war wirklich nichts Großartiges. Die Burg lag auf einer flachen Erhebung, von Wiesen und niedrigen Sträuchern umgeben. Nach Normannenart hatte man einen mit Felsbrocken befestigten Erdhügel aufgeworfen, auf dem ein klobiger Holzturm thronte, der ein wenig schief stand. Eine grasüberwachsene Treppe aus Bohlen führte hinauf. Unten waren sowohl der Hügel wie auch eine kleine Vorburg mit Graben und Palisade befestigt. Darin lagen Ställe und Unterkünfte. Alles recht bescheiden und vor allem eng für unsere fünfunddreißig Mann, wenn man die gegenwärtige Besatzung hinzuzählte.

Zu sehen war niemand, nur ein Dutzend Pferde auf einer nahen Koppel. Kein Banner wehte vom Turm, niemand, der Ausschau hielt, kein Anruf von Wachen, als wir uns näherten. War Scribla etwa eingenommen worden? Wir stiegen leise von den Pferden, nahmen Schild und Schwert in die Hand und schlichen uns vorsichtig an.

Die Brücke über den Graben schien wenig vertrauenswürdig, das Tor zur Vorburg stand weit offen. Besser gesagt, es hing ungesichert und schief vom Torpfosten. Überall lag Unrat herum, zerbrochene Weinamphoren, verrottetes Holz, ein zerschlissener Sattel, dessen Leder vom Wetter grau und aufgequollen war, ein gewaltiger Misthaufen, auf dem sich fette Schmeißfliegen tummelten. Im Hof wucherte an manchen Stellen das Gras bis zur Hüfte.

Thore legte einen Pfeil auf die Sehne und blickte sich nach Feinden um. Herman hob den Schild höher, und auch ich hielt, wie die anderen, den Atem an.

Plötzlich hörten wir eine Frauenstimme kreischend auflachen. Das war aus dem Blockhaus vor uns gekommen, das wohl als Haupthaus und Halle diente. Nun ließen sich auch Männerstimmen vernehmen.

Da hielt es Robert nicht länger aus. Er ließ den Schild fahren und überquerte mit raschen Schritten, das Schwert in der Faust, den kleinen Hof und drang durch die angelehnte Tür ins Innere der Halle vor, dicht gefolgt von Rainulf, Bjarni und mir, um ihn zu decken.

Drinnen war es dunkel. Nur ein paar funzelige Binsenlichter erhellten den Raum. Durch unser plötzliches Erscheinen aufgeschreckt, hörten wir Weiber in Panik kreischen. Männer sprangen auf, die meisten spärlich bis gar nicht bekleidet, und starrten uns entsetzt an. Auch die Frauen waren nackt und griffen sich das Nächstbeste, um ihre Blöße zu bedecken. Es stank nach Wein, Schweiß und Beischlaf.

»Was zum Teufel geht hier vor?«, brüllte Robert. Statt auf eine Antwort zu warten, klatschte er einem der Kerle mit der flachen Klinge auf den Hintern. »Raus hier! Alles raus. Und zwar schnell. Bevor ich euch den Hals abschneide.«

Ein halbes Dutzend Kerle und drei Frauen torkelten auf den Hof und sahen sich dort von noch mehr scharfen Waffen und grimmigen Gesichtern umringt. Wenn sie betrunken gewesen waren, dieser Anblick musste sie ernüchtern. Aber auch unsere Jungs waren überrascht und glotzten mit unverhohlener Neugier auf die halbnackten Weiber.

»Wer ist der Anführer der Burg?«

»Tancred, Herr«, stotterte einer der Männer furchtsam. Er hielt die Hand über seine Blöße und wankte unsicher auf nackten Beinen. »Er schläft, glaub ich.«

»Dann hol ihn. Aber sofort, sonst mach ich dir Beine.«

Während Robert sein Schwert in die Scheide schob, rannte der Mann zu einer der Hütten, die als Unterkunft dienten. Wenig später tauchte er mit einem grobknochigen, kräftigen Blondschopf auf, der aussah, als hätte man ihn gewaltsam aus dem Schlaf gerissen. Der stank ebenfalls auf drei Schritte nach Wein, war aber wenigstens bekleidet. Einschüchtern ließ er sich jedoch nicht, sondern baute sich breitbeinig vor Robert auf. Hinter ihm tauchten noch mehr Männer auf, die erschrocken um sich starrten.

Nicht so der Blondschopf. »Wer bist du, dass du hier so'n Krach machst?«, grölte er.

»Robert Guiscard, du nutzlose Kröte.«

»Nie gehört. Was willst du hier?«

»Dir Benehmen beibringen.«

Damit verpasste Robert ihm mit der bloßen Faust einen solchen Schlag in die Magengrube, dass der Mann vornüberkippte und nach Luft rang. Ein weiterer Hieb ließ ihn zu Boden krachen, und bevor er sich wieder aufrichten konnte, trat Robert ihm wiederholt in die Rippen, bis der Kerl wimmernd liegen blieb. Ich hatte Robert noch nie so wütend gesehen, und wäre nicht Rainulf zur Stelle gewesen, wer weiß, was er mit diesem Tancred gemacht hätte.

»Sei froh, dass du wie mein Vater heißt, sonst wärst du jetzt tot.« Mit wildem Blick sah Robert sich um. »Gibt es hier einen, der nicht besoffen ist?«

Die Kerle blickten betroffen zu Boden, bis einer sich ein Herz fasste. »Wir haben nur ein bisschen gefeiert, Herr«, sagte er.

»Das seh ich. Und wie heißt du?«

»Baldric, Herr.«

»Wo kommen die Frauen her?«

»Aus Cassano. Von dort werden wir versorgt. Sie schicken uns Proviant und Wein. Damit wir sie in Ruhe lassen.«

»Und Huren.«

Baldric senkte den Blick und schwieg verlegen.

»Hör gut zu, was ich dir jetzt auftrage, Baldric. Die Weiber verschwinden auf der Stelle. Zwei von euch werden sie nach Cassano bringen. Und du und deine anderen Kameraden, ihr richtet jetzt alles für meine Männer her, damit sie gut untergebracht sind.«

»Seid Ihr der neue Kastellan?«

»Ich bin Drogos Bruder. Und die Burg gehört nun mir, habt ihr das verstanden?« Er beugte sich zu Tancred hinunter, der ächzend versuchte, aufzustehen. »Und du verschwindest von hier. Pack deine Sachen und setz dich auf dein Pferd. Ich will dich hier nie wieder sehen. Bestell Drogo einen schönen Gruß von mir. Kerle wie dich können wir nicht gebrauchen.«

Tancred stöhnte und richtete sich mühsam auf. »Aber warum?«, murmelte er fast weinerlich. »Wegen eines kleinen Saufgelages und ein paar Huren?«

»Nicht wegen der Huren. Aber hast du dich hier mal umgeschaut? Die Burg ist ein Saustall, wie ich ihn noch nie gesehen habe.« Er gab Rainulf einen Wink. »Weg mit dem Kerl. Und ihr anderen an die Arbeit.«

*

Baldric war ein graubärtiger Veteran, der schon mit Williame in Sicilia gegen die Mauren gekämpft hatte. Er und Reynard Le-Vieux kannten sich aus alten Tagen. Der Mann musste so manche Schlacht erlebt haben, denn an Narben schien es ihm nicht zu mangeln.

Von ihm ließ sich Robert am nächsten Morgen die Lage erklären, und was er hörte, war nicht ermutigend. Das Land ringsum war dünn besiedelt, obwohl es so nah am Meer lag, oder vielleicht gerade deshalb. Zu viele Piratenüberfälle hatten ihren Blutzoll gefordert. Außerdem war die Gegend, besonders in den Flussniederungen, vom Sumpffieber verseucht. Drei der alten Besatzung, darunter auch Baldric, hatten bereits daran gelitten, einer war im letzten Jahr gestorben. Drogo hatte sich lange nicht sehen lassen, und die Besatzung war zu klein, um größere Beutezüge zu unternehmen. Irgendwann hatten sie begonnen, nur noch auf Ablösung zu warten.

»Man muss sich wundern, dass die Burg noch steht«, sagte Robert. »Bei eurer Nachlässigkeit hätte jeder kommen und euch niedermetzeln können.«

»Sie lassen uns in Ruhe, Herr«, erwiderte Baldric. »Die nächste Garnison der Byzantiner liegt weit im Süden, in Bisignano, auf der anderen Seite des Flusses. Bis zum Ufer patrouillieren sie, aber hierher sind sie lange nicht gekommen.«

»Und Cassano?«

»Für die sind wir ein notwendiges Übel. Wir bieten Schutz, auch vor den Steuereintreibern, und dafür versorgen sie uns mit allem, was wir brauchen.«

»Geld?«

»Die Leute besitzen kaum Bares. Sie liefern Getreide, Öl und Wein. Gelegentlich ein paar Schafe.«

»Und was macht ihr den ganzen Tag«, fragte Robert, »außer saufen und vögeln?«

Baldric senkte den Blick auf seine vernarbten Hände. »Ihr habt recht, Herr. Die Burg ist in schlechtem Zustand. Bisher hat aber niemand gewagt, uns anzugreifen.«

»Was gibt es in der Gegend an Beute zu holen?«

Baldric schüttelte den Kopf. »Höchstens in Bisignano. Aber die Stadt ist gut befestigt. Selbst mit Euren Männern wären wir zu wenige. Und dann ist da Rossano an der Küste. Noch aussichtsloser.«

Robert nickte grimmig. »Wir werden sehen.«

Er starrte in die Ferne, den Kopf etwas zurückgelegt, das Kinn angriffslustig vorgestreckt. Ganz gleich, wie misslich die Lage war, aufgeben würde er nie. Im Gegenteil, Widerstand schien ihn anzuspornen. Seine Augen sprühten, als er sich wieder Baldric zuwandte.

»Ihr habt es lange genug bequem gehabt. Jetzt werdet ihr zur Abwechslung arbeiten. Du und deine Kameraden werdet Scribla instand setzen, während wir die Gegend erkunden.«

Und so geschah es. Ställe wurden ausgemistet, morsche Palisadenpfähle ausgetauscht, der Hof wurde von Unkraut befreit und die Brücke über den Graben ausgebessert. Die Halle wurde gefegt und geschrubbt, das Zaumzeug der Tiere geölt, Rüstungen und Waffen gescheuert, bis sie glänzten.

Dann befahl ihnen Robert, den Burggraben ums Doppelte zu vertiefen. Während sie gruben, stand er unentwegt am Grabenrand, erlaubte keine Pause und trieb sie zur Eile an. Fast konnten die Jungs einem leidtun, wie sie von morgens bis abends in der irren Sonnenglut dieses Landes schufteten, gruben und Erde wegtrugen, während wir zuschauten und höchstens neue Spaten für sie schnitzten und mit Eisenkanten beschlugen.

Ab und zu war in der Ferne ein einsamer Reiter zu sehen, der die Burg zu beobachten schien. Er saß stundenlang in der Hitze auf seinem Gaul, ohne sich zu regen, und verschwand dann spurlos. Am Tag darauf entdeckten wir ihn an anderer Stelle. Nie kam er näher als fünfhundert Schritt, aber er versteckte sich auch nicht, als würde er es darauf anlegen, gesehen zu werden. Wenn wir aber ausritten, um ihn zu fangen, war er wie vom Erdboden verschluckt.

Zuerst dachten wir, es müsste ein Kundschafter sein. Aber dann meinte Baldric: »Das ist Tancred. Er will nicht in Schande vor Drogo treten.«

Robert starrte ihn an und dachte nach. »Morgen wird nicht gegraben«, verkündete er dann. »Du gehst ihn holen, und wir hören, was er zu sagen hat.«

Den ganzen Morgen warteten wir und waren schon sicher, auch Baldric hätte sich davongemacht, als beide um die Mittagszeit durchs Tor geritten kamen. Tancred stieg mit schuldbewusstem Blick vom Pferd und warf sich vor Robert auf die Knie.

»Ich will es wiedergutmachen, Herr«, sagte er, und an seiner Miene sah man, dass es aufrichtig gemeint war.

»Du willst mir dienen?«, fragte Robert.

»Das will ich.«

»Du weißt, dass du für deine Fehler büßen musst.«

»Ja, Herr.«

»Wie du siehst, vertiefen wir den Graben. Die Hälfte haben deine Kameraden schon geschafft. Den Rest machst du jetzt allein.«

Ohne Murren erhob sich Tancred, legte Waffen, Rüstung und Tunika ab, griff sich einen Holzspaten und machte sich ans Werk. Tagelang arbeitete er von morgens bis abends und unterbrach nur, um den kaputten Spaten gegen einen neuen auszuwechseln. Nein, arbeiten konnte man es nicht nennen, denn er wütete förmlich in diesem verfluchten Loch, grub Steine aus, stach Erde ab, füllte Körbe damit und schleppte sie auf der Leiter nach oben. Dann sprang er gleich wieder hinunter, um weiterzuschuften.

Robert schaute ihm dabei zu. Er trieb ihn weder an, noch befahl er ihm, zu rasten, ließ ihm auch nichts bringen, als wollte er sehen, zu was der Mann fähig war. Und Tancred nahm die stille Herausforderung an.

Er redete mit niemandem, verzichtete auf das Essen, das wir ihm anboten, verbrachte selbst die Nacht, unter einer Decke zusammengerollt, im Graben. Stiefel, Beinlinge und Hände waren schwarz verkrustet vor Dreck, seine helle Haut rötete sich unter der unbarmherzigen Sonne, warf Blasen und fiel ihm schließlich in Fetzen vom Rücken. All das schien ihn wenig zu kümmern. Er grub, schleppte Erde und grub. Es war zu einem Wettkampf geworden, den er mit Robert und noch mehr mit sich selbst ausfocht, um zu beweisen, was für ein Kerl er war. In uns allen wuchs die Anteilnahme. Wir begannen, ihn für seine zähe Verbissenheit zu bewundern, und riefen ihm Ermutigungen zu.

Doch am dritten Tag stolperte er immer öfter, brach in die Knie, schaffte es kaum noch die Leiter hoch. Aber er kämpfte weiter, auch als es ihn übermenschliche Anstrengung kostete. Nachdem er zum dritten Mal zusammengebrochen war, machte Robert der Quälerei ein Ende. Da sprangen alle in den Graben und trugen ihn jubelnd und im Triumph nach oben. Er hatte sich in unsere Herzen gekämpft. Selbst Robert nahm ihn mit breitem Grinsen in Empfang und umarmte den armen Kerl, der kaum noch aufrecht stehen konnte.

Während einige sich um Tancred kümmerten, kletterten alle anderen, auch wir Neuen, ins Loch und gruben bis zum Umfallen, wie um es ihm nachzutun. Am Tag danach war es geschafft. Abends, während eines gewaltigen Besäufnisses, das man uns gestattete, fand eine innige Verbrüderung statt zwischen der alten und der neuen Mannschaft. Und es war das erste Mal seit seiner Einkerkerung, dass Robert wieder lachte.

An einem jener Tage, an denen Tancred wie ein Wilder gegraben hatte, waren wir nach Cassano geritten. Der Ort lag in einer kleinen Talmulde, durch die ein Bergbach floss. Die Hütten waren aus unverputztem Feldstein errichtet und mit abgespaltenen Holzschindeln gedeckt. Der Kampanile einer winzigen Dorfkirche ragte über die Dächer.

Bevor wir ins Dorf ritten, betrachtete Robert eingehend die Lage des Örtchens. Vielleicht dachte er daran, es als Festung zu verwenden. Obwohl mit Mauer und Graben gesichert, war es doch nur ein armseliges Nest, das einem entschlossenen Angriff kaum Widerstand bieten würde.

Ungehindert ritten wir bis auf den kleinen Platz in der Mitte des *borgo,* wie sie solche Siedlungen hier nannten. Wir stiegen ab und ließen die Pferde an der Viehtränke saufen. Hühner und Ziegen liefen frei herum, halbnackte Kinder starrten uns an und hörten nicht auf ihre ängstlichen Mütter, die sie ins

Haus riefen. Die Weiber blieben hinter angelehnten Türen versteckt, die Männer dagegen standen mit ihren Mützen in den Händen da und beäugten uns scheu.

Der Dorfälteste trat vor und begann zu reden. Zu meinem Erstaunen sprachen sie Griechisch, eine für uns völlig unverständliche Sprache. Gut, dass wir Lando mitgebracht hatten.

»Sag ihm, wir haben jetzt viermal so viele Männer zu versorgen«, sagte Robert. »Entsprechend sollen sie liefern.«

Nachdem Lando übersetzt hatte, herrschte erschrockene Stille. Nicht wenige bekreuzigten sich, und der Dorfälteste erhob ein eindrucksvolles Jammern und Wehklagen, das nicht aufhören wollte.

»Er meint, sie können uns nicht mehr geben, als sie schon tun. Besonders jetzt vor der Ernte seien die Scheunen leer. Sie hätten selbst kaum genug zu essen. Ihre Kinder müssten hungern.«

Unmutig zogen sich Roberts Brauen zusammen. »Frag ihn, ob er möchte, dass ich eigenhändig in seinen Scheunen nachschaue?«

Da herrschte betretenes Schweigen. Verstört blickte der Mann zu Robert auf. Die Furcht, wir würden ihnen alles rauben, stand ihm im Gesicht. Dann warf er sich ihm zu Füßen und versuchte, Roberts Knie zu umfangen. Der trat einen Schritt zurück. Sein Blick sagte, dass er solche Unterwürfigkeit nicht gewohnt war und sie verachtete.

»Glaubst du, der Kerl ist ehrlich? Oder hält er uns zum Narren?«

»Es sind arme Leute hier.«

Robert zuckte mit den Schultern. »Dann sag ihm, ich erwarte von nun an wenigstens das Doppelte.« Er stieg wieder auf seinen Grauschimmel. »Den Rest müssen wir uns eben woanders holen.« Er lenkte das Tier dicht an den Dorfältesten heran, beugte sich zu ihm hinab und drohte mit der Faust. »Sag ihm, wenn er mich jemals belügen sollte, komme ich und schneide ihm seinen jämmerlichen Schwanz ab.«

Als wir aus dem Dorf ritten, ließen wir einen sichtlich eingeschüchterten Ältesten zurück. Ich fragte mich, warum Robert so milde mit den Dörflern umgesprungen war. Ein anderer hätte nicht gefragt und sich einfach genommen, was er wollte.

Im Laufe der nächsten Wochen begann ich zu verstehen. Reichtum gab es nur in den byzantinisch besetzten Städten. Ohne genügend Männer würden wir sie aber niemals erobern können. Doch um Krieger anzuwerben, brauchten wir Gold. Wie es aussah, war das ein auswegloser Teufelskreis.

Doch Robert ließ sich nicht entmutigen. Er fing damit an, die Grundlage für die Versorgung einer größeren Streitmacht aufzubauen. Und dazu brauchte er die Bauern der näheren Umgebung. Er war rastlos, und wir verbrachten Tage im Sattel, um auf unserer Seite des Flusses die Gegend zu erkunden. Überall redete er mit den Dorfältesten und bot den Leuten Schutz gegen Piraten und gegen byzantinische Steuereintreiber an und verlangte im Gegenzug milde Abgaben.

Manchmal musste Widerstand mit Gewalt gebrochen werden. In einem Dorf zum Beispiel erhängten wir den Dorfvorsteher. Doch meistens waren die Leute einsichtig. Im Grunde verfuhr Robert nicht anders als die normannischen Grundbesitzer daheim mit ihrem Bauernvolk, wo Abgaben und Frondienste genau geregelt waren.

»Wir müssen zuerst das Land in Besitz nehmen«, sagte er. »Vielleicht noch ein paar Burgen bauen, damit wir es auch halten können. Irgendwann fallen uns auch die Städte zu.«

Das war schön gesagt, nur hatten wir nicht einmal ausreichend Krieger, um uns selbst zu verteidigen, sollte es den Byzantinern einfallen, uns anzugreifen, geschweige denn noch mehr Land zu erobern und Burgen zu bauen.

Zumindest mussten wir bald nicht mehr über Mangel an Nahrung klagen. Auch mit anderem versorgte uns das Landvolk, mit selbstgewobenem Tuch, gegerbtem Leder, Pfannen, Holz und Stroh, wie auch mit Frondiensten. Junge Männer verdingten sich als Knechte. Wir bauten ein paar Hütten an, um die erweiterte Besatzung unterzubringen. Der Sohn eines Schmiedes siedelte sich in der Burg an, um unsere Pferde zu beschlagen und Speerspitzen zu schmieden. Und einmal die Woche kamen Frauen, um Brot zu backen. Gelegentlich wagten sich sogar wieder ein paar Huren heimlich nachts in die Burg, was die Stimmung der Männer sichtlich hob. Es ging uns also gar nicht schlecht. Nur dass fünf weitere an diesem verfluchten Fieber erkrankten, einer sogar tödlich, und die Hoffnung auf reiche Beute immer noch in weite Ferne gerückt schien.

Wieder machte sich Lando als Kundschafter auf den Weg. Er nahm ein paar Maultiere mit, um sich als Ölhändler auszugeben. Diesmal begleitete ihn Ivain, der mit seinem kleinen Wuchs und mausgrauen Haaren nicht unbedingt wie ein Normanne aussah.

Eines Tages kam eine Abordnung der Bauern zu uns, die über Viehdiebe klagten. Die Tatsache, dass sie Robert um Hilfe baten, zeigte, dass wir Fortschritte machten.

»Fremde«, sagten sie und zeigten auf die bewaldeten Höhen. Wer diese Fremden waren, konnten wir ohne Lando aber nicht aus ihnen herauskriegen.

Robert stellte eine Truppe zusammen, und wir ritten in die Berge. Zwei Tage lang durchsuchten wir die Wälder in den Schluchten des Pollino, bis wir Spuren entdeckten und bis zu einer Höhle verfolgten. Dort fanden wir bärtige, abgerissene

Gestalten, die klug genug waren, sich uns nicht entgegenzustellen, denn es mangelte ihnen an ordentlicher Bewaffnung. Die Gruppe bestand aus einem guten Dutzend junger Männer, einigen Frauen und einer Handvoll Kinder, die uns furchtsam aus großen Augen ansahen. Viel später erst erfuhren wir, dass sie in einem alten Fischerboot übers Meer gekommen waren. Irgendeine Blutfehde in ihrem Land hatte sie vertrieben. In Cassano hatten sie gesagt, es seien Slawen. Später lernten wir, dass es sich um Albaner handelte, was auch immer das bedeutete, denn beide Rassen waren mir fremd. Jedenfalls verständigten sie sich nur durch Zeichensprache. Ihr Anführer nannte sich Skender, was so viel wie Alexander bedeutet.

»Was wirst du mit ihnen anstellen?«, fragte Rainulf. »Sie vertreiben?«

»Wir brauchen Krieger«, schlug Fulko vor, »und die Männer sehen doch kräftig genug aus, was meint ihr?«

Rainulf machte ein besorgtes Gesicht. »Mit denen und den neuen Knechten zusammen zählen wir dann fast einhundert Seelen. Wie sollen wir die alle ernähren?«

»Es wird schon gehen«, sagte Robert, dem Fulkos Gedanke sichtlich gefiel. Mehr Krieger war der Schlüssel zu allem anderen.

Zuerst hatten sie Angst und sträubten sich, doch als Robert und Fulko beruhigend auf sie einredeten, ergaben sie sich ins Unvermeidliche, rafften ängstlich ihre Sachen zusammen und folgten uns mit eingeschüchterten Gesichtern. Erst als wir ihnen in Scribla zu essen gaben und den Männern zeigten, wo sie ihre Hütten außerhalb der Palisade errichten sollten, begannen sie, ihre Furcht zu verlieren, und machten sich an die Arbeit.

Vor der Burg steckten wir einen Kampfplatz ab, und täglich hatten die, die nicht mit anderen Aufgaben beschäftig waren, dort ihren Umgang mit Waffen zu üben. Fulko und Ragnar waren die Lehrmeister im Reiterkampf, Thore bildete die Bogenschützen aus.

Auch die Albaner stellten sich nicht dumm an. Nur einer von ihnen mochte kein Krieger sein. Dafür ging er dem Schmied zur Hand und lernte, wie man Lanzen fertigte. Zwischen Griechisch, Lombardisch, Fränkisch und Albanisch hätte das Sprachengewirr auf der Burg nicht schlimmer sein können, dennoch klappte es mit der Verständigung von Tag zu Tag besser.

Aber es ging nicht immer alles friedlich zu. Als Thore begann, einer der Albanerinnen nachzustellen, gab es mächtig Streit. Ihr Ehemann lauerte ihm auf und verprügelte ihn, bis er nicht mehr aufstehen konnte. Als andere ihm zu Hilfe eilten, drohte ein blutiger Kampf auszubrechen. Zum Glück gelang es Rainulf, noch rechtzeitig einzuschreiten und zusammen mit Rollos Fäusten für Ruhe zu sorgen.

»Hab ich es nicht gesagt«, krähte Hamo. »Eines Tages erwischt ihn so ein Hahnrei. Und dann setzt es was.«

Die Sache hatte auch ihr Gutes, denn fortan hatten wir mehr Respekt vor den Albanern und behandelten sie nicht mehr wie halbwilde Tiere oder einfältige Kinder. Und Thore selbst vertrug sich wieder mit dem Mann, der Dardan hieß und später sein bester Schüler wurde.

Endlich, es war noch vor der Erntezeit, kehrten Lando und Ivain nach Scribla zurück.

»Wir haben uns einige Zeit in Bisignano aufgehalten«, berichtete Lando, als Robert gleich seinen Kriegsrat einberufen und mich dazugeholt hatte. »Ivain hat meinen taubstummen Gehilfen gespielt.«

»Das ist ihm bestimmt nicht schwergefallen«, grinste Rainulf. »Der sagt auch sonst kaum ein Wort.«

»Die Garnison ist etwa hundert Mann stark. Eine kleine Schar byzantinischer Reiter, ansonsten Fußtruppen. Auch noch eine Art lombardischer *militia,* die eher gezwungenermaßen ihren Dienst tut.«

»Die können wir schlagen«, meinte Fulko selbstsicher.

»Mit viel Glück auf offenem Feld. Aber nicht hinter ihren Mauern. Die Stadt liegt auf einem steilen Hügel, die Befestigungen sind gut. Daran würdet ihr euch die Zähne ausbeißen.«

»Was hast du sonst herausgefunden?«, erkundigte sich Robert ungeduldig. »Du weißt, was wir suchen.«

»Der Statthalter scheint verhasst zu sein, sogar bei der lombardischen *militia.* Im Gegensatz zu seinen byzantinischen Truppen zahlt er ihnen selten Sold. Er besteuert alles, was es nur zu besteuern gibt. Und gelegentlich lässt er jemanden zur Abschreckung auspeitschen oder hängen. Die Leute stöhnen unter seiner Willkür, besonders die Bauern im Umland. Ich vermute aber, er fälscht die Bücher und dass nur wenig von seinen Einnahmen in Byzanz ankommt. Dafür lebt er einfach zu aufwendig. Ihr müsstet seinen Palast sehen und die prachtvollen Gewänder, die er und seine Familie tragen. Das Gesinde behauptet, sie würden von goldenen Tellern essen.«

»Wie heißt der Kerl?«

»Panagiotis.«

»Es muss ihn ärgern, dass er diesseits des Flusses keine Einnahmen mehr hat.«

»Ich glaube, auf das bisschen kann er verzichten. Und sie wissen sehr wohl, dass Scribla jetzt Verstärkung hat. Sie nehmen es aber nicht ernst. Doch über den Fluss trauen sie sich nicht. Ich glaube, Panagiotis ist kein Feldherr. Eher ein gewissenloser Verwalter, wie die meisten, die uns Konstantinopel schickt.«

Es blieb einen Augenblick still, bis alle das Gesagte verdaut hatten. »Das heißt also«, fasste Robert zusammen und hatte dabei so ein Glimmern in den Augen, »da sitzt einer auf unserem Gold. Aber wir kommen nicht ran, weil er sich hinter hohen Mauern verschanzt.«

»So ähnlich«, erwiderte Lando und lächelte, als er Roberts Blick bemerkt hatte. »Aber da ist auch noch eine andere Sache. Scribla liegt zu weit im Norden und ist zu klein. Ich glaube, da sind wir uns einig. Besser wäre eine gute Festung weiter südlich, was meint ihr?«

»Und wo wäre das?«

»Gegenüber Bisignano, auf der anderen Seite des Crati, da liegt das Städtchen San Marco Argentano hoch auf einem Berg. Wird vielleicht nicht leicht zu erobern sein, aber zumindest sind dort keine Byzantiner. Und für eine Festung ist die Lage unvergleichlich.«

»Gut. Morgen brechen wir auf«, sagte Robert. »Wir werden uns den Ort ansehen.« Und dann grinste er uns alle an. »Aber noch wichtiger, ich glaube, ich weiß jetzt, wie wir an Panagiotis Gold kommen.«

*

Wir waren dreißig Mann, die meisten aus unserer ursprünglichen Truppe. Doch auch Baldric war mitgekommen, da er die Gegend kannte. Die anderen ließen wir zurück, um Scribla und die Albaner zu bewachen, denen wir noch nicht so ganz vertrauten, auch wenn diese Männer sich bisher als sehr willig gezeigt hatten.

Wir ritten am Tag, hielten es nicht mehr für nötig, uns zu verstecken. Im Gegenteil, jeder sollte sehen, dass Normannen sich vor niemandem fürchteten.

Im Morgengrauen waren wir aufgebrochen. Nun war es später Vormittag und schon heiß wie in einem Ofen. Die Sonne brachte die Luft über der weiten Ebene zum Flirren. Wir suchten unseren Weg durch morastiges Gelände, über das Schwärme von Mücken tanzten. Hier war es feucht und stickig. Wir schwitzten elendig in unseren Rüstungen, und auch die Gäule litten unter der Glut. Menschen sahen wir selten. Und wenn, dann versteckten sie sich vor uns.

Endlich erreichten wir die Furt über den Crati, an die Baldric uns geführt hatte. Hier machten wir Rast, damit Mann und Tier sich an der Kühle des Flusses erfrischen konnten.

Auf der anderen Seite lag, was wir als byzantinisches Gebiet betrachteten. Halb erwartete ich, dort feindliche Truppen auftauchen zu sehen. Aber alles blieb still, außer den Zikaden, die einen wie immer mit ihrem endlosen Gezirpe verrückt machten. Ich verfütterte eine Handvoll Körner an Alba. Zum Dank schubste mich das freche Biest mit der Nase in den Fluss, so dass Stiefel und Beinkleider ganz durchnässt waren. Immerhin tat die Kühle zwischen den Zehen gut.

Robert ließ uns Weidenstöcke schneiden und mit trockenem Gras und Stofffetzen umwinden.

»Wozu die Fackeln?«, fragte Reynard. »Weißt du, was er vorhat?«

Ich zuckte mit den Schultern. »Er hat was von Feuer legen gesagt. Mehr weiß ich nicht.«

Bald saßen wir wieder auf und überquerten den Fluss. Auf jeder Seite ritten zwei von uns voraus, um zu vermeiden, dass wir in eine Falle gerieten. Schon bald konnten wir in der Ferne auf einem hohen Hügel die Mauern von Bisignano erkennen, dahinter die blauen Berge der Sila Greca, dem Nordteil des mächtigen Sila-Gebirges in der Mitte Kalabriens. Auf den ersten Blick sah die Stadt wirklich uneinnehmbar aus.

Zumindest nicht ohne eine lange Belagerung durch ein großes Heer.

Zu unserem Erstaunen ließen sich noch immer keine feindlichen Soldaten blicken. Niemand forderte uns heraus. Vielleicht weil es jetzt am frühen Nachmittag die heißeste Zeit des Tages war. Die Landschaft wirkte wie ausgestorben, fast unheimlich. Außer uns schien das einzige Lebewesen ein einsamer Falke am Himmel zu sein.

Je näher wir kamen, umso umfangreicher wurden die urbar gemachten Flächen, auf denen das gelbe Korn in seiner wogenden Pracht einen Gegensatz zum Grün und Blau der Berge bildete, hier und da unterbrochen von Olivenhainen, die sich bis zu den Hängen hinaufzogen, wo sie von dunkelgrünem Wald abgelöst wurden. Über alldem thronte die Stadt und blickte erhaben, ja fast höhnisch auf uns herab.

An einem der Felder hielten wir an. Der Weizen stand in voller Reife unter der gleißenden Sonne des Südens. Ein leichter Südwestwind bewegte das Meer von Halmen und zauberte eine Dünung auf seine Oberfläche, die sich träge von uns wegbewegte.

»Bist du sicher, sie können uns von da oben sehen?«, fragte Fulko.

»Spätestens, wenn ihr Korn brennt«, erwiderte Robert grimmig. »Der Wind steht gut. Macht Feuer.«

Rainulf war die Besorgnis anzusehen, denn was wir vorhatten, war gefährlich. Aber Robert hatte diesen Blick, der keine Widerrede duldete. Er war entschlossen, nicht länger zu warten und alles auf eine Karte zu setzen.

Einige saßen ab und trugen Reisig und trockene Zweige zusammen, während Herman und Thore sich mit Feuerstein und Zunder abmühten. Als die Flammen züngelten, steckten wir einer nach dem anderen unsere Fackeln in Brand.

Über eine Strecke von vielleicht fünfhundert Schritt ritten wir am Feldrand entlang und legten in kurzen Abständen Feuer an den Weizen. Der war so trocken, dass er sofort lichterloh brannte und dichte Rauchwolken in den Himmel sandte. Der Wind würde die Brunst auf die Hügel zutreiben und dabei nur einen kleinen Teil der bestellten Fläche zerstören, bevor sie ausbrannte. Es sollte eine Warnung sein.

Nach getaner Arbeit zogen wir uns auf eine leichte Erhebung zurück. Die Rauchwolken verschleierten die Sicht auf die Stadt ein wenig, trotzdem ließ sich bald Bewegung erkennen. Zwei Dutzend Reiter tauchten auf der Straße auf, die von der Festung herabführte. Sie schienen es eilig zu haben.

»Hätte mich auch gewundert«, grinste Robert.

Die Byzantiner umgingen den Brand und hielten dann auf einem Feldweg direkt auf uns zu. In einiger Entfernung blieben sie stehen. Dies waren keine lombardischen Hilfstruppen, sondern reguläre byzantinische Reiterei, ausgezeichnet gewappnet, ja selbst ihre Pferde waren gepanzert. Ich bezweifelte, dass wir sie so leicht hätten besiegen können, wie Fulko behauptet hatte. Trotzdem zögerten sie, uns anzugreifen, berieten sich und starrten zu uns herüber.

Ich hatte schon zuvor ein helles Tuch an meine Lanze gebunden und schwenkte es nun gut sichtbar in der Luft zum Zeichen, dass wir verhandeln wollten. Daraufhin wagten sich zwei von ihnen vor, wahrscheinlich griechische Offiziere. Auch Robert, mit mir und Lando im Gefolge, ritt ihnen bis auf halbem Weg entgegen.

Die beiden Griechen waren sichtlich aufgebracht und begannen, gleichzeitig auf uns einzureden, bis Lando sie mit einem scharfen Wort unterbrach und das Wichtigste übersetzte.

»Was uns einfiele, Feuer zu legen, wollen sie natürlich wissen«, sagte er. »Truppen seien unterwegs, um uns bis auf den letzten Mann zu vernichten. Mit unserem eigenen Blut werde man die Flammen löschen.«

»Wir bedanken uns für den Hinweis«, erwiderte Robert kühl. »Aber wir fürchten uns nicht vor ihren Truppen. Sag ihnen, wir verlangen nur eines. Morgen früh, kurz nach Sonnenaufgang, möchte ich hier an der gleichen Stelle mit dem Statthalter sprechen. Ganz persönlich, nur er und ich, ohne Waffen und ohne Begleiter. Ich habe ihm einen privaten Vorschlag zu machen.«

Lando gab sich Mühe, alles richtig zu übersetzen. Kaum war er fertig, da schnaubte der Anführer der beiden entrüstet und stieß einen wütenden Schwall griechischer Laute aus. Nichts davon schmeichelhaft, so schätzte ich.

»Er sagt, der Statthalter habe keine Zeit für normannische Dreckskerle und Wegelagerer. Wir sollen lieber auf unsere lächerliche Burg in den Sümpfen zurückkriechen.«

Robert ließ sich nichts anmerken. Doch ich kannte ihn besser. Die Bemerkung hatte ihn geärgert. Dennoch verbeugte er sich höflich und lächelte.

»Ich bin kein Wegelagerer, sondern heiße Robert Guiscard und bin ein normannischer Edelmann, wenn's recht ist. Aus dem Geschlecht der Hautevilles. Wir befinden uns im Krieg mit Byzanz, wie allgemein bekannt ist. Deshalb sag deinem Statthalter, wir werden die ganze Ernte abbrennen, ohne dass ihr es verhindern könnt.« Er ließ Lando übersetzen, bevor er mit fester Stimme hinzufügte: »Und ihr könnt ruhig eure Truppen schicken, denn vor griechischen Arschfickern ist uns nicht bange.«

Kaum hatte er das ausgesprochen, wurde einer der beiden Griechen dunkelrot vor Zorn und konnte sich nur mit Mühe beherrschen, nicht auf der Stelle zur Waffe zu greifen.

»Ich sehe, mein Guter, du verstehst unsere Sprache.« Robert lachte gehässig. »Dann hör gut zu. Wir ziehen uns jetzt zurück. Aber am Morgen stehen meine Männer mit brennenden Fackeln bereit, um in der ganzen Gegend hier die Felder anzuzünden. Dann werdet ihr bald hungern müssen. Nur einer kann das verhindern ... euer Statthalter. Ich erwarte ihn also morgen früh genau an dieser Stelle, und zwar so, wie ich selbst auch erscheinen werde, allein und unbewaffnet. Jegliches Gefolge, außer einem Übersetzer, bleibt auf hundert Schritt zurück, denn wir wollen ja keinen Streit. Es geht nur um einen Vorschlag, der ihm hoffentlich willkommen sein wird.«

Mehr war nicht zu sagen. Die Offiziere machten wütende Gesichter, aber sie wendeten ihre Pferde, und kurz darauf waren wir inmitten der Felder wieder allein. Die Feuer hatten irgendwo in Waldrichtung einen Bach erreicht und verbreiteten sich nicht weiter. Schwarze, verkohlte Erde, wo kurz zuvor der Weizen hoch gestanden hatte. Ein durchdringender Brandgeruch und eine schwere, bläuliche Rauchwolke hingen noch lange über der Gegend, bis der Wind sie endlich zerstreute.

Die Nacht verbrachten wir zwischen dichten Weidensträuchern an einer einsamen Stelle am Fluss. Ein Nachtangriff der Byzantiner schien unwahrscheinlich, aber in Feindesland war es immer besser, vorsichtig zu sein, deshalb hatten wir Wachen postiert und verzichteten auf ein Lagerfeuer. Mit der untergehenden Sonne hatte es sich etwas abgekühlt. Frösche quakten im Schilf, und der Strom floss träge dahin. In unseren Herzen sah es nicht ganz so ruhig aus.

»Bin gespannt, was die bereit sind, für ihren Weizen zu zahlen«, feixte Reynard.

Herman nickte aufgeregt. »Endlich sehen wir mal gutes Silber für unsere Mühen.«

»Vielleicht bezahlen sie dich lieber mit Stahl und greifen an«, brummte Ragnar.

»Mir auch gleich«, grinste Herman. »Ich halte mich an Gilbert hier mit seinem Runenschwert. Da kann einem nichts geschehen.«

»Genau. Wir schicken nur Gilbert vor«, krähte Hamo und schlug mir auf die Schulter. »Die Kerle auf ihren gepanzerten Gäulen sahen gar nicht freundlich aus.«

»Scheiß dir nicht in die Hosen, Hamo«, knurrte Rainulf.

»War nur 'n Scherz, Mann.«

Trotz der Albereien war uns durchaus mulmig zumute. Runenschwert oder nicht, morgen würden wir vielleicht unseren Mann in der Schlacht stehen müssen. Und der eine oder andere könnte dabei sein Leben lassen. Kein Gedanke, der mich ruhig schlafen ließ. Außerdem vermisste ich Gerlaine an diesem Abend mehr denn je. Was hätte ich nicht dafür gegeben, zu ihr unter die Decke zu kriechen und meine Arme um sie zu legen. Und sie? Dachte sie überhaupt noch an mich?

Noch vor Morgengrauen waren wir auf den Beinen. Eine kurze Katzenwäsche am Fluss, dann saßen wir wieder im Sattel. Kaum zeigte sich die Sonne über den Gipfeln der Berge, standen wir am verabredeten Ort. Mehr als die Hälfte der Männer waren in Sichtweite voneinander über ein großes Gebiet verteilt, wo sie an vielen Stellen gleichzeitig Feuer legen konnten. Das verabredete Zeichen dafür war dicker Qualm aus grünen Blättern von einer Feuerstelle, die wir einige hundert Schritt hinter dem Treffpunkt zwischen Sträuchern versteckt angelegt hatten. Der Wind blies sogar noch kräftiger als am Vortag und würde die Flammen im Nu verbreiten. Vorsicht war geboten, wenn wir nicht selbst ein Opfer des Brandes werden wollten.

Die Dächer der fernen Stadt glühten im Morgenlicht, doch es regte sich nichts. Außer den unermüdlichen Zikaden und den Vögeln, die den Tag begrüßten, blieb es still. Wir dachten schon, unsere Drohung wäre wirkungslos geblieben, als wir plötzlich auf der Straße, die von der Festung herabführte, Helme und Waffen aufblitzen sahen. Voran die gleiche Reitertruppe wie gestern. Mehr Berittene hatten sie wohl nicht zur Verfügung. Dahinter aber marschierten Fußtruppen. Insgesamt waren es fünfmal so viele wie unsere Handvoll Krieger, die sich hier am Treffpunkt um Robert scharten. Was diese Übermacht hoffentlich ausgleichen würde, war die drohende Gefahr der Feuersbrunst, die wir zu entfachen imstande waren.

Als die Byzantiner sich näherten, boten sie ein beeindruckendes Bild. Die Fußtruppen waren zum Kampf aufgestellt und marschierten langsam in einer doppelten Schildreihe voran, Wimpel und Banner über glänzenden Helmen. Dass sie dabei den Weizen niedertrampelten, schien sie nicht zu stören. Zu beiden Seiten waren sie von den gepanzerten Reitern flankiert. Deren Schlachtrösser waren große Tiere und kräftig genug, um die schwere Panzerung zu tragen. Helmbüsche, Mähnen und Schweife flatterten im Wind.

Ich muss gestehen, bei diesem Anblick wurde mir der Mund staubtrocken. Trotz meines Kettenpanzers fühlte ich mich sehr verwundbar. Mit festgezurrtem Helm und Schild am linken Arm saß ich auf meiner Alba, die unruhig mit den Hufen scharrte. Meine Aufgabe war es, Roberts rechte Seite zu decken, wie es einem Schildträger gebührt. Das Ende meines Reiterspeers ruhte auf dem Steigbügel, das Schwert saß locker in der Scheide, falls ich es schnell ziehen musste. Wir hatten den Reiterkampf endlos geübt, dennoch hoffte ich, Robert würde nicht so verrückt sein, es auf einen Kampf gegen diese Übermacht ankommen zu lassen. Obwohl ich es ihm durchaus zutraute, denn er hatte es so verdammt eilig, sein Los endlich zu verbessern. Nun ja. Wenn die Nornen uns ein kurzes Leben beschieden hatten, ließ sich daran nichts ändern.

Auf Befehl eines Offiziers hielt die gegnerische Kampfreihe an und rückte noch enger zusammen.

»Ruhig Blut«, rief Robert uns zu. »Die greifen nicht an. Und wenn, sind wir schneller weg, als ihre schweren Gäule uns folgen können. Und vergesst die Fußtruppen. Die können uns nichts.«

Auf einmal löste sich eine kleine Gruppe unter den Reitern und kam uns im Schritt entgegen. Auf etwa halbem Wege blieben sie stehen. Drei von ihnen waren mit Bogen bewaffnet, und dem vierten, einem dicken Kerl, schien seine Rüstung zu eng zu sein. Das musste der Statthalter Panagiotis sein. Er war also doch gekommen. Und der fünfte war gewiss sein Übersetzer.

Robert ließ für die Griechen gut sichtbar Schild und Speer zu Boden fallen. Schwert und Dolch, ja sogar den Helm übergab er mir mit übertriebener Geste. Er stieg vom Pferd, hob die Arme und drehte sich einmal um die eigene Achse, damit alle sehen konnten, dass er unbewaffnet war. Schließlich trat er zur Seite, und Lando tat es ihm gleich. Zu Fuß wanderten sie beide dann in Richtung der fünf Griechen. Bei Odin, für ihren Mut musste man sie bewundern, denn den Bogenschützen boten sie ein leichtes Ziel.

Nun setzte sich auch Panagiotis vorsichtig in Bewegung, allerdings immer noch zu Pferde, wahrscheinlich, um schnell fliehen zu können, falls wir etwas vorhatten. Sein Übersetzer war mutiger. Der kam zu Fuß. Etwa in der Mitte zwischen beiden Seiten trafen sie sich. Und was nun im Einzelnen gesprochen wurde, weiß ich nur von Lando, der es uns später haarklein erzählte.

»Was willst du von mir, Normanne?«, knurrte Panagiotis. Sein fleischiges Gesicht war rot vor Anstrengung. Vielleicht war er das Reiten nicht gewohnt, oder das enge Kettenhemd zwackte seinen Bauch. Dennoch starrte er hochmütig von seinem Ross auf Robert herab. »Lass dir ja nichts einfallen. Wie du siehst, sind die Pfeile meiner Männer auf dich gerichtet. Also sprich jetzt.«

Nachdem Lando übersetzt hatte, verbeugte Robert sich höflich. »Vielleicht sollten wir uns erst einmal gegenseitig vorstellen. Ich bin Robert de Hauteville. Und du bist Panagiotis, wie ich vermute.«

»Der bin ich. Und von deinen räuberischen Brüdern habe ich schon gehört. Gesindel allesamt. Mit euch droht man hier den Kindern, wenn sie nicht gehorchen wollen.« Er lachte höhnisch. »Nur Erwachsenen könnt ihr keine Angst machen.«

Robert lächelte zuvorkommend. »Nun, Eccellenza, wir wollen niemanden erschrecken, auch eure Kinder nicht. Ich muss sagen, ihr seid wahrlich von Gott gesegnet, ihr Leute von Bisignano. Seht nur, wie prachtvoll euer Korn steht.« Er machte eine weite, umfassende Geste mit den Armen. »Bald kommen die Bauern zum Mähen, dann könnt ihr fuhrenweise den Weizen in die Scheunen fahren, das Korn dreschen und den glücklichen Abschluss eines ganzen Arbeitsjahres feiern.«

»Was soll das Gerede?«

»Ich dachte nur, es wäre doch schade, wenn dem Weizen so kurz vor der Ernte noch etwas zustoßen würde. Ein plötzliches Unwetter zum Beispiel. Oder gar eine Feuersbrunst. Der Sommer ist bisher sehr trocken gewesen. Da kann man nie wissen, was geschehen könnte. Und so ein Feuer kann alles vernichten.«

»Ich hab schon verstanden, Normanne. Es ist uns nicht entgangen, wo deine Halunken sich gegenwärtig herumtreiben, um Brände zu legen.« Er machte eine wütende Handbewegung. »Nun sag schon, wie viel willst du?«

Er kam schnell zur Sache, dieser Panagiotis. Bestechungen und krumme Absprachen schienen ihm vertrauter zu sein als das Kriegerische.

»Zweihundert Pfund in Gold«, sagte Robert so ungerührt, als würde er um Äpfel feilschen. »Weniger, als du wahrscheinlich wiegst.«

Panagiotis traten vor Überraschung die Augen aus dem Kopf. Er verschluckte sich fast und musste husten. Dann lachte er höhnisch. »Ich sehe, du bist ein elender Träumer, Normanne. Ich gebe dir zehn Pfund in Silber. Und das ist äußerst großzügig.«

»Zweihundert Pfund in Gold«, wiederholte Robert.

Panagiotis lachte so ausgiebig, dass ihm die Tränen kamen. »Das ist der Weizen von ganz Kalabrien nicht wert. Nur zu, du Bastard. Brenn ihn ruhig ab. Ich persönlich brauche keinen Weizen. Ich besitze Schiffe in Rossano. Damit lasse ich mir holen, was ich brauche. Was juckt es mich, wenn die Bauern verhungern. Von denen gibt's genug.«

»Du nimmst meine Worte also nicht ernst.«

»Ernst genug, dass ich jetzt gleich meine Reiter auf euch hetze. Ich werde mich beim Zuschauen totlachen, wenn sie dich in Stücke hauen.«

Er wollte schon sein Pferd wenden, als Robert zwei schnelle Schritte tat und die Hand an die Zügel seines Pferdes legte.

»Du hast mich falsch verstanden. Die zweihundert Pfund sind für dich, Fettsack, und nicht für den Weizen.«

Bevor Lando auch nur ein Wort übersetzen konnte, hatte Robert den überraschten Panagiotis am Gürtel gepackt und mit einem Ruck aus dem Sattel gerissen. Blitzschnell, bevor der Mann wusste, wie ihm geschah, schlang er ihm von hinten beide Arme um den Bauch, hob ihn hoch und hielt den strampelnden Kerl als lebenden Schutzschild vor sich, falls es den Bogenschützen einfallen sollte, zu schießen.

»Schnell. Verschwinde, Lando!«

Der ließ es sich nicht zweimal sagen und rannte zu den anderen zurück, während Robert wankend rückwärtslief, den schreienden und mit den Armen rudernden Statthalter vor der Brust. Ein Wunder, dass er nicht strauchelte, und bei dem Gewicht des Mannes ein außergewöhnlicher Beweis von Roberts Körperkräften.

Wir waren fast noch mehr überrascht als die völlig überrumpelten Byzantiner. Zwei von ihnen rissen schließlich die Bogensehne an die Wange. Aber der Dritte herrschte sie an, und auch Panagiotis schrie auf, sie sollten doch um Himmels willen nicht schießen. Ratlos ließen sie die Bogen wieder sinken. Doch der Rest der byzantinischen Reiterei war nicht so vorsichtig. Sie gaben ihren Gäulen die Sporen und begannen, uns zu umzingeln.

Auch wir hatten endlich verstanden und preschten vor, um Robert zu schützen. Rot vor Anstrengung hatte er es über fünfzig Schritt geschafft, den Fettwanst zu tragen. Nun ließ er ihn auf die Erde fallen. Rainulf und Herman waren schon aus dem Sattel, um den Gefangenen zu binden, während ich ihm mein Schwert an die Kehle hielt. Die anderen bildeten einen waffenstarrenden Kreis um uns herum. In diesem Augenblick waren alle fest entschlossen, für unseren Teufelskerl von Anführer zu sterben, wenn es sein musste. Denn dieser Streich war so verrückt, dass er einfach gelingen musste.

Doch so weit war es noch nicht.

Ich zwang Panagiotis, der sich erheben wollte, zurück auf die Knie und hob mein Schwert über sein Haupt, jederzeit bereit, ihm den Kopf abzuschlagen. Er schrie wie am Spieß, Tränen liefen ihm die Wangen herunter, und es roch, als hätte sich sein Darm unerwartet entleert. Mich beschwor er, ihn zu verschonen, und seinen Leuten brüllte er immer wieder zu, sich zurückzuhalten. Diese senkten schließlich ihre Lanzen und wussten nicht, was sie tun sollten.

»Lando«, sagte Robert außer Atem. »Erklär den Offizieren meine Forderung. Zweihundert Pfund in Gold. Sie sollen seine Familie benachrichtigen, und wenn das Lösegeld bis morgen früh nicht an dieser Stelle ist, dann stirbt der Scheißkerl, so wahr mein Name Robert Guiscard ist.«

Unruhe in Melfi

Nun, es dauerte natürlich etwas länger. Genauer gesagt, eine ganze Woche, mit Boten hin und her, die zuerst lächerliche, dann etwas bessere Angebote überbrachten. Aber erst als wir der Familie seinen abgehackten kleinen Finger schickten und drohten, die ganze Hand folgen zu lassen, wurden Roberts Forderungen wirklich ernst genommen.

Ich weiß nicht, wie am Ende der ganze Schatz zusammenkam. Die guten Bürger und die Bauern spendeten, was sie konnten, da sie um die Ernte fürchteten. Das allermeiste kam natürlich von der Familie unserer Geisel selbst.

Aber zweihundert Pfund wurden es dann doch nicht. Da hatte Robert maßlos übertrieben. Wahrscheinlich nicht einmal hundert Pfund, aber doch eine ganze verdammte Menge Gold und Silber, Edelsteine und Geschmeide. So viel, dass einem die Augen übergingen, denn über Jahre hatte dieser Kerl Abgaben erpresst und das ganze Tal ausgeplündert. Geschah ihm nur recht. In der Nähe des Flusses ließen wir ihn dann mit seiner wunden Hand laufen und machten uns davon.

Diesmal teilte Robert die Beute auf der Stelle auf. Die Hälfte behielt er für sich, der Rest ging an die Männer. Sogar die Faulenzer in Scribla und die Albaner bekamen etwas ab.

Wir sonnten uns in unserem Erfolg und feierten ein großes Fest. Halb Cassano mussten wir in der Nacht unserer glorreichen Heimkehr leer getrunken haben, und Rollo war wieder völlig besinnungslos in seinem Rausch. Zumindest zu besoffen, um sich zu prügeln oder wie üblich seinen Reichtum gleich am ersten Abend zu verspielen.

Doch nach einigen Tagen wurde Robert wieder unruhig. Langes Herumsitzen lag ihm nicht. Ja, er war wie getrieben, hatte es in allem eilig. Zuerst ließ er in Flussnähe einige Holztürme in weiten Abständen zueinander errichten, die ständig besetzt gehalten werden mussten, damit die Byzantiner uns nicht überraschen konnten. Es war schließlich nicht zu erwarten, dass sie ihre Schlappe so kampflos hinnehmen würden.

Als Nächstes ließ er die Burg weiter ausbauen und bessere Unterkünfte anlegen. Außerdem wurden eine größere Halle und ein eigenes Wohnhaus in Angriff genommen. Sicher dachte er dabei auch an Alberada, obwohl er nie ihren Namen erwähnte. Er selbst ritt in diesem Sommer mehrmals mit kleinem Gefolge los, um eingehend das ganze Crati-Tal zu erkunden, besonders die Möglichkeit, San Marco Argentano in den westlichen Hügeln für uns zu erobern.

»Diesmal habe ich mit den Stadtvätern geredet«, erzählte er den anderen irgendwann im Oktober, nachdem wir von einem dieser Ausflüge zurückgekehrt waren. »Ich habe ihnen gesagt, sie müssten sich bald entscheiden, zwischen den Byzantinern und uns. Hab ihnen sogar Versprechungen gemacht, wenn sie bereit wären, mir als ihrem Herrn zu huldigen.«

»Lass mich raten«, lachte Rainulf. »Sie trauen keinem dahergelaufenen Normannen. Hoffentlich haben sie dich nicht allzu sehr beleidigt.«

»Nein, es war eine höfliche Unterhaltung. Aber sie glauben nicht, dass unsere Handvoll Männer für irgendjemanden eine Bedrohung darstellt. Höchstens, dass Byzanz mehr Truppen schicken könnte, um uns zu verjagen.«

»Das würde auch mich nicht überraschen.«

»Ich habe ihnen gesagt, früher oder später würde ich ihre Stadt belagern und einnehmen. Da wäre es doch besser, man einige sich friedlich.«

»Das hat sie aber nicht überzeugt.«

»Nein. Hat es nicht.« Robert lachte.

»Wir brauchen mehr Männer. Hätten wir weitere hundert Mann, würde sie das eher beeindrucken.«

Robert warf den Holzsplitter weg, auf dem er gekaut hatte. »In Melfi lungern genug Kerle herum, die nichts zu tun haben.«

»Ohne Drogos Zustimmung wirst du aber keine bekommen.«

Robert nickte. »So ist es.«

Mehr wurde darüber nicht gesprochen, aber er machte ein Gesicht, als ob er schon eine Idee hätte, wie sich unsere Mannschaften aufstocken ließen.

Roberts Bauarbeiten, die Erkundungsritte, der regelmäßige Dienst auf den vorgelagerten Wachtürmen und das ständige Üben mit den Waffen hielten die Männer so beschäftigt, dass keine Langeweile aufkam. Leider starben auch zwei Kameraden an diesem verfluchten Sumpffieber. Kein Wunder, dass wir das verseuchte Scribla gern hinter uns gelassen hätten. San Marco wurde in unserer Vorstellung allmählich so etwas wie das gelobte Land der Christen, wenn wir es denn nur einnehmen könnten.

Die Nachbarschaft mit Cassano hatte aber auch ihr Gutes. Es gab dort zwar wenig Zerstreuung und noch weniger zu kaufen, aber wir freundeten uns langsam mit den Leuten an. Sogar ein paar Brocken Griechisch lernten wir. Und wo Krieger sind, da sind auch Mädchen. Irgendwie wurden sie von unserem neuen Reichtum angezogen wie Motten vom Licht.

Einigen von uns, dazu gehörten auch Herman und Herve, genügte es nicht, gelegentlich zu vögeln. Nein, sie wollten gleich etwas Dauerhaftes und richteten sich mit ihren schwarzgelockten Liebchen ein, als wären sie verheiratet. Besonders Herman war seiner kurvenreichen Schönheit so zugetan, dass er sie kaum noch aus den Augen ließ.

Aber war meine Leidenschaft für Gerlaine denn so viel anders? Auch wir hatten über einen Hausstand gefaselt. Und statt mich mit den Bauernmädchen im Dorf zu vergnügen, fand ich die dunklen Kuhaugen, mit denen sie uns verfolgten, das einfältige Gekicher und die plumpen Annäherungsversuche eher abstoßend. Keine konnte meiner Gerlaine auch nur im Entferntesten das Wasser reichen.

Ausgerechnet Rollo, der sonst wenig zu sagen hatte, bemerkte meine Trostlosigkeit und deutete sie richtig.

»Eh, Mann. Trink mal 'nen Schluck.« Er reichte mir seinen Weinschlauch. »Ich weiß, sie fehlt dir. Aber das ist das Los des Kriegers.« Er tippte sich an die Stirn. »Herman spinnt, wenn er denkt, er kann jetzt auf Familie machen. Du weißt, wie das bei uns ist. Heute hier, morgen da, übermorgen tot. Das passt einfach nicht.«

So tiefe Gedanken hatte ich dem guten Rollo gar nicht zugetraut. »Da hast du recht«, erwiderte ich niedergeschlagen. »Man sollte es sich aus dem Kopf schlagen.« Wenigstens war der Wein aus dem Dorf nicht schlecht, und so nahm ich einen tiefen Schluck. »Spielen wir 'ne Runde?«

»Ist schon alles wieder weg. Das Silber, mein ich. Kann mir nicht mal mehr 'ne Hure leisten.« Er grinste verlegen. »Hat aber auch sein Gutes. Macht das Leben einfacher.«

Irgendwie fand ich das komisch und fing an zu lachen. Konnte mich kaum beruhigen. Hier hatten wir die wildesten Dinge getrieben, um an Gold zu kommen, und unserem Rollo rann alles gleich wieder durch die Finger. Macht das Leben einfacher. So konnte man es natürlich auch sehen.

»Was ist los?«, fragte Hamo, der dazugekommen war.

»Spendier deinem Kumpel mal ein Mädchen. Ich glaub, der hat's nötig.«

»Nix da«, knurrte Rollo. »Mein Mädchen ist hier.« Damit nahm er mir den Weinschlauch weg und trank in langen Zügen. Dann rülpste er und grinste zufrieden. »Die beklagt sich wenigstens nicht. Und treu ist sie auch.«

Jetzt lachten wir alle drei, wobei Rollos Bass am lautesten dröhnte.

Einige Wochen darauf, es war bereits Spätherbst geworden und die Laubbäume hatten schon fast ihre bunte Pracht verloren, da rief Robert mich zu sich.

»Du sollst mein Bote sein«, sagte er und nahm aus einer Schatulle ein wundervolles Diadem. Einen schlanken Goldreif mit Perlen verziert und auch mit Edelsteinen in den zartesten Farben. Ich sah ihn erstaunt an.

»Für Alberada«, erklärte er, und seine Augen leuchteten. »Ich glaube, das würde ihr stehen, was meinst du?«

Wie um von seinem Gefühlssturm abzulenken, fügte er hinzu: »Bei dir weiß ich wenigstens, dass du unterwegs das Ding nicht verscherbelst, um dich zu besaufen.« Er lachte verlegen.

»Bin ich jetzt vom Schildträger zum Liebesboten geworden?«, fragte ich frech.

»Und deine Gerlaine? Bist du nicht begierig, sie zu sehen?«

»Und ob!«, rief ich.

»Hör zu. Rede mit meinem Vetter Girard. Erzähl ihm, was uns widerfahren ist. Wir sind auf dem richtigen Weg hier. Aber ich brauche seine Unterstützung und so viele Männer, wie er entbehren kann. Du weißt, was wir vorhaben.«

Ich nickte. »Wen darf ich mitnehmen?«

»Reynard wird dich begleiten. Er spricht besser Lombardisch als du. Und ich gebe euch auch Fulko mit. Du sollst ihm gehorchen, denn er ist ein erfahrener Mann und hat vielleicht mehr Gewicht bei Drogo als du.«

»Gut.«

Robert dachte nach. »Noch was. Horch Fulko mal ein bisschen für mich aus. Er ist mir gegenüber nicht wie früher.«

»Stimmt. Er ist stiller als sonst.«

»Aber sprich vor allem mit Girard und überzeuge ihn, uns zu helfen. Und wenn ihr sonst noch ein paar Kerle findet, die im Süden ihr Glück machen wollen, dann sind sie mir willkommen. Nur sollen es meine Brüder nicht wissen.«

»Verstanden. Und Alberada? Hast du ihr nichts zu sagen?«

»Sag ihr ...« Er stockte und wusste plötzlich nicht weiter. Bei allen Göttern, so verlegen hatte ich ihn noch nie erlebt. »Sag ihr, dass ich es kaum aushalten kann ohne sie.«

»O Mann. Dich hat's aber mächtig erwischt.«

Er grinste. »Wieso muss ich mir eigentlich solche Frechheiten von dir gefallen lassen?«

Am nächsten Morgen machten wir uns für die Reise fertig. Als Thore Wind davon bekam, wohin wir ritten, bettelte er, ihn mitzunehmen. Warum ihm das so wichtig war, wollte er nicht verraten, aber ich hatte so meine Vermutungen.

Es war weit kühler und angenehmer auf den Straßen als im Frühsommer, weshalb wir gut vorankamen. Aber vielleicht auch, weil ich die anderen ständig drängte, sich zu beeilen.

»Hör auf, uns zu hetzen, Mann«, meckerte Thore eines Morgens. Ich saß schon im Sattel, während er noch an seinem Käse kaute. »Du kriegst sie noch früh genug zu sehen.«

»Tu nicht so scheinheilig«, erwiderte ich. »Auf dich wartet doch auch die eine oder andere. Hab ich recht?«

Er zwirbelte an seinem Bart und grinste. »Meinst du meine beiden Hübschen am Stadtrand?«

»Warum sonst wolltest du unbedingt mitkommen?«

Er lachte. »Na ja. Cassano ist ganz nett, aber Melfi hat da mehr zu bieten.«

»Ja, zwei Weiber auf einmal, schätze ich. Und auch noch Schwestern. Du solltest dich schämen.«

»Die sind wirklich sehr lieb, die beiden. Ich werd dich ihnen mal vorstellen.«

»Nein danke. Ein Mädel reicht mir schon.«

Er stieg in den Sattel. »Na gut. Wie du willst.«

»Was ist mit mir?«, fragte Reynard mit einem Augenzwinkern. »Stell mich doch mal vor.«

»Du?« Thore sah ihn zweifelnd an. »Du bist doch viel zu alt zum Vögeln.«

Damit gab er seinem Gaul die Sporen, gerade noch rechtzeitig, bevor Reynard ihm ein blaues Auge verpassen konnte.

Eigentlich hätten wir Reynard nicht gebraucht, denn ungeachtet der Meinung Roberts über mein Lombardisch konnte ich mich inzwischen recht gut verständigen. Fürs Nötigste reichte es allemal. Aber es war eine Freude, mit Reynard und Thore zu reiten. Und auch mit Fulko verstanden wir uns gut.

Mehr als ein Jahr waren wir jetzt in diesem Italia. Es fühlte sich fast schon wie zu Hause an. Und doch dachte ich manchmal zurück an unser kleines Dorf in der Normandie und an meinen Freund Roger und seine Brüder, mit denen ich mich einst gebalgt hatte. So musste es auch für Robert gewesen sein, als er noch ein Junge war. Denn gezankt und geprügelt hatten sich auch die Älteren, wie es hieß, und dafür Maulschellen von Fressenda bezogen, wenn sie es zu arg getrieben hatten. Und jetzt? Jetzt waren sie Barone und Kriegsherren in diesem fremden Land. Und stritten sich noch immer.

»Hast du eigentlich noch Gewissensbisse wegen Monte Sant'Angelo?«, fragte ich Fulko eines Nachmittags. Wir hatten in einer verlassenen Scheune Unterschlupf vor dem Regen gefunden.

Er starrte lange auf seine Hände.

»Es war ein Verbrechen gegen Gott«, sagte er schließlich und blickte auf.

»Ist doch nur Gold, Mann«, meinte Reynard. »Was sollte dein Gott dagegen haben? Die Priester bestehlen die Bauern und wir die Priester. Was ist daran so schlimm?«

»Du hast gut reden, Reynard, du glaubst nicht an Gott. Aber für mich sind wir in einen heiligen Ort eingedrungen und haben geweihte Gegenstände geraubt. Und sogar getötet.«

Jetzt war ich es, dem er direkt in die Augen starrte, und ich erinnerte mich an den Mann, den ich umgebracht hatte, und an den mahnenden Finger des Heiligen an der Wand der Felsgalerie. Ich gebe zu, mir wurde etwas ungemütlich bei dem Gedanken.

»Das wird mit dem Höllenfeuer bestraft«, fuhr er fort. »Und ich hasse Robert, dass er uns dazu gezwungen hat. Mich selbst noch mehr, dass ich mitgemacht habe.«

Da war es also endlich raus. Deshalb war er die ganze Zeit so niedergeschlagen gewesen und hatte Robert nicht recht in die Augen blicken können. Wir schwiegen eine Weile, während jeder darüber nachdachte.

»Aber du hasst Robert nicht wirklich, oder?«

»Nein, Thore. Nicht wirklich. Er sagt, er ist Christ, aber ich glaube, im Herzen ist er noch nicht bei Christus angekommen.«

Reynard schüttelte den Kopf. »Wir Nordmänner sind immer auf große Fahrt gegangen, haben gekämpft, geplündert, Frauen geraubt. Und wer tapfer war und im Kampf gefallen ist, kam zu den anderen Helden nach Walhall. Ich meine, was für unsere Großväter und Väter gut war, soll jetzt schlecht sein? Nur weil sie einen ans Kreuz genagelt haben, der nicht kämpfen wollte wie ein richtiger Mann?«

»Die Zeiten ändern sich, Reynard«, widersprach Fulko. »Es herrscht eine andere Ordnung in der Welt. Wir sind keine wilden Seeräuber mehr.«

Wir starrten ihn an und fragten uns, ob er dummes Zeug redete oder vielleicht doch recht hatte. Es gab nicht mehr viele, die an dem alten Glauben festhielten. Besonders nicht in Italia.

»Ich weiß nicht«, meinte Thore. »Mit diesem Statthalter von Bisignano ist es doch auch gutgegangen. Kein Christengott hat uns dafür bestraft.«

Fulko sagte nichts, sondern lächelte nur milde, als wüsste er es besser.

Eines Nachmittags, wir waren nicht mehr als zwei Tagesreisen von Melfi entfernt, hätte uns beinahe eine berittene byzantinische Patrouille überrascht. Es waren mindestens fünfzig Mann, Kundschafter vermutlich. Was zum Teufel hatten sie hier zu suchen? Wir machten gerade noch rechtzeitig kehrt und gaben unseren Gäulen die Sporen. Die Byzantiner verfolgten uns eine ganze Weile. Vermutlich hätten sie uns gerne unter Folter befragt, aber wir taten ihnen nicht den Gefallen, uns fangen zu lassen. In einem Waldstück saßen wir ab und führten die Pferde durch einen Bergbach hangaufwärts, um keine Spuren zu hinterlassen. Tief im dichten Wald verborgen, hielten wir uns still und verharrten noch lange, nachdem sie unten auf der Straße schon längst vorbeigaloppiert waren.

»Byzantiner hier, so weit auf Guaimars Gebiet?«, fragte sich Fulko. »Was hat das zu bedeuten?«

»Vielleicht bereiten die sich auf einen Kriegszug vor«, entgegnete Reynard. »Gegen Guaimar oder gegen uns. Würde mich nicht überraschen. Es war zu lange ruhig. Oder sie haben einen neuen Katepan geschickt, der sich einen Namen machen will.« Katepane waren die von Konstantinopel ernannten obersten Regenten der byzantinischen Besitzungen in Italia, so erklärte er uns. »Ein Neuer muss erst mal zeigen, dass er etwas gegen die Normannenplage unternimmt.« Er lachte. »Bis er sich eine blutige Nase geholt hat. Dann wird es wieder friedlich.«

Vorsichtig setzten wir unsere Reise fort und erreichten endlich Melfi ohne weitere Unterbrechungen.

Es war schon später Nachmittag, als wir in die Stadt ritten. Der Himmel war trübe und verhangen, ein kalter Wind pfiff durch die stillen Gassen. Vielleicht saßen die Melfitanos alle daheim am warmen Feuer, denn es war kaum jemand zu sehen. Fast unheimlich hallten die Hufschläge unserer Pferde von den Häuserwänden wider, als wir zu Girards Anwesen ritten. Auch dort schien niemand zu sein, denn das Haus lag im Dunkeln.

Auf unser langes Hämmern an der Pforte, tauchte endlich Girards Verwalter mit zwei Wachen auf.

»Ist niemand hier«, sagte er mürrisch und wollte die Pforte wieder schließen. Ich aber stellte meinen Fuß in die Spalte und gab mich zu erkennen.

»Wir kommen von Robert Guiscard und suchen die Baronessa.«

»Mein Herr ist fort und hat eine Menge Krieger mitgenommen.«

»Und Alberada, Gerlaine?«

»Sie haben ihn begleitet.«

»Nun rede endlich, Mann. Wo sind sie hin?«

»Bin verflucht, wenn sie's mir gesagt hätten.«

*

Der Verwalter ließ sich überreden, uns selbst und unsere Pferde auf dem Anwesen unterzubringen. Ansonsten war er wenig zugänglich. Entweder wusste er wirklich nichts, oder man hatte ihm verboten, das Maul aufzumachen.

Alle vier waren wir tief enttäuscht. Aber am meisten ich selbst, hatte ich doch gehofft, endlich mein Mädchen in die Arme zu schließen. Waren wir den langen Weg denn ganz umsonst gekommen? Wo bei Odins weisen Raben mochten sie stecken? Vielleicht war Girard auf Kriegszug in Buonalbergo, dem Gebiet, das ihm der Bund der Normannen für Eroberungen zugestanden hatte. Das war gewiss das Naheliegendste. Aber hätte er dann die Frauen mitgenommen? Und warum die Heimlichtuerei?

Fulko meinte, wir sollten uns erst einmal in der Burg umtun. Aber bevor wir losgingen, verabschiedete sich Thore für den Abend, um seine beiden Hübschen zu besuchen. Natürlich waren wir anderen mehr als neidisch. Er musste versprechen, sich am Morgen wieder einzufinden. Dann wollten wir gemeinsam entscheiden, was zu tun wäre und ob wir Girard nachreiten sollten, vorausgesetzt, wir hätten bis dahin herausgefunden, wo er sich befand. Alberadas Geschenk ließ ich den Verwalter zur Sicherheit einschließen. Dann wanderten wir zur Burg hinüber.

Als wir an diesem Abend Drogos Halle betraten, waren wir erstaunt, kaum jemanden anzutreffen. Sonst so belebt und vom Lärm der Zecher und Speisenden erfüllt, war es heute seltsam still. Nur in einer Ecke saß eine Handvoll von Drogos Männern beim Würfelspiel.

Maria, die Schankmagd, kam auf uns zu. Sie hatte mich erkannt und bedachte mich mit einem herablassenden Lächeln, bevor sie sich nach unseren Wünschen erkundigte.

»Niemand hier?«, fragte ich, nachdem sie uns Wein gebracht und eingeschenkt hatte. »Wo sind alle? Halb Melfi kommt mir tot und verlassen vor.«

Sie zuckte mit den Schultern. »Keine Ahnung. Ist schon seit Wochen so.« Ihr Fränkisch war stark südlich eingefärbt mit einem »R«, das ihr wunderbar von der Zunge rollte. »Die hohen Herren haben sich gestritten. Und Drogo ist in Venosa, soviel ich weiß.«

»Gestritten? Worüber?«

»Wie soll ich das wissen?«, erwiderte sie schnippisch. »Und wenn, würd' ich's dir nicht auf deine hübsche Nase binden, du Grünschnabel.« Sie stützte eine Hand auf die üppige Hüfte. »Außer ...« Sie beendete den Satz nicht, sondern starrte mich herausfordernd an.

Ich verstand nicht. »Außer was?«

Fulko, der in solchen Sachen erfahrener war als ich, griff sofort in die Gürteltasche und steckte ihr einen Silberdenar zu, den sie mit einem aufreizenden Lächeln in ihrem gut gefüllten Ausschnitt verschwinden ließ. Offenbar war Fulko eher nach ihrem Geschmack als ich. Zumindest aber sein Silber.

Jedenfalls war sie jetzt gesprächiger und setzte sich zu uns. »Der Herr und seine Angetraute verstehen sich nicht besonders gut«, raunte sie uns zu. »Man hört sie oft streiten.«

»Drogo und Gaitelgrima?«

»Wer sonst?« Sie senkte die Stimme, damit außer uns sie niemand hören konnte. »Die Frau ist ein herrschsüchtiges Weib und mischt sich in alles ein. Hält sich auch für was Besseres als Drogo.« Es war deutlich, dass sie die Contessa nicht mochte.

»Und deshalb ist die Halle leer?«

»Natürlich nicht.« Sie strafte mich mit einem Blick, als wäre ich einfältig. »Die Halle ist leer, weil viele nicht so wollen wie Graf Drogo.«

»Wie meinst du das?«

»Sie reiten wie immer auf Beutezug, obwohl Drogo es verboten hat. Darüber hat es oft Streit gegeben. Einmal hat Drogo gedroht, alle, die sich ihm widersetzten, einzukerkern, wie damals euren Robert. Woraufhin Pierron geschworen hat, ihn umzubringen, sollte er jemals so etwas wagen. Sie waren an dem Abend beide ziemlich betrunken, muss man sagen. Jedenfalls ist Pierron danach nicht mehr gekommen.«

Fulko und ich sahen uns an. Das hörte sich nicht gut an.

»Und dann hat der Herr doch jemanden in den Turm gesperrt.«

»Wen?«

»Er heißt Richard und ist Asclettins jüngster Sohn. Nun ist Asclettin auch sein Feind. Jetzt sieht man die Barone, wenn überhaupt, nur noch mit Leibwachen an der Seite, die bis an die Zähne bewaffnet sind.«

»Und was ist mit Girard? Der ist auch verschwunden.«

Aber Maria lehnte sich zurück. »Genug geschwatzt. Auf mich wartet Arbeit«, sagte sie und machte Anstalten, sich zu erheben.

Jetzt war ich es, der ihr ein Silberstück hinlegte. Schneller, als man zusehen konnte, hatte es sich zu jenem warmen Plätzchen gesellt, wo auch Fulkos Silberling ruhte. Diesmal aber ohne anzüglichen Blick in meine Richtung. Dafür zupfte sie noch ein bisschen an ihrem Ausschnitt herum, damit wir die volle Pracht bewundern konnten. Besonders Reynard schien tief beeindruckt. Sie nahm es mit Genugtuung zur Kenntnis und lehnte sich verschwörerisch vor, wie um ihm einen noch besseren Blick zu gewähren.

»Ich glaube, der edle Girard ist weg, um seine hübsche Tante in Sicherheit zu bringen«, flüsterte sie und sah uns mit hochgezogenen Brauen bedeutungsvoll an, als müssten wir wissen, was sie meinte.

»In Sicherheit?«, fragte ich verdutzt, denn ich hatte nicht die blasseste Ahnung, worauf sie hinauswollte.

»Pierron will sie doch heiraten, aber Girard weigert sich. Da soll Pierron gedroht haben, sie zu entführen, wenn er sie nicht freiwillig herausgibt. Und die Domina heizt die Sache mächtig an, indem sie Pierron Hoffnung macht.«

»Warum tut sie das?«

»Um Drogo und Pierron zu versöhnen. So behauptet sie.«

»Meinst du, da steckt etwas anderes dahinter?«

»Na und ob!« Maria grinste boshaft, und ihre Augen funkelten. Sie schien jetzt ganz in ihrem Element zu sein. Rasch blickte sie sich um und flüsterte mit vorgehaltener Hand: »Die Domina ist eifersüchtig. Sie will nicht, dass die hübsche Alberada euren Roberto kriegt. Dabei kann man's ihr nicht mal verdenken.« Sie hatte plötzlich einen träumerischen Ausdruck in den Augen. »Dieser Robert. Ein rechtes Mannsbild. Die Frau ist nicht geboren, die den nicht in ihr Bett kriegen möchte.«

»Du spinnst, Maria«, sagte ich. »Was redest du für einen Unsinn? Noch dazu von unserer Fürstin.«

»So, Unsinn meinst du«, rief sie patzig und erhob sich. »Ihr wolltet meine Meinung. Jetzt habt ihr sie.« Damit warf sie den Kopf in den Nacken und ging. Reynard sah ihr mit hungrigen Augen auf den Hintern, während sie sich entfernte.

»Meint ihr, da ist was dran?«, fragte er, nachdem er sich von dem Anblick losgerissen hatte.

Fulko schüttelte den Kopf. »Kann ich mir nicht denken. Das ist nur Weibergeschwätz.«

Ich wollte es den anderen gegenüber nicht erwähnen, aber an die heimlichen Blicke unserer Domina konnte ich mich noch gut erinnern. Als ob sie Robert mit Haut und Haar verschlingen wollte. Vielleicht war eben doch etwas an der Sache, und Girard hatte Angst bekommen, er könnte dem geballten Druck von Pierron, Drogo und Gaitelgrima nicht länger standhalten.

»Wenn Pierron gedroht hat, Alberada zu entführen«, sagte ich, »könnte das erklären, warum Girard sich mit den Frauen aus Melfi zurückgezogen hat.«

»Glaube ich nicht«, zweifelte Fulko. »Er hat doch genug Männer, um sie zu beschützen. Pierron muss er nicht fürchten. Und wohin sollte er gehen?«

»Hat er nicht irgendwo eine Burg in Buonalbergo?«

»Bevor wir uns unnütz auf die Reise begeben, warten wir erst mal ein paar Tage ab«, entschied Fulko. »Vielleicht ist alles ganz anders, denn auf das Gerede einer Schankmagd gebe ich nichts.«

Nachdem wir gegessen hatten, beschlossen Fulko und ich, müde wie wir waren nach dem langen Tagesritt, zu Girards Haus zurückzukehren. Ich war immer noch so maßlos enttäuscht, Gerlaine nicht angetroffen zu haben, dass mir jede Lust auf Gesellschaft vergangen war. Reynard dagegen wollte noch eine Weile bleiben. Vermutlich machte er sich Hoffnungen, mit Maria anzubändeln.

Wir waren fast schon am Burgtor angelangt, als uns ein Bediensteter nacheilte.

»Ist einer von euch Gilberto?«, rief er.

»Was willst du von mir?«

»Die Domina will dich sprechen. Allein.«

»Mich?«, fragte ich erstaunt. »Wozu?«

»Das hat sie nicht gesagt.«

»Geh nur«, meinte Falko und verabschiedete sich.

Verwundert folgte ich dem Bediensteten. Was um alles in der Welt wollte die Contessa von mir? Der Mann führte mich in einen der Türme, an Wachen vorbei und eine enge Stiege hinauf. Auf dem ersten Absatz öffnete er eine dicke Eichentür, trat hinein und kündigte mich an. Dann winkte er mir, ihm in das Turmgemach zu folgen.

Erstaunt sah ich mich in der Kammer um. Sie war geräumiger, als ich vermutet hatte, und mit allen erdenklichen Bequemlichkeiten ausgestattet. Teppiche hingen an den Wänden und lagen sogar auf den gewachsten Bohlen des Fußbodens; es gab edle Möbel und Truhen aus dunklem Holz, Stühle und Bänke, die mit buntbestickten, seidenen Polstern zum Verweilen einluden. Der Raum schimmerte gemütlich in goldenem Kerzenlicht, und ein loderndes Feuer im Kamin sorgte für angenehme Wärme. So lebten nur edle Mauren, hatte ich mir sagen lassen.

»Danke, dass du gekommen bist«, hörte ich eine Frauenstimme und erkannte Gaitelgrima, die in einer Ecke saß und mich neugierig musterte.

Hinter mir fiel die Tür zu, und als ich mich umdrehte, war der Bedienstete verschwunden. Es war nicht zu glauben. Ich, der Schweinehirt aus Hauteville, befand mich hier ganz allein in Gegenwart einer lombardischen Prinzessin. Mir schwindelte ein wenig bei dem Gedanken. Hastig fiel ich auf ein Knie.

»Salve, Domina«, stammelte ich. Lando hatte mir beigebracht, wie man eine hohe Dame grüßte.

Ihren Stickrahmen legte sie zur Seite und befahl mir, mich zu ihr zu setzen. Schüchtern ließ ich mich nieder.

»Du bist Robertos Knappe«, sagte sie. Ihre Stimme klang überraschend herzlich und gar nicht hochmütig. »Ich erinnere mich noch gut an den Tumult in der Halle, den du angezettelt hast.«

»Tut mir leid, Domina«, murmelte ich verlegen.

»Nun, es war durchaus *divertente.* Wie sagt man das auf Fränkisch, unterhaltend, nicht wahr?« Sie lachte ausgelassen, und ich überlegte, ob ich mich vielleicht in ihr getäuscht hatte.

»Und wie geht es deiner wilden Freundin?«

»Sie ist verschwunden. Mit Baron Girard und seinen Männern. Wisst Ihr, wo er sich aufhalten könnte?«

Bei Girards Namen verdunkelte sich ihr Antlitz.

»Girard di Buonalbergo ist nicht sehr treu gegenüber seinem Herrn. Ausgerechnet jetzt zieht er seine Männer ab, obwohl doch alle gebraucht werden.«

Ich musste sie verständnislos angesehen haben, denn sie fügte hinzu: »Es kommen schwere Zeiten auf uns zu. Feinde verbünden sich gegen Salerno und gegen die Normannen. Ihre Stärke nimmt täglich zu. Mein Bruder Guaimar ist sehr beunruhigt. Und Drogo, mein Gemahl, ebenfalls.«

»Man hört, die Barone sind zerstritten.«

»Wegen eines dummen Mädchens.« Ihre Mundwinkel zeigten geringschätzig nach unten. »Als ob es nichts Wichtigeres gäbe.«

Wie wir gehört hatten, war die Contessa vermutlich nicht ganz unschuldig an dieser Entwicklung. Und Streit gab es nicht nur wegen Alberada. Aber ich hütete mich, solche Dinge zu erwähnen.

»Doch deshalb habe ich dich nicht rufen lassen.« Jetzt lächelte sie wieder freundlich. »Wie geht es Roberto, meinem guten *cognato?* Ich hatte mich für ihn eingesetzt, wie du weißt. Erzähl, wie es euch in Calabria ergangen ist.«

Ich gab ihr einen ausführlichen Bericht über unsere Abenteuer, dem sie aufmerksam lauschte. Hier und da stellte sie kluge Fragen oder nickte angeregt. Über die fieberverseuchte Burg und den heruntergekommenen Zustand, in dem wir sie vorgefunden hatten, schüttelte sie mitfühlend den Kopf. Auch war sie entsetzt, dass wir aus Mangel an Männern gezwungen gewesen waren, Barbaren wie diese Albaner in unsere Reihen aufzunehmen, obwohl ich ihr versicherte, wir kämen gut mit ihnen aus. Aber als ich von der Geiselnahme des fetten Statthalters von Bisignano erzählte, da sprühten ihre Augen vor Bewunderung und Vergnügen.

»Nur jemand wie Roberto könnte das fertigbringen«, rief sie und lachte aus vollem Halse. Obwohl sie keine Schönheit war, so hatte sie doch etwas sehr Anziehendes, ein inneres Feuer. Jetzt verstand ich, warum Onfroi sie mochte.

»Das muss ich Drogo erzählen«, versprach sie. »Und auch, wie nötig ihr Verstärkung braucht. Er soll nicht so streng mit seinem Bruder sein.«

Gut, dachte ich, dann hat sich unser Ritt nach Melfi vielleicht doch gelohnt.

»Sag mir«, fuhr sie fort, »was macht ihr Männer dort eigentlich so ganz ohne Frauen? Es geht mich ja nichts an, aber …«

Sie musste gemerkt haben, wie seltsam die Frage war, denn sie ließ den Satz unvollendet. Auch ihre Wangen hatten sich gerötet. Aber vielleicht war das nur der Wärme des Kaminfeuers geschuldet.

»Nun, einige haben sich mit Mädchen aus dem Dorf angefreundet«, antwortete ich vorsichtig.

»Und Roberto?« Sie lachte verlegen.

»Nein, ganz und gar nicht«, beeilte ich mich zu sagen.

»Ist ja auch nur eine dumme Frage«, meinte sie lächelnd und wirkte doch erleichtert. »Männer sind schließlich, wie sie sind, *non é vero?*«

Darauf wusste ich nichts zu erwidern.

»Ich danke dir für deinen Bericht, Gilberto. Und dieses Gespräch bleibt unter uns. Du verstehst?«

Ihr Lächeln war so süß wie Honig.

Ich beeilte mich, sie meiner Verschwiegenheit und Treue zu versichern, woraufhin sie mir einen Beutel mit Silbermünzen in die Hand drückte.

Da fasste ich mir ein Herz, noch einmal die Frage zu stellen, die mich bewegte. »Ihr wisst wirklich nicht, Domina, wo Girard sein könnte? Es ist wichtig.«

Bei diesen Worten zogen sich ihre Brauen so zornig zusammen, dass ich einen Schreck bekam. Man konnte sich nur wundern, wie kalt diese samtbraunen Augen auf einmal blicken konnten. Plötzlich hatte ich wieder eine andere Gaitelgrima vor mir. Eine, die mir nicht geheuer war.

»Ich weiß es nicht, und es ist mir auch egal«, herrschte sie mich an. »Und jetzt geh.«

*

Das Gespräch mit der Fürstin hatte mich beunruhigt. Natürlich war es schmeichelhaft, dass sie Anteil an unserem Leben in Kalabrien nahm. Aber so viel Aufmerksamkeit für Robert? Dass es mehr als verwandtschaftliche Zuneigung sein musste, bewies ihre heftige Feindseligkeit gegenüber Alberada und die hartnäckigen Bemühungen, sie von Robert fernzuhalten. Man konnte nur hoffen, dass Drogo niemals von ihren wahren Beweggründen erfuhr. Außerdem tat mir Girard leid. Aus Treue zu Robert musste er es von allen Seiten einstecken. Kein Wunder, dass er das Weite gesucht hatte.

Auf Fulkos Frage am nächsten Tag erwähnte ich nur das Nötigste, denn ich hatte getreu meinem Wort beschlossen, niemandem Einzelheiten von dieser Unterredung zu erzählen. Schließlich wollte ich mir keinen der Mächtigen zum Feind machen. Und wenn man etwas verheimlichen will, gibt es nichts Besseres, als das Maul zu halten.

Wir verbrachten trostlose Tage mit Warten auf Girard, ohne dass uns jemand sagen konnte, wohin sie gezogen waren. Selbst Onfroi konnten wir nicht befragen, denn angeblich befand er sich mit Drogo in Venosa, dem Familiensitz der Hautevilles. Wer weiß, was sie dort ausheckten. Vielleicht, wie sie die Gräben wieder überbrücken konnten, die zwischen den Baronen entstanden waren.

In der Tat herrschte eine seltsame Stimmung in der Stadt, als hätten sich Lager gebildet, für und gegen die Hauteville-Brüder. Drogos Halle war selten gefüllt. Zum einen, da auch andere Barone nicht in der Stadt weilten, zum anderen weil viele der Normannenkrieger die Häuser ihrer Herren wie Festungen bewachten, als trauten sie niemandem über den Weg. Auch auf der Burg gingen jetzt Doppelwachen ihre Runden, und wer nicht zu den Hautevilles gehörte, musste seine Waffen am Torhaus ablegen.

In den Gassen ließen sich selbst die Melfitanos kaum sehen. Doch daran war wohl auch die Jahreszeit schuld, denn der Winter war gekommen, und erster Schnee zeigte sich auf den Höhen des Monte Vulture. In den Niederungen wollte der Nebel nicht weichen, der Himmel blieb tagelang verhangen, und durch die Gassen pfiff ein scharfer Wind, der mit totem Herbstlaub sein Unwesen trieb. Kein Wunder also, dass sich die Menschen in ihre Behausungen verkrochen, um sich am Herdfeuer zu wärmen, am besten noch gemeinsam mit ihren Weibern unter einer dicken Decke. Thore machte es uns ja vor. Wir anderen sahen ihn selten. Und Reynard war es wohl gelungen, bei Maria unter die Röcke zu schlüpfen, denn auch er beehrte uns nicht mehr mit seiner Gegenwart. So kam es, dass Fulko und ich allein durch die Gassen wanderten, untätig in Spelunken herumsaßen und versuchten, uns umzuhören.

An Neuigkeiten gab es so einiges. Vieles davon schien wahr zu sein, anderes hörte sich eher nach haarsträubenden Gerüchten an. Doch wenn man die allzu phantasievollen Berichte außer Acht ließ, so bestätigte das Gerede in den Tavernen doch im Großen und Ganzen, was Gaitelgrima mir bereits gesagt hatte. Im gesamten Mezzogiorno hatte man angeblich genug von uns Normannen. Wir seien nichts als Raubritter, Plünderer und Kirchenschänder. Eine Plage der Christenheit. Man würde uns eher heute als morgen vernichten und verjagen. Nur Prinz Guaimar von Salerno hielt uns die Treue.

Im Benevento herrschten seit kurzem Vertreter des Papstes. Sie hatten begonnen, Krieger anzuwerben. Papst Leo selbst war über die Alpen gereist, angeblich, um den Kaiser zu bewegen, mit einem mächtigen Heer gegen uns loszuschlagen. Eine Vorstellung, die viele beunruhigte.

Mit Pandulf hatten Kaiser und Papst sich ja schon versöhnt. Auch er rüstete gegen uns und schien genug Gold für neue Söldner zu haben. Mit seinen ständigen Überfällen auf Guaimars Gebiet hielt er dessen Truppen in Atem. Schuldbewusst erinnerte ich mich an unsere eigenen Beutezüge und wie viel davon wir Pandulf überlassen hatten, Geld, das er nun gegen uns verwenden würde. Überhaupt verstand ich endlich sein heimtückisches Spiel. Er hatte Roberts Raubzüge ermöglicht und ermutigt, um noch mehr Öl ins Feuer zu gießen. Reynard hatte recht gehabt. Vielleicht hatte gerade unser frecher Überfall auf Monte Sant'Angelo das Fass zum Überlaufen gebracht. So sah ich plötzlich Drogos Zorn gegen Robert in einem anderen Licht.

Viel Gerede und Mutmaßungen gab es auch über unseren alten Feind Argyros, den Verräter, der unerwartet in neuer, mächtiger Stellung aufgetaucht war. Wie wir wussten, war Argyros vor Jahren der Anführer des Lombardenaufstands gegen Byzanz gewesen. Und wir Normannen hatten ihm dabei geholfen. In mehreren Schlachten war Roberts Bruder Williame für ihn siegreich gewesen. Aber den vereinbarten Lohn hatte Argyros verweigert, so dass Williame und die anderen Anführer angefangen hatten, sich in Apulien selbst schadlos zu halten. Und das war, was sie uns jetzt vorwarfen.

Argyros hatte schnell die Seiten gewechselt, sich mit Byzanz versöhnt und sogar einige Jahre in Konstantinopel verbracht. Nun war er als Katepan aller byzantinischen Besitzungen im Mezzogiorno zurückgekehrt mit dem Auftrag, die Normannenplage endgültig zu beseitigen. Eingenistet hatte er sich in Bari, an der Ostküste, wo er zurzeit ein Heer aufstellte. Dieser Lombarde war ein fähiger Mann und kannte unsere Stärken und Schwächen. Ihn durfte man nicht unterschätzen, darüber waren sich alle einig. Und die byzantinische Patrouille, der wir begegnet waren, war kein Einzelfall. Hier und da hatte es schon heftige Scharmützel gegeben. Unter den Kriegern, die wir in den Schenken trafen, gab es Verwundete, die zu ihrem Leidwesen davon zu berichten wussten.

Zum Glück war der Mauerring um Melfi nun fast fertiggestellt. Auf den Türmen und Zinnen versahen Wachen Tag und Nacht ihren Dienst. Und es gab bessere Unterbringungen für Krieger und Pferde. Die wurden auch gebraucht, denn was die Neuankömmlinge aus der Heimat betraf, war man nicht besonders wählerisch. Wer ein Schwert besaß und für uns kämpfen wollte, war den Baronen willkommen. Sogar Lombarden.

»Eines dürft ihr nicht vergessen, Jungs«, sagte ein alter Recke beim dürftigen Mahl in einer der Spelunken, »im Mezzogiorno ist der Reichtum der Byzantiner noch mehr zu fürchten als ihre verdammten Soldaten.«

»Wie meinst du das?«, fragte ich.

»Nehmen wir diesen Pandulf, da wir gerade von ihm reden. Der war schon immer ein Freund der verfluchten Griechen. Und täglich wird der reicher von den Zuwendungen, die sie ihm in den Hintern blasen. Man muss sich fragen, wozu?«

»Er verstärkt seine Mannschaften, wie man hört.«

»Vielleicht haben er und seine Auftraggeber noch anderes im Sinn. In Konstantinopel gibt's Gold und Silber im Überfluss. Genug, um jede Menge Spitzel und Halsabschneider anzuwerben, um Prinzen zu bestechen und Aufrührer zu bezahlen. Darin sind die Griechen doch Meister.«

»Nun schleich nicht wie die Katze um den heißen Brei«, rief

einer gereizt. Der Mann trug eine blutige Binde um den Arm. »Sag endlich, was du zu sagen hast.«

Der Alte lehnte sich vor und senkte die Stimme. »Ich frage mich, wie lange wird Guaimar noch auf unserer Seite stehen.«

»Er hat doch seine Schwester mit Drogo verheiratet.«

»Kommt darauf an, was sie ihm bieten«, gab der Alte zu bedenken. »Und dann dieser Streit unter unseren Baronen. Man muss sich fragen, wie viel davon echt ist und wie viel bezahlt.«

Er nahm einen tiefen Zug aus seinem Humpen und starrte bedeutungsvoll in die Runde.

»So ein Blödsinn«, sagte der Verwundete. »Kein Normanne würde sich je von einem Pandulf schmieren lassen.«

Nun, vielleicht nicht, dachte ich, aber dass sich in der gegenwärtigen Lage die Barone stritten und Drogo möglicherweise die Gefolgschaft verweigerten, das bereitete uns allen große Sorge. Und so war auch die Kerkerhaft von Asclettins Sohn Richard allgemeines Stadtgespräch.

Dabei handelte es sich um einen Neffen jenes berühmten Rainulf Drengot, der vor vielen Jahren Aversa, die erste der normannischen Grafschaften, begründet hatte und vor drei Jahren verstorben war. Aversa lag in der Nähe der Küste, nicht weit von der Stadt Napoli, und hatte sich erst vor kurzem unter Guaimars Herrschaft gestellt. Drengots Nachfolger war wenig später ebenfalls verschieden, und so war die Grafschaft gegenwärtig ohne Führung, denn der Erbe war nur ein Säugling namens Herman. Kein guter Zustand. Besonders nicht in diesen Zeiten.

Nun traf es sich, dass dieser junge Richard, Asclettins Sohn, verwandtschaftliche Ansprüche auf den Titel angemeldet hatte. Viele glaubten daher, Drogo habe ihn eingekerkert, um sich selbst die Herrschaft über Aversa zu sichern. Das hätte seine Macht zwar erweitert, aber auf Kosten der Einigkeit unter den

Baronen. Asclettin hatte geschworen, ihm jede Gefolgschaft zu verweigern. Und er war nicht der Einzige, der so dachte. War dies der Anfang eines offenen Aufstandes?

Fragen über Fragen und Gerede ohne Ende. Langsam hatten Fulko und ich genug davon. Nichts als Gerüchte und Vermutungen. Es brachte meine Gerlaine nicht zurück und gab uns auch keinen Hinweis, wo Girard und die Frauen sein könnten. Ich war ungeduldig, wollte etwas unternehmen, aber Fulko bestand darauf, noch bis nach dem Christfest zu warten. Er ließ mich jetzt des Öfteren allein, um in der kleinen Kirche im Ort zu beten. Gelegentlich erzählte er mir von seinem Christus und bat mich, ihn zu begleiten. Aber davon wollte ich nichts wissen.

Nein, ich spielte mit dem Gedanken, wenn nötig auch ohne ihn nach Buonalbergo zu reiten, obwohl es in Feindesland lag. Oder zurück nach Scribla, um Robert von der Lage zu berichten. Doch bevor ich mich entscheiden konnte, lief mir plötzlich der Spion Arichis über den Weg.

Es war eines späten Nachmittags und dunkelte schon. Ich war gerade aus einer Schenke gekommen, wo ich einsam gebrütet hatte, was zu tun sei. Vor mir in der Gasse ging ein Mann in die gleiche Richtung. Er trug einen Umhang mit Kapuze, so dass man nicht viel von ihm sehen konnte, doch etwas an seinem Gang erinnerte mich an jemanden. Und dann kam es mir. Konnte es denn sein? Arichis?

Kurz darauf sah der Mann sich flüchtig um und bog in eine enge Gasse ein. Neugierig näherte ich mich leise und spähte vorsichtig um die Ecke. In einem dunklen Torbogen sah ich ihn mit zwei Männern reden. Er händigte etwas aus, das der Größere seiner beiden Gesprächspartner schnell einsteckte. Auch von dem konnte ich in dem schummrigen Licht nicht viel erkennen, außer dass er eine hohe Stirn besaß und ein großes Muttermal an der Schläfe. Sein Gefährte war untersetzt, aber kräftig. Beide trugen Waffen. Das sah Arichis ähnlich, dachte ich, uns hier in Melfi auszuspionieren. Falls er es denn wirklich war. Ich war entschlossen, es herauszufinden.

Es dauerte nicht lange, da schien ihre Unterredung beendet zu sein. Hastig zog ich mich zurück, denn der Kapuzenmann machte Anstalten, auf dem gleichen Weg zurückzukommen. Schnell überquerte ich die Straße und schlüpfte in einen Hauseingang. Er ging an mir vorbei, ohne mich zu bemerken. Aber diesmal hatte ich genug gesehen. Es war tatsächlich Arichis.

Ich folgte ihm mit etwas Abstand, denn er sollte nicht merken, dass ich sein geheimes Treffen beobachtet hatte. In der Nähe des Marktplatzes schloss ich dann rasch auf und rempelte ihn im Vorbeigehen an, als hätte ich ihn nicht gesehen.

»Kannst du nicht aufpassen, du Bauerntölpel«, rief ich.

Er schaute auf und erkannte mich sofort.

»Gilberto«, sagte er milde. »Warum hast du es so eilig?«

»Du hier?« Ich gab vor, freudig überrascht zu sein. »Was machst du hier?«

Er zögerte, aber nur ganz kurz. »Ich bin als Botschafter unterwegs. Im Auftrag meines Herrn.«

»Drogo ist aber nicht in Melfi.«

»Das habe ich gemerkt. Da bin ich wohl umsonst gekommen.«

»Du könntest mit der Contessa sprechen. Komm, ich führe dich zu ihr.«

»Nein, ich denke nicht.«

Ich grinste ihn verschmitzt an. »Eigentlich glaube ich an keine Botschaft. Sei ehrlich, Arichis. Du spionierst uns doch aus, oder irre ich mich?«

Er starrte mich einen Augenblick lang an, dann hob er ergeben die Schultern. »Hatte dich schon bemerkt in jenem Hauseingang, aber da war es zu spät. Was soll ich sagen? Du weißt, wie ich meinen Lebensunterhalt verdiene.«

Seine entwaffnende Offenheit überraschte mich.

»Verdammt, Arichis. Ich sollte dich den Männern des Grafen übergeben, das weißt du, oder nicht?«

Er lächelte gleichmütig. »Vielleicht. Aber das wirst du nicht tun. Wir waren doch gute Gefährten, und ich habe euch monatelang geholfen. Erzähl mir lieber, wie es euch ergangen ist.«

Der Kerl hatte mich richtig eingeschätzt. Nein, ich würde ihn nicht verraten. Das war nicht meine Art. Was sollte es schon schaden, wenn er sich ein wenig umsah? Es gab nichts zu verbergen. Und wenn er Spione bezahlte, wie die beiden Kerle vorhin, wer konnte das verhindern? Drogo oder Guaimar hatten gewiss auch ihre Kundschafter überall. Ich berichtete ihm also von der Kerkerhaft und von unseren Abenteuern in Kalabrien. Auch er musste über die Geiselnahme von Bisignano lachen.

»Dein Roberto ist ein gewitzter Bastard«, sagte er. »Aber ich mag ihn. Und dich auch. Deshalb gebe ich dir jetzt einen guten Rat. Verschwinde aus Melfi. Geh zurück nach Kalabrien und haltet euch aus allem raus, du und Roberto, denn es wird bald hässlich für euch Normannen werden.«

»Ich weiß. Man hört viel Gerede«, sagte ich mit einem geringschätzigen Achselzucken. »Aber das ist nur das Bellen zahnloser Hunde. Vor deinem Pandulf ängstigt sich niemand hier. Schließlich ist Streit unter Lombardenfürsten nichts Neues.«

»Diesmal ist alles anders. Eigentlich dürfte ich dir das gar nicht sagen, aber ich tue es aus Freundschaft und weil du mich unbehelligt gehen lässt. Hör zu, der Papst ist unterwegs mit einem Heer von Alemannen. Und was es noch nie gegeben hat, ist nun eingetreten. Der Kaiser und die Kirche Roms haben sich mit Byzanz verbündet. Ich war selbst an den Verhandlungen mit Argyros beteiligt. Ihr seid umzingelt.«

»Bist du sicher?«

»Ich schwöre es beim heiligen Michael, den ihr so gründlich ausgeraubt habt. Gegen diese Übermacht werdet ihr nicht ankommen.«

Wenn ich die Gerüchte der letzten Wochen noch auf die leichte Schulter genommen hatte, diese nüchternen Worte aus berufenem Mund machten mir zum ersten Mal wirklich Angst.

Tödliche Verschwörung

Fulko glaubte nicht an Arichis' Warnung.

»Der hat dir irgendeinen Mist aufgetischt, um dich loszuwerden. Niemals im Leben verbündet sich der Papst mit den Byzantinern. Die sind sich doch spinnefeind.«

Er wisse das ganz genau, meinte er, schließlich sei er Christ.

»Warum? Es glauben beide an den gleichen Gott.«

»Aber auf andere Weise. Byzanz ist die alte Kirche. Rom die neue«, versuchte er zu erklären.

»Was ist der Unterschied?«

Er musste erst nachdenken und murmelte dann etwas von Messe und Ritualen. Ich hatte den Eindruck, er wusste es selbst nicht so genau. Dennoch ließ er sich nicht überzeugen.

»Glaub mir, die kommen nie zusammen. Außerdem sind auch die Alemannen den Byzantinern nicht grün. Und was von den Lombarden und ihrer Einigkeit zu halten ist, das wisst ihr selbst.«

»Mir kam Arichis aber sehr überzeugend vor«, erwiderte ich, unsicher, was ich glauben sollte.

Reynard dagegen war wütend auf mich.

»Du hättest das verdammte Schwein gleich abstechen sollen. Wer weiß, was der hier zu suchen hatte.«

»Ihn abstechen?«, rief ich entrüstet. »Er ist monatelang mit uns geritten, hat Lagerfeuer und Essen mit uns geteilt.«

»Du bist einfach zu blauäugig, Gilbert, und willst in allem nur das Gute sehen. Ist wohl deine verdammte Jugend.«

»Und du bist ein alter Griesgram, der immer gleich das Schlimmste denkt.«

»Hört auf zu streiten, ihr beiden«, sagte Fulko. »Ist ohnehin nur dummes Zeug, was der Kerl dir auf die Nase gebunden hat.«

Reynard beruhigte sich wieder. »Ich versuche nur, dir etwas über das Leben beizubringen, Gilbert. Vielleicht wirst du irgendwann mal schlauer, bevor dich so einer fertigmacht.«

Ich war wütend, dass sie meiner Meinung so wenig Beachtung schenkten, und starrte eine Weile schweigend vor mich hin, während sie über andere Dinge redeten. Aber vielleicht hatte Reynard ja recht und ich hatte einen Fehler gemacht. Oder die Sache war, wie Fulko glaubte, ohne Bedeutung. Jedenfalls half es nicht, sich darüber aufzuregen. Auch Reynard lachte schon wieder und rief nach mehr Wein.

»Was soll's? Bevor der Himmel einstürzt, können wir uns noch ein paarmal besaufen, hab ich nicht recht?«

Tage später, es war schon nach dem Christenfest, da tauchte Drogo an der Spitze einer großen Schar von Kriegern auf und begann, wie gewohnt Hof zu halten. Und so saßen wir am Abend alle vier, Fulko, Thore, Reynard und ich, unter Drogos Männern in der Halle und beteiligten uns an dem Gelage, das zu Ehren seiner Rückkehr aufgetischt worden war.

Obwohl Wein und Bier reichlich flossen, der Bratenspieß sich über dem Feuer drehte und ein köstlicher Duft von geröstetem Wildschwein in der Luft lag, herrschte eine gedrückte Stimmung, denn viele der Barone fehlten. Aber das schien Drogo nicht anzufechten. Zumindest tat er so.

Gaitelgrima an seiner Seite war wie immer erlesen gekleidet. Was ihr an Schönheit mangelte, suchte sie durch prächtige Gewänder, Schmuck und feine Spitzenhauben wettzumachen.

An diesem Abend trug sie nachtblaue Seide, die ihre körperlichen Reize gut zur Geltung brachte. Aber Drogo schien es nicht zu bemerken. Und auch sie nahm ihr Mahl schweigend ein. Einmal streifte mich ihr Blick, doch so, als würde sie mich nicht kennen.

Ich hatte eigentlich vorgehabt, Drogo von Arichis' Warnung zu berichten, aber als ich ihn begrüßen wollte, fertigte er mich so kalt ab, dass mir der Mut verging. Vielleicht würde sich ein anderes Mal die Gelegenheit ergeben.

»Immer nur der gleiche Fraß«, maulte Thore.

»Was hast du gegen Wildschwein?«, brummte Reynard, der zufrieden an einem Knochen nagte.

»Ihr solltet mal kosten, was meine Mädels auftischen.«

»Ach, der Herr ist jetzt ein Leckermaul geworden. Früher warst du nicht so wählerisch.«

»Ich übertreibe nicht«, ereiferte sich Thore. »Ich lade euch gerne mal ein. Dann seht ihr für euch selbst.«

»Danke, bin ganz zufrieden hier.«

»Ich weiß auch, warum«, grinste Thore und wies mit dem Kopf in Marias Richtung. Sie war an diesem Abend zusammen mit anderen Schankweibern vollauf beschäftigt und hatte keine Zeit für ein Schwätzchen. »Hab schon von deiner neuen Eroberung gehört. Bei der holst du dir wenigstens keine blauen Flecken.«

In diesem Augenblick flog die Tür zur Halle auf, und Asclettin marschierte sporenklirrend herein, gefolgt von fünf seiner Männer. Alle in voller Rüstung, obwohl sie die Schwerter am Torhaus hatten abgeben müssen.

»Es wird Zeit zu reden, Drogo«, grollte er mit finsterer Miene und baute sich breitbeinig vor ihm auf.

Der musterte ihn mit kaltem Blick. »Wenn du gekommen bist, um für deinen nichtsnutzigen Sprössling zu betteln, dann hättest du dir den Weg ersparen können.«

»Zu betteln habe ich nicht nötig. Aber Richard hat es nicht verdient, wie ein Tier eingesperrt zu werden.«

»Er hat sich wiederholt meinen Befehlen widersetzt. Ich hatte Plünderungen verboten.«

Asclettins Augen funkelten wütend. »Das sind Verbote für Weiber, nicht für Normannen.«

Drogo schüttelte den Kopf. »Ihr Kerle wollt es einfach nicht verstehen. Die Zeiten für Raubzüge sind vorbei.« Er erhob sich, füllte eigenhändig einen Silberkelch mit Wein und hielt ihn Asclettin mit einem versöhnlichen Lächeln hin. »Aber da du schon hier bist ... Trink, mein Freund. Wir wollen uns nicht streiten.«

Doch der schüttelte trotzig den Kopf. »Mit dir trinke ich nicht, du Bastard. Nicht bevor ich Richard wohlbehalten in den Armen halte. Und ich sage dir hier vor deinen Männern, es ist eine Schande, wie du uns behandelst. Mit deinem Bruder Williame haben wir gerne gekämpft und Siege errungen. Aber wenn du so weitermachst, steht bald niemand mehr an deiner Seite.«

Damit drehte er sich auf dem Absatz um und verließ mit seinen Männern im Gefolge den Saal. Keiner sagte ein Wort. Die meisten starrten verlegen in ihre Becher und wagten es nicht, Drogo in die Augen zu sehen. Der stellte den Kelch wieder ab und setzte sich langsam. Sein Gesicht war zu einer steinernen Maske geworden. In der Stille ließ jemand sein Messer fallen und hob es mit einem unterdrückten Fluch wieder auf.

Da räusperte sich Gaitelgrima und bemühte sich um ein Lächeln. »Vielleicht hat Richard jetzt genug gebüßt. Was meint Ihr, mein Gemahl?«

Drogo wandte ihr den Kopf zu und bedachte sie mit einem so hasserfüllten Blick, dass sie bleich wurde, schließlich aufstand und den Saal verließ.

Man hätte das Trippeln einer Maus hören können, so still war es in der Halle. Erst langsam wich die Starre, bis wieder vereinzelte Gespräche aufkamen. Nur Drogo sagte kein Wort mehr, sondern saß regungslos da und leerte einen Kelch nach dem anderen.

»Maria meint«, flüsterte Reynard, »er hat seit Monaten nicht mehr ihre Kammer besucht.«

»Woher will sie das wissen?«

»Das Gesinde redet, Mann. Da bleibt nichts verborgen.«

Mich durchfuhr es heiß. Ob Drogo ahnte, was Gaitelgrima für Robert empfand? Das wäre schlimm. Drogo war niemand, dem die Herzen zuflogen. Aber nun sah es so aus, als ob sich alle von ihm abwandten. Fast tat er mir leid. Noch mehr leid tat es mir jedoch um die Gemeinschaft der Normannen in Apulien. Sie schien auseinanderzufallen wie eine faule Melone, die zu lange in der Sonne gelegen hat.

»Ich gehe jetzt«, sagte ich und stand auf.

Fulko hielt mich am Ärmel fest. »Ich halte zwar nichts von Arichis' Warnung, aber wenn du mit Drogo reden willst, ich weiß, er geht jeden Morgen in die Kirche. Zur Frühmesse. Wir treffen uns da morgen früh, wenn die Glocke läutet.«

»Gut«, erwiderte ich und wandte mich zum Gehen.

»Warte auf mich«, rief Thore und folgte mir.

Draußen vor der Hallentür standen noch andere, die das Gastmahl frühzeitig verlassen hatten. Darunter auch ein gewisser Hugo Tubœuf, einer der Barone, die den Hautevilles nahestanden. Er redete auf Tristan di Montepeloso ein, der ihm gleichmütig zuhörte, als ginge ihn das Gesagte nichts weiter an. Als Tristan mich sah, nutzte er die Gelegenheit, um das Gespräch abzubrechen. Er winkte mich zu sich heran.

»Bist du nicht Roberts Knappe?«, fragte er gutmütig.

»Schildträger«, erwiderte ich.

Er hob die Brauen. »So, Schildträger bist du jetzt. Ich hab gehört, ihr macht euch gut in Kalabrien. Hätte nicht gedacht, dass in der elenden Gegend was zu holen sei.«

»Man muss nur klug sein«, sagte ich etwas spitz.

Die Antwort gefiel ihm nicht, aber er ließ es durchgehen. »Was ich dich fragen wollte, was ist eigentlich aus der kecken Magd geworden? Du weißt schon. Die sich hier bei Drogos Hochzeit geprügelt hat?«

»Was ist mit ihr?«

»Ich würde sie gern wiedersehen.«

»Du kennst sie?«

»Sie war ein paarmal mit der hübschen Alberada hier. Die Kleine ist hellsichtig, weißt du. Sie hat mir eine goldene Zukunft vorausgesagt.«

»So, hat sie das?« Mir schwoll langsam der Kamm.

»Ich muss sagen, sie hat mir gefallen«, fuhr Tristan fort. »Wenn du sie siehst, dann bestell ihr, sie kann mich gern jederzeit besuchen.«

Für wen hielt der Idiot sich eigentlich?

»Wenn du eine Hure suchst«, entgegnete ich giftig, »dann gibt's in Melfi genug Spelunken, wo du dir jederzeit die Krätze holen kannst.«

Damit ließ ich ihn stehen und hörte nur noch, wie Hugo über meine Bemerkung herzlich lachte.

»He, du Großmaul«, sagte Thore, der mich eingeholt hatte. »Musst du dir unbedingt den Mann zum Feind machen? Der Kerl ist ein Baron. Vergiss das nicht.«

»Denkt er deshalb, er kann sich jede Schlampe nehmen?«

»Aber Gerlaine ist doch keine Schlampe.«

»Dachte ich bisher auch.«

»Beruhige dich, Mann.«

»Ich hab langsam von allem die Schnauze voll. Was ist bloß los in dieser Stadt?«

Er legte den Arm um meine Schultern. »Komm mit zu mir. Da trinken wir in aller Ruhe noch ein paar Becher.«

*

Das Häuschen der Schwestern lag eng geschmiegt an andere ähnliche Behausungen in einer schmalen Gasse nahe der Stadtmauer. Es bestand aus einem großen Raum, der sowohl zum Wohnen, Arbeiten wie auch zum Schlafen diente. Dazu eine Vorratskammer und ein Schuppen im Hinterhof, wo ein paar Gänse, Hühner und eine Ziege ihr Dasein fristeten. Die Wände waren aus unbehauenem Stein, der Boden aus festgestampftem Lehm, und das einfache Ziegeldach wurde von einem Stützpfeiler und rauchgeschwärzten Balken getragen. In einer Ecke befand sich eine gemauerte Feuerstelle, über der ein großer Topf von einer Kette hing.

Es war noch nicht spät am Abend, aber die Mädchen hatten schon geschlafen, als wir ankamen. Eine von ihnen eilte zur Feuerstelle und entzündete einen Kienspan an der sterbenden Glut, mit dem sie dann auch andere zum Leuchten brachte, die sie in eiserne Halter steckte. Dann standen die beiden mit nackten Füßen und im dünnen Hemd etwas schüchtern da und beäugten mich neugierig.

»Hier verkriechst du dich also«, sagte ich.

»Ist doch nett hier, oder?« Er legte seinen Arm um eines der Mädchen und grinste von einem Ohr zum anderen.

Ich schaute mich um. Alles war äußerst einfach eingerichtet, aber doch sauber und gemütlich. Den Boden hatten sie mit frischem Stroh ausgelegt. In einer Ecke standen zwei Bettkästen mit zerwühlten Decken und Kissen, in denen sie bis eben gelegen hatten. Daneben Truhen für Kleider, lederbezogene Stühle, an den Wänden Haken und ungehobelte Regale für Küchengerätschaften, in der Mitte ein großer Arbeitstisch für die Näharbeit, mit der die Schwestern ihren Unterhalt verdienten, und an den Balken hingen Kräuter zum Trocknen, die einen Duft von Salbei und Thymian verbreiteten. Es erinnerte mich an Fressendas Stube, so dass ich mich sofort heimisch fühlte.

Geretrudis und Hermelinda. So hießen sie und waren dunkelhaarig und kaum auseinanderzuhalten, wobei Geretrudis wohl um einige Jahre älter und ein klein wenig rundlicher war. Hübsch waren sie beide, trotz ihrer verschlafenen Gesichter und zerzausten Haare. Jetzt schlüpften sie in ihre Schuhe, warfen sich wollene Tücher um die Schultern und bliesen die Glut in der Feuerstelle zu neuem Leben. Bald züngelten Flammen um die Holzscheite, die Geretrudis auflegte, während die andere Wein holte.

»Was sagen eure Nachbarn zu diesem Halunken?«, fragte ich Hermelinda. »Kriegt ihr seinetwegen keinen Ärger?«

Sie fuhr Thore zärtlich mit den Fingern durchs Haar. »Er hilft den Leuten«, sagte sie. Mein Lombardisch war inzwischen gut genug, dass ich keine größeren Schwierigkeiten mehr hatte, sie zu verstehen. »Gestern hat er ein Dach gerichtet und davor einer Kuh beim Kalben geholfen.«

Ich verschüttete fast meinen Wein vor Lachen. »Einer Kuh beim Kalben?«

»Lach nur«, grinste Thore gutmütig. »Bin ich nicht auf einem Bauernhof aufgewachsen? Da lernt man so was. Und du solltest still sein, denn was du als Junge getrieben hast, wollen wir gar nicht erst wissen.«

»Nein, das wollen wir nicht«, sagte ich und war ihm dankbar, dass er meine Anfänge als Schweinehirt nicht ins Gespräch brachte. »Na wenigstens machst du dich nützlich. Während ich nur in den Gassen herumstreune und warte, dass Girard gedenkt, endlich wieder aufzutauchen.«

Der Zwischenfall mit Tristan hatte mich mehr als geärgert. Ich war wütend auf diesen Kerl, aber auch wütend auf Gerlaine, auf Girard, genauso wie auf Drogo und überhaupt auf alle. Hatte Gerlaine sich mit diesem Tristan vergessen? Gewiss war sie beeindruckt gewesen, dass ein Baron ihr Aufmerksamkeit geschenkt hatte. Dabei griffen die Bastarde doch allen Weibern unter die Röcke. So von ihr zu hören, hatte mich tief getroffen.

Ich goss einen Schluck von dem rauhen Landwein in mich hinein. Der wärmte wohlig Kehle und Magen. Kaum hatte ich den Becher geleert, füllte Hermelinda nach. Was für ein herzallerliebstes Lächeln sie doch hat, dachte ich und schüttete den nächsten Becher hinunter.

»Trink nur, Bruder«, lachte Thore. »Ist alles nicht so wichtig.«

Langsam entspannte ich mich. Auch die beiden Frauen verloren ihre Schüchternheit. Wir brachten sie zum Lachen mit Geschichten aus unserer Zeit in Kalabrien. Und während wir dem Wein zusprachen, verwöhnten sie uns mit Leckerbissen. Thore hatte nicht übertrieben, selbst die einfachsten Dinge schmeckten herrlich. Duftendes Brot und goldgelbe Butter. Käse, von dem man gar nicht mehr lassen wollte. Dann brieten sie kleine Spießchen mit Hammelfleisch, die sie in eine Kräuterknoblauchsoße tunkten und uns in den Mund schoben. Zuletzt noch eingelegtes Obst in gesüßter Ziegenmilch. Ich wusste bald nicht mehr, wie viel ich getrunken hatte. Nur noch, dass mir die Beine schwer wurden und der Kopf ganz leicht. Und dass Hermelinda immer schöner wurde, je länger der Abend andauerte.

Die Kienspäne waren längst erloschen, der Raum lag in tiefem Halbdunkel. Lediglich das heruntergebrannte Feuer warf noch einen schwachen Schein auf unsere vom Wein geröteten Gesichter. Wir waren träge und zufrieden, hatten schon lange geschwiegen und den Augenblick der Ruhe und Verbundenheit genossen. Hermelinda saß mir zu Füßen, mit dem Kopf auf meinem Knie. Ich strich ihr sanft durch die dunklen Locken. Im Dämmerlicht bekam ich schemenhaft mit, wie Geretrudis ihr Hemd abstreifte und Thore sich vorbeugte, um ihre Brüste zu küssen. Sie gab dabei kleine Wohllaute von sich, was mich ungemein erregte. Es war schön, und ich konnte nicht wegsehen.

Vielleicht war es der viele Wein, aber in diesem Augenblick und in dieser Nacht kam mir alles wie die naturgegebene Vollendung eines magischen Abends vor.

Dazu gehörte auch, dass Hermelinda sich leise erhob, mich bei der Hand nahm und zu einem der einladenden Bettkästen führte. Fast hätte ich es nicht geschafft und wäre unterwegs umgefallen. Dann lag ich auf weichen Kissen und schloss die Augen. Als mich sanfte Hände entkleideten und zärtlich über meine nackte Haut strichen, da kam mir der irre Gedanke, so müsse das Paradies der Christen sein.

*

Ich bin jemand, der meist früh auf den Beinen ist. Das bringt das Kriegerleben mit sich, bei dem man oft im Freien lagert und in der Nacht mit halbem Ohr auf Gefahren lauert. Schon beim ersten Vogelruf, lang vor dem Morgengrauen, ist man für gewöhnlich wach.

Nicht so an diesem Morgen.

Als ich langsam zu mir kam, war meine erste Wahrnehmung der süße Mädchenduft, der mich umgab. Und ein Gewicht auf meiner Brust, das zu einem Arm gehörte und einer Hand, die mein Gesicht streichelte. Ich öffnete vorsichtig ein Lid und blickte direkt in Hermelindas dunkle Augen, die mich verschmitzt musterten. Sie beugte sich vor und küsste mich. Trotz eines unbestimmten Schuldgefühls regte sich bei der sanften Berührung ihrer kleinen Brüste ein äußerst dringliches Verlangen in mir, so dass ich meine Arme um sie schlang und mich dichter an ihren Leib drängte.

Da fiel mir Gerlaine ein, und es durchfuhr mich heiß. Was hatte ich in diesem Bett zu suchen? Ich hatte das Versprechen gebrochen, das ich ihr gegeben hatte.

»Was ist?«, flüsterte Hermelinda und schmiegte sich dichter an mich. Ihre Finger glitten jetzt über meinen Bauch.

Aber ich war nicht mehr bei der Sache. Und auf einmal merkte ich, dass schon seit einer ganzen Weile die Kirchenglocken läuteten. Verdammt, es musste heller Tag sein, und ich hatte eine Verabredung mit keinem Geringeren als Drogo, dem Grafen von Apulien. Auch wenn er noch nichts davon wusste. Es war eine Gelegenheit, in Ruhe mit ihm zu sprechen, ohne dass er von einer Horde von Gefolgsleuten umgeben war. Ich musste ihm von Arichis' Warnung berichten. Und vielleicht konnte ich ihm auch von unseren Nöten in Kalabrien erzählen, ihn dazu bringen, Robert Verstärkungen zu schicken.

»Ich muss weg«, murmelte ich, befreite mich aus Hermelindas Umarmung und sprang aus dem Bett.

Schmollend blickte sie zu mir herüber und musste doch lachen, als sie mich nackt auf einem Bein tanzen sah, während ich versuchte, meine Beinlinge überzustreifen. Ich beeilte mich, in meine Kleider zu kommen, denn es war eiskalt in der Hütte.

»He, Thore«, rief ich. »Wach auf! Wir haben was vor.«

Ein gequältes Stöhnen war die Antwort. Dann flog ein Stiefel in meine Richtung. »Halt die Klappe, Mann, und lass mich schlafen.«

Aber ich ließ ihn nicht. Und am Ende halfen sogar die Mädchen, ihn aus dem Bett zu zerren, denn auch auf sie wartete das Tagewerk. Aus einer Schüssel warfen wir uns hastig etwas Wasser ins Gesicht, Geretrudis steckte jedem noch einen Kanten Brot in die Hand, dann waren wir aus dem Haus.

Es hatte in der Nacht geschneit. Nicht viel, aber genug, um die Gassen einen Daumenbreit mit Schnee zu bedecken. Thore hatte seinen Schwertgürtel hastig über eine Schulter gehängt, denn in der Eile war noch keine Zeit gewesen, ihn anzulegen.

»Warum hast du's so verdammt eilig?«, knurrte er.

»Ich will in Ruhe mit Drogo reden. Außerdem wartet Fulko auf uns. Hast du das schon vergessen?«

Wir liefen die Gasse hinunter.

»War doch schön gestern, oder?«, fragte er. »Müssen wir mal wieder machen. Die Mädels mochten dich.«

Ich blieb abrupt stehen und packte ihn am Kragen.

»Ja, es war schön. Aber du hältst dein Maul, hast du gehört? Wehe, Gerlaine kriegt was davon mit. Sonst bin ich ein toter Mann.«

Mit breitem Grinsen zwinkerte er mir zu.

»Ich schwör's dir auf meine alte Gaunerehre.«

»Ich mein's ernst.«

»Vielleicht weiß sie's schon. Sie hat doch das zweite Gesicht.«

»Mach mich nicht verrückt, Thore.«

»Beruhige dich. Von mir erfährt niemand was. Ich weiß von nichts.«

Und damit trotteten wir weiter.

Die kleine Kirche stand mitten auf dem Marktplatz von Melfi und war gebaut worden, als der Ort noch keiner größeren bedurfte. Ein gedrungener Bau mit dicken Mauern und winzigen Rundbogenfenstern hoch unter dem flachen Ziegeldach, das aussah, als hätte es schon Jahrhunderte überdauert.

Daneben ein Kampanile, an dem die einzige Glocke hing, ein mickriges Ding aus grün verkrusteter Bronze. Drogo hatte versprochen, eine neue, größere Kirche zu bauen, aber für mehr als eine Bretterbude für Material und Werkzeug hatte es noch nicht gereicht.

»Ihr seid spät dran«, beklagte sich Fulko. »Sie sind schon drin.«

»Drogo ist nicht allein?«

»Einige Melfitanos. Zwei Leibwachen und Gaitelgrima.«

»Was will die denn hier?«

»Was soll's dich stören?«

Doch, es störte mich, obwohl ich nicht genau hätte sagen können, warum. Vielleicht wegen des seltsamen Gesprächs, das ich mit ihr geführt hatte.

Überhaupt fühlte ich mich unsicher, mit Drogo zu reden. Besonders in dem Gemütszustand, in dem wir ihn am Abend zuvor erlebt hatten. Deshalb war ich froh, dass Fulko gekommen war. Er war ebenso wie wir bewaffnet, denn kein rechter Mann ging ohne sein Schwert auf die Straße. Nur Panzer trugen wir nicht. Warum auch? Wir waren mitten in Melfi.

Immer noch tanzten vereinzelt Flocken vom Himmel. Bauern aus dem Umland hatten ihre Stände aufgebaut und boten Kohl und anderes Wintergemüse an, eingelagerte Äpfel und Birnen von der Herbsternte. Frauen wanderten zwischen den Auslagen umher und hinterließen matschige Spuren auf der dünnen Schneedecke. Manche starrten uns neugierig an. Ich versuchte, mir etwas Wärme in die Finger zu hauchen, denn es war kalt auf dem zugigen Platz.

»Warum gehen wir nicht rein?«, fragte Thore, dem es ähnlich ging.

»Aus Respekt«, erwiderte Fulko. »Die Messe hat schon begonnen. Wir würden nur stören.«

Aus dem Inneren der Kirche hörten wir den Gesang einer dünnen Männerstimme. Das musste der Priester sein. Ein alter Mann mit gütigen Augen. Ich hatte ihn schon des Öfteren gesehen.

»Warum eigentlich die Singerei?«, wollte ich wissen.

»Frag nicht so dumm«, antwortete Fulko gereizt. »Es gehört dazu. Irgendwann wirst du dich auch bekehren müssen, Gilbert.«

»Unwahrscheinlich.«

Ich schlug mir die Arme um die Schultern, um mich aufzuwärmen. Plötzlich hörten wir spitze Schreie, Männergebrüll und gedämpftes Getöse aus der Kirche dringen. Die Tür flog auf, Gaitelgrima stürzte mit einem vor Panik verzerrten Gesicht heraus.

»Mörder!«, schrie sie wie besessen, stolperte und fiel auf die Knie. Ihr pelzverbrämter Mantel troff förmlich vor Blut. Es schien überall zu sein, im weißen Schleier, auf dem Gesicht und auf ihren Händen, die sie hochhielt und in Horror anstarrte. Sie schrie und schrie und wollte nicht aufhören.

Thore und ich standen starr vor Schreck.

Fulko dagegen hatte gleich sein Schwert in der Faust und lief auf die Kirchentür zu. Das wurde ihm zum Verhängnis, denn just, als er sie erreichte, tauchte dort ein Mann mit bluttriefender Waffe auf. Bevor wirs uns versahen, hatte unser Freund eine Schwertklinge im Leib. Mit einem Stöhnen ließ er die eigene Waffe fahren und sackte in die Knie.

Als ich Fulko fallen sah, packte mich eine unbändige Raserei. Ich hörte weder die Frauen an den Marktständen schreien, noch Gaitelgrima, die in sich zusammengesunken wimmerte. Stattdessen sah ich nur noch den verfluchten Kerl, der ihn abgestochen hatte. Ohne Rücksicht auf mich selbst, der keinen Panzer trug, warf ich mich auf den Mann, bevor er entkommen konnte. Unsere Klingen stoben Funken. Den Schock konnte ich bis hoch in die Schulter spüren. Aber ich ließ nicht ab und bedrängte ihn mit weiteren Angriffen, denen er sich durch schnelle Seitwärtsschritte und Flucht zu entziehen suchte.

Ich setzte nach und trat ihm in die Füße. Und als er stürzte, versetzte ich ihm einen gewaltigen Hieb in die Schulter. Er schrie wie ein frisch kastrierter Eber. Das Blut schoss aus der Wunde und dampfte purpurrot im Schnee. Aber mir war es nicht genug. Ich holte abermals aus. Diesmal fuhr ihm die scharfe Klinge in den Schädel und beendete jäh sein Schreien.

Einen Augenblick lang sah ich verwundert auf das Schwert in meiner Hand, mit dem ich den Kerl umgebracht hatte. Dann wandte ich mich um. Ein zweiter Mann lag im Schnee und winselte um sein Leben, während Thore mit erhobenem Schwert über ihm stand. Vielleicht wäre der Kerl lebendig nützlicher als tot, fuhr es mir plötzlich durch den Sinn.

»Warte!«, brüllte ich. Aber da hatte Thore sein Werk schon beendet. Ein heftiger Blutschwall, der sich in den Schneematsch ergoss, ein Röcheln und auch der zweite Gegner lag still.

Um uns herum schrien immer noch die Frauen, griffen nach ihren Kindern und machten, dass sie davonkamen. Andere glotzten wie gelähmt zu uns herüber. Langsam senkte sich eine angsterfüllte Stille über den Platz. Nur Gaitelgrimas Schluchzen war zu hören.

»Komm«, rief ich Thore zu und wandte mich zur Kirchentür, bebend vor Furcht, was wir finden würden.

Vorsichtig und mit dem Schwert zuerst traten wir über die Schwelle. Niemand verwehrte uns den Eintritt. Innen mussten wir uns erst an die Dunkelheit gewöhnen, die nur von ein paar flackernden Kerzen durchdrungen war. Dann sahen wir das wüste Durcheinander. Umgestürzte Bänke, Männer auf dem

Boden, und aus einer Ecke drang ein grässliches Stöhnen, wo einer von Drogos Wachen sich den Leib hielt. Ich kannte den Mann. Neben dem Altar hockte der alte Priester mit vor Schreck geweiteten Augen. Er wenigstens schien unversehrt zu sein.

Und dann fanden wir ihn.

Drogo lag auf dem Rücken, einen blutigen Dolch in der Hand, den Kopf leicht zur Seite gedreht. Er stierte mit glasigen Augen auf das Kreuz über dem Altar. Sein Mund war wie zum Schrei verzerrt. Dunkles Blut sickerte zwar noch aus einer tiefen Wunde am Hals, aber er bewegte sich nicht mehr. Auch nicht, als ich meinen Arm unter seine Schultern schob und versuchte, ihn hochzuheben.

»Der ist tot, Mann«, flüsterte Thore hinter mir. »Nichts mehr zu machen.«

Als ich begriff, dass er recht hatte, schossen mir Tränen in die Augen. Es war wohl eher Wut als Trauer. Ich hatte Drogo nicht besonders gemocht. Aber er war ein Hauteville gewesen. Einer von Tancreds Söhnen. Einer von uns.

Mit dem Ärmel wischte ich mir die Tränen aus dem Gesicht. Sanft drückte ich ihm die Augen zu und ließ ihn vorsichtig wieder auf den Boden gleiten. Dann erhob ich mich. Es war Zeit, sich um Fulko und um Gaitelgrima zu kümmern.

Der neue Mann

Als wir wieder ins Freie traten, stand Gaitelgrima mitten auf dem Platz, die Arme wie zum Schutz um den Leib geschlungen, und starrte mit wilden Augen um sich. Sie schien jederzeit einen erneuten Angriff auf ihr Leben zu erwarten, aber da waren nur die Bauern an ihren Ständen, nicht weniger verängstigt.

Als sie uns sah, rannte sie auf mich zu und warf sich an meine Brust. »Du musst mich hier wegbringen«, schrie sie in Todesangst. Ich versuchte, sie zu beruhigen, aber sie zitterte unentwegt und hielt sich an mir fest. »Ist er tot?«, flüsterte sie.

Ich nickte. »Was ist dadrinnen geschehen?«

»Weiß nicht. Ging alles so schnell. Und dann das Blut. *Madonna mia, tanto sangue!*« Sie hörte nicht auf zu zittern. Ihre Lippen bebten, so dass sie kaum einen vernünftigen Satz zustande brachte. Erneut klammerte sie sich an mich und barg ihr blutverschmiertes Gesicht an meiner Brust. »Ich will hier weg. Ich flehe dich an. Bring mich hier weg.«

Ich rief Thore. »Bring die Contessa in die Kirche, bis Hilfe eintrifft.«

»Nein!« Es war fast wie ein Schrei. »Ich geh da nicht mehr rein. Nie mehr.« Sie drängte sich nur noch fester an mich. »Bring mich in die Burg.«

Sanft machte ich mich von ihr los. »Gleich, Domina. Erst muss ich nach meinem Kameraden sehen.«

Ich beugte mich zu Fulko hinunter, während Gaitelgrima leise wimmerte. Thore hockte neben ihm und hatte seinen Oberkörper auf die Knie gebettet.

»Ich krepier schon nicht, Gilbert. Ich glaube, die Klinge ist an meinen Rippen abgeglitten«, murmelte Fulko mit schmerzverzogenem Gesicht. »Nur schade, dass ihr die Schweine umgebracht habt. Jetzt werden wir nie wissen, wer dahintersteckt.«

Es war nicht der Augenblick, darüber zu sprechen, aber ich hatte die verfluchten Mörder erkannt. Mein Gegner war der mit dem Muttermal an der Schläfe gewesen. Pandulfs verdammtes Gold steckte dahinter. Und Arichis hatte sie angeheuert.

»Wir werden dich gleich von hier wegbringen, Fulko.«

»Kümmere dich erst um die Contessa.«

Es musste sich in Windeseile herumgesprochen haben, dass etwas Schreckliches geschehen war. Denn jetzt, da die Gefahr gebannt war, kamen die Gaffer wie die Ratten aus ihren Löchern geströmt. Halb Melfi schien sich um uns zu scharen und starrte mit Grauen und fast auch mit wohligem Erschauern auf die blutigen Leichen im Schnee. Zwei von Drogos Männern tauchten auf. Als sie Gaitelgrima erkannten, kamen sie im Laufschritt.

»Drogo ist ermordet worden«, rief ich ihnen zu. Ungläubig sahen sie mich an. »Schnell, holt Hilfe aus der Burg. Eine Sänfte für die Fürstin, Bahren für Tote und Verwundete. Und genug Männer, um die Neugierigen fernzuhalten.«

Etwas anderes war nicht zu tun. Arichis war ohne Zweifel schon halbwegs bis Capua. Und von anderen Verschwörern wussten wir nichts.

Ich zwang mich, noch einmal die Kirche zu betreten, um dem verwundeten Leibwächter zu sagen, dass Hilfe unterwegs war. Er nickte schwach, lehnte den Kopf zurück und schloss mit einem Stöhnen die Augen. Ein Schwertstoß war ihm tief in den Leib gedrungen. Unwahrscheinlich, dass er lange überleben würde.

Drogo war nicht ganz ohne Gegenwehr gestorben. Neben dem zweiten Leibwächter, der eine tödliche Verletzung am Schädel davongetragen hatte, lag noch ein Kerl mit einer Schwertwunde quer über Hals und Schlüsselbein, aber auch mit einer Stichverletzung in der Brust. Drogos Dolch? Sie waren also zu dritt gewesen. Ich versuchte, mir den Ablauf vorzustellen. Gaitelgrima hatte wahrscheinlich neben Drogo gestanden, als er den tödlichen Hieb in den Hals empfangen hatte. Es war also sein Blut, das wie eine warme Fontäne über sie niedergegangen war. Kein Wunder, dass sie zu Tode verängstigt war.

Endlich kamen Mannschaften von der Burg, drängten die Menschen vom Platz und sammelten die Toten und Verwundeten ein. Der Kastellan, ein besonnener Mann namens Alfred, befragte mich, und ich berichtete ihm hastig das Nötigste. Eine Sänfte für die Fürstin hatte sich nicht gefunden, aber ihr Pferd stand auf dem Platz. Gaitelgrima zitterte immer noch. Ihre Beine versagten ihr den Dienst, so dass sie in den Sattel gehoben werden musste.

»Lass mich nicht allein, Gilberto«, bettelte sie.

Da Thore sich um Fulko kümmerte, nahm ich den Gaul am Zaumzeug und begleitete sie bis zur Burg, umgeben von einem Dutzend Krieger, die sich mit grimmigen Blicken den Weg durch die Menge bahnten. Die Leute starrten ihre Fürstin mit offenen Mündern an. Kein Wunder. Das Haar hing ihr in wilden Strähnen bis auf den Rücken. Kopfbedeckung und

Schleier hatte sie verloren. Gesicht, Hände und Mantel waren über und über mit Blut besudelt. Und immer wieder blickte sie mit irren Augen über die Schulter. Aber den Mord an ihrem eigenen Mann aus allernächster Nähe miterleben zu müssen, wer konnte es ihr verdenken, dass sie sich benahm, als habe sie den Verstand verloren?

Hatte ich bisher fast schlafwandlerisch und ohne nachzudenken gehandelt, so packte auch mich die Verzweiflung. Was sollte nach Drogos Tod aus uns werden? Die Welt voller Feinde, sogar Mörder hier in Melfi. Robert in Kalabrien. Und wo zum Teufel war Onfroi?

Auf der Burg angekommen, nahm sie mir das Versprechen ab, nicht mehr von ihrer Nähe zu weichen. Wem sonst als ihrem Retter könne sie trauen. Ich musste vor ihrer Kammer wachen, während sie sich von ihren Mägden waschen und umziehen ließ. Dann ließ sie mich rufen. Auch der Kastellan Alfred hatte zu erscheinen.

»Niemand betritt diesen Turm«, befahl sie ihm. Ihr Gesicht war verquollen, und die Panik in ihrer zittrigen Stimme war nach wie vor zu spüren, auch wenn sie sich ein wenig gefasst zu haben schien. »Niemand, außer Gilberto hier und seine Getreuen.« Sie blickte hilfesuchend in meine Richtung. »Du hast doch Männer, auf die du dich verlassen kannst, oder?«

»Drei von meinen Kameraden sind mit mir nach Melfi gekommen. Einer ist bei dem Anschlag verwundet worden.«

Sie wandte sich wieder an den Kastellan, der sie mehr als erstaunt ansah. »So sei es. Gilberto und seine Männer sind ab jetzt meine Leibwachen. Und unten vor dem Turmeingang postierst du Tag und Nacht Soldaten. Niemand hat Zutritt zum Turm, hast du gehört?«

»Aber, Domina. Die Burg ist sicher und auf die Männer ist Verlass.«

»*Basta!* Keine Widerrede«, herrschte sie ihn an. Ihre Stimme hatte einen schrillen Ton angenommen. »Nirgends ist es sicher. Wer hätte mit Mördern in einer Kirche gerechnet, sag mir das?«

Alfred nickte beklommen. »Sicher habt Ihr recht, Domina.«

»Das Burgtor soll verschlossen bleiben. Doppelte Wachen überall. Geh jetzt und tu, was ich dir sage.«

Sie ließ sich auf einen gepolsterten Stuhl fallen und barg einen Augenblick lang das Gesicht in den Händen. Als sie wieder aufblickte, rannen ihr Tränen über die Wangen.

»All diese Männer in der Burg und in ganz Melfi. Ihr Normannen seid mir fremd. Wem kann ich ab jetzt noch trauen? Wäre ich doch nur in Salerno geblieben.« Sie erhob sich und kam auf mich zu, fasste mich bei den Händen. »Du wirst mich beschützen. Ich weiß, du bist ein guter Junge. Du gehörst doch zur *familia.* Nur auf *familia* ist Verlass.«

Ich musste mich zu ihr setzen.

»Wo ist Onfroi?«, fragte ich.

Sie nickte. »Den brauchen wir jetzt. Er ist in Venosa, glaube ich. Oder in Lavello. Wir werden Boten schicken.« Sie holte tief Luft, um sich zu beruhigen.

»Habt Ihr ihn oft in die Kirche begleitet?«

»Drogo?« Sie schüttelte den Kopf. »Nein, nicht oft. Drogo ist …« Sie hielt inne, und ihre Augen weiteten sich, als ihr erneut bewusst wurde, dass Drogo nicht mehr war. Dann folgten wieder Tränen. »Ich hätte ihm mehr Liebe schenken sollen. Aber er war ein schwieriger Mann. Es gab oft Streit. Und gestern der Vorfall mit Asclettin, diesem scheußlichen Kerl. Heute Morgen wollte ich ihm zeigen, dass ich an seiner Seite stehe. Und dann …« Sie schluchzte. Die schrecklichen Bilder aus der Kirche mussten sie plagen. »Wer tut so etwas? Und warum?«

»Es waren Lombarden, glaube ich, keine Normannen.«

Ich hätte ihr jetzt von Arichis erzählen können. Aber ich schämte mich, dass ich einem solchen Mann vertraut hatte. Außerdem war ich nach allem, was geschehen war, ebenfalls verwirrt. Arichis hatte die Mörder bezahlt. Aber in wessen Auftrag? War es wirklich Pandulf? Oder einer der Unsrigen?

Gaitelgrima sah mich an. Ihre Augen verengten sich. »Bestimmt steckt dieser Asclettin dahinter. Aus Rache, weil Drogo seinen Sohn in den Kerker gesteckt hat.«

»Nicht, solange der in Geiselhaft sitzt.«

Sie runzelte die Stirn und nickte schließlich. »Vielleicht hast du recht. Oder es ist dieser Pierron di Trani. Der will doch selbst Graf von Apulia werden. Er hat Drogo gedroht, ihn umzubringen. Ja, der wird es sein. Vielleicht hat er Spitzel in der Burg.« Sie erschauerte.

Oder du selbst steckst dahinter, schoss es mir plötzlich durch den Kopf. Um deinen ungeliebten Gemahl loszuwerden. Weil dein Herz an einem anderen hängt.

»Wir müssen einen Boten zu Roberto schicken«, sagte sie, wie um meinen schrecklichen Verdacht zu bestätigen. »Er muss vom Tod seines Bruders erfahren.« Sie knetete unentwegt ihre Hände, immer noch aufgelöst. »Und zu Guaimar nach Salerno. Am besten werde ich dieses verfluchte Melfi verlassen und nach Salerno zurückkehren. Was hält mich hier noch?«

Sie machte ein so unglückliches Gesicht, dass ich mich für meine bösen Gedanken schämte. Selbst wenn sie Drogos Tod gewünscht hätte, sie war einfach nicht kaltblütig genug.

*

Wir waren nun alle vier in der Burg untergebracht. Thore gefiel das nicht, aber er nahm es hin wie ein guter Soldat. Fulko war vom Feldscher versorgt worden und hatte ein ruhiges

Plätzchen in Roberts alter Kammer gefunden. Seine Wunde hatte heftig geblutet, aber es schien nichts Lebenswichtiges verletzt worden zu sein. Wir hofften, dass er sich rasch erholen würde und kein Fieber bekam. Ich teilte die Kammer mit ihm, allerdings nur zum Schlafen, denn die meiste Zeit hielt ich mich in Gaitelgrimas Nähe auf.

Wenn es unter Drogos Herrschaft häufig Streit unter den Baronen gegeben hatte, so schienen sich jetzt die Fronten zu verhärten. Gaitelgrima war nicht die Einzige, die eine Verschwörung unter den Normannen vermutete. Wie es oft so ist, zeigte einer auf den anderen, besonders Hugo Tubœuf, der mit Drogo befreundet gewesen war, beschuldigte Pierron aufs heftigste. So jedenfalls erfuhren wir aus Gerüchten, die sich in Windeseile verbreiteten. Leute aus Pierrons Umfeld dagegen ließen wissen, Drogos eigener Starrsinn sei für seinen Tod verantwortlich. Vermutlich habe er jemanden mal wieder bis zur Weißglut gereizt.

Und so riefen die Barone ihre Gefolgsleute zusammen und ließen ihre Häuser wie Festungen bewachen. In der Stadt kam es zu handfesten Prügeleien, die nicht ohne Verletzungen abliefen. Es war, als ob ganz Melfi verrückt geworden wäre. Neben den gegenseitigen Beschuldigungen erzählte man sich an jeder Ecke auch noch andere Geschichten. Aufständische Kleinadelige aus dem Umland sollten es gewesen sein, oder Lombarden aus Gargano, die den Raub des heiligen Michael sühnen wollten, vielleicht sogar gedungene Mörder des Papstes oder des Kaisers. Natürlich wurde auch über Pandulf geredet und Byzanz. Und unter den Weibern der Stadt hielt sich besonders hartnäckig die Vermutung, es müsse sich um eine Tat aus Leidenschaft gehandelt haben. Gaitelgrima, so hieß es hinter vorgehaltener Hand, habe seine Untreue nicht länger ertragen. Nur, wer die vermeintliche Rivalin sein sollte, wusste niemand zu sagen. Aber man würde es schon noch herausfinden.

Ich hätte etwas über Arichis sagen können. Aber wer hätte mich schon ernst genommen? Nein, nur Onfroi hatte ich vor es zu erzählen. Er würde wissen, was zu tun sei. Wenn er doch nur endlich käme, denn Boten müssten ihn längst erreicht haben.

In der Zwischenzeit standen wir Posten vor Gaitelgrimas Kammer, und ich versuchte, so gut es ging, sie zu beruhigen, denn ihre Stimmungen schwankten zwischen ohnmächtigem Zorn, übertriebener Angst und Selbstmitleid. Es war mühsam zu beobachten und doch eine Lehre für mich, denn es zeigte, wie kleinmütig selbst eine große Fürstin sein konnte. Meine Gerlaine, obwohl ein einfaches Mädchen, hätte mehr Stärke bewiesen. Es zeigte vor allem, dass Titel und Adelswürden gar nichts über einen Menschen aussagen und dass man sich nicht davon blenden lassen sollte. Am Ende zählt nur der Mensch.

Endlich, nach drei Tagen, tauchte Onfroi auf. Er trat in das Turmgemach, als ich mir gerade erneut Gaitelgrimas Klagen anhören musste. Sie sprang sogleich auf und flog in seine Arme.

»Endlich bist du da, *cognato*«, schluchzte sie. »Die Stadt ist schrecklich unsicher geworden. Wir leben hier, als würden wir belagert.«

Onfroi, dieser Bär von einem Kerl, strich ihr beruhigend übers Haar und hielt sie in seinen Armen mit einer Sanftheit, die mich überraschte. Sie blickte zu ihm auf.

»Hast du ihn gesehen? Sie haben ihn unten aufgebahrt.«

Onfroi nickte. »Ich war bei ihm, bevor ich heraufkam. Ich kann es immer noch nicht fassen. Bis vor kurzem waren wir noch zusammen in Venosa gewesen. Und nun muss ich schon den zweiten Bruder begraben.« Man merkte, dass Drogos Tod ihm naheging, obwohl er sich beherrschte.

»Du musst die Zügel in die Hand nehmen, Onfroi, sonst zerfleischen die sich da draußen. Außerdem droht Krieg.«

Er legte einen Arm um ihre Schultern und führte sie zu ihrem Lieblingsstuhl.

»Setz dich erst mal, Bruderweib«, sagte er fürsorglich. »Es hilft nicht, wenn du dich verrückt machst.« Sein Blick fiel auf mich, und er nickte mir zu. »Hab schon gehört, dass du die Mörder erledigt hast«, meinte er. »Ihr müsst mir erst einmal alles ganz genau erzählen.«

Zuerst redete Gaitelgrima. Über den Streit mit Asclettin, über ihre Versöhnung mit Drogo, über den Horror in der Kirche, über ihre Ängste und Verdächtigungen. Sie redete endlos und ausschweifend, aber Onfroi hörte geduldig und aufmerksam zu. Von Zeit zu Zeit ermutigte er sie mit einem kleinen Lächeln oder strich ihr über die Hand wie einem Kind. Er schien eine wunderbar beruhigende Wirkung auf sie zu haben. Und ich muss zugeben, auch auf mich. Durch seine Gegenwart schien die Welt wieder ein wenig geradegerückt zu sein.

Nachdem er den Hergang auch aus meiner Sicht vernommen hatte, kratzte er sich nachdenklich den Bart. »Es war eine geplante Tat, so viel ist klar. Jemand wollte meinen Bruder beseitigen. Asclettin können wir ausschließen. Der würde nicht das Leben seines Sohnes aufs Spiel setzen. Und Pierron ist ein Hitzkopf, aber er ist nicht hinterhältig. Schade, dass ihr die Kerle getötet habt, Gilbert. Sonst hätten wir mehr erfahren können.«

»Ich weiß, wer dahintersteckt.«

Beide sahen mich überrascht an. Ich holte tief Luft. Und dann erzählte ich ihnen alles über Arichis und wer sein Meister war. Dass er über Drogos morgendliche Kirchgänge Bescheid gewusst haben musste, dass er sich mit den Mördern getroffen und ihnen vermutlich eine Anzahlung für ihre Bluttat übergeben hatte.

»Pandulf also«, murmelte Onfroi rot vor Zorn.

Gaitelgrima hatte mir mit Erstaunen zugehört. »Dieser Elende ist seit Jahren der Fluch meiner Familie«, sagte sie erbittert. »Aber warum hast du mir nicht früher davon erzählt?« Sie schien darüber verstimmt zu sein.

Ich wand mich ein wenig. »Ich dachte, es wäre besser, wenn Onfroi es als Erster erfährt.«

»Ist schon gut, Junge«, sagte er. »Und was dieses Schwein Pandulf angeht, wir werden Rache nehmen, so wahr ich hier sitze. Er wird das Jahr nicht überleben, das schwöre ich.«

»Da ist noch etwas.« Ich erzählte ihnen, was Arichis über ein Bündnis zwischen Rom und Byzanz gesagt hatte. Gaitelgrima wollte davon nichts wissen. Seit zweihundert Jahren habe es keine Annäherung gegeben. Aber Onfroi machte ein sorgenvolles Gesicht.

»Wenn das stimmt, dann wird es ernst für uns. Das ist, was Drogo schon seit einer Weile befürchtet hatte. Deshalb sein Reden gegen das unkontrollierte Brandschatzen und Plündern unter den Latinern. Wenn sie uns von zwei Seiten in die Zange nehmen, ist es aus mit uns.«

»Wir müssen alle Krieger zusammenrufen«, sagte ich.

»Erst soll ein neuer Graf gewählt werden. Wir brauchen einen Anführer in diesen schweren Zeiten.«

»Aber das musst du sein«, rief Gaitelgrima. »Wer sonst?«

Onfroi hob die Brauen. »Ich weiß nicht. Ein Reiterheer kann ich führen, aber als Graf sollten sie einen anderen wählen. Pierron zum Beispiel. Der hat doch schon lange diesen Ehrgeiz.«

Sie starrte ihn entgeistert an. Und auch ich schüttelte energisch den Kopf. »Du kannst dich nicht drücken, Onfroi. Und von Pierron halte ich nichts.«

»Wir werden sehen. Zuerst müssen wir Drogo beisetzen.« Er erhob sich langsam. Man sah ihm die schwere Bürde an, die ihm der Tod seines Bruders auferlegt hatte. »Und Robert benachrichtigen.«

»Boten nach Scribla sind schon unterwegs. Aber er wird kaum rechtzeitig hier sein.«

»Wir können nicht länger warten. Spätestens in zwei Tagen sollten wir Drogo zu Grabe tragen.«

Endlich wagte ich die Frage zu stellen, die mir die ganze Zeit auf der Seele gebrannt hatte. »Was ist mit Girard? Er ist spurlos verschwunden. Weißt du etwas?«

Onfroi warf einen schnellen Blick zu Gaitelgrima hinüber und räusperte sich dann. »Er ist bei Robert«, sagte er leise. Es hörte sich an wie ein Geständnis. Mir fiel die Kinnlade herunter, und der Fürstin ging es nicht anders.

»Er ist nach Scribla geritten?«

»Wir haben es geheim gehalten, denn Drogo sollte nichts davon wissen. Aber Girard meinte, es sei an der Zeit, Robert zu unterstützen. Er hat die meisten seiner Männer mitgenommen. Zweihundert Reiter.«

»Aber dann hätten wir uns doch begegnen müssen.«

»Seid ihr an der Küste entlanggeritten?«

»Nein, durch die Berge.«

»Die Küstenstraße ist länger, aber weniger beschwerlich. Die wird er genommen haben. Schon allein wegen Alberada.«

Gaitelgrima hatte bei dem Namen schmale Augen bekommen. »Er hat sie mitgenommen?«, fragte sie tonlos.

»So ist es. Ich vermute, die beiden werden jetzt längst verheiratet sein. So jedenfalls war der Plan.« Er schwieg verlegen.

Auch Gaitelgrima sagte nichts, aber ihr Gesicht sprach mehr als Worte. Mit hängenden Schultern saß sie auf ihrem Stuhl. Ihre Haut sah plötzlich fahl aus, die Augen schienen wie erloschen. Onfroi hatte es bemerkt und warf mir einen wissenden Blick zu. Er war also im Bilde. Auch ich nickte ihm unmerklich zu.

»Und was wird jetzt aus mir?«, ließ sie sich leise vernehmen. Es war wie die Klage eines Kindes.

Onfroi beugte sich vor und küsste ihre Hand.

»Du bist immer noch unsere Contessa, meine Liebe«, sagte er.

*

Noch am späten Nachmittag ließ Onfroi die Barone in die Halle der Burg laden. Männer wie Pierron, Asclettin und solche, die auf ihrer Seite standen, kamen eher widerwillig und auch nur unter der Bedingung, in Begleitung ihrer bewaffneten Leibwachen teilzunehmen. So groß war ihr Misstrauen, man könnte sie des Mordes an Drogo beschuldigen und festsetzen.

Auch Gaitelgrima, als Witwe des verstorbenen Grafen, nahm an der Versammlung teil, um die Beileidsbekundungen der Anwesenden entgegenzunehmen. Sie war bleich, wirkte jedoch gefasster und bemühte sich um Würde. Aber auch sie verlangte ständige Bewachung. Besonders unter diesen Normannenführern, vor denen sie sich insgeheim fürchtete. Also standen Reynard und ich in voller Rüstung hinter ihrem Stuhl, was nicht ohne hochgezogene Brauen zur Kenntnis genommen wurde.

Ich beobachtete die Gesichter dieser harten Söldnerführer. Sie zollten Gaitelgrima und Drogo stillen Respekt. Doch ob Drogos Ableben sie wirklich berührte, ließ sich aus den verschlossenen Mienen nicht ablesen. Aber dies waren Männer, denen der plötzliche Tod von Kameraden und Weggefährten nicht fremd war. Selbst Onfroi, obwohl ernst und würdevoll, zeigte wenig an äußerlicher Regung.

»Ich habe euch hergebeten«, begann er in ruhigem Ton, »weil wir einiges zu besprechen haben. Aber zunächst geht es um meinen Bruder. Übermorgen werden wir ihn bestatten, und ich möchte euch bitten, vor aller Welt Geschlossenheit zu zeigen und ihm in Würde das Geleit zu geben, gleich, wie der eine oder andere zu ihm gestanden hat. Schließlich ist er uns allen über die Jahre ein guter Kampfgefährte gewesen.«

Einen Augenblick lang herrschte nachdenkliches Schweigen. Vermutlich erinnerten sie sich vergangener Schlachten und Abenteuer, die sie geteilt hatten. Manche waren schon vor Jahren mit Williame und Drogo in Sicilia gewesen und hatten dort gegen die Mauren gekämpft.

»Natürlich tun wir das, Onfroi«, ließ Tristan sich vernehmen. »Das ist ja wohl das mindeste.«

»Aber damit wir uns nicht missverstehen«, knurrte gleich darauf Pierron. »Ob wir kommen oder nicht, ist allein unsere Angelegenheit. Du bist nicht besser als jeder andere von uns hier, und zu befehlen hast du uns schon gar nichts.«

»Dies ist kein Befehl, sondern eine Bitte. Außerdem brauchen wir Einigkeit unter uns. Deshalb ist es an der Zeit, unsinnige Streitigkeiten zu begraben.«

»Nicht, solange man uns des Mordes bezichtigt.«

»Ich bezichtige nur die Schuldigen. Und die sitzen nicht in diesem Raum.« Die Männer sahen sich erstaunt an und wollten wissen, wen er denn verdächtigte.

»Darüber reden wir später«, war seine Antwort.

»Was ist mit meinem Sohn?«, rief Asclettin.

»Du nimmst mir das Wort aus dem Mund.« Onfroi deutete zur Eingangstür. »Da ist dein Prachtjunge. Du kannst ihn gleich mit nach Hause nehmen. Er ist frei.«

Alle Köpfe wandten sich zur Tür.

Tatsächlich stand dort, flankiert von zwei Wachen, ein hochgewachsener junger Mann, kräftig gebaut, gutaussehend, mit zerzausten, flachsfarbenen Haaren, die ihm bis auf die

Schultern fielen, und einem verwilderten Bart, dem ihm wohl niemand in der Kerkerhaft gestutzt hatte. Er musterte Onfroi mit einem ruhigen, abschätzenden Blick, dann die ganze Runde. Erhobenen Hauptes schritt er schließlich auf seinen überraschten Vater zu, der ihn freudig umarmte und einen Platz an seiner Seite einräumte.

»Wurde auch verdammt Zeit«, brummte Asclettin.

Onfroi wies eine Magd an, die Becher der beiden zu füllen. Dann nahm er seinen eigenen und wanderte zu ihnen hinüber. »Trinken wir auf Richard und seine neu gewonnene Freiheit«, sagte er.

»Ihr seid verfluchte Scheißkerle, ihr Hautevilles«, knurrte Asclettin. »Glaub bloß nicht, dass das so schnell vergessen ist. Aber deinen Wein sauf ich jetzt trotzdem.«

Er stürzte den Inhalt seines Bechers in einem Zug hinunter, während Onfroi ihm ruhig dabei zusah und dann selbst einen Schluck nahm.

»Die Sache ist erledigt, Vater«, sagte Richard. »Wenn Drogo wegen Plündern sogar den eigenen Bruder eingesperrt hat, dann werde ich mich wohl kaum beklagen können. Hätte mich eben nicht erwischen lassen sollen.« Er grinste verwegen, hob seinen Becher und trank auf Onfrois Wohl.

»Wenigstens habt ihr ihn gut gefüttert«, murrte Asclettin, der seinen Sohn noch einmal eingehend begutachtet hatte. »Und wem verdanken wir die plötzliche Einsicht? Der edlen Contessa?« Er verbeugte sich leicht vor Gaitelgrima.

Sie bedachte ihn mit einem würdevollen Kopfnicken. »Nicht mir, sondern meinem Bruder«, erwiderte sie.

»Guaimar?«

»Lasst mich erklären«, nahm Onfroi das Wort an sich. »Wie ihr alle wisst, hat die Grafschaft Aversa vor einiger Zeit Fürst Pandulf die Gefolgschaft aufgekündigt und sich stattdessen unter den Schutz des Prinzen von Salerno gestellt. Doch inzwischen ist die Grafschaft verwaist. Der kleine Herman ist nur ein Säugling. Und ein Aversa ohne Führung können wir uns zurzeit nicht leisten. Deshalb haben Guaimar und Drogo entschieden, dass Richard als Regent die Grafschaft führen soll, bis Herman erwachsen ist und selbst den Platz seines Vaters einnehmen kann. Leider ist mein Bruder nicht mehr dazu gekommen, dies in aller Form bekanntzugeben.«

Diese Worte lösten einen kleinen Sturm in der Halle aus. Alles redete durcheinander, um die unerwartete Wendung zu erörtern. Richard sollte Regent von Aversa werden? Die Grafschaft war klein, hatte aber immer eine wichtige Rolle unter den Normannen im Mezzogiorno gespielt und konnte auf mindestens dreihundert kampferprobte Reiter zählen. Onfroi ließ sie reden und lächelte zufrieden.

»Was hat Guaimar euch dafür versprochen?«, rief Asclettin misstrauisch. »Das haben wir doch nicht allein eurer Güte zu verdanken.«

»Keine Versprechungen, ich schwör's. Wir müssen einfach aufhören, uns zu streiten. Und was Guaimar betrifft, er wird in den nächsten Tagen hier eintreffen. Ich glaube aber, schon jetzt für ihn sprechen zu können. Wir alle wissen, ihr seid mit dem alten Drengot verwandt und habt ein Recht auf diese Regentschaft. Daher will Guaimar Richards Glück nicht im Wege stehen. Auch Drogo war damit einverstanden.«

Er wandte sich direkt an Asclettins Sohn. »Allerdings unter einer Bedingung, Richard.«

Der sah ihn aufmerksam an. »Ich höre dich.«

»Du bist jetzt kein Jüngling mehr, dem man erlaubt, ein bisschen über die Stränge zu schlagen. Als Herrscher von Aversa erwarten wir Vernunft und Einsicht und dass du dich dem Gemeinwohl unterordnest.«

Die beiden maßen sich ruhigen Blickes. Asclettin war diesmal klug genug, das Maul zu halten.

Schließlich nickte Richard. »So soll es sein.«

Onfroi schien erleichtert. Er hob seinen Kelch in die Runde. »Trinken wir also auf den neuen Regenten von Aversa.«

»Hol mich der Teufel«, murmelte Asclettin und ließ sich von Maria nachfüllen. Die Freude auf seinem Gesicht war nicht zu übersehen.

Ich allerdings fragte mich, ob der verstorbene Drogo wirklich so etwas vorgehabt hatte. Es kam mir eher vor wie einer von Onfrois klugen Schachzügen, um Frieden zu stiften und Asclettin und zugleich Aversa auf seine Seite zu bringen. Denn mit Aversa im Rücken war nicht nur die Position der Normannen gestärkt, sondern auch seine eigene. Und mir kam auf einmal der Gedanke, ob es nicht besser gewesen wäre, wenn man gleich Onfroi zum Grafen gemacht hätte, statt seinen Bruder Drogo. Aber es war müßig, darüber nachzudenken, denn die Nornen hatten es anders entschieden.

»Was ist mit dem Mordanschlag?«, meldete sich Hugo Tubœuf zu Wort. »Du hast behauptet, du kennst die Schuldigen.«

Aller Augen richteten sich wieder auf Onfroi, denn das war eine Frage, die jedem unter den Nägeln brannte.

»Ja, ich weiß, wer dahintersteckt. Und ihr kennt ihn auch.« Er zog die Mundwinkel herunter. »Es ist der, den sie den Wolf der Abruzzen nennen.«

»Pandulf?«

Einen Augenblick lang herrschte Stille. Dann fragten alle gleichzeitig, woher er das wissen wolle. Er erzählte ihnen von dem Spion Arichis und was ich beobachtet hatte, von den Mördern, die ich wiedererkannt hatte. Sie stellten mir viele Fragen, und ich versuchte, alles, so gut ich konnte, zu beantworten.

Am Ende schworen sie, diesem Pandulf ein für alle Mal den Garaus zu machen. Asclettin aber schüttelte angewidert den Kopf und warf mir einen Blick zu, als ob allein Robert und ich an allem schuld wären, weil wir mit diesem Schwein Geschäfte gemacht hatten.

»Machen wir uns nichts vor«, rief Onfroi sie wieder zur Ordnung. »Dahinter steckt mit Sicherheit griechisches Gold und unser alter Feind, der Verräter Argyros. Er ist jetzt Katepan und sammelt ein großes Heer in Bari. Meine Kundschafter haben das bestätigt. Er versucht, uns durch diesen Anschlag zu schwächen, während er sich gleichzeitig mit Papst und Kaiser einigt. Ein Pakt zwischen ihnen könnte unser aller Ende bedeuten.«

Nun tauschten sie besorgte Blicke aus, denn sie wussten, dass er recht damit hatte.

»Dieser Arichis behauptet, Kaiser und Papst seien schon mit einem gewaltigen Heeraufgebot im Anmarsch«, sagte Onfroi abschließend. »Ich werde Späher nach Norden schicken, um zu sehen, wo er steckt und was daran wahr ist.«

Ich dachte bei diesen Worten an Lando und wie es ihm wohl bei Robert ergehen mochte. Wahrscheinlich hatte Onfroi andere Männer wie ihn, die seine Augen und Ohren im Land waren. Ganz ähnlich wie Arichis. Nur dass der einen Mord in Auftrag gegeben hatte, etwas, das ich weder Lando noch Onfroi zutraute. Aber ich begann zu verstehen, dass es mehr als Mut und Muskel bedurfte, um im Mezzogiorno zu bestehen. Besonders wenn man es mit Leuten wie Pandulf und Argyros zu tun hatte.

»Ich weiß nicht«, wandte Tristan ein. »Ich glaube, wir machen zu viel aus dem Gerede dieses Jungen.« Er warf mir einen abschätzigen Blick zu. »Vielleicht will er sich nur wichtigmachen.«

»Du kannst denken, was du willst, Tristan«, erwiderte Hugo. »Ich jedenfalls rufe meine Männer zusammen und halte sie in Bereitschaft. Und ich rate dir, es auch zu tun.«

»Und ich reite nach Aversa«, sagte Richard, »sobald Guaimar meine Regentschaft bestätigt. Vielleicht erfahre ich dort mehr.«

»Guaimar wird uns unterstützen, davon gehe ich aus«, fügte Onfroi hinzu. »Vielleicht sogar Napoli und Amalfi. So einiges schulden sie uns noch aus der Vergangenheit.«

»Es ist gut, wenn ihr euch alle rüstet«, ließ Pierron jetzt hören. »Da will ich gern das Meinige tun. Und ihr wisst, dass ich mehr Krieger als die meisten hier habe. Aber was ist mit deinem Bruder Robert, Onfroi? Der sollte zurückkommen, anstatt seine Zeit in Kalabrien zu vergeuden. Und wo zum Teufel ist Girard? Auch seine Männer werden gebraucht.«

Onfroi starrte ihn einen Augenblick lang schweigend an, als müsste er sich die Antwort gut überlegen.

»Nun«, sagte er schließlich. »Ich hätte es dir gern unter anderen Umständen gesagt, aber da du mich so direkt fragst … Auch unser Freund Girard ist in Kalabrien. Und seine Tante hat er mitgenommen.«

»Was soll das heißen?«

»Dass sie inzwischen meine Schwägerin geworden ist.«

Es dauerte ein oder zwei bange Atemzüge, bis die Bedeutung bei Pierron angekommen war. Aber dann wurde sein Gesicht fast purpurrot vor Zorn. Er packte seinen Becher und schleuderte ihn in Onfrois Richtung. Doch der verfehlte ihn knapp und zerschellte harmlos am Boden, denn Onfroi hatte rechtzeitig den Kopf eingezogen.

Pierron sprang auf.

»Verdammte Scheiße!«, brüllte er. »Ihr habt mich an der Nase herumgeführt. Du und dein verfluchter Bruder.« Und dann wies er auf Gaitelgrima. »Und diese Lombardenhure am allermeisten.«

Damit stürmte er aus der Halle, gefolgt von seinen Männern.

Gaitelgrima war bei der Beleidigung zurückgezuckt, als hätte man sie geschlagen. Und auch ich war erschrocken und fürchtete, die Sache würde Onfrois Bemühungen um Eintracht wieder zunichtemachen, denn Pierron war ein wichtiges Mitglied der Normannenbruderschaft. Aber niemand schien sich über seinen Wutausbruch aufzuregen. Mehr als Schulterzucken und ein paar Lacher hinter vorgehaltener Hand gab es nicht. Augenscheinlich hatte man ganz andere Sorgen als Pierrons Liebesleben.

Als die Versammlung später friedlich auseinanderging, kam Hugo auf mich zu und richtete seine blassblauen Augen auf mich. Der Mann hatte Pranken wie Schaufeln und massige Schultern. Ich fragte mich schon seit einer Weile, ob das der Grund für seinen Spitznamen war, Tubœuf – der Ochsenschlächter.

»Du hast das gut gemacht, mein Junge«, sagte er. »Bei dem Anschlag in der Kirche, meine ich. Falls du mal genug von deinem Robert hast, für einen wie dich hätte ich jederzeit Verwendung.«

»Ich werd's mir überlegen«, erwiderte ich überrascht. So was hörte man nicht alle Tage.

»Tu das, Junge«, lachte er und schlug mir so fest auf die Schulter, dass ich beinahe in die Knie gegangen wäre. Nun, jetzt war deutlich, warum sie ihn Tubœuf nannten.

*

Gaitelgrima schloss sich nach der Versammlung in ihre Kammer ein. In ihrem Gesicht war klar zu lesen gewesen, was sie von Pierrons Beleidigung hielt und überhaupt von diesen grobschlächtigen Normannen, unter denen sie gezwungen war zu leben.

Am Tag vor Drogos Beerdigung erschien Prinz Guaimar mit kleinem Gefolge. Er war auf einigen seiner Ländereien gewesen, wo die Boten ihn auf halbem Wege gefunden hatten.

Er umarmte seine Schwester, kniete einen Augenblick in stiller Andacht an Drogos Seite, der immer noch aufgebahrt lag, und schloss sich dann stundenlang mit Onfroi ein, um die Lage zu besprechen.

Die Contessa war sichtlich unruhig, schickte mich auf kleine unsinnige Botengänge und beorderte mich schließlich in ihr Gemach, wo ich mich zu ihr setzen musste.

»Was haben die nur so viel zu bereden?«, fragte sie gereizt und rief gleich darauf nach ihrer Magd, mehr Holz auf das Feuer zu legen, obwohl es schon warm genug in der Kammer war. Und heiße Milch sollte sie bringen mit Honig. An mich dachte sie dabei nicht.

»Wie war das so bei euch zu Hause?«, fragte sie dann.

»Was meint Ihr, Herrin?«

»Bei den Hautevilles. In eurem Dorf, wo ihr herkommt.«

Eine solche Frage hatte ich nicht erwartet. Sie war doch eine Fürstentochter. Was sollte sie schon am eintönigen Leben eines kleinen Dorfes in der Normandie finden? Aber sie bestand darauf. Also berichtete ich von der weiten, flachen Landschaft, den dichten Wäldern und fischreichen Flüssen, dem oft grau verhangenen Himmel, von unserer kleinen Burg, von den Bauern und den Landbesitzern, von Tancreds abenteuerlichen Geschichten und zum Schluss auch vom Aufstand gegen Herzog Williame und warum Robert vor den Verfolgern geflohen war. Ich weiß nicht, ob sie alles mitbekam, was ich ihr erzählte, denn zwischen ihrem lückenhaften Fränkisch und meinem holprigen Lombardisch war es nicht immer einfach.

»Und wie behandelt ihr eure Weiber?«

Als ich nicht verstand, auf was sie hinauswollte, fügte sie hinzu: »Du siehst doch, was das für Männer hier sind. Sie saufen und huren und haben keinen Respekt vor Frauen, nicht einmal wenn sie edlen Standes sind.«

»Dieser Pierron hat Euch verletzt, Domina.«

»Nicht nur er.«

Mehr sagte sie nicht. Wen konnte sie gemeint haben? Drogo vielleicht? Ich beschloss, ihr ein anderes Bild zu zeichnen, und erzählte von Fressenda und wie sie ihre zwölf Söhne erzogen hatte. Sowohl mit Strenge wie auch mit Liebe. Und dass es daheim niemanden gegeben hatte, der mehr verehrt wurde als Fressenda. Das schien sie ein wenig zu versöhnen.

»Und Roberto? Hat er seine Mutter geliebt?«

»Besonders er. Er ist der älteste unter ihren eigenen Söhnen. Und dann ist da natürlich noch Roger, der jüngste. Mit ihm zusammen bin ich aufgewachsen. Er ist mir der Liebste von allen, und eines Tages wird auch er ins Mezzogiorno kommen.«

Zum ersten Mal an diesem Nachmittag lächelte sie ein wenig. Aber dann wurde sie wieder ernst und wollte alles über Onfroi wissen, wie er so war unter uns Männern, ob er beliebt war, wie er zu seinen Brüdern stand und überhaupt, was ich von ihm hielt. Mich über Onfroi auszufragen, war wohl der wahre Grund, warum sie mich zu sich gerufen hatte.

»Warum wollt Ihr das alles wissen, Domina?«

Sie senkte den Blick auf die Hände, die in ihrem Schoß lagen. Weiß und zerbrechlich sahen sie aus, Hände, die nie gearbeitet hatten, nie Topf oder Kelle geschwungen oder ein Huhn gerupft hatten. Keine Hände wie die Fressendas.

Lange sagte sie nichts.

»Tut mir leid, Domina, dass ich gefragt habe«, meinte ich verlegen. »Es geht mich ja nichts an.«

Plötzlich blickte sie auf. Ein Ausdruck lag in ihren dunklen Augen wie bei einem gejagten Tier.

»Sie reden und reden. Und dabei geht es doch auch um mich, verstehst du das nicht? Sie entscheiden über mein Schicksal. Ohne mich zu fragen.«

Sie sprach weiter, als sei ein Damm gebrochen. Mit einem Schlag entleerten sich all ihre Sorgen und Ängste. Und ausgerechnet in meinen Schoß.

»Ich kenne meinen Bruder. Er ist kein schlechter Mann, und ich liebe ihn. Aber bei aller Liebe bin ich im Grunde für ihn nur ein Kapital, eine Ware, mit der man handelt, um sich Vorteile zu verschaffen. Jedenfalls solange ich noch keine alte Vettel bin, jung genug, um irgendjemandem prächtige Erben zu gebären.«

Sie stand auf und wanderte in der Kammer umher. Ihr Atem ging schneller. Sie war erregt. Ich musste mir Mühe geben, alles zu verstehen, was sie sagte.

»Ich war gut genug, Drogo an meinen Bruder zu binden. Und mit Drogo euch Normannen. Drogos Tod ist ein Rückschlag für ihn. Deshalb setzt er jetzt auf Onfroi. Guaimar wird alles tun, damit die Barone euren Onfroi zum Grafen wählen. Drogos Leiche ist noch nicht kalt, da werde ich schon mit dem neuen Mann verkuppelt, du wirst sehen.«

Ich musste sie mit großen Augen angeschaut haben, denn sie fügte hinzu: »Oh, die Vermählung wird nicht gleich stattfinden. Man wird eine schickliche Frist einhalten. Aber heute werden sie es beschließen und sich die Hand darüber reichen.«

Sie hatte plötzlich Tränen in den Augen. »Dabei wollte ich nichts lieber als nach Salerno zurückkehren. In die Welt, die ich kenne. Selbst ein Kloster wäre mir lieber gewesen. Nur nicht länger unter diesen … diesen rücksichtslosen Söldnern und Abenteurern, die unserem Land nur schaden.«

»Aber Onfroi ist ein guter Kerl«, wandte ich ein, um sie zu beruhigen. »Er wird Euch gut behandeln, falls es denn so kommt, wie Ihr sagt.«

Sie nickte stumm. Doch die Tränen wollten nicht versiegen.

Etwas später, als sie sich zum Glück wieder gefangen hatte, öffnete sich die Tür, und beide Männer, Onfroi und Prinz

Guaimar, betraten das Gemach. Und der aufmerksame, prüfende Blick, mit dem Onfroi die Contessa bedachte, war irgendwie, als sähe er sie zum ersten Mal. Da wusste ich, dass sie recht gehabt hatte.

*

Drogos Beisetzung wurde eine viel größere Angelegenheit, als ich erwartet hatte. Alle Barone waren zugegen, außer Pierron, der es vorgezogen hatte, in seinem Haus zu schmollen. Auch Hugo Tubœuf, Richard von Aversa, sein Vater Asclettin und Tristan di Montepeloso waren unter jenen, die seine Totenbahre zum kleinen Friedhof innerhalb der Mauern trugen.

Guaimar, Onfroi und Gaitelgrima schritten hinter ihnen her, gefolgt von den Leibwachen und Kriegern der Hautevilles. In den Gassen, durch die der Zug sich wand, standen die Menschen dicht an dicht, Normannen wie Melfitanos. Auch am Friedhof war kaum ein Durchkommen, und um das Grab, das man aus dem gefrorenen Boden gehackt hatte, standen sie so eng, dass man kaum atmen konnte. All dies war vielleicht weniger Drogos Beliebtheit geschuldet als der Hochachtung für eine bedeutende Familie, den Hautevilles.

Es war ein eisiger, verhangener Tag. Der greise Priester, der die lateinischen Riten einer christlichen Bestattung vollzog, hatte vor Kälte blaue Lippen. Ich wusste, dass zum Glück auch die alten Götter nicht vergessen worden waren. In Drogos Mund hatte Onfroi eine Silbermünze gelegt, um den Fährmann zu bezahlen. Drogos Waffen würden ihm ins Grab folgen, und viele der Normannenkrieger hatten kleine Geschenke abgelegt, die ihm auf den Sarg gelegt würden. Ein paar Münzen, ein Runenholz, ein Trinkgefäß oder ein einfacher Dolch. Nichts von großem Wert, aber Dinge, die ihn auf der letzten Reise begleiten und an den Geber erinnern sollten, wenn er bei anderen toten Helden sitzen würde. Auch ich hatte eine schöne Gewandfibel gespendet.

Nachdem der Priester mit Gebet und geweihtem Wasser dem Christengott die Seele des Verstorbenen empfohlen hatte, wurde der Leichnam in die Grube gesenkt. Gaitelgrima war die Erste, die eine Handvoll Erde nahm und auf den Sarg warf. Dann Onfroi und Guaimar und die Barone. Irgendwann war auch ich an der Reihe. Ein seltsames Gefühl von unfassbarer Vergänglichkeit ergriff mich. Vor Tagen war Drogo noch ein gesunder Mann in den besten Jahren seines Lebens gewesen, ein Graf und bedeutender Fürst. Und nun lag da in der Grube nur noch ein Klumpen toten Fleisches, zu nichts nutze, als Larven und Würmer zu ernähren. Wenigstens war er mit der Waffe in der Hand gestorben, so dass sein tapferer Geist nun auf ewig, von Walküren begleitet, bei den Göttern in Walhall weilen durfte.

Nach der Beerdigung hob in der Halle ein gewaltiges Fressen und Saufen an, das drei Tage andauerte und bei dem es hoch herging. Gaitelgrima verzichtete, daran teilzunehmen. Zu barbarisch waren ihr diese Bräuche.

Nachdem alle wieder nüchtern waren, versammelten sich die Barone unter Guaimars Führung. Es wurde geredet, bis ihnen die Köpfe rauchten, aber am Ende wählten sie Onfroi zum neuen Grafen von Apulien. Selbst Pierron hatte ein Einsehen und gab ihm widerwillig seine Stimme. Ausschlaggebend war auch diesmal das gute Einvernehmen und die Freundschaft zwischen dem Fürstentum Salerno und unserer Familie, erneut bekräftigt durch die baldige Vermählung der Prinzessin Gaitelgrima mit Onfroi, dem dritten Grafen von Apulien aus dem Geschlecht der Hautevilles.

Onfrois Kundschafter

Fast drei Wochen nach Drogos Beerdigung, Guaimar war längst nach Salerno zurückgekehrt, da rief Onfroi mich zu sich. Seine neue Würde schien ihn nicht verändert zu haben, außer dass er jetzt ernster wirkte und etwas von seiner früheren Unbekümmertheit verloren zu haben schien.

»Der Bote, den ihr nach Scribla geschickt hattet, ist endlich zurück«, ließ er mich wissen. »Der muss unterwegs jede Dorfhure genagelt haben, so lange hat er gebraucht.«

»Und?«, rief ich aufgeregt. »Was sagt er?«

»Robert könne nicht kommen. Sie seien mit der Belagerung von diesem Kaff beschäftigt.«

»San Marco Argentano.«

»Ja, so nannte er es. Girards Truppen kämen ihm gut zupass, aber die Sache sei doch nicht so einfach. Er würde aber nicht nachlassen, bis er die verdammte Festung geknackt habe.«

»Das hört sich nach Robert an«, sagte ich nicht ohne Stolz.

»Außerdem soll Alberada schwanger sein.« Nun grinste Onfroi breit. »Sieht aus, als ob Mutter einen Enkelsohn bekäme.«

Das waren doch endlich mal gute Nachrichten.

»Ich schätze, du wirst demnächst auch Nachwuchs haben. Wann soll die Hochzeit noch mal sein?«

»Im Frühjahr.«

Er machte ein zufriedenes Gesicht, schien sich richtig darauf zu freuen. Ich erinnerte mich, wie sanft und behutsam er mit Gaitelgrima umgegangen war. Sollte es etwa eine Liebesheirat werden?

»Aber du weißt doch, was sie für Robert empfindet«, konnte ich mir nicht verkneifen. »Macht dir das nichts aus?«

Eigentlich hatte ich eine ärgerliche Erwiderung erwartet, aber er zuckte gleichmütig mit den Schultern. »Ach, weißt du, Frauen träumen gerne von Liebesdingen. Ich denke, das wird sich schon geben. Ich jedenfalls will versuchen, ihr ein schönes Leben zu bereiten. Darauf kommt es doch an.«

»Du hattest schon immer etwas für sie übrig, oder?«

»Für die magere Ziege?« Er lachte gutgelaunt. »Aber das weißt du doch. Hab sie immer gemocht. Drogo war nicht der richtige Kerl für sie.«

Seine Zuversicht in Ehren, aber ich musste an Gaitelgrimas Worte denken, wie sehr sie es hasste, an ungehobelte Normannenanführer verkuppelt zu werden, die ihr Land ausplünderten. Seine gute Laune bewog mich jedenfalls, mein eigenes Anliegen vorzutragen.

»Ich will so schnell wie möglich nach Scribla«, sagte ich. »Robert braucht jetzt jeden Mann.«

Da wurde er ernst. »Ich weiß, du sehnst dich nach deinem Mädel. Aber das geht nicht.«

»Warum nicht?«

»Ist schon ärgerlich genug, dass Robert seine Zeit damit verschwendet, unwichtige Dörfer zu erobern. Ich brauche ihn jetzt hier und dich auch.«

»Argentano ist eine Festungsstadt, kein Dorf. Von dort lässt sich das größte und wichtigste Tal in Kalabrien beherrschen.«

Er sah mich scharf an. »Ich sage, du bleibst hier, Gilbert. Das ist ein Befehl. Hast du mich verstanden?«

Plötzlich war es vorbei mit Onfrois Gemütlichkeit. Zum ersten Mal klang so etwas wie kalter Stahl in seiner Stimme. Der neue Graf von Apulien hatte gesprochen. Ich senkte ergeben den Blick. Als er jedoch sah, wie niedergeschmettert ich war, milderte er seinen Tonfall.

»Gaitelgrima verlangt, dass du weiterhin ihre Leibwache befehligst. Sie traut keinem anderen.«

»Und deshalb darf ich nicht nach Scribla?«

»Seit Drogos Ermordung fürchtet sie sich vor jedem Schatten. Wer kann es ihr verdenken nach dem, was sie mit ansehen musste? Tu mir also den Gefallen, bis ich ihr Vertrauen gewonnen habe. Ich werde Robert und Girard ohnehin beordern, die Belagerung aufzugeben und schleunigst nach Melfi zurückzukehren. Du wirst also bald deine Gerlaine in die Arme schließen können.«

Nun, das versöhnte mich ein wenig, und ich versah meinen Dienst wie zuvor. Auch meine Freunde waren nicht glücklich darüber, Amme zu spielen, wie sie es nannten. Aber was half's? Zumindest teilte Onfroi uns noch zwei seiner Männer zu, damit wir uns besser abwechseln konnten.

Fulkos Wunde heilte, und er erholte sich zusehends. Gaitelgrima war freundlich, redete aber nur noch das Nötigste mit mir. Vermutlich bereute sie die Vertraulichkeiten, die sie mit mir geteilt hatte. Die meisten Tage verbrachte sie zurückgezogen in ihren Gemächern, schien sich jedoch ebenfalls in das Unvermeidliche ergeben zu haben.

Seit Drogos Tod kam es mir vor, als ob alle Welt in unruhiger Erwartung den Atem anhielt. Das Volk hatte wie immer um diese Jahreszeit den Winter satt und sehnte sich nach den ersten Zeichen des Frühlings. Schmiede und Handwerker fertigten Waffen an oder besserten Schilde und Kettenpanzer aus, Krieger schärften Speerspitzen und Schwerter, und die Barone ritten mit ihren Männern vor die Stadt, um Streitrösser abzurichten und endlos alle Taktiken des Reiterkampfes zu üben. Denn das war die bevorzugte Kampfweise der normannischen Söldner geworden. Fußtruppen dienten meist nur noch als Wachen oder Besatzungen von Burgen.

All dies geschah in Erwartung der großen kriegerischen Auseinandersetzung, die sich am fernen Horizont abzeichnete und über das weitere Schicksal der Normannen im Mezzogiorno entscheiden würde. Jede Woche trafen Kundschafter und Boten ein, die über die Vorbereitungen unserer Feinde berichteten. Man hörte von Schiffen, die im Hafen von Bari ankamen, um Waffen und byzantinische Verstärkungen zu landen, von Truppen, die aus den südlichen Städten verlegt werden sollten, aus Taranto, Monopoli, Oria und Brindisi. Besatzungen vorgeschobener byzantinischer Festungen wurden verstärkt wie in Troia. Es wurde von Pferdekäufen und Weizenladungen berichtet, die nach Bari geschafft wurden, wo sich Argyros' Heer zu sammeln schien. Wer es bis jetzt nicht hatte glauben wollen, nun war es offenkundig. Byzanz bereitete sich auf einen gewaltigen Angriff vor.

Ähnliches ließ sich auch in Capua und Benevento ausmachen. Pandulfs Überfälle auf das Gebiet von Salerno waren zurückgegangen. Aber die Ruhe täuschte, denn der Wolf der Abruzzen heuerte neue Söldner an, sammelte Proviant und überschüttete die Schmiedewerkstätten seiner Stadt mit Aufträgen. Es war wie ein Ausholen vor dem entscheidenden Schlag.

Nur von Papst und Kaiser hörte man nichts als Gerüchte. Vielleicht warteten sie auf Tauwetter, bevor das kaiserliche Heer die Alpen überqueren konnte. Wenn das geschah, würden wir in Melfi von allen Seiten umzingelt sein. Pandulf und Benevento bedrohten uns von Westen, Argyros von Osten und der Kaiser würde von Norden anrücken. Die Barone überlegten, ob es möglich wäre, den einen oder anderen frühzeitig durch einen Erstschlag außer Gefecht zu setzen. Aber wir besaßen kein schweres Kriegsgerät für Belagerungen. Solange der Feind hinter seinen Mauern verharrte, konnten wir nichts unternehmen. Nur eine offene Feldschlacht würde die Entscheidung bringen. Doch dafür waren wir empfindlich in der Unterzahl. Es sah also alles andere als gut aus.

Und während die Stadt mit Bangen in die Zukunft blickte, wartete ich täglich darauf, dass Robert und meine Freunde endlich zurückkehren würden.

Aber der tat seinem Bruder nicht den Gefallen, trotz eindringlicher Mahnungen durch Boten, die nach Scribla geschickt wurden. Es vergingen erst Wochen, dann Monate mit immer neuen Ausflüchten, warum er noch nicht kommen konnte. Argentano war inzwischen längst in seiner Hand. Aber das schien ihm nicht zu reichen. Mit Hilfe von Girards Verstärkungen unterwarf er ein Örtchen nach dem anderen im Tal des Crati. Seine Macht wuchs, bis bald Bisignano und sogar die Hafenstadt Rossano ihn fürchten mussten.

Es war nun fast ein Jahr, dass ich von Gerlaine getrennt war. Nicht, dass die Erinnerung an sie verblasste, aber langsam begann ich zu zweifeln, ob wir uns jemals wiedersehen würden, besonders im Angesicht des kommenden Krieges, der uns zu verschlingen drohte. Würde ich auf dem Schlachtfeld fallen, ohne sie noch einmal in den Armen gehalten zu haben? In dieser düsteren Stimmung war es kein Wunder, dass ich noch einige Male Thore und die Schwestern in ihrem Häuschen besuchte. Aber ich tat es heimlich, in der Nacht und wie ein Dieb. Niemand sollte davon erfahren.

Doch als Geretrudis eines Tages ihrem Thore beichtete, dass sie schwanger war, bekam ich es mit der Angst zu tun und blieb weg. Ein Bastardkind unter diesen Umständen hätte mir gerade noch gefehlt.

Kurz vor Ostern fand Onfrois Vermählung statt. Diesmal war es eine ruhige Angelegenheit, nicht das große Fest wie zuvor. Und doch fand ich, hatte Gaitelgrima nie besser ausgesehen. Ihr frischgebackener Ehemann behandelte sie mit zärtlicher Fürsorge, rückte ihr den Stuhl zurecht, füllte ihren Kelch mit Wein und berührte sie sanft zu jeder passenden oder unpassenden Gelegenheit. Und jedes Mal dankte sie es ihm mit einem stillen Lächeln, das mir Hoffnung gab. Obwohl es eine politische Verbindung war, so hatte sie in Onfroi vielleicht doch einen Mann gefunden, den es sich zu lieben lohnte, auch wenn er kein feiner lombardischer Fürstensohn war. Aber das würde nur die Zukunft zeigen.

Vier Wochen nach der Hochzeit kehrte Lando zurück und berichtete von Roberts Abenteuern. Auch, dass er bald kommen würde, um Onfrois Truppen zu verstärken. Besonders aber ließ Gerlaines Liebesbotschaft mein Herz höherschlagen. Sie könne es kaum länger ohne mich aushalten und zähle die Tage bis zum Wiedersehen. Bei aller Freude erfasste mich jedoch auch ein nagendes Schuldgefühl. Und so wie Lando mich mit einem wissenden Lächeln musterte, schien ihm das nicht entgangen zu sein. Aber dann erinnerte ich mich, wie sie sich meinen Liebkosungen am Ende immer entzogen hatte und dass sie mich als armen Schlucker nicht hatte heiraten wollen, als sei ich nicht gut genug für sie. Den Zwischenfall mit Tristan hatte ich ebenfalls nicht vergessen. Und so harrte ich ihrer Ankunft mit einer Mischung aus freudiger Erwartung, Schuldgefühlen und vorgetäuschtem Groll.

Onfroi ergriff die Gelegenheit, um Lando einen geheimen Auftrag zu erteilen. Meine Gefährten und ich sollten ihm dabei behilflich sein. Bei einem Jagdausflug in den umliegenden Wäldern erklärte er uns Näheres.

»Mir sind Gerüchte zu Ohren gekommen«, sagte er, »dass der Papst von Rom aus mit einem Heer aufgebrochen ist und bald in Benevento erwartet wird. Allerdings ohne den Kaiser.

Der hat angeblich im letzten Augenblick seine persönliche Beteiligung abgesagt, dafür jedoch ein Aufgebot an Alemannen geschickt. Kampferprobte Schwertkrieger sollen es sein, die jeder Reiterei standhalten können.«

Wir sahen uns an. Der Krieg rückte unaufhaltsam näher. Arichis' Prophezeiung bewahrheitete sich täglich mehr.

»Ich muss wissen, wie stark dieses Heer wirklich ist«, fuhr Onfroi fort. »Zahlenmäßig, aber auch, was von den Alemannen zu halten ist. Wenn möglich, was sie vorhaben, in welche Richtung sie sich wenden werden. Das ist deine Aufgabe, Lando. Ich weiß, ich kann mich auf deine Schlauheit verlassen. Und ihr …« Er wandte sich an Fulko und mich. »Ihr sollt ihn unterwegs beschützen und sehen, dass er heil zurückkommt. Für diese Aufgabe wird Fulko euer Anführer sein und Gilbert sein zweiter Mann. Nehmt eure beiden Freunde mit. Aber mehr nicht. Ein größerer Trupp würde auffallen.«

Am nächsten Morgen also sattelten wir die Pferde und trafen letzte Vorbereitungen. Das Haar unter breiten Kappen verborgen, hüllten wir uns in lange, kapuzenbesetzte Umhänge, die uns wie gewöhnliche Reisende aussehen ließen. Darunter trugen wir weite, ärmellange Surcots, unter denen die Kettenpanzer nicht mehr zu sehen waren. Speer, Schild und Helm ließen wir zurück, Schwert und Dolch mussten genügen.

Onfroi kam, um uns Glück zu wünschen. Dann saßen wir auf und verließen Melfi – in Richtung Feindesland.

*

Das Lagerfeuer qualmte mehr, als uns lieb war, denn in der Nacht war ein heftiger Regenschauer niedergegangen, und wir hatten nichts als feuchtes Holz gefunden. Zum Glück waren wir tief im Wald auf einem langgezogenen Höhenzug versteckt, meilenweit von jeder menschlichen Behausung entfernt. Außer Vögel und Waldtiere hatten wir kein Lebewesen entdeckt. Wir lagerten an einer kleinen Lichtung, wo auch die Pferde grasen konnten.

Das Gelände stieg nach Westen zu noch etwas an, um dann mit einer scharfen Kante steil zum *fiume* Sabato abzufallen, der etwas weiter nördlich bei Benevento in den Calore Irpino mündete. Es war also nah genug für Lando, um seine Aufgabe zu erfüllen, ohne sich allzu weit von uns zu entfernen, denn unterhalb der Stadt und in der Nähe des Zusammenflusses dieser Gewässer hatten wir tatsächlich das Lager des Papstes entdeckt. Von der Spitze unseres Hügels konnte man im Dunst der fernen Flussniederungen die vielen Zelte erkennen und das Kommen und Gehen unten auf der Straße im Tal des Sabato beobachten.

Lando war diesmal als Mönch verkleidet und würde von den heiligen Männern, die den Papst umgaben, kaum zu unterscheiden sein. Wir dagegen hatten nichts anderes zu tun, als auf seine Rückkehr zu warten. Schon zwei Tage lang saßen wir tatenlos herum und wurden allmählich ungeduldig.

»Löscht das Feuer«, sagte Fulko. »Wer weiß, wie weit man den verdammten Rauch sehen kann.«

»He, mein Speck ist noch nicht gebraten«, maulte Reynard.

»Den kannst du auch ungebraten essen.«

Fulko begann, mit den Stiefeln die brennenden Scheite auseinanderzuschieben. Dann trat er die Flammen aus.

»Ich glaube, ich werde zu alt für so was«, murrte Reynard, während er an seinem halbgaren Speck kaute. »Die ganze Nacht mit dem Hintern im nassen Gras. Da kann ich mir was Besseres vorstellen.«

»Ich wette, ich weiß, wo du lieber wärst«, lachte Thore. »Am Busen deiner drallen Maria, gib's nur zu. Obwohl ich's dir nicht verdenken kann. Sie ist schon ein strammes Weibsbild.«

»Hast du noch nicht genug mit den beiden Schwestern, du Lustmolch?« Reynard bekam plötzlich listige Augen. »Obwohl ich weiß, dass du sie nicht mehr alleine vögelst.«

Er zwinkerte mir bedeutungsvoll zu. Ich aber tat, als hätte ich ihn nicht gehört, doch er ließ nicht locker. »Weiß nicht, was Gerlaine dazu sagen würde.«

»Hör mit dem dummen Gewäsch auf, Reynard.«

»Du brauchst es gar nicht abzustreiten, Junge«, gluckste er. »Ich hab dich gesehen. Bin dir nämlich mal gefolgt.«

Jetzt wurde ich wütend und warf einen verkohlten Ast nach ihm. »Hör auf, so einen Scheiß zu erzählen.«

Auch Thore sprang mir bei. »Was denkst du dir eigentlich, alter Mann?«, knurrte er. »Glaubst du, meine Mädels sind Dirnen, über die jeder steigen darf? Fehlt nur noch, dass du behauptest, ich nähme Eintritt dafür. Frechheit, so was.«

»Ich hab gesehen, was ich gesehen habe«, verteidigte sich Reynard beleidigt. »Und Küsschen an der Pforte hat's auch gegeben.«

Wir waren ziemlich laut geworden. Fulko versuchte, die Gemüter wieder zu beruhigen, als ich plötzlich zwei Augen im Gebüsch entdeckte, die uns beobachteten.

»Da ist einer!«, rief ich und sprang auf.

Im gleichen Moment verschwanden die Augen, und wir hörten, wie jemand sich durchs Unterholz davonmachte. Ich warf meinen Umhang ab und zog das Schwert. »Los, ihm nach.«

Ohne auf die anderen zu warten, jagte ich dem Geräusch des Fliehenden hinterher. Wir hatten lauthals Fränkisch gesprochen. Wer auch immer uns beobachtet hatte, würde uns Soldaten auf den Hals hetzen.

Und dann sah ich ihn vor mir. Ein junger Bursche, wie mir schien. Er war barfuß, lief aber flink wie ein Reh durch Unterholz und Farnkraut. Niedrige Äste schlugen mir ins Gesicht, aber ich ließ mich nicht entmutigen und setzte ihm nach. Einmal blieb er kurz stehen und sah sich um, was mich ihm um mindestens fünf Schritte näher brachte. Mit keuchendem Atem verdoppelte ich meine Anstrengung und, obwohl es leicht bergan ging, holte ich langsam auf.

Und dann war er auf einmal zwischen den Bäumen verschwunden, als hätte ihn eine Erdspalte verschluckt. Als ich durch die Büsche brach, sah ich, warum. Wir hatten den höchsten Punkt erreicht und von hier an fiel der Hang scharf ab.

Plötzlich hörte ich einen Schrei. Und da sah ich ihn wieder. Er musste viel zu schnell die steile Böschung hinabgelaufen sein, war gestürzt, hatte sich überschlagen und war gegen einen Baumstamm geknallt. Als ich zu ihm aufschloss, wollte er sich gerade aufrappeln, schrie aber wieder und fasste sich mit schmerzverzogenem Gesicht an den Knöchel. Schon war ich neben ihm und packte ihn mit der Linken am Kragen.

»Nicht töten«, wimmerte er und hob eine Hand.

Vierzehn oder fünfzehn schätzte ich den Jungen, dünn wie eine Bohnenstange und wie das Landvolk in grobes Tuch gekleidet. Ein Fallensteller oder ein Hirtenjunge, so wie ich selbst einer gewesen war. Er schien schreckliche Angst vor mir zu haben. Tränen liefen ihm über die Wangen.

»Nicht töten«, bettelte er wieder. »Ihr seid *normanni.* Aber ich werde nichts sagen. Ich verspreche es. Lasst mich gehen, bitte.«

Inzwischen hatten auch die anderen uns erreicht.

»Verdammt. Was machen wir mit ihm?«, fragte Thore. »So'n junges Kerlchen.«

»Bist du allein?«, fragte ich ihn und drohte ihm mit dem Schwert. »Wo sind die anderen?«

Er zuckte zurück. »Nein, Herr. Da ist niemand. Ich bin allein. Hab nur nach meinen Fallen gesehen. Ihr müsst mir glauben.«

Der Bursche sah so jämmerlich aus in seiner Angst, dass er einem leidtun konnte. Rotz mischte sich mit Tränen. Er versuchte, sie mit dem Ärmel abzuwischen.

»Der wird uns verraten«, knurrte Reynard.

Fulko blickte mich an, sagte jedoch nichts.

Man darf nicht darüber nachdenken, fuhr es mir durch den Kopf. Sonst kann man es nicht mehr tun. Blitzschnell hob ich die Schwertspitze und stieß sie dem Jungen in den Hals, bis sie knirschend auf Wirbel traf. Er wollte schreien, aber sein durchstoßener Kehlkopf erlaubte es nicht mehr. Mit beiden Händen packte er die Klinge und begann, an seinem eigenen Blut zu würgen. Die Augen quollen ihm aus dem Kopf, als auch das Atmen schwerfiel. Noch einmal stieß ich zu, und diesmal trat die Spitze hinten im Nacken wieder hervor. Da erschlaffte der Junge. Mit brechendem Blick sank er zur Seite und bewegte sich nicht mehr.

Mir klopfte das Herz wie rasend, während ich das Schwert herauszog und am Gras abwischte.

»Scheiße, Mann. War das nötig?«, fragte Thore.

»Der hätte uns einen ganzen Trupp auf den Hals gehetzt«, entgegnete Reynard. »Lasst uns den Kerl lieber verstecken, statt Maulaffen feilzuhalten.«

Er begann, den Leichnam in ein Gestrüpp zu zerren. Thore bückte sich und half ihm dabei. Ich war von meiner Tat ganz benommen und starrte auf die nackten Füße des Jungen, die noch aus den Büschen ragten. Mit einem Mal würgte mich die Galle im Hals, und ich war nahe dran, mich zu übergeben. Da spürte ich, wie Fulko mir die Hand auf die Schulter legte.

»Es war besser so«, sagte er. »Mach dir keine Gedanken.«

Er faltete die Hände und sprach ein Gebet für die Seele des armen Burschen.

Noch bis zum nächsten Tag mussten wir ausharren, bis endlich Lando wieder auftauchte. Diesmal hatten wir auf Feuer verzichtet und nur in leisen Stimmen miteinander geredet, vor allem die Augen offen gehalten. In der Nacht konnte ich nicht schlafen, musste immer wieder an den Jungen denken. Und an eine Mutter, die vergeblich auf ihn warten würde.

Kaum hatte Lando uns gefunden, überfielen wir ihn mit Fragen. Die Zeltstadt des Feindes hatte er betreten und sich gründlich umgesehen.

»Die Alemannen sind etwa siebenhundert, vielleicht etwas mehr.«

»Woher weißt du das? Hast du sie gezählt?«

»Ihre Zelte hab ich gezählt. Knapp über hundert. Große Zelte. Und in jedem übernachten etwa acht Mann.«

»Und was sind das für Kerle?«

»Die Lombarden halten große Stücke auf sie. Sie sind aus einer Gegend, die man Schwaben nennt, gepanzerte Fußkämpfer mit Schilden und mächtigen Schwertern, die sie auf dem Rücken tragen. Es heißt, sie können damit jedem Gaul die Beine brechen. Angeblich hat man sie noch nie besiegen können.«

»Dann haben sie noch nicht gegen Normannen gekämpft«, erwiderte Reynard großspurig. Aber es klang, als wollte er sich selber Mut machen.

»Hast du den Papst gesehen?«, fragte Fulko.

Lando nickte. »Er hielt eine Messe für alle Gläubigen ab und bat Gott um Hilfe, die Normannenplage endlich aus dem Land zu fegen. Ich habe mich mit ein paar Geistlichen aus seinem Gefolge angefreundet und dadurch viel in Erfahrung bringen können.«

»Und Pandulf?«

»Auch der ist mit seinen Kriegern gekommen. Dazu andere aus Benevento. Monte Cassino hat Söldner geschickt, ebenso der Herzog von Gaeta, sogar der Erzbischof von Amalfi. Und der Papst selbst hat Truppen aus Rom mitgebracht. Alles in allem schätze ich das Heer auf etwa viertausend Mann. Und es sollen noch mehr werden, denn bevor sie uns angreifen, wollen sie in das nördliche Apulien ziehen.«

»Warum das?«

»Die Gegend um Benevento ist schon kahlgefressen. Ist schließlich ein großes Heer. Bei Siponto am Meer wollen sie weitere Krieger aus Apulien sammeln und sich schließlich mit den Byzantinern vereinen.«

Ich erinnerte mich an Civitate, dem kleinen Ort, wo wir den Bischof ausgeplündert hatten. Das war nicht weit von Siponto. Viel Landwirtschaft zwischen beiden Orten. Besser geeignet, um ein großes Heer zu versorgen.

»Es ist also wahr«, stellte Fulko fest. »Rom und Byzanz machen gemeinsame Sache.«

»So ist es. Im Lager gehen byzantinische Offiziere ein und aus. Sogar der Patriarch von Bari wurde von Papst Leo mit großer Feierlichkeit empfangen.«

»Dann wird es Zeit, dass wir heimkehren und alles berichten.«

Auf Fulkos Befehl sattelten wir die Pferde und verwischten so gut wie möglich unsere Spuren. Dann suchten wir uns vorsichtig den Weg durch den dichten Wald. Man kam nur langsam voran, aber die Wahrscheinlichkeit, gesehen zu werden, war geringer.

»Warum hat es mit der Belagerung von Argentano eigentlich so lange gedauert?«, fragte ich Lando, als wir kurz an einem Bächlein rasteten.

»Du hast die Stadt gesehen. Hoch auf dem Berg und gut befestigt. Da spaziert man nicht so einfach hinein.«

»Auch nicht mit Girards zweihundert Mann?«

Er schüttelte den Kopf. »Hätte zu viele Verluste gegeben. Das wollte Robert vermeiden. Wir beschränkten uns darauf, alle Zugänge zu versperren.«

»Ihr habt sie ausgehungert?«

Er lächelte listig. »Es gibt auch andere Möglichkeiten, eine Festung zu nehmen.«

»Nun sag schon.«

»Bestechung. Wir haben jemanden gefunden, der gegen Geld bereit war, uns nachts eine Strickleiter über die Mauer zu werfen.«

Lando lachte, als er mein erstauntes Gesicht sah. »Nach Bisignano konnte Robert es sich leisten, wie du weißt. Und es gehört mit zu meinen Aufgaben, gierige Leute zu finden, mit denen man einen Handel abschließen kann.«

»Du hast dich in die Stadt geschlichen?«

»So ähnlich. Hat ein wenig gedauert. Dafür ist die Sache aber weitgehend blutlos abgelaufen.«

Ich schüttelte den Kopf. Vielleicht war Lando doch nicht so anders als Arichis. Und was war eine Festungsmauer denn noch wert, wenn man sie nur mit ein wenig Gold einreißen konnte? Ich merkte schon, im Mezzogiorno wurde nicht nur mit Schild und Speer gekämpft. Mord und Bestechung waren alltäglich. Und vor Gift würden diese Lombarden gewiss auch nicht zurückschrecken.

Nach einigen Meilen durch den Wald stießen wir wieder auf die Straße, wo ein schnelleres Vorankommen möglich war. Wir waren jetzt weit genug von Benevento entfernt und fühlten uns sicherer. Also trieben wir unsere Tiere zu einem leichten Galopp an, um so schnell wie möglich noch mehr Meilen zwischen uns und den Feind zu bringen.

Eigentlich war alles leichter abgelaufen als erwartet. Kein Wunder, dass wir freudig erregt über unseren Erfolg waren. Vielleicht sogar ein wenig übermütig, ließen deshalb die übliche Vorsicht außer Acht.

Es war kurz vor Sonnenuntergang. Die Straße verlief durch ein Wäldchen, wir bogen gerade um eine Kurve, da verstellte uns plötzlich ein Dutzend bis an die Zähne bewaffneter Reiter den Weg. Ein gewaltsames Durchkommen schien unwahrscheinlich, Flucht und mögliche Verfolgung in Richtung Benevento kaum angeraten. Es blieb nur eine Möglichkeit. Wir mussten sie von unserer Harmlosigkeit überzeugen.

»Haltet euch zurück. Ich werde mit ihnen reden«, sagte Lando und ritt auf den Anführer zu, einen graubärtigen Kerl auf einem hübsch gezäumten Rappen, der uns misstrauisch beäugte.

Woher wir kämen und wohin die Reise gehen sollte, wollte er wissen. Sie redeten in schnellem Lombardisch, von dem ich nur so viel verstand, dass Lando Gesandter irgendeines Klosters und in wichtiger Mission nach Amalfi unterwegs sei. Wir dagegen seien Kaufleute aus dem Norden, die sich ihm angeschlossen hatten.

Der Anführer zeigte sich wenig beeindruckt. Hochmütig musterte er Lando. Dann wanderte sein Blick zu uns herüber. Irgendetwas erregte seine Aufmerksamkeit, denn er bewegte seinen Gaul vorwärts, um uns näher in Augenschein zu nehmen. Besonders Thore starrte er neugierig ins Gesicht. Da dämmerte es mir. Thores hellblonder Bart und die kleinen Silberringe, die er hineingeflochten trug, ließen ihn wenig lombardisch aussehen.

Kaum begann der Kerl zu ahnen, dass wir Normannen waren, da traf ihn auch schon Fulkos tödliche Klinge im Nacken und erstickte jeden Warnruf, bevor er ihn ausstoßen konnte. Ich hatte gar nicht bemerkt, dass Fulko die Waffe gezogen hatte.

Aber wir nahmen uns ein Beispiel an ihm und gaben den Gäulen die Sporen. Bevor die Männer des Spähtrupps begriffen, wie ihnen geschah, waren wir mitten unter ihnen und verwundeten weitere drei aufs schwerste. Dann waren wir durch ihre Absperrung und galoppierten mit Lando im Gefolge wie die Furien die Straße hinunter.

Einige der Lombarden setzten uns nach, aber da ihr Anführer blutend im Staub lag, blieben die Übrigen unschlüssig zurück, bis auch die Verfolger es merkten und uns ziehen ließen.

*

Als wir in Melfi eintrafen, merkte ich gleich, dass etwas anders war. Was genau, hätte ich nicht sagen können. Vielleicht war es das Bedürfnis der Menschen, für einen Abend die Bedrohung, die über der Stadt hing, zu vergessen. Oder es war die unbekümmerte Ausgelassenheit eines bezaubernden Maiabends, so angenehm warm und voller Versprechen auf eine samtene Nacht. Über den Dächern flirrten Schwalben in der untergehenden Sonne, in den Gassen war allerhand Volk unterwegs, aus den Schenken perlte fröhliches Gelächter. Von den winzigen Gärten, in denen die Melfitanos ihr eigenes Gemüse zogen, duftete es nach Blüten und Kräutern, und selbst die Wachen am Burgtor schienen freundlicher als sonst.

Mit einem Mal entdeckte ich Roberts Grauschimmel im Burghof. Daneben stand Bjarni, der auf den großen Rollo einredete, und Ragnar, der mit hochmütiger Miene an der Mauer lehnte und geringschätzig in den Staub spuckte. Mein Herz schlug wie wild. Ich glaube, ich war noch nie so schnell von einem Gaul gesprungen. Hamo entdeckte mich als Erster.

»He, Kumpels«, schrie er. »Da ist ja unser verlorener Sohn.«

Mit Tränen in den Augen umarmte ich den kleinen Scheißer. Und dann umringten sie mich, drückten mich an sich, schlugen mir auf die Schulter und rissen mir beim Händeschütteln fast die Arme aus. Wie sehr hatte ich sie alle vermisst und wie schön war das Wiedersehen.

Auch Fulko und die anderen wurden überschwenglich begrüßt. Schließlich fragte ich nach Robert und Girard di Buonalbergo.

»Die sind gleich zu Onfroi und beraten sich.«

»Da gehe ich wohl besser und berichte«, meinte Lando.

»Und wir anderen, wir wollen das Wiedersehen feiern«, rief Bjarni. »Da ist doch diese nette Schenke …«

»Was ist mit Alberada?«, unterbrach ich ihn mit klopfendem Herzen. Denn wo Alberada war, da konnte Gerlaine nicht weit sein.

»Sie ist unter Tancreds Schutz in Argentano geblieben«, erwiderte Rainulf zu meiner Enttäuschung. »Die Schwangerschaft war schon zu weit fortgeschritten für so eine lange Reise. Sie ist wirklich schon kugelrund. Ich sage dir, das wird ein Prachtbursche, wenn es so weit ist.«

Seltsam, dass alle sicher waren, Roberts Kind würde ein Junge werden. Mädchen kamen in ihrer Vorstellung wohl nicht vor. Als er mein enttäuschtes Gesicht bemerkte, schlug er mir auf die Schulter.

»Was schwätze ich da für dummes Zeug? Du willst ja dein Mädel sehen. Dann beeil dich. Die wartet nämlich schon sehnsüchtig in Girards Haus auf dich. Hat uns den ganzen Weg verrückt gemacht mit ihrer Ungeduld.«

Das ließ ich mir nicht zweimal sagen und schwang mich wieder auf Albas müden Rücken. Das arme Vieh hatte schon das Heu des Burgstalls in der Nase gehabt und war wenig begeistert, noch einmal zum Tor hinauszutraben. Fast wäre sie bockig geworden, wenn ich ihr nicht gut zugeredet hätte. Aber dann flogen wir durch die Gassen, dass die Leute fluchend aus dem Weg sprangen und uns mit erhobenen Fäusten zum Teufel wünschten.

Kaum angekommen, hämmerte ich ans Tor. Als sie endlich öffneten, warf ich der Wache die Zügel hin und stürmte, laut nach Gerlaine rufend, ins Haus. Da stand sie vor mir mit leuchtenden Augen, das Gesicht glühend vor Freude. Still und wie gebannt sahen wir uns einen Moment lang an, als wollten wir das Bild des anderen in uns aufsaugen, diesen magischen Augenblick noch etwas hinauszögern. Sie war die Gleiche geblieben, schön wie eine Sommernacht. Und doch nach einem Jahr auch ein wenig anders, voller, reifer geworden.

Dann hielt uns nichts mehr auseinander.

Mit einem kleinen Aufschrei war sie in meinen Armen, vergrub sich stöhnend in meinen Lippen. Ich wiegte sie, wollte sie schier erdrücken und hatte doch Angst, ihr mit meinem Kettenhemd weh zu tun, kostete den Duft ihrer Haare, ihrer Haut, die Weichheit ihrer Arme, überhaupt die Berührung ihres Leibes so fest an mich gepresst. Es war alles wie immer, wie ich es in meiner Erinnerung so lange gepflegt und herbeigesehnt hatte. Und doch auch wieder fast schmerzhaft neu und aufregend. Ich nahm weder das Grinsen des Gesindes wahr noch Girards Jagdhunde, die neugierig an meinen Beinen schnupperten.

Gerlaine sah zu mir auf, die Augen voller Tränen. »Es war eine so schrecklich lange Zeit, mein Herz. Nie mehr sollst du mich verlassen.«

Sie war es ja selbst gewesen, die vor einem Jahr für unsere Trennung gesorgt hatte. Aber daran wollte ich sie nicht erinnern. Lieber küsste und herzte ich sie noch einmal lang und zärtlich. Mägde und Knechte standen um uns herum und gafften, so schön musste es sein, zwei jungen Menschen beim Küssen zuzuschauen. Als wir beide endlich Luft holten, wollte sie wissen, ob unser Ritt in Feindesland gefährlich gewesen war.

»Nicht sehr«, log ich.

»Und wie lange wart ihr unterwegs?«

»Zehn Tage oder etwas mehr.«

Sie rümpfte leicht die Nase und lachte. »So riechst du aber auch. Geh dich erst mal waschen.«

Mit befehlsgewohnter Stimme trug sie einem der Knechte auf, Brennholz zu holen, und den Mägden, mir Seife und Waschschüssel zuzubereiten, dazu ein sauberes Leinentuch und eine Tunika des Hausherrn.

»Du gehst mit ihnen um, als wärst du die Herrin«, sagte ich verwundert, während ich mir die Rüstung vom Leib schälte.

»Das bin ich auch in gewisser Weise. Alberada will, dass ich mich um Girard kümmere und das Haus führe, bis sie wieder zurück ist.«

»Um Girard soll sich eine andere kümmern. Sonst kriegt er es mit mir zu tun.«

»Erst verschwindest du ganz ohne Nachricht, und dann ist der Herr auch noch eifersüchtig.«

Sie boxte mir lachend in die Seite.

»Aber das Haus eines Barons? Hast du überhaupt eine Ahnung, was zu tun ist?«

»Sie hat es mir beigebracht. Es betrifft auch nur das Haus selbst. Mit den Stallungen und den Wachleuten habe ich nichts zu tun. Jetzt beeil dich. Und wenn du dir endlich den Straßenstaub abgewaschen hast, mein Herz, dann sehen wir uns oben.« Sie zwinkerte mir anzüglich zu. »Ich kann es kaum erwarten.«

Was meinte sie mit oben? Nun, ich würde es herausfinden. Während ich mich wusch, dachte ich darüber nach, wie gut es uns doch eigentlich ergangen war, seit wir mit Robert unser kleines Dorf in der Normandie verlassen hatten. Gerlaine hatte die Freundschaft der schönen Baronessa Alberada gewonnen, ich konnte mich jetzt einen Ritter nennen. Alles zum Besten also, wäre da nicht das Heer des Papstes gewesen, das ich mit eigenen Augen gesehen hatte. Auch der Tod des jungen

Fallenstellers hing mir noch nach. Aber ich beschloss, diese Dinge für heute aus meinen Gedanken zu verbannen. Und dazu gehörte auch die schuldbewusste Erinnerung an die heimlichen Nächte bei Hermelinda.

Hastig trocknete ich mich ab und zog die saubere Tunika über den Kopf. In der Eingangsdiele stand die Magd, die mir das Waschwasser gerichtet hatte, und wies auf die Treppe. Es sei die letzte Kammer auf der rechten Seite, flüsterte sie mir zu und konnte sich eines Kicherns nicht erwehren.

Als ich die richtige Tür gefunden hatte, betrat ich ein Gemach, das sogar das Gaitelgrimas an Reichtum und Bequemlichkeit übertraf. Es war ohne Frage das kleine Reich einer Frau, noch dazu einer, die auf ihre Schönheit bedacht war. Überall lagen bunte Kissen verteilt, Teppiche nicht nur an den Wänden, sondern sogar auf dem Fußboden. Kleidertruhen, polierte Silberspiegel, Tischchen und Anrichten voller Putzzeug und Schatullen. Trotz der lauen Nacht brannte ein Feuer im Kamin, und einige wenige Kerzen verliehen dem Raum ein sanftes, fast überirdisches Licht.

Mitten in diesem verschwenderisch ausgestatteten Gemach stand ein richtiges, breites Bett, mit seidenen Laken und weichen Tierfellen bedeckt. Und auf diesem kostbaren Lager erwartete mich meine Gerlaine, ganz als ob sie dahin gehörte. Und doch nicht ohne ein schüchternes Lächeln auf den Lippen, denn sie war so gänzlich nackt, wie ich sie in ihrer vollen Herrlichkeit noch nie gesehen hatte. Der Anblick ihrer betörenden Schönheit schnürte mir die Kehle zu.

»Hast du endlich genug geglotzt?«, schmollte sie verlegen und lächelte doch gleich wieder verschämt.

»Wie kann man je genug davon kriegen?«, murmelte ich und ließ einen Finger über ihren Schenkel wandern.

Sie erschauerte unter der Berührung.

»Zieh dich endlich aus«, flüsterte sie und zerrte an meiner Tunika.

Das lästige Kleidungsstück taumelte zu Boden, und ich legte mich zu ihr, zog sie dicht an mich heran. Die Haut ihres Leibes zu spüren war noch erregender als ihr Anblick. Bald hielt uns nichts mehr zurück, wir fielen in einen Rausch von geflüsterten Beteuerungen, hungrigen Mündern und liebkosenden Händen. An diesem Abend ließen wir alles geschehen, und Gerlaine schenkte mir, was sie uns so lange vorenthalten hatte. Selbst der kurze Schmerz und ihr jungfräuliches Blut hinderten sie nicht, all dem an Leidenschaft freien Lauf zu lassen, was sich seit der Normandie zwischen uns aufgestaut hatte. Und da unsere jungen Leiber vor Leben strotzten, war das eine ganze Menge.

»Ist das nicht Alberadas Gemach?«, fragte ich später, als Gerlaine satt und träge in meinen Armen dahindämmerte.

»Sie hat es mir erlaubt. Für eine Nacht.«

»Du hast sie gefragt?«

»Natürlich. Und sie hat darauf bestanden. Um unser Wiedersehen zu feiern.«

»Und diesmal hast du keine Angst vor Schwangerschaften?«, fragte ich etwas ängstlich, an diesen Punkt zu rühren. Doch sie schmiegte sich nur noch enger an mich.

»Jetzt nicht mehr. Wir gehören doch zusammen.«

»Einen armen Schlucker wie mich willst du heiraten?«

»Mach dich nur über mich lustig.« Sie kniff mir in die Seite. »Robert wird es weit bringen, das spüre ich. Und du bist sein Schildträger, immer an seiner Seite. Was kann es Besseres geben? Außerdem mag er dich.«

»So? Was sagt er denn?«

»Dass du ein Kindskopf bist, aber ansonsten ganz brauchbar.«

»Und du? Magst du mich auch?«

»Ich muss darüber nachdenken«, antwortete sie gedehnt, aber mit einem Lächeln in der Stimme.

»Glaubst du etwa auch, ich bin ein Kindskopf?«

»Ja. Wenn du nicht aufhörst, so dumme Fragen zu stellen. Küss mich lieber.«

Ich tat, wie mir geheißen. Nun, das eine führte unweigerlich zum anderen. In dieser Nacht waren wir unersättlich in unserem Verlangen, als müssten wir eine ganze vergeudete Ewigkeit nachholen.

Nachdem Feuer und Kerzen schließlich niedergebrannt waren, drang die Nachtkühle in die Kammer und trieb uns unter die wärmenden Felle. Doch schlafen wollten wir immer noch nicht, hielten uns nur still aneinander fest. Bei dem Gedanken an die feindlichen Heerscharen in Benevento befiel mich jetzt allerdings eine gewisse Unruhe und auch Niedergeschlagenheit. Was würde die Zukunft für uns bringen?, fragte ich mich.

»Du weißt, dass wir bald in den Krieg ziehen?«

Sie nickte und blieb lange schweigsam. Ich spürte plötzlich ihre Tränen auf meiner Brust und zog sie enger an mich, streichelte ihr Haar.

»Wenn dir etwas geschieht«, flüsterte sie, »hab ich wenigstens dein Kind.«

*

Lärm und Aufruhr im Haus. Laute Stimmen, Befehle, Türenschlagen, Hundegebell und das Klappern von Hufen im Hof. Diese Dinge drangen zuerst nur undeutlich in mein Bewusstsein. Ich spürte Gerlaine an meiner Seite und schwelgte noch halb im Traum, halb im Duft ihres warmen Leibes. Warum zum Teufel ließen sie uns nicht in Ruhe?

Gerlaine gab einen kleinen Seufzer von sich, murmelte verschlafen etwas und schmiegte sich enger an meine Hüfte. Ihre Hand begann eine zärtliche Wanderung mit dem Ziel, wie mir schien, die Freuden der Nacht zu neuem Leben zu erwecken. Ich war drauf und dran, der Versuchung zu erliegen, als ich Girards Stimme vernahm. Hatte er mich gerufen? Er klang ziemlich ungeduldig. Da war ich mit einem Mal hellwach. Etwas Wichtiges war im Gange.

Bedauernd küsste ich Gerlaine und zog mir hastig die Tunika vom Vorabend über. Anderes hatte ich nicht hier oben.

»Es geht los«, sagte Girard, als er mich die Treppe herunterkommen sah. Er bemerkte meine nackten Füße und musste grinsen. »Wünsche, wohl geruht zu haben, junger Herr. War das Lager zu Eurer erlauchten Zufriedenheit? Und meine Kleider trägst du auch schon, wie ich sehe.«

»Tut mir leid«, stammelte ich verlegen.

»Ist schon gut«, lachte er. »Aber melde dich sofort bei Robert. Unsere Männer sammeln sich vor der Burg.«

»Was ist geschehen?«

»Landos Nachrichten kamen gerade zur rechten Zeit. Wir haben die ganze Nacht beraten und sind zu dem Entschluss gekommen, gleich loszuschlagen. Onfroi und die anderen Barone schicken überall Boten hin, um alles an Truppen zusammenzutrommeln, was wir aufbieten können. Da Robert und ich gerade verfügbar sind, werden wir noch heute als Vorhut ausrücken. Also mach dich bereit.«

Er sah übernächtigt aus, rieb sich mit der Hand über die Augen, als wollte er die Müdigkeit fortwischen.

»Kaum angekommen, geht's schon wieder los.«

Gerlaine war inzwischen im Hemd die Treppe heruntergekommen und hatte alles mit angehört. Angst und Sorge standen ihr ins Gesicht geschrieben. Aber sie sagte kein Wort, verschwand nur in der Küche des Hauses, um Wegzehrung zu packen, während ich mich kleidete, den gefütterten Gambeson überzog und darüber meinen Panzer anlegte. Zuletzt den Gürtel mit Schwert und Dolch sowie meinen Helm.

Draußen hatte ein Knecht meine Alba gezäumt und gesattelt. Auch Schild und Lanze hielt er bereit. Girard und seine Männer waren schon zu Pferde und warteten ungeduldig. Schnell schnallte ich Satteltaschen und Zeltrolle auf. Gerlaine kam aus dem Haus und reichte mir den Weinschlauch und einen gut gefüllten Proviantbeutel. Beides hängte ich an den Sattelknauf.

Dann war sie in meinen Armen. Ihre Augen glänzten feucht. Nur mit Mühe gelang es ihr, nicht die Beherrschung zu verlieren.

»Komm gesund wieder«, flüsterte sie.

»Aber ich habe doch deinen Runenzauber. Da kann mir nichts geschehen«, erwiderte ich leichthin, obwohl mir das Herz schwer war.

Sie schlang die Arme um mich. »Wenigstens hatten wir noch diese Nacht, bevor du reitest. Niemand kann uns das nehmen. Du bist in meinem Herzen.«

»Und du in meinem.«

Sie löste den dünnen Seidenschal, den sie trug, und knotete ihn mir um den Hals. »Damit du etwas von mir hast und dich nicht so einsam fühlst.«

Ein langer Kuss, dann riss ich mich los und bestieg mein Pferd. Ohne ein weiteres Wort folgte ich Girard und seiner Leibwache, die schon vorausgeritten waren. Am Tor drehte ich mich noch einmal um. Verloren stand sie unter dem Gesinde vor dem Haus und hob die Hand zum letzten Gruß.

Civitate

Wo zum Teufel bist du gewesen?«, schnauzte Robert mich an, als ich auf dem Burghof erschien. Sein wütender Blick zeigte, dass er gar nicht gut auf mich zu sprechen war. »Ich habe dich nach Melfi geschickt, um ein Geschenk abzuliefern, nicht damit du dich selbständig machst und monatelang verschwindest.«

»Der Schmuck liegt gut verwahrt in Girards Haus.«

»Ich rede nicht von dem verdammten Schmuck. Es wäre deine Pflicht gewesen, gleich zurückzukommen, statt in Melfi herumzulungern. Du wusstest doch, wie knapp wir an Männern waren.«

»Ich dachte, Girard und Alberada würden bald wieder auftauchen, und Fulko meinte, es sei besser, zu warten. Dann ist das mit Drogo passiert und Gaitelgrima bestand darauf ...«

»Ich weiß schon. Onfroi hat es mir erzählt. Aber du hast allein mir zu gehorchen und nicht irgendeinem Weiberrock, egal, ob Magd oder Fürstin. Hast du mich verstanden?«

»Ja, Robert. Wird nicht wieder vorkommen.«

Seine Wortwahl machte deutlich, was er von Gaitelgrima hielt, denn normalerweise war er Frauen gegenüber eher höflich. Aber er hatte wohl nicht vergessen, dass unsere gute Contessa die treibende Kraft gewesen war, Alberada mit einem anderen zu vermählen.

Fulko, der ein paar Schritte weiter den Sattelgurt seines Pferdes enger schnallte, warf mir einen mitfühlenden Blick zu. Vermutlich hatte er ebenfalls eine Abreibung bezogen, wenn auch nicht in aller Öffentlichkeit.

Nachdem der schlimmste Ärger verraucht war, musterte Robert mich prüfend von oben bis unten. Ebenso meine Stute Alba, die ich am Zügel hielt.

»Geh in die Waffenkammer und lass dir einen besseren Schild geben. Dein Panzer ist in Ordnung, aber tausch den Helm aus. Und einen Brustschutz für deinen Gaul. Sag dem Waffenmeister, ich hätte es so angeordnet.«

Offensichtlich hatte sein Rang seit Drogos Tod eine Aufwertung erfahren, dass er solche Anordnungen geben konnte. Ich bat jemanden, einen Augenblick lang Albas Zügel zu halten, und wandte mich zum Gehen, erleichtert, dass er mir nicht den Kopf abgerissen hatte.

»Und beeil dich. Wir brechen gleich auf«, hörte ich ihn noch rufen.

In der Waffenkammer fand ich eine Kettenhaube und den dazu passenden Helm mit Nasenschutz. Ich entdeckte auch einen noch gänzlich unbenutzten Schild in den Farben der Hautevilles, wie Robert ihn trug, ein rot-weiß gewürfeltes, diagonales Band auf blauem Grund, das die weite See darstellen sollte. Weil auch die Urahnen der Hautevilles einmal Seefahrer gewesen waren, hatte der alte Tancred behauptet. Ob Robert mir wohl erlauben würde, diesen Schild zu tragen?

Als ich damit auf dem Hof erschien, erntete ich Stirnrunzeln. »Etwas anmaßend, findest du nicht?«, knurrte Robert. »Aber meinetwegen. Dann weißt du in Zukunft wenigstens, wo du hingehörst.« Damit wandte er sich ab, um mit Girard zu reden.

Roberts Zurechtweisung war schon halb vergessen, denn dass ich das Familienwappen tragen durfte, machte mich mehr als stolz.

»Was grinst du wie ein Schwein in der Suhle?«, murrte Ragnar. »Hast du einen Topf mit Gold gefunden?«

»Ich wette, diesmal hat ihn die Kleine endlich rangelassen«, ließ Hamo sich vernehmen und lachte meckernd. »Wurde auch Zeit, bevor dem Armen der Schwanz verkümmert.«

»Halt die Klappe, Hamo«, zischte ich, »und sieh lieber zu, dass deiner nicht abfällt, bei dem Umgang, den du hast.«

Diesmal war es Ragnar, der lachte.

Ein Knecht half mir, Alba mit einem ledernen Brustschutz zu versehen. Ich war nicht der Einzige, der so beschäftigt war. Überall trafen Männer die letzten Vorbereitungen, wenn auch nicht alle so gut ausgerüstet waren wie ich.

Etwa vierhundert Reiter standen unter Roberts Befehl. Seine rechte Hand war Girard, dessen zweihundert Mann den Kern der Truppe bildeten. Ich war erstaunt, dass er sich so freiwillig Robert untergeordnet hatte. Aber anderseits auch nicht, wenn man Robert kannte.

Rainulf befehligte wie zuvor alle, die mit uns aus der Heimat gekommen waren, noch dazu die Albaner. Einige von denen wie Skender, der mich mit einem freundlichen Handschlag begrüßt hatte, kannte ich ja schon. Aber inzwischen hatten sich uns noch andere dieser Flüchtlinge angeschlossen, denn Kriegsdienst für Robert bot ihnen und ihren Familien mehr als ihr dürftiges Räuberdasein in den Bergen von Kalabrien. Fraglich, wie gut sie sich in der Schlacht bewähren würden. Aber ähnliche Zweifel hegte ich auch, was mich selbst betraf. Dass ich als Roberts Schildträger zusammen mit Ragnar und Rollo zur Leibwache zählte und immer unter seinem prüfenden Blick sein würde, stimmte mich nicht zuversichtlicher.

Der Rest der Truppe bestand aus Mannschaften, die vorher zu Drogos Männern gehört hatten und nun von Onfroi unter den beiden Brüdern aufgeteilt worden waren. Ihr Anführer war ein bärbeißiger Veteran, der sich Bertran Le-Chauve nannte, ein Spitzname, den er dem spärlichen Haarkranz verdankte, der seinen breiten Schädel zierte. Auch die gebrochene Nase in seinem grimmigen Kriegergesicht machte ihn nicht hübscher.

Neben den Albanern gab es auch noch Abenteurer aus anderen Teilen des Frankenreichs, einige Lombarden und sogar ein paar fahnenflüchtige byzantinische Söldner, die ihr Heil bei den Hautevilles gesucht hatten. Wahrscheinlich weil ihnen die Aussicht auf Beute mehr zusagte als ein karger Sold bei den Griechen. Dazu eine ganze Schar von Knechten aus der Gegend um Melfi, die unsere mit Waffen, Gerät und Proviant beladenen Maultiere führten. Die Verständigung in dieser gemischten Truppe war nicht immer leicht.

Als wir durch die Tore ritten, winkten uns viele zu und riefen Ermutigungen. Dabei konnte ich kaum an etwas anderes denken als an Gerlaine und unsere gemeinsame Nacht. Der Duft unserer Liebe war noch allzu gegenwärtig, und am Hals spürte ich ihren seidenen Schal.

Ich fragte mich, wie viele andere ihre Liebsten an diesem Morgen zurückgelassen hatten und sich vor dem fürchteten, was vor uns lag, auch wenn sie es sich kaum eingestehen würden. Diesmal hatte Gerlaine nichts über unsere Zukunft gesagt und ob ich leben oder sterben würde. In Wahrheit wollte ich es auch gar nicht wissen, denn mir bangte vor der Antwort.

Mein Freund Herman dagegen hatte es gut. Der war in Scribla bei seinem Mädchen aus Cassano geblieben und befehligte dort die kleine Burgbesatzung. Aber beneidete ich ihn wirklich? Wenn ich ehrlich war, so reizte mich das Abenteuer viel zu sehr, als dass ich mich auf einer einsamen Burg wie Scribla hätte vergraben wollen. Nein, ich gehörte an Roberts Seite und hätte um nichts in der Welt diesen Feldzug verpassen wollen. Außerdem, einer wie ich konnte es nur als Krieger zu etwas bringen. Auch Gerlaine verstand das. Zumindest hatte ich das beim Abschied trotz aller Besorgnis aus ihrem Blick gelesen.

Roberts Aufgabe war es, Fühlung mit den Truppen des Papstes aufzunehmen und wenn möglich deren Vormarsch zu verlangsamen, bevor das Hauptheer unter Onfroi nachrücken konnte. Auf allzu leichtsinnige Kampfhandlungen sollten wir uns jedoch nicht einlassen.

Im Weiteren hatten wir einen geeigneten Lagerplatz vorzubereiten, wo sich der Rest des Normannenheeres sammeln konnte, denn die Barone würden noch Tage, wenn nicht Wochen brauchen, um alle kampffähigen Männer von ihren Burgen und Ländereien zu rufen und nach Norden zu schicken. Nicht zu vergessen die Verstärkungen aus Salerno und vor allem Richard Drengots Truppen, die von Aversa aus den längsten Weg vor sich hatten.

Am ersten Nachmittag erreichten wir die nordapulische Ebene, und in den folgenden drei Tagen bewegten wir uns vorsichtig entlang der Berge in Richtung Norden. Ständig ritten Späher in alle Richtungen voraus, denn wir wollten uns weder von den Päpstlichen noch von den Griechen überraschen lassen. Lando hatte dabei die wichtigste Aufgabe. Er verließ uns, um mit ein paar ausgesuchten Gefährten weit nach Osten zu reiten, wenn nötig bis nach Bari, um uns zu warnen, sobald sich das byzantinische Heer in Bewegung setzte.

Die Festung Troia ließen wir linker Hand liegen. Einnehmen konnten wir sie nicht, aber wir ließen zwei Dutzend Krieger in der Gegend zurück, um Boten abzufangen und zu verhindern, dass sie Argyros über unseren Vormarsch warnen konnten.

Schließlich kamen wir weiter nördlich an einen einsamen Ort mit Namen Lucera. Eine einst blühende römische Stadt, die vor Jahrhunderten von Lombarden erobert und bald darauf von den Byzantinern zerstört worden war. Jetzt gab es hier nur von Gras und Büschen überwucherte Ruinen, umgestürzte Säulen und die Reste eines Amphitheaters. Aber zu unserer Freude auch eine Herde Schafe, die von den plötzlich auftauchenden Reitern so erschrocken waren, dass der Schäferhund Mühe hatte, sie zusammenzuhalten. Leider machten wir den armen Schäfer zum Bettler, indem wir seine Tiere schlachteten, aber unsere Wegzehrung war aufgebraucht, die Männer waren hungrig.

An der Westseite dieser Ruinen stieg das Gelände zu einem leicht zu verteidigenden Hügel an, dahinter der Zusammenfluss zweier Bäche, genug, um ein größeres Heer reichlich mit Wasser zu versorgen. Auch an saftigem Gras für die Pferde mangelte es nicht.

Wenn Papst Leo tatsächlich auf dem Weg nach Siponto war, um seine Streitkräfte mit denen von Argyros zu vereinen, dann waren wir an diesem Ort gut plaziert, um ihn abzufangen. Zwischen Lucera, Civitate und Siponto gab es wenig Wälder und meist nur flaches Land, bestens geeignet für normannische Reiterei. Also entschied Robert, hier das Sammellager zu errichten, und sandte Reiter nach Melfi, um Onfroi und den anderen Baronen den Weg zu weisen.

Da wir noch keine Kunde von Papst Leos Anmarsch hatten, blieb uns nichts anderes übrig, als zu warten. Doch Untätigkeit passte nicht zu Roberts Wesen. Er gönnte sie auch nicht seinen Männern. Also ließ er in einem nahen Wäldchen Holz schlagen und zwischen Bach und Hügel einen Graben und eine einfache Palisade anlegen. Späher waren ständig unterwegs, um nach dem Feind Ausschau zu halten, und kleine Trupps durchstreiften auf der Suche nach Nahrung die weite Landschaft. Die Ausbeute war selten ergiebig, denn es war noch vor der Erntezeit, und die Speicher der weit verteilten Gehöfte waren zum größten Teil leer. Das Bauernvolk zeigte sich mehr als mürrisch. Natürlich hassten sie uns dafür, dass wir ihnen das wenige, das sie besaßen, stahlen. Und obwohl die Männer angewiesen waren, ihre Übergriffe im Zaum zu halten, kam es nicht selten zu Gewalttätigkeiten, Schändungen und sogar Totschlag. Gelegentlich zeigten Rauchsäulen am Horizont, wo unsere Jungs aus Wut, nichts gefunden zu haben, einen Hof in Brand gesteckt hatten. Einmal ließ Robert einen Kerl hängen, der es zu bunt getrieben hatte, aber ganz unterbinden konnte er ihr Treiben nicht.

Trotz der mageren Ausbeute fand sich immer noch genug Geflügel und Vieh, so dass vorerst niemand Hunger leiden musste. Schwieriger würde es werden, wenn das Hauptheer eintraf.

Doch Tag um Tag verging, ohne dass Onfroi oder Richard Drengot sich zeigten. Auch Guaimars Lombarden ließen sich nicht blicken. Hatten unsere Boten sie nicht erreicht? Roberts Miene verfinsterte sich zusehends. Wo war das päpstliche Heer, wo Onfroi? Und auch von den Byzantinern wussten wir nicht, ob sie noch in Bari weilten oder schon ganz in der Nähe waren. Oder hatten sie etwa Melfi angegriffen? Waren wir überhaupt am falschen Ort, und der Krieg tobte woanders?

»Regt euch nicht auf, Jungs«, versuchte Reynard Le-Vieux die ungeduldigen Gemüter der jüngeren Kameraden zu beschwichtigen. »Das ist das Soldatenleben. Man sucht nach dem Feind, tappt aber meist im Dunkeln. Und zum richtigen Kampf kommt es selten. Die meiste Zeit muss man marschieren, Befestigungen bauen, die am Ende nutzlos sind, oder tatenlos herumsitzen. Das Essen ist karg, und Weiber gibt's auch nicht im Feldlager. Aber was soll's? Solange wir zu saufen haben, geht's uns doch gut.«

»Bist du deshalb so alt geworden, weil du dich vorm Kämpfen gedrückt hast?«, rief einer, der Reynard nicht kannte.

Der sprang auf und zog sein Schwert. »Ich bin weder alt, noch drücke ich mich vor einem Kampf, du Grünschnabel.«

Es bedurfte dreier von uns, um ihn zurückzuhalten und zu beruhigen. Prügeleien waren in diesen bangen Tagen nicht selten. Die Gemüter erhitzten sich rasch, auch des Wetters wegen. Seit Tagen hatte es nicht mehr geregnet. Die Sonne brannte von einem knallblauen Himmel herab. Jede Bewegung trieb einem den Schweiß in die Poren, weshalb die meisten sich ihrer Rüstungen und Tuniken entledigten und im nahen Bach planschten. Doch davon bekam man Sonnenbrand, besonders wir Nordleute mit unserer hellen Haut.

In diese gereizte Stimmung brach eines Abends die Nachricht, dass das päpstliche Heer gesichtet worden war. Es würde bald den Fluss Fortore bei Civitate erreichen. Einmal am anderen Ufer, stünde ihnen der Weg nach Siponto offen.

»Wir müssen etwas unternehmen«, sagte Robert, der sich am Lagerfeuer mit seinen Unterführern beriet. »Wir können sie nicht einfach durchziehen lassen.«

Ich hörte mit, denn als Schildträger und Leibwache war es meine Aufgabe, immer an seiner Seite zu bleiben.

»Wo zum Teufel ist Onfroi?«, fluchte Girard. »Wir sind zu wenige, um viel ausrichten zu können.«

»Vielleicht sollten wir die Brücke blockieren und sie daran hindern, den Fluss zu überqueren.«

Bei Civitate gab es eine alte Römerbrücke. Das wussten wir noch von unserem Ausflug dorthin im letzten Jahr. Diesseits des

Flusses stieg das Gelände in einer kurzen, steilen Böschung zu einem Hochplateau auf, auf dem sich das Örtchen selbst befand.

»Würde wenig nutzen.« Girard warf die Schweinerippe ins Feuer, an der er genagt hatte. »Der Fortore ist nicht tief. Man kann ihn zur Not auch ohne Brücke überqueren.«

»Vielleicht an der Straße, die den Hang hinaufführt?«

»Diese Stellung lässt sich leicht umgehen. Außerdem ist das kein Gelände für Pferde.«

»Das weiß ich auch«, erwiderte Robert gereizt. »Aber ich will verflucht sein, hier nutzlos herumzusitzen.« Sein Gesicht zeigte Entschlossenheit. »Bei Morgengrauen brechen wir auf.«

Und so geschah es. Wir ließen einige Wachen zurück und machten uns auf den Weg. Schon am Nachmittag erreichten wir Civitate. Als die Bewohner uns kommen sahen, verschlossen sie eiligst die Tore. Eine Meile weiter überraschten wir feindliche Ritter, etwa zweihundert Mann, die an der Stelle gerastet hatten, wo es hinunter zum Flusstal ging. Wahrscheinlich handelte es sich um die päpstliche Vorhut. Bei unserem Anblick bestiegen sie hastig die Pferde und versuchten, ihre Reihen zu ordnen.

Robert wollte ihnen nicht die Zeit dazu lassen, und obwohl Mann und Tier von der langen Wegstrecke müde waren, ließ er sofort zum Angriff blasen. Mit gesenkten Lanzen flogen wir auf den Feind zu. Allen voran Robert selbst, den es wenig zu kümmern schien, ob seine Leibwache mithalten konnte. In meiner Panik, nicht den Anschluss zu verlieren, blieb kaum Zeit für Furcht. Ich achtete nur darauf, Roberts rechte Seite zu decken, wie es meine Aufgabe war.

Und dann krachten Schilde zusammen, Männer verhakten sich im Zweikampf, Speere durchstießen Lederpanzer, Verwundete brüllten auf, Pferde wieherten schrill. Staub, von Hunderten von Hufen aufgewirbelt, stieg in der Sommerhitze auf und vernebelte die Sicht. Robert hatte den Speer verloren und hackte jetzt mit dem Schwert um sich. Er wurde nach links abgedrängt, was ein feindlicher Ritter nutzte, um sich zwischen uns zu schieben. Doch bevor dessen Schwert Robert in den Rücken treffen konnte, durchbohrte meine Speerspitze dem Kerl das Auge. Er wankte kurz und stürzte dann vom Gaul. Robert selbst bemerkte davon nichts, stürmte nur weiter vor. Ich gab Alba die Sporen, um ihn im Gedränge nicht zu verlieren.

Plötzlich, so schnell der Kampf begonnen hatte, war er schon vorbei. In heilloser Flucht verließen die gegnerischen Reiter die Anhöhe und stürzten sich den Hang hinunter. Ihre Kameraden, die den Anschluss verpasst hatten, wurden kurzerhand niedergemacht. Mit einem Mal, nach all dem wilden Getöse, war es seltsam still. Nur das Stöhnen der Verwundeten war zu hören, das Keuchen der heftig atmenden Gäule und die sich rasch entfernenden Hufschläge des fliehenden Feindes. Aber es stank nach Blut und Pferdeschweiß und Angst. Ein unbedeutendes Scharmützel vielleicht. Und doch mein erstes Schlachterlebnis. Benommen streifte ich einen Kampfhandschuh ab und wischte mir den Schweiß vom Gesicht.

»Scheiße, Mann. Was für ein Anblick«, sagte Ragnar und deutete ins Tal.

In etwas mehr als einer Meile Entfernung ließ sich der Fluss ausmachen, der sich auf seinem Weg zum Meer in weiten Schlaufen durch den flachen Talgrund wand. Direkt vor uns die von hier oben aus winzig anmutende Brücke. Durch dieses Nadelöhr fädelte sich eine endlos lange Heerschlange. Vielleicht fünfzehnhundert oder auch zweitausend Mann hatten den Fluss schon überquert, hauptsächlich Fußkämpfer, soweit man das aus der Entfernung erkennen konnte.

Beim Anblick der fliehenden Reiter begann die Hälfte von ihnen, eine breite Schildwand aufzubauen, da sie einen Angriff fürchteten. Das geschah in guter Ordnung. Vielleicht zweihundert Mann oder mehr in einer Reihe, die Schilde eng an eng und mehrere Reihen tief. Helme und Speerspitzen blitzten in der Sonne, ebenso Wimpel und Banner in den unterschiedlichsten Farben. An ihren Flanken sammelten sich andere, und auch die Reiter, die wir vertrieben hatten, reihten sich am äußersten Rand ein.

»Sind das die Alemannen?«, fragte ich und deutete auf die Mitte der gegnerischen Schlachtreihe.

»Kann schon sein«, erwiderte einer von Girards Männern, nachdem er lange ins Tal gestarrt hatte. »Ich erkenne keines dieser Wappen, und für Lombarden sind sie viel zu diszipliniert.«

Während der Feind sich formierte, strömten weitere Truppen über die Brücke. Dahinter, von den fernen Hügeln herunter, wand sich der gewaltige Heerwurm auf der staubigen Straße heran.

»Die müssen noch so einiges an Mannschaften aufgelesen haben«, hörte ich Girard sagen. »Ich erkenne Banner aus der Campania und den Abruzzen.«

Robert nickte. »Wie viele sind es? Was schätzt du?«

Girard kniff die Augen zusammen. »Schwer zu sagen. Vielleicht vier- oder fünftausend.«

Rainulf schüttelte den Kopf. »Eher sechs- oder siebentausend.«

»Jedenfalls zu viele, um es mit ihnen aufzunehmen.« Robert hatte Helm und Kettenhaube abgenommen und fuhr sich mit den Fingern durch die schweißnassen Haare. »Sie sollen uns ruhig gut zu Gesicht bekommen. Verteilt die Männer über die Anhöhe, damit wir nach mehr aussehen, als wir wirklich sind. Solange die da unten uns für die Vorhut eines nahen Heeres halten, werden sie sich nicht den Hang herauf trauen. Und wir gewinnen ein paar Tage.«

*

Zum Glück hatten wir nur geringe Verluste zu beklagen. Zwei Tote und eine Handvoll Verletzter. Die wesentlich zahlreicheren Toten des Feindes setzten wir in einem langen Massengrab bei, ihre Verwundeten fesselten wir und behielten sie vorläufig bei uns.

Die Nacht verbrachten wir auf der Anhöhe mit Blick auf Tausende winziger Lagerfeuer unten am Fluss, die wie Sterne zu uns herauffunkelten. Das schiere Ausmaß des feindlichen Lagers machte Angst. Wie war es ihnen nur gelungen, so viele gegen uns aufzubieten?

An möglichst vielen Stellen auf der Anhöhe unterhielten wir eigene Wachfeuer, um eine größere Truppe vorzutäuschen. Ob es nützte, würden wir am Morgen herausfinden. Das Mahl fiel mager aus, denn die Vorräte schwanden, und trotz unseres kleinen Sieges war die Stimmung gedrückt. Robert machte die Runde unter den Männern, um ihnen Mut zuzusprechen. Hier und da trank er einen Schluck Wein mit ihnen, schlug jemandem auf die Schulter oder lachte über einen Scherz. Auch an unser Feuer kam er und setzte sich zu mir.

»War dein erstes Mal, oder?«, fragte er mich.

Ich nickte beklommen.

Ragnar machte sich über mich lustig. »Ist wie bei der ersten Vögelei, Gilbert. Wenn du erst mal herausgekriegt hast, wo du ihn reinstecken sollst, geht der Rest wie von selber.«

Ich schoss ihm einen wütenden Blick zu.

Robert lachte. »Ihr habt eure Sache gut gemacht, Jungs. Auch du, Gilbert.«

»Ist es eigentlich immer so?«, fragte ich. »Dieses Durcheinander. Man kann im Gemenge kaum Freund von Feind unterscheiden.«

Er grinste. »Du wirst dich daran gewöhnen.«

»Aber wie behältst du die Übersicht?«

»Man muss vorher entscheiden, wo anzugreifen ist. Mitten im Kampfgewühl ist es schwierig. Da kann man nur hoffen, dass einem die Kerle folgen und sich nicht einschüchtern lassen.«

Ob er wohl wusste, dass ich ihm heute vielleicht das Leben gerettet hatte? Aber ich beschloss, nichts davon zu sagen. Schließlich war das ja meine Aufgabe und nicht nur, morgens seinen Gaul zu satteln. Außerdem gehörte es zu jedermanns Pflicht, den Kameraden neben einem zu schützen, wie Reynard mir eingebleut hatte. Das war also nichts Besonderes.

»Übrigens, Gilbert, vergiss meinen Ärger über dein Verschwinden«, sagte er noch, bevor er sich wieder erhob. »Onfroi hat mir berichtet, wie du Drogos Mörder getötet und Gaitelgrima beschützt hast. Du hast es dir redlich verdient, die Farben der Familie zu tragen. Das wollte ich dir sagen.«

Am nächsten Nachmittag, der Feind unten im Tal rührte sich noch immer nicht, tauchte Lando auf. Dank seiner Klugheit hatte er uns gefunden. Er und seine Gefährten waren so scharf geritten, dass ihre Pferde schweißbedeckt und der völligen Erschöpfung nahe waren. Leider brachte er keine gute Kunde.

»Onfroi wird vielleicht nicht kommen«, hörte ich ihn sagen, nachdem er sich einen tiefen Schluck aus dem Weinschlauch gegönnt hatte. »Argyros ist ausgezogen, um sich mit ihm eine Schlacht zu liefern. Irgendwo südlich von Bari.«

»Was zum Teufel hat Onfroi im Süden zu suchen?«, rief Robert. »Hier waren wir doch verabredet.«

»Ich habe nur gehört, was geredet wird. Angeblich hat Tristan di Montepeloso eigenmächtig einen Trupp Byzantiner überfallen, der von Taranto unterwegs war. Er konnte wohl nicht widerstehen.«

»Der Mann ist ein Dummkopf.«

Insgeheim konnte ich Robert nur zustimmen. Ein Dummkopf mit einem geilen Auge für mein Mädchen.

»Jedenfalls brachte das Argyros dazu, mit einer großen Mannschaft von Bari auszurücken. Und vielleicht aus Furcht, Argyros könnte Melfi angreifen, hat Onfroi seinen Plan geändert und sich ihm entgegengestellt.«

»Und? Wie ist es ausgegangen?«

Lando zuckte mit den Schultern. »Niemand weiß es. Außer, dass sie sich gegenseitig belauern und mal in diese, mal in jene Richtung marschieren. Mehr konnte ich nicht in Erfahrung bringen. Wir sind schließlich geritten wie die Teufel, um dich zu warnen.«

»Verdammte Scheiße«, fluchte Robert. »So werden wir diesen Krieg nicht gewinnen. Es kann nicht angehen, dass wir uns aufteilen lassen. Schau ins Tal, Lando. Da lagern mindestens sechstausend Mann, die begierig darauf sind, uns zu vernichten. Was kann ich allein gegen sie ausrichten? Statt hier an unserer Seite zu kämpfen, spielen Onfroi und seine Jungs mit Argyros Fangen. Wenn er sich von den Griechen in eine Falle locken lässt, ist es aus für uns.«

Onfroi würde nicht kommen. Die Kunde verbreitete sich rasch wie ein Lauffeuer. Wir waren also auf uns allein gestellt. Überall erhoben sich die Männer und kamen mit sorgenvollen Gesichtern näher, um von Robert selbst zu hören, was dies zu bedeuten hatte. Er stand eine Weile mit gesenktem Haupt da, dann hob er das Kinn und blickte in die Runde.

»Männer«, rief er mit lauter Stimme. »Onfroi kämpft im Süden, wie wir gerade vernommen haben. Wir aber bleiben auf unserem Posten, bis wir Näheres wissen. Natürlich können wir die Päpstlichen nicht schlagen, aber wir können sie verfolgen, ihnen Nadelstiche versetzen und sie hindern, schneller voranzukommen. Das wird jetzt unsere Aufgabe sein.«

Damit löste er die Versammlung auf.

Natürlich ließen sich der Papst und seine Anführer nicht lange hinters Licht führen, denn ihre Kundschafter fanden schnell genug heraus, dass außer unseren vierhundert Reitern kein Normannenheer weit und breit in Sicht war. Und so sahen wir sie am Morgen ihre Lager abbrechen und ausrücken. Reiter schwärmten zu beiden Seiten aus, um an anderen Stellen die Anhöhe zu erklimmen und uns in den Rücken zu fallen, während die Fußtruppen begannen, den Hang heraufzumarschieren. Allen voran und in guter Ordnung die gefürchteten Schwaben.

»Wird Zeit, uns zurückzuziehen«, sagte Robert, nachdem wir sie noch eine Weile beobachtet hatten.

Wir ließen die Gefangenen frei und ritten fürs Erste nach Süden, um uns weit genug aus der Umklammerung der feindlichen Reiter zu befreien. Sie verfolgten uns eine Weile, gaben es dann aber auf. Später durchsuchten wir sämtliche Bauernhöfe der näheren Umgebung nach Nahrung. Wieder war die Ausbeute gering. Überhaupt fanden wir viele Höfe verlassen vor. Außer ein paar Hühnern und Gänsen schienen die Bauern auch ihr Vieh mitgenommen zu haben. Einmal holten wir eine solche Familie ein, die versuchte, ihre Habe auf einem Ochsenkarren in Sicherheit zu bringen. Der älteste Sohn war dumm genug, sich zu wehren, und bezahlte dafür mit dem Leben. Einige Männer wollten die Bauersfrau und ihre Töchter vergewaltigen, aber Robert verbot es zu ihrem Ärger.

Also schlachteten wir nur das Vieh, nahmen uns, was wir brauchten, und ließen die Leute weinend am Wegrand zurück. Es war nicht schön, solche Dinge zu tun, aber wir befanden uns im Krieg, und die Männer mussten essen.

Stunden später stießen wir auf normannische Kundschafter. Es waren Richard Drengots Männer, wie sich zu unserer großen Freude herausstellte. Sie seien wie verabredet in Lucera angekommen, wo sie unsere Wachen vorgefunden hatten. Stattliche fünfhundert Mann habe man von Aversa mitgebracht und noch zweihundert salernische Reiter, die sich ihnen unterwegs angeschlossen hatten.

Das war gute Kunde, doch Robert war nicht zufrieden.

»Von Salerno hatte ich mehr erwartet. Ist Prinz Guaimar bei euch?«

»Nein, Herr«, war die Antwort. »Es heißt, er habe einen Aufstand in den eigenen Reihen niederzuschlagen. Es wurde ein Anschlag auf ihn versucht. Zum Glück ist ihm nichts geschehen.«

Unwillkürlich blickte Robert zu mir herüber. Er sagte nichts, aber wir dachten das Gleiche. Das hörte sich nach Pandulfs Machenschaften an. Und denen seiner griechischen Freunde. Durch den Mord an Drogo hatten sie uns schwächen wollen. Nun versuchten sie Ähnliches in Salerno. Die Schlinge zog sich immer enger.

»Immerhin haben wir jetzt mehr Leute zur Verfügung«, meinte Girard, wohl um uns aufzumuntern.

»Nun werd mir mal nicht gleich übermütig«, knurrte Robert und befahl dem Mann aus Aversa, nach Lucera zurückzureiten. »Bitte deinen Herrn, sich uns anzuschließen, denn der Feind ist hier in der Nähe.«

Am Abend des nächsten Tages trafen sie ein. An ihren zerkratzten Schilden und wohlgenutzten Waffen, mehr noch an den harten Gesichtern der meisten unter ihnen konnte man erkennen, dass dies keine unerfahrenen Jünglinge, sondern kampferprobte Krieger waren, die in der Schlacht nicht wanken würden. Ein Anblick, der unser Herz erfreute.

Robert und Richard Drengot fanden gleich Gefallen aneinander, obwohl sie sich vorher noch nie begegnet waren und ein Altersunterschied von zehn Jahren zwischen ihnen lag. Beide waren beliebt bei den Männern, mutige Draufgänger und geborene Anführer. Und doch auch fähig, bei allem Feuer einen kühlen Kopf zu bewahren. Drengot genoss hohes Ansehen bei seinen Gefolgsleuten, wie wir bald herausfinden sollten. Und er war jetzt auch nicht mehr nur Regent, sondern selbst zum Grafen von Aversa aufgestiegen, denn der kleine Erbe Herman war verstorben. Ob eines natürlichen Todes, darüber wollte sich niemand auslassen, denn es war besser, einen Mann wie Richard an der Spitze der Grafschaft zu haben als einen Säugling in Windeln.

Gemeinsam wandten wir uns wieder gen Norden. Späher hatten berichtet, dass die Päpstlichen nicht weitergezogen waren, sondern immer noch bei Civitate lagerten. Wahrscheinlich fühlten sie sich unsicher mit normannischer Reiterei in der Nachbarschaft, die ihnen auf einem Marsch jederzeit in die Flanken fallen und schmerzhafte Nadelstiche zufügen konnte, wie Robert es genannt hatte.

Es war Nachmittag und mal wieder besonders heiß. Ein leichter Windhauch, der kaum Linderung brachte, wehte über die weite Ebene vor uns, die, mit Wiesen und Weizenfeldern bedeckt, ganz sanft bis zum Städtchen Civitate anstieg, vor dem wir in der flimmernden Hitze die Zelte des Feindes erkennen konnten. Am unteren Ende der Ebene, wo wir uns befanden, gab es offenes Weideland und brache Flächen mit niedrigem Gestrüpp. Eigentlich ein idealer Kampfplatz für Reiterscharen. Die einzige Abwechslung in dieser Landschaft war ein flacher Hügel linker Hand, der mit Sträuchern und einigen Bäumen bedeckt war.

Robert hatte vorgeschlagen, den Gegner herauszufordern, seine Stärke zu erproben, und Drengot hatte zugestimmt. Ein gewagtes Spiel, dachte ich, und zog meinen Helmgurt enger. Schade auch um den jungen Weizen, den wir dabei niedertrampeln würden, denn wir näherten uns dem feindlichen Lager in breiter Front. Sie mussten die langgezogene Doppelreihe von Reitern entdeckt haben, die langsam auf sie zumarschierte, denn plötzlich war Bewegung zwischen den Zelten. Hornrufe klangen zu uns herüber, Pferde wurden hastig gesattelt, Männer griffen zu den Waffen.

Wir beschleunigten zum Trab, als wollten wir sie angreifen. Ihre Bogenschützen waren die Ersten auf dem Feld. Sie stellten sich in einer losen, langen Reihe auf, um uns mit einem Sturm von Pfeilen zu schwächen.

Als Nächstes sahen wir die Schwaben vorstürmen und hinter den Schützen hastig eine Schildwand aufbauen. Sie waren an der guten Panzerung, an ihren Schilden und Bannern zu erkennen. Die römischen und lombardischen Fußtruppen brauchten um einiges länger. Deren Schlachtlinie war unregelmäßig und enthielt viele Lücken, in die unsere Reiter leicht hätten hineinstoßen können. Sie stellten jedoch den größten Teil des Heeres und waren aufgrund ihrer Masse ebenfalls nicht zu unterschätzen. An den Flanken, aber etwas weiter zurück, bezog die lombardische Reiterei ihre Stellung.

Knapp außer Reichweite der Bogenschützen ließ Robert uns anhalten. Meine Alba warf den Kopf hoch und schnaubte, ungeduldig, endlich loszupreschen und anzugreifen. Auch Roberts Grauschimmel tänzelte unruhig. Die Anspannung der Reiter übertrug sich auf die Tiere.

»Siehst du den Papst irgendwo?«, fragte Robert.

Lando hob die Hand, um seine Augen gegen das gleißende Sonnenlicht abzuschirmen. Er ließ den Blick über die gegnerischen Reihen schweifen. »Ich sehe die Farben von Benevento, Gaeta, Amalfi, Aquino und andere.« Plötzlich deutete er auf die breite Front der Alemannen direkt vor uns. »Da, hinter den Schwaben ist das päpstliche Banner. Daneben eine Gruppe von Reitern. Ob Leo selbst darunter ist, lässt sich nicht sagen.«

Auch ich hatte ein Banner erkannt, ein anderes jedoch, das mir von meinem Besuch in Capua vertraut war. Eine Schwadron Reiter am linken Flügel des Feindes hatte sich gelöst und trabte langsam in Richtung unserer Flanke vor.

»Pandulfs Reiter!«, rief ich.

Robert blickte, wohin ich gedeutet hatte, und sein Gesicht wurde hart. »Umso besser«, sagte er. »Dann haben wir hoffentlich bald Gelegenheit, den Bastard zu erwischen.«

Auf seinen Befehl hin wendeten wir die Pferde und entfernten uns in leichtem Galopp.

Während der nächsten Tage brachten wir sie noch ein paarmal dazu, in der glühenden Junihitze aufs Feld zu ziehen, ohne ihnen jedoch Gelegenheit zur Schlacht zu geben. Wir wollten sie nur beschäftigen und hofften, dass es an ihren Nerven zerrte. Jedenfalls versuchten sie nicht, uns zu folgen, was für das Fußvolk, egal, wie stark die Schwaben waren, auch sinnlos gewesen wäre. Die lombardische Reiterei hätte uns schon eher gefährlich werden können, doch auch die hielten sich zurück. Dafür töteten wir mehrere von ihren Spähern, und einmal gelang es uns sogar, eine Maultierkarawane unter ihren Augen zu stehlen, die bereits die Brücke über den Fortore passiert hatte. Was sie in Folge bewog, den Brückenzugang besser zu bewachen.

An jenem Abend, wir lagerten in der Nähe eines Wäldchens, bekamen wir zum ersten Mal wieder etwas Vernünftiges zu essen, obwohl auch das nicht lange reichen würde. Wir beendeten gerade unser Mahl, als unerwartet und zu unserer großen Erleichterung Onfrois Späher ins Lager ritten. Und später, noch in der gleichen Nacht, tauchten auch seine Männer auf. Sie hatten unsere Nachrichten in Lucera empfangen und waren ohne Rast weitermarschiert.

Nun waren sie sterbensmüde, hungrig und staubbedeckt vom langen Weg. Unter ihnen befanden sich Verwundete mit schmutzigen Verbänden. Sie tränkten die erschöpften Pferde am Bach, an dem wir lagerten, und warfen sich selbst ins Wasser, um neben ihren Gäulen zu saufen. Nach und nach trafen alle Barone ein, und Girard schlug ihnen Lagerplätze für ihre Männer vor. Es gab Begrüßungen und Schulterklopfen. Asclettin war froh, seinen Sohn Richard wiederzusehen.

Die Begegnung zwischen Robert und Onfroi fiel jedoch eher frostig aus. »Wo zum Teufel bist du gewesen?«, fragte Robert.

Sein Bruder antwortete nicht. Er ließ sich am Feuer nieder und bediente sich an Roberts Essnapf, der noch halb mit gekochten Bohnen gefüllt war.

»Sei froh, dass wir es geschafft haben«, knurrte Tristan. »Oder hättest du lieber Argyros auf dem Pelz gehabt?«

»Von deinem beschissenen Alleingang haben wir schon gehört. Hattest du vor, alles zunichtezumachen?«

»Halt die Klappe, Robert«, ließ Onfroi sich vernehmen, während er auf den Bohnen kaute. »Erst mal müssen die Männer versorgt werden. Dann können wir reden.«

»Ihr könnt nehmen, was wir haben, aber das wird euch kaum den Magen füllen. Das Land hier ist leer, die Bauern sind geflohen.«

»Und was fressen die Päpstlichen?«

»Die halten die Straße über den Fluss besetzt. Von dort und aus dem Norden bekommen sie Nachschub. Auch in Civitate scheint es genug zu geben.«

»Dann sollten wir sie angreifen«, sagte Pierron, der für Robert nur einen verächtlichen Blick übrighatte. »Am besten noch vor dem Morgengrauen, wenn sie es am wenigsten erwarten. Wir jagen sie schreiend aus ihren Zelten und machen sie nieder. Wie wir es immer getan haben.«

Solches Gerede fand bei vielen Anklang. Auch Richard Drengot war dafür, wollte wohl sein Schwert in Blut tauchen.

»Was seid ihr doch für Hitzköpfe?« Onfroi kratzte sich den Bart und gähnte. »Dabei sind wir alle hundemüde. Die Männer brauchen Ruhe und die Pferde ebenso. Legt euch aufs Ohr. Morgen sehen wir weiter.«

»Was ist mit Argyros?«, wollte Robert wissen. »Habt ihr ihn geschlagen, oder seid ihr nur davongelaufen?«

»Wenn du's wissen willst, wir haben ihm den Arsch versohlt. Aber vernichtet haben wir ihn nicht. Leider. Er wird seine Lücken füllen und uns nacheilen. Ich wette, in ein oder zwei Wochen ist er hier.«

»Es ist also nichts gewonnen.«

»Nicht wirklich.«

Damit ließ Onfroi sich zurücksinken und schloss stöhnend die Augen. »Und jetzt gib endlich Ruhe, Bruder. Ich will schlafen und nichts anderes.«

*

Onfrois Krieger hatten seit Tagen wenig zwischen die Zähne bekommen. Während der Kämpfe gegen die Griechen und vor allem auf dem eiligen Marsch nach Norden war keine Zeit geblieben, Futter oder Nahrung zu sammeln. Umso größer war ihre Niedergeschlagenheit am Morgen, als es sich herumsprach, dass es auch hier kaum etwas gab, um den nagenden Hunger zu stillen.

Robert und Richard sandten Reiter in alle Richtungen, um aufzutreiben, was sie konnten, aber was man zurückbrachte, war dürftig und völlig unzureichend, um ein Heer von inzwischen dreitausend Mann zu ernähren. Nur die Pferde fanden genug frisches Gras und erholten sich rasch von ihren Anstrengungen.

Sofort gab es Streit um jeden Bissen. Trotz Verbot schlachteten einige ein paar Maultiere im Wald und schlangen das

Fleisch noch blutig hinunter. Als sie erwischt wurden, ließ Onfroi sie auspeitschen. Was sollte aus einer Reiterei werden, wenn wir anfingen, die eigenen Tiere aufzufressen?

In den nächsten Tagen verfielen aus Verzweiflung die meisten darauf, den noch jungen Weizen zu essen, obwohl es schwierig war, die unreifen Körner aus den Ähren zu pulen. Manche rösteten sie am Feuer, andere zerstampften sie zu einer grauen Masse und kochten diese mit etwas Wasser zu einem Brei. Schmeckte scheußlich, besonders ohne Speck oder Salz, und manch einer bekam Magenkrämpfe oder Durchfall davon. Auch ich würgte mir das Zeug runter, denn es war immer noch besser als Verhungern.

Die meisten unserer Anführer hatten es nicht besser als ihre Männer. Und warum sollten sie? Waren wir nicht alle gleich vor Dingen wie Unglück, Krankheit oder Tod? Warum sollte der Hunger eine Ausnahme machen? Wenn wir gemeinsam kämpfen und sterben sollten, dann gehörte es sich, alles zu teilen, auch den Hunger.

Deshalb ärgerte es mich, dass Tristan di Montepeloso meinte, er habe ein Sonderrecht auf besseres Essen. Ich sah ihn auf einem Baumstamm sitzen, neben sich einen Käse und ein ordentliches Stück Speck, von dem er sich ab und zu etwas abschnitt und in den Mund schob. Ich hatte seit Tagen nichts Vernünftiges mehr zu beißen gehabt. Kein Wunder, dass mir das Wasser im Mund zusammenlief und ich jede seiner Handbewegungen mit vorwurfsvollem Blick verfolgte.

Er schien es bemerkt zu haben, denn ein spöttisches Grinsen zog sich über sein wettergegerbtes Gesicht.

»Hast wohl Hunger, Junge«, sagte er und schnitt ein Stück von seinem Speck ab. »Da, nimm!«

Mit diesen Worten warf er mir den Happen zu, wie wenn man einen Hund füttert. Ich ließ ihn in den Dreck fallen und wandte mich zum Gehen. Was bildete der Kerl sich ein?

»Ich hab deine Kleine wieder getroffen«, hörte ich ihn sagen, gefolgt von einem gehässigen Lachen. »Kalabrien scheint ihr gutgetan zu haben. Wer hätte das gedacht?«

»Wahrscheinlich, weil sie da keiner belästigt«, erwiderte ich und ging meines Weges.

Gleich am Morgen nach Onfrois Ankunft waren unsere Anführer auf frischen Pferden bis in die Nähe des Feindes geritten, um sich ein Bild zu machen. Pierron hatte kein so großes Maul mehr, nachdem er die Menge der feindlichen Zelte gesehen hatte. Die lombardische Reiterei zeigte sich auch diesmal und verfolgte sie eine Weile, bis sie es wieder aufgaben. Wahrscheinlich, weil sie befürchteten, in einen Hinterhalt gelockt zu werden.

Zurück im Lager, scharten die Barone sich um Onfroi, um zu beraten. Bald wurde es laut unter ihnen, denn sie konnten sich nicht einigen. Einige waren für den Angriff, trotz der Übermacht des Feindes. Darunter auch Pierron, Richard Drengot und sogar Robert. Denn solange die Männer noch nicht allzu sehr vom Hunger geschwächt waren, hielten sie es für besser, eine schnelle Entscheidung zu erzwingen. Andere rieten zur Vorsicht. Hugo Tubœuf war dafür, sich bis auf die Halbinsel Gargano zurückzuziehen, wo man sich besser versorgen könne. Und falls die Päpstlichen uns folgen würden, gelänge es dort eher, ihnen in den Hügeln einen Hinterhalt zu legen. Auch dieser Gedanke hatte Befürworter.

Onfroi hörte sich ihre Meinungen geduldig an. Als alles gesagt war und sie ihn ansahen, um seine Entscheidung zu hören, blickte er in ihre Gesichter und lächelte.

»Wir werden nichts von alldem tun«, sagte er schlicht.

»Was hast du vor?«

»Ich weiß, ihr wollt es nicht hören, aber Drogo hatte recht mit dem, was er versucht hat, euch einzubleuen. Unsere eigene

Dummheit und Habgier haben uns in diese Lage gebracht. Wir haben geraubt und geplündert und sind allen kleinen oder großen Fürsten auf die Zehen getreten. Wir haben Kirchen geschändet in einem Land, wo Kirchen heilig sind. Dies hier ist ein tiefgläubiges Volk. Und der verdammte Papst ist Herr über ihre Seelen. Der hat am Ende mehr Macht über sie als ihre zerstrittenen Fürsten. Dagegen kommen wir auf die Dauer nicht an. Geht das endlich in eure Dickschädel rein?«

Erstaunt sahen sie ihn an.

»Nehmen wir an, du hättest recht. Was verlangst du von uns?«, fragte Asclettin.

»Ich will es dir sagen, mein Freund«, erwiderte Onfroi. »Wir werden tun, was niemand erwartet. Wir werden uns dem Papst unterwerfen.«

Die Entscheidung

Nie im Leben hätte ich gedacht, jemals einen Papst zu Gesicht zu bekommen. Hieß es nicht, er sei der lebende Vertreter des gekreuzigten Gottes und Herr über die gesamte Christenheit, fast so etwas wie ein Gott selbst?

Ich stand zwar in der zweiten Reihe hinter Roberts breitem Rücken, dennoch war der oberste Kirchenfürst nur wenige Schritte vor mir entfernt und zum Greifen nahe.

Wie ein am Kreuz Gequälter sah er aber nicht aus, auch eine Dornenkrone trug er nicht. Stattdessen einen seltsam hohen Hut und einen langen versilberten Hirtenstab, der so etwas wie das Zeichen seiner Amtswürde zu sein schien, denn er ließ ihn nicht aus der Hand. Besonders sanft und demütig kam er mir nicht vor in der Ritterrüstung unter seinem weißen Umhang, mit Schwert und Dolch am Gürtel. Darin unterschied er sich wenig von den anderen Fürsten und Hauptleuten, die ihn umgaben. Erst wenn man ihn länger beobachtete, merkte man, dass diese Werkzeuge des Todes ihm eher ungewohnt und beim Gehen und Sitzen hinderlich waren.

Papst Leo war ein Mann von etwa fünfzig Jahren und stammte wie die Schwaben ebenfalls aus dem Land nördlich der Alpen. An diesem Nachmittag saß er auf einem erhöhten Stuhl, den man ihm für die Gelegenheit in größter Eile gezimmert hatte, so roh und unfertig sah er aus. Ein seidener Baldachin schützte sein Haupt vor der grellen Sonne, ein Messdiener wedelte ihm Luft zu, ein anderer versuchte, die lästigen Fliegen fernzuhalten. Er war eher schmächtig gebaut und im Gegensatz zu den meisten Männern glatt rasiert. Aus tiefliegenden Augen blickte er auf die Versammelten herab, um den Mund einen etwas hochmütigen und fast gelangweilten Zug.

Rechts und links von seinem Sitz standen Leibwachen und daneben die prächtig ausgestatteten Kriegsherren des päpstlichen Heeres. Allen voran ein gewisser Rudolf, Hauptmann der alemannischen Schwertkämpfer, ein großer, stämmiger Kerl in schimmernder Rüstung. Neben ihm der Prinz von Benevento, der trotz seiner Vertreibung wohl wieder in päpstlicher Gunst war, und noch andere Fürsten wie der Herzog von Gaeta, die Grafen von Aquino und Teano und der Erzbischof von Amalfi. Auch dieser Kirchenmann in einer Rüstung, die von edler Schmiedekunst zeugte.

Unter diesen erlauchten Herren befanden sich noch weitere Heerführer aus Nordapulien, aus Rom und Latium, Molise und den Abruzzen. Der ganze Mezzogiorno schien hier versammelt zu sein. Und natürlich auch der dreimal verfluchte Pandulf, Fürst von Capua, dessen Banner ich vor Tagen erkannt hatte. Ganz bescheiden gab er sich in dieser Runde, doch seinen listigen Augen entging wenig.

Sie alle blickten teils neugierig, teils mit Hass auf die drei normannischen Anführer, die vor ihnen standen, Onfroi, der gewählte Graf von Apulien, Robert und Pierron di Trani als Vertreter der weniger friedfertigen Barone. Im Vergleich zu den prächtigen Lombarden nahmen wir Normannen uns mit unseren verbeulten Helmen, angerosteten Kettenhemden und abgenutzten Stiefeln eher bescheiden aus, wenn nicht gar schäbig. Wir waren eben für den Krieg gerüstet und nicht für einen höfischen Empfang.

Ich weiß nicht, wie Onfroi es fertiggebracht hatte, die Barone zu überzeugen, diese Unterredung zu führen, besonders Pierron und Asclettin, aber auch sie hatten sich bereit erklärt, seinem Rat zu folgen. Das Treffen stand unter dem Zeichen der weißen Flagge, aber aus Sicherheitsgründen hatten die Päpstlichen für die Dauer Geiseln gestellt.

Onfroi ging nicht so weit, den Ring des Papstes zu küssen, aber er fiel vor ihm auf ein Knie und beugte das Haupt. Robert zögerte erst, folgte dann aber seinem Beispiel. Nur Pierron blieb trotzig stehen, was ihm Murren und böse Blicke von den Lombarden einbrachte.

»Was wollt Ihr?«, fragte der Papst ohne Umschweife, ja in fast unhöflichem Ton.

Er vermied es, Onfroi bei seinem Titel anzusprechen, wahrscheinlich um uns deutlich zu machen, dass wir nichts als gesetzloses Pack waren, ohne Ansprüche auf Land und Titel. Und dies, obwohl der Kaiser selbst noch vor wenigen Jahren Drogos Rang und Rechte bestätigt hatte.

Onfroi erhob sich wieder und lächelte freundlich.

»Wir möchten uns mit Eurer Heiligkeit versöhnen«, sagte er. »Wir sehen keinen Sinn darin, Blut zu vergießen. Wir möchten in Frieden in diesem Land leben und gute Nachbarschaft pflegen.«

Einige schüttelten dazu entrüstet den Kopf. »Auf solche Nachbarn verzichten wir gerne«, schrie einer erbost.

Der Papst machte eine unmutige Handbewegung, um weitere Unterbrechungen zu unterbinden.

»Der Kaiser und ich sind zu der Einsicht gekommen, dass ein friedliches Zusammenleben mit euch Normannen nicht länger möglich ist. Mit euren Raubzügen zerstört ihr das Land, entweiht heilige Orte und hinterlasst nichts als verbrannte Erde, Witwen und weinende Kinder. Kein Christ kann diesem

Treiben länger zusehen. Die Zeit für Gottes Strafgericht ist gekommen. Was sage ich, sie ist längst überfällig.«

»Ihr habt recht, Heiliger Vater. Unrecht ist geschehen. Aber wir versprechen Besserung. Meine normannischen Brüder sind mit mir einverstanden, in Zukunft alle ungerechtfertigten Übergriffe zu ächten und die Übeltäter aufs strengste zu bestrafen.«

»Das haben wir schon allzu oft von euch gehört. Niemand kann solchen Versprechungen noch Glauben schenken.«

»Jetzt, da ihnen die Vernichtung droht, werden sie auf einmal brav«, rief wieder einer dazwischen.

Onfroi ließ sich davon nicht stören. »Wir haben einen Vorschlag zu unterbreiten, der Eure Heiligkeit vielleicht umstimmen könnte.«

Der Papst runzelte die Stirn und schüttelte den Kopf, als wollte er gar nichts davon hören, doch am Ende siegte seine Neugierde. »Was soll das sein?«, fragte er kurz angebunden.

»Wir sind bereit, dem Stuhl Petri zu huldigen und Euch und Eure Nachfolger als unsere direkten und alleinigen Lehnsherren anzuerkennen, Euch im Krieg zu unterstützen und in allem zu gehorchen.«

Papst Leo hob die Brauen. Auch unter den anderen Anwesenden verbreitete sich erstauntes Gemurmel. Rudolf, der Schwabe, hatte sich allerdings schon eine Weile mühsam zurückgehalten, jetzt aber ließ er ein verächtliches Schnauben hören.

»Ach, sieh an. Sie merken, dass es schlecht um sie steht und scheißen sich jetzt in die Hosen.«

Der Mann sprach ein passables Lombardisch, wenn auch mit fremdländischem Klang. Pierron jedenfalls hatte ihn gut verstanden und warf wilde Blicke um sich. Robert war schnell zur Stelle, um ihn daran zu hindern, sein Schwert zu ziehen und sich auf den Kerl zu stürzen. Auch der Papst war über den Zwischenruf ungehalten.

»Ihr wollt der Kirche huldigen? Ich verstehe nicht ganz.«

»Natürlich unter der Bedingung, dass wir Frieden schließen und dass der Stuhl Petri unsere Besitzungen anerkennt und unsere Rechte schützt, wie es die Pflicht eines treuen Lehnsherrn ist.«

Da blieb so einigen der Mund offen stehen. Andere schüttelten mit den Fäusten und redeten aufgebracht durcheinander.

»Was für eine Frechheit«, murmelte der Erzbischof von Amalfi. »Wir sollen die Titel auf geraubtes Land auch noch anerkennen und die angemaßten Rechte einer Diebesbande schützen?«

»Ruhe!«, brüllte plötzlich der Papst. Diese Lautstärke hätte ich ihm gar nicht zugetraut.

»Warum sollten wir einer solchen Zumutung zustimmen?«, wandte er sich wieder an Onfroi, als es ruhiger geworden war, diesmal mit ätzendem Spott in der Stimme. »Nur, um meine Neugierde zu befriedigen, Normanne. Erklär es mir.«

»Verzeiht, Heiliger Vater«, erwiderte Onfroi ungerührt. »Es ist doch nicht so, dass in diesem Land nur eitel Sonnenschein herrscht. Diese Herren hier«, er wies mit der Hand auf die umstehenden Fürsten in der Runde, »die bekriegen sich seit unzähligen Generationen. Nur aus diesem Grund sind wir überhaupt ins Land gekommen. Man hat uns gerufen, um ihre Kriege zu führen. Und wenn sie sich nicht gegenseitig vergiften oder anderweitig ermorden, plündern sie das Volk aus. Sarazenen fallen ungestraft in die Dörfer ein und verschleppen junge Frauen und Männer in die Sklaverei. Frieden nenne ich so etwas nicht.«

Die Entrüstung unter den Anwesenden wuchs bei jedem seiner Worte, wahrscheinlich weil es einfach die Wahrheit war und er sie beschämte. Onfroi aber hob die Stimme, um das wütende Gemurmel zu übertönen.

»Mit uns Normannen als Vasallen, Heiliger Vater, hättet Ihr die Macht, wirklichen Frieden im Land zu wahren. Nutzt unseren starken Arm. Auch um den wahren Glauben gegen die anmaßende Ostkirche, gegen Byzanz, zu verteidigen.«

Der Papst sah ihn aufmerksam an. Besonders der letzte Satz schien Anklang gefunden zu haben.

»Solche Angebote haben sie vor Jahren auch uns gemacht, Heiliger Vater«, tönte jetzt Pandulf. »Aber auf Treueschwüre von Normannen ist nichts zu geben. Sie brechen ihre Eide bei der ersten Gelegenheit.«

Die umstehenden Lombarden murmelten ihre Zustimmung.

»Wir sind nicht tausend Meilen marschiert, um uns von solchen Sprüchen einwickeln zu lassen«, schrie der Schwabe. »Ich sage, wir machen sie auf dem Schlachtfeld nieder. Das habe ich meinem Kaiser geschworen. Ob tot oder lebendig, ist mir gleich, Normanne, aber ihr werdet aus diesem Land verschwinden. Und geht ihr nicht freiwillig, dann werden wir nicht nur euch, sondern auch eure Weiber und Bastarde abschlachten.«

Solche Worte ließen selbst den Papst erschrocken aufblicken. Aber er sah auch, dass alle den Worten dieses Alemannen zustimmten und Flüche und wüste Verwünschungen gegen uns ausstießen.

»Ihr solltet besser gehen«, sagte Leo, als sich das Getöse ein wenig beruhigt hatte. Doch an seiner nachdenklichen Miene ließ sich erkennen, dass Onfrois Worte in seinem Herzen ein wenn auch nur kleines Echo gefunden hatten.

»Denkt über meinen Vorschlag nach, Heiliger Vater«, war Onfrois Antwort, der es bemerkt hatte. »Morgen, wenn Ihr erlaubt, kommen wir wieder.«

Auf dem Weg zurück in unser Lager machte Pierron ihm wütende Vorhaltungen. Wie käme er dazu, sich vor diesen Leuten zu erniedrigen, sich beleidigen zu lassen und ihnen danach auch noch den Arsch zu küssen.

»Ich küsse niemandem den Arsch«, knurrte Onfroi. »Aber versuch doch mal, dein Hirn zu nutzen. Unser wirklicher Feind ist Byzanz. Unsere Sorge muss es sein, ihnen Apulien und Kalabrien zu nehmen und mit unseren Burgen zu überziehen. Doch das kann uns langfristig nur mit der Unterstützung des Volkes gelingen. Ich sag es noch mal. Der Papst ist der Schlüssel zu den Herzen der Lombarden. Hast du's jetzt kapiert?«

Pierron brummelte noch lange vor sich hin, aber er widersprach ihm nicht. Und so versuchte Onfroi es noch zweimal, den Papst umzustimmen. Aber der Widerstand der Fürsten und Heerführer war zu groß. Sie fühlten sich uns kriegerisch haushoch überlegen, worin sie ohne Zweifel recht hatten, und wollten endlich Blut sehen.

Am Ende des dritten Treffens unter weißer Flagge war schließlich auch Onfrois Geduld erschöpft. Besonders als Pandulf zu ihm sagte: »Hast du kein besseres Weib gefunden als die Schlange von Salerno? Pass auf, dass du nicht auch am Gift dieser Schlampe erstickst wie dein Bruder.«

Auch diesmal musste Robert wieder eingreifen, sonst hätte Onfroi ihn auf der Stelle erwürgt. Ich hatte kaum Zeit, über diese seltsamen Worte nachzudenken, denn wir machten, dass wir aus ihrem Lager kamen, bevor sie über uns herfallen konnten.

»Wir müssen eine Entscheidung treffen«, sagte Hugo Tubœuf später in der Runde der Barone. »Denn sobald Argyros hier auftaucht, haben wir endgültig verloren. Entweder wir greifen an oder ziehen uns nach Melfi zurück.«

»Was soll es bringen, sich zurückzuziehen?«, fragte Asclettin. »Das verlängert nur die Sache. Gemeinsam sind sie einfach zu stark. Sie werden Melfi belagern und zerstören. Dann beißen nicht nur wir ins Gras, sondern auch unsere Familien.«

Onfroi stierte ins Feuer. Man konnte ihm ansehen, dass er über seinen Misserfolg maßlos enttäuscht war.

»Es heißt also alles oder nichts«, sagte er schließlich düster. »Obwohl ich bei ihrer Überzahl wahrlich kein Geld auf unser Leben wetten würde.«

»Ein ehrenvoller Tod ist besser, als feige davonzulaufen«, knurrte Pierron.

So sah es auch der junge Drengot. »Mir fehlt eure Schlachterfahrung. Aber ein forscher Angriff zählt sicher doppelt.«

»Nun, wenn alle dafür sind«, sagte Robert, »dann sollten wir sofort bei Sonnenaufgang losschlagen und keinen Tag länger warten. Sonst sind die Männer vor Hunger viel zu schwach, um noch zu kämpfen.«

Alle waren einverstanden, auch Onfroi.

»Wird Zeit, dass wir die Geiseln zurückschicken«, meinte er. »Bindet sie los und setzt sie auf ihre Gäule.«

»Wartet«, rief Pierron.

Es waren drei junge Lombarden, Söhne von Grafen oder Heerführern. Einer war noch ganz jung, hatte nur einen dünnen Flaum auf der Wange. Ein hübscher Kerl mit lebhaften Augen.

»Wir sollten ihnen eine Botschaft schicken«, knurrte Pierron mit finsterer Miene. »Eine, die sie verstehen.«

Bevor jemand eingreifen konnte, hatte er sein Schwert gezogen und dem Jungen mit einem Hieb den Kopf abgeschlagen. Entsetzt sprangen seine Gefährten zur Seite, als der kopflose Rumpf gegen sie taumelte und einen Schwall von Blut über ihre Beine pumpte. Auch mir blieb fast das Herz stehen.

»Bindet die Leiche auf seinen Gaul«, befahl Pierron den vor Furcht zitternden Geiseln. »Und richtet Seiner Heiligkeit schöne Grüße aus.«

»Verflucht, Pierron«, brüllte Onfroi. »Musste das sein?«

Der sah ihn grimmig an. »Das war für die Beleidigungen, die wir einstecken mussten. Und damit sie wissen, dass wir uns nie ergeben werden.«

Später am Abend nahm Robert mich zur Seite. »Egal, was geschieht, Pandulf muss sterben«, flüsterte er in der Dunkelheit. »Ich will das Schwein tot sehen.«

»Wir alle, glaube ich.«

»Bei Onfroi bin ich mir nicht sicher. Der kann niemanden kaltblütig ermorden. Nicht wie Pierron.«

»Hast du gehört, was Pandulf über Gaitelgrima gesagt hat?«

»Vergiss es. Der Bastard will nur weiter Unfrieden stiften. Höchste Zeit, ihn zu beseitigen.«

»Wie willst du das anstellen? Der ist doch von Leibwachen umgeben.«

»Vielleicht ergibt sich während der Schlacht eine Gelegenheit. Nur, ich werde mich darum nicht kümmern können. Ich muss unsere Männer anführen.«

Er sah mich durchdringend an.

»Meinst du etwa, ich soll …?«

»Nimm Fulko und zehn Männer. Sieh zu, dass du in seine Nähe kommst. Fulko kann seine Leibwachen abdrängen. Und du bringst ihn um. Für die Familie.«

Ich schluckte heftig. »Wenn du meinst.«

»Hast du Angst?«

»Nein.«

»Natürlich hast du Angst. Ist auch gut so. Dann bist du wenigstens nicht unvorsichtig.«

»Werden wir morgen siegen?«

»Eher unwahrscheinlich. Aber kampflos abziehen, das ist nicht Normannenart. Da hat Pierron schon recht.«

Ich erinnerte ihn an die Worte des alten Tancred. »Ein Normanne beugt sich vor niemandem.«

Er lächelte. »Ganz recht. Unser Vater hätte es nicht verstanden, wenn wir jetzt den Schwanz einzögen. Und vielleicht haben wir ja Glück. Und sollten Onfroi und ich morgen fallen, dann schlag dich nach Hause durch und berichte unserer Mutter. Versprich es mir.«

Ich nickte beklommen. »Und was ist mit Alberada?«

»Sie weiß, was auf dem Spiel steht. Sie hat Argentano und mein Gold. Ihr und dem Kind wird es an nichts fehlen.«

Ich atmete tief durch. »Also gut.«

An diesem Abend schärften die Männer lange ihre Waffen. Dann zechten sie still die ganze Nacht hindurch und soffen so ziemlich alles aus, was wir an Wein noch dabeihatten. Um sich zu betäuben, um den Hunger zu vergessen, aber vor allem um nicht an die Grauen des nächsten Tages zu denken. Besser besoffen in die Schlacht ziehen als mit zitternden Händen, die vor lauter Angst das Schwert nicht mehr halten konnten.

Ich aber verschenkte meinen letzten Wein an Rollo. Lieber einen klaren Kopf behalten, dachte ich und legte mich ins Gras, um mit bangem Herzen zum Sternenhimmel emporzustarren.

Ich hatte so viel erlebt, seit wir von Hauteville ausgezogen waren, wie andere in ihrem ganzen Dasein nicht. Unbekümmert waren wir den langen Weg bis nach Italia gewandert, lustig war das Leben mit den Kameraden gewesen, wir hatten Abenteuer erlebt, von denen man eines Tages seinen Enkelkindern würde erzählen können. Wie der alte Tancred. Das hieß, wenn ich es überlebte.

Um mich herum knisterten die Lagerfeuer. Das gelegentliche Schnauben der Pferde und das Gemurmel der Männer hatten etwas Vertrautes, Anheimelndes an sich. Ich schloss die Augen und ließ mich von ihren gedämpften Stimmen tragen, so wie ein Kind sich von der Mutter wiegen lässt und auf ihren Herzschlag lauscht. Ein trügerisches Gefühl der Sicherheit, denn morgen wartete der Tod auf uns. Würde Gerlaine um mich trauern?

*

Wochenlang hatten wir unter der frühsommerlichen Hitze gelitten, mit Tagen, an denen kaum ein Wölkchen am ewig blauen Himmel zu sehen gewesen war. Und nun bescherte uns ausgerechnet dieser Morgen dunkle, tiefhängende Wolken, die von Westen her über das Land zogen. War das ein schlechtes Omen? Die Christen unter uns bekreuzigten sich und sandten Gebete zu ihrem Heiland, andere küssten ihre Amulette, die sie um den Hals trugen.

Tatsächlich hatte seit dem Morgengrauen ein feiner Nieselregen eingesetzt. Sollte er sich verstärken, würde der Boden bald nass und schwer werden, ermüdend für die Pferde.

Aufs Feuermachen wurde verzichtet. Zu essen gab es ohnehin nichts als unreife, zerstampfte Weizenkörner, auf die man gern verzichtete. Die Männer erleichterten sich zwischen den Büschen und rüsteten sich dann schweigend für den Kampf.

Ich führte Alba am nahe gelegenen Bach noch einmal zur Tränke und füllte dabei auch meinen Wasserschlauch. Als die Stute genug hatte, streichelte ich ihr Hals und Nüstern und blickte ihr in die klugen Pferdeaugen. Im Kampfgetümmel würde unser Leben vielleicht mehr von ihrem guten Pferdeverstand abhängen als von meinen Fähigkeiten als Krieger. Und natürlich vom Zauber meines Runenschwerts. Daran wollte ich fest glauben. Die Liebesnacht in Alberadas Kammer hatte ihn gewiss noch verstärkt. In Gedanken an Gerlaine zog ich die Klinge aus der Scheide und küsste die mit meinem Blut geweihten Zeichen, die mich beschützen sollten. Das weiße Seidentuch, das sie mir geschenkt hatte, trug ich wie stets um den Hals und musste es immer wieder berühren.

Nur wenige im Lager hatten überhaupt geschlafen, die meisten waren noch halb betrunken. Wer ein Kettenhemd besaß, zog es über den gefütterte Gambeson, andere schlüpften in ihren Panzer aus gekochtem Rindsleder. Kettenhaube,

Helm, Schwertgurt und Kampfhandschuhe wurden mit Handgriffen angelegt, die man jeden Tag und unzählige Male ausgeführt hatte. Doch heute hatten sie eine besondere Bedeutung angenommen. Eine Schwachstelle im Panzer oder ein loser Helmriemen konnten den Tod bedeuten. Ohne viele Worte begutachteten und halfen wir uns gegenseitig.

Dann wurden Sattelgurte enger gezurrt, Zaumzeug und Steigbügelriemen noch einmal überprüft, Schild und Speer bereitgelegt. Zelte und Decken würden uns im Kampf nur behindern, also ließen wir sie zusammengerollt unter der Obhut der Maultiertreiber zurück.

Als ich Fulko sah, zog ich ihn zur Seite.

»Robert will, dass wir Pandulf gefangen nehmen.« Er machte große Augen, unterbrach mich aber nicht. »Wir sollen es während der Schlacht versuchen. Uns hat er auserwählt, weil wir dabei waren, du weißt schon, als sie Drogo ermordet haben. Also stell einen Trupp von zehn guten Männern zusammen. Was mich angeht, so möchte ich Ivain und Thore an meiner Seite haben. Und Bjarni. Die anderen suchst du aus.«

Er nickte und stellte keine weiteren Fragen. Auch nicht, warum ich ihm plötzlich Befehle gab. Außerdem hatte ich ihm nur die halbe Wahrheit gesagt. Den wahren Auftrag musste er nicht wissen.

Kurz darauf kamen Thore und Ivain zu mir.

»Was steht an, Bruder?«

Ich erklärte es ihnen.

»Na, da machen wir doch gerne mit, was Ivain?«, grinste Thore. Der nickte, hüllte sich jedoch wie immer in Schweigen.

Als er ging, um sich um sein Pferd zu kümmern, meinte Thore: »Was ich dich schon lange fragen wollte, Gilbert. Wann kommst du uns mal wieder besuchen?«

Ich war einen Augenblick lang sprachlos.

»Ich weiß nicht«, erwiderte ich verlegen. »Im Moment haben wir doch wohl ganz andere Sorgen.«

»Es ist nur, dass Hermelinda ständig nach dir fragt. Ich glaube, sie kriegt dich nicht aus ihrem Kopf.«

»Es geht nicht, Thore. Und du weißt auch, warum.«

Er blickte zu Boden. »Natürlich. Schade aber. Und ich hoffe für dich, die beiden begegnen sich nicht mal auf dem Marktplatz. Könnte für Unruhe sorgen.«

Ich musste ihn ziemlich entsetzt angestarrt haben. »Tut mir leid, Mann«, beeilte er sich deshalb hinzuzufügen. »Aber du weißt ja, wie die Weiber sind. Ich wollte es dir nur gesagt haben.«

Hornrufe schallten und riefen alle Mannschaften, ihren verabredeten Platz in der Aufstellung einzunehmen.

»Du musst mit ihr reden«, sagte ich hitzig.

»Mach ich, Alter. Sie wird schon darüber wegkommen.«

Seltsam, dachte ich, als wir uns einreihten, wir reden, als wäre es ganz selbstverständlich, dass wir die Schlacht überleben.

Richard Drengot sollte mit seinen Kriegern die rechte Flanke sichern, während Robert das Gleiche auf der linken zugeteilt war. Onfroi selbst führte das Hauptheer an, das aus den Schwadronen der übrigen Barone bestand. Seine eigenen Truppen, etwa dreihundert Berittene, sollten als Verstärkung dienen, wo immer sie gebraucht würden.

Als wir uns in dieser Formation der Ebene vor Civitate näherten, sahen wir, dass der Feind schon ausgerückt war und uns quer über die Felder entgegenmarschierte. In Zahlen waren sie uns weit überlegen, denn auf jeden Normannen kamen mindestens zwei feindliche Krieger. Kein Wunder, dass sie es kaum abwarten konnten, uns zu zermalmen.

Ganz rechts und gegenüber von Drengots Männern sah man die Banner der lombardischen Fußtruppen, die in einem großen Haufen heranmarschierten. Links davon und etwas weiter zurück befanden sich die römischen Truppen des Papstes. Und weit vor denen die gesamte lombardische Reiterei in zwei großen Formationen. Sie waren den Römern weit vorausgeeilt, blieben jetzt aber stehen. Eine seltsame Aufstellung. Reiterei in der Mitte? Das war ungewöhnlich. Und von den schwäbischen Schwertkämpfern war nichts zu sehen.

»Sie müssen hinter der Anhöhe vor uns sein«, sagte Robert. »Wenn sie die nehmen, werden wir es schwer haben, sie von dort zu vertreiben.«

Er wollte schon den Befehl geben, auf den Hügel vorzurücken, als dort plötzlich und wie von Geisterhand die Banner und Wimpel der Alemannen auftauchten.

»Scheiße«, hörte ich Robert fluchen. »Sie sind uns zuvorgekommen. Wir haben zu lange getrödelt.«

Uns schwante, dass der Besitz der Anhöhe schlachtentscheidend werden könnte. Ohne die Alemannen zu schlagen, konnten wir nicht gewinnen. Und die nisteten sich gerade in dieser gut zu verteidigenden Stellung ein, während die gegnerische Reiterei sowohl ihnen wie auch ihrem anderen Flügel zu Hilfe eilen konnte. Onfroi würde sich zwischen zwei Übeln entscheiden müssen, zuerst die Schwaben oder die lombardische Reiterei anzugreifen.

Ein Meldereiter kam herangeprescht.

»Herr!«, rief er außer Atem. »Graf Onfroi wird die Schwaben auf der Anhöhe angreifen. Drengot soll die feindliche Reiterei beschäftigen und sie daran hindern, einzugreifen. Und auch Ihr sollt Euch noch zurückhalten und nur versuchen, den Hügel zu umgehen, um später dem Feind in die Flanke fallen.

Robert nickte. »Verstanden.«

Der Bote galoppierte davon.

Es sollte also alles gegen die Schwaben geworfen werden. Plötzlich wurde mir bewusst, in was für einem verrückten, unwirklichen Geschehen ich mich hier befand. Tausende von Kriegern hatten nichts Besseres im Sinn, als sich gegenseitig totzuschlagen. Durch die Weizenfelder zogen die Truppen des Feindes heran, mit bunten Feldzeichen über ihren langen Schlachtreihen. Und auf beiden Seiten Meldereiter, die im Galopp Befehle überbrachten. In unseren eigenen Reihen herrschte angespannte Stille, die nur von gelegentlichem Klirren des Zaumzeugs oder dem Schnauben der Gäule unterbrochen wurde.

Zum Glück hatte es aufgehört zu regnen. Doch die Wolken hingen immer noch schwer am Himmel und schienen jegliche Farbe aus der Landschaft gesaugt zu haben. Wenn ich an diesen Tag zurückdenke, sind die Bilder in meinem Kopf in düsterem Grau gemalt. Darüber winzige Farbtupfer von den Bannern des Feindes. Später das wütende Braun des von den Hufen aufgewühlten Bodens und das schreiende Rot des Blutes, der klaffenden Wunden und des Todes. Das verbinde ich mit Civitate.

Aber ich will der Geschichte nicht vorauseilen.

Wir beobachteten zunächst, wie weit rechts von uns Drengots Truppe lostrabte und auf die lombardische Reiterei zuhielt. Siebenhundert Mann griffen über zweitausend feindliche Reiter an. Das sah nach Selbstmord aus. Aber er sollte sie ja nur von Onfrois Flanke weglocken, dessen Hauptmacht sich nun ebenfalls in Bewegung setzte und auf die Schwaben zuhielt, die auf der Anhöhe in einer dreireihigen Schildwand auf den Angriff warteten.

Onfrois Reiter waren in den Galopp übergegangen und stürmten den flachen Hang hinauf und auf die gegnerischen Linien zu. Für einen Augenblick sah es aus, als würden sie den

Feind einfach niedertrampeln. Doch die Schwaben standen dicht an dicht und bildeten mit Schild und Rüstung einen Wall aus Stahl, gegen den anzurennen kein Pferd den Mut hat, sosehr man es auch dazu anfeuert. Lanzen stachen zu, Schwertklingen blitzten über den Köpfen, dann wurden unsere Jungs zurückgeworfen, nur um sich erneut zu sammeln.

Endlich gab auch Robert den Befehl zum Vormarsch. Aber statt auf den Feind zuzuhalten, begannen wir, in einem weiten Bogen den Hügel zu umrunden, wo der Kampf inzwischen immer erbitterter tobte. Wieder und wieder stoben die Normannen vor, stießen mit ihren Lanzen in die Reihen der Schwaben und wurden doch wieder zurückgedrängt. Mit ihren langen Schwertern hackten die schwäbischen Schwertkämpfer in die Beine der Pferde. Reiter stürzten zu Boden, wo sie niedergemacht oder von den Hufen der eigenen Gäule zertrampelt wurden.

Die Anhöhe, auf der die Schwaben sich verschanzt hatten, versperrte uns jetzt die Sicht auf die Ereignisse der rechten Flanke und wie es Richard Drengot und seinen Männern erging. Zumindest schien es ihm zu glücken, die feindliche Reiterei fernzuhalten. Das wäre sonst Onfrois sicheres Ende gewesen.

Auch die Schwaben verloren Männer, aber nicht im gleichen Maße. Sie standen in fester Ordnung, und wenn einer fiel, schlossen sie rasch die Lücken, so dass kein Durchdringen ihrer Linien möglich war. Ihre Disziplin war beeindruckend – und vor allem tödlich.

Doch Onfroi ließ nicht nach. In immer neuen Wellen stürmten er und seine Krieger heran, nur um keine Lücken zu finden und erneut an der Schildmauer abzuprallen. Jedes Mal blieben weitere Tote und Verletzte zurück. Reiterlose, oft verwundete Pferde liefen kopflos umher, andere wieherten schrill im Todeskampf. Vor den Reihen des Feindes häuften sich die Leichen. Der Boden wurde von Hufen aufgewühlt und die Erde begann, sich braun und rot zu färben.

»Warum zum Teufel helfen wir ihnen nicht?«, murrte Ragnar aufgebracht.

Er sprach aus, was wir alle dachten. Man spürte förmlich die Anspannung unter den Männern, denn es war unerträglich, mit anzusehen, wie die Kameraden vor unseren Augen niedergemetzelt wurden. Die Furcht vor der Schlacht, mit der wir am Morgen aufgestanden waren, war einer ohnmächtigen Wut gewichen. Wir wollten es den verdammten Schwaben endlich zeigen.

Robert tat, als hätte er Ragnar nicht gehört, doch an seinen zusammengekniffenen Lippen konnte ich sehen, dass es in ihm arbeitete. Jedes Mal, wenn er zu den Kämpfen auf der Anhöhe hinüberschaute, dachte ich, jetzt muss er doch endlich den Befehl geben. Doch er spornte nur immer weiter seinen Grauschimmel voran. Und wir mussten ihm folgen, um diesen dreimal verfluchten Hügel zu umrunden.

Endlich hob er den Arm und ließ den Befehl ausgeben, rechts und links von ihm eine Doppelreihe zu bilden. Während dies geschah, winkte er Fulko und mich zu sich heran.

»Ihr macht euch jetzt besser auf den Weg«, raunte er uns zu. »Wenn nötig, folgt dem Bastard bis nach Capua. Und egal, was hier gleich geschieht, auch wenn wir alles verlieren, lasst euch davon nicht ablenken. Ich will den Mann tot sehen.«

»Ist gut, Robert. Viel Glück.«

Ich hatte einen dicken Kloß im Hals stecken. Und wie zum Teufel wir in diesem Durcheinander Pandulf finden sollten, war mir ein Rätsel, aber das wollte ich Robert nicht eingestehen. Wir mussten es einfach versuchen. Wir winkten den anderen Gefährten zu, die uns begleiten sollten, und lösten uns unter den verwunderten Blicken der Truppe aus der Angriffsformation.

»Ihr wollt kämpfen, Jungs?«, hörte ich Robert mit gewaltiger Stimme rufen. Er deutete mit der Speerspitze auf die Schwaben. »Da ist euer Feind. Diese Arschficker halten uns für Memmen und Schwächlinge. Wollt ihr das hinnehmen?«

Sie schlugen mit den Speeren auf ihre Schilde und brüllten wie ein Mann ihre Wut heraus. Auch die Gäule waren aufgeregt, wieherten oder tänzelten auf der Stelle, ungeduldig vorzupreschen.

»Dann zeigt ihnen, zu was Normannen fähig sind.« Sein Arm holte weit aus und gab das Zeichen zum Angriff. »Altavilla!«, brüllte er seinen Schlachtruf und gab dem Grauschimmel die Sporen.

»Altavilla!«, donnerte es aus den Reihen der Männer wie ein gewaltiges Echo. Die ganze Schlachtreihe setzte sich in Bewegung, allen voran Robert und sein Bannerträger. Zuerst im Trab, dann immer schneller die leichte Anhöhe hinauf. Der Boden schien unter dem Trommeln der Hufe zu zittern, Erdklumpen flogen, und immer noch brüllten sie dem Feind ihren Schlachtruf entgegen.

Nur wir blieben etwas verloren zurück und verfolgten gebannt, wie unsere Kameraden gegen die Schildwand des Feindes krachten. Ich erkannte Rollo im Getümmel mit seinem Hammer wüten, Rainulf, der die mächtige Streitaxt führte, und Robert, der sie immer wieder anfeuerte und unter den Vordersten die Bresche suchte. Gewiss war es der Tod so vieler Männer unter Onfrois Leuten, der die Unsrigen zu ungewöhnlicher Wildheit anstachelte, denn zum ersten Mal schienen die Reihen der Schwaben zu wanken. Natürlich hatten sie Roberts Umzingelung bemerkt und einen Teil ihrer Krieger neu formiert, um auch diesem Ansturm zu begegnen. Doch da nun auch Onfroi seine Mühen verdoppelte, verloren sie immer mehr an Männern und begannen langsam, Schritt für Schritt zurückzuweichen.

»Robert ist gefallen«, schrie Thore plötzlich auf.

Mir fuhr der Schreck in die Glieder. Sein Banner war noch zu sehen, doch ihn selbst konnte ich nirgendwo mehr entdecken. Mir liefen Tränen über die Wangen, und ich hob Schild und Lanze, um mich ebenfalls in den Kampf zu stürzen. Vielleicht war er ja nur verwundet. Und ich war doch sein Schildträger. Das mindeste war, ihn blutig zu rächen.

»Gilbert!«, rief Fulko mich scharf zurück. »Du hast den Mann gehört. Ganz gleich, was geschieht, wir haben einen Auftrag zu erfüllen.«

*

Es hatte sich einfach angehört, sich Pandulf im Kampfgetümmel zu nähern. Doch jetzt, so wie die Schlacht sich entwickelte, schien es ein aussichtsloses Unterfangen. Am Kampf um den Hügel waren die Lombarden bisher gar nicht beteiligt gewesen. Überhaupt hatten wir die Übersicht verloren und im Grunde keine Ahnung, wo wir den Kerl finden sollten, außer irgendwo unter Tausenden nach seinem Banner Ausschau zu halten. Und dann?

»Sollen wir uns etwa durch die gesamte feindliche Reiterei durchschlagen?«, fragte Bjarni. »Und wie wollt ihr ihn gefangen nehmen, wenn man fragen darf? Den umschwirren doch Leibwächter wie Schmeißfliegen den Misthaufen.«

»Das wird sich schon ergeben«, brummte ich.

Dabei hatte ich keinen Schimmer. Eine tiefe Niedergeschlagenheit hatte mich erfasst. Vielleicht sollten wir die Sache aufgeben. Unsere Männer wurden von den Schwaben in Stücke gehauen. Robert war vielleicht tot oder schwer verwundet.

Jeden Augenblick konnten sie zum Rückzug blasen. Was bedeutete da noch Pandulf?

»Wir schließen uns Drengots Leuten an«, bestimmte Fulko unbeirrt. »Die waren dicht an den Lombarden dran. Vielleicht sind sie noch nicht aufgerieben. Dann sehen wir zumindest weiter.«

»Versuchen können wir es ja«, sagte ich.

Als der Hügel endlich die Sicht auf die Ebene vor Civitate freigab, bot sich uns ein völlig unerwartetes Bild. Vor uns die römischen Fußtruppen des Papstes, aber sie marschierten in die falsche Richtung. Statt sich weiter zu nähern und die Schwaben auf ihrer Anhöhe zu unterstützen, befanden sie sich auf dem Rückzug in Richtung Civitate.

»Ich werd verrückt!«, rief Thore. »Was ist denn in die Römer gefahren?«

Was sich wenig später in nördlicher Richtung erkennen ließ, war noch viel überraschender. Wir hatten Richards Truppe ganz in der Nähe und in heißem Kampf gegen die lombardische Reiterei erwartet, vielleicht sogar auf der Flucht. Stattdessen waren die Felder vor uns leer. Eine breite Spur von niedergetrampeltem Weizen führte nach Norden. Und darauf lagen gefallene Krieger, tote und verletzte Pferde. Wenn man gut hinhörte, konnte man sogar die Klagen und Schreie der Verwundeten vernehmen.

Und in der Ferne waren Reiter, die Scharen von Fußtruppen wie verirrte Schafe vor sich hertrieben und niedermachten. Das mussten unsere Ritter sein. Aber wie war das möglich? Und wo war die gegnerische Reiterei? Schließlich entdeckten wir eine Staubwolke am Horizont. Was immer von der feinen lombardischen Ritterschaft übrig geblieben war, befand sich anscheinend auf der Flucht. Erst viel später sollten wir erfahren, dass Drengot die Lombarden so rücksichtslos angegriffen hatte, dass sie vor seiner wilden Entschlossenheit geflohen waren.

Wir starrten noch mit offenen Mündern, als Fulko auf die Truppen des Papstes zeigte, die jetzt fast Civitate erreicht hatten. Offensichtlich hatte Leo vor, sich hinter den Mauern der Stadt zu verschanzen.

»Ist das nicht Pandulfs Wappen?«, fragte er.

Ich sah genauer hin. Aus der Masse der Römer hatte sich ein halbes Dutzend Reiter gelöst und bewegte sich eilig westwärts. Auf ihren Schilden ließ sich tatsächlich so etwas wie das verfluchte Banner von Capua ausmachen. Dafür konnte es nur eine Erklärung geben.

»Die reiten zur Brücke über den Fortore«, sagte ich aufgeregt. »Der Schweinehund glaubt die Schlacht verloren und lässt seine Leute im Stich. Das sieht ihm ähnlich.«

Thore ließ den Speer fallen und schlang sich den Schild auf den Rücken. Er zog seinen Bogen aus dem Futteral am Sattel und spannte die Sehne auf. »Dann nichts wie hinterher«, rief er.

Aber ich hatte noch einen besseren Einfall.

»Fulko, du und die anderen verfolgt sie, um ihnen den Rückweg abzuschneiden. Thore, Ivain und Bjarni reiten mit mir auf kürzerem Weg direkt zur Brücke. Zwischen uns beiden nehmen wir sie in die Zange. So können sie uns nicht entkommen.«

Keiner widersprach. Viel Zeit zum Nachdenken hatten wir ohnehin nicht. Ich warf einen kurzen Blick auf die Anhöhe hinter uns. Waffengetöse tönte herüber, das Schreien von Verwundeten und das Stampfen von Hufen auf dem zertrampelten Boden. Viel sehen konnten wir nicht, aber der Kampf tobte unvermindert weiter. Er war also noch nicht verloren. Und ich versuchte, den Gedanken an Roberts Tod zu verdrängen.

»Also los«, rief Fulko und führte seine Gruppe auf Civitate zu, um später die Straße nach Westen zu nehmen und Pandulf zu folgen.

Wir nahmen einen anderen Weg und galoppierten eine halbe Meile durch freies Gelände auf den Abhang zu, der zum Fluss führte. Mit Glück würden wir so schneller an der Brücke sein. Der Hang war steil und bewaldet. Es war ein wilder Ritt ins Tal hinunter zwischen Bäumen und Gebüsch hindurch. Fast hätte ich mir den Hals gebrochen, als Alba plötzlich auf dem losen Waldboden ausrutschte. Nur mit Glück konnte ich mich noch an den Sattel klammern. Dabei flog mir der Speer aus der Hand, und die Kante meines Schilds schlitzte mir die Wange auf. Doch Alba kam wieder auf die Beine, und schon ging es weiter. Das Blut lief mir warm übers Gesicht, aber ich spürte es kaum.

Auf den Auen des Flusses war das Fortkommen leichter. Wir spornten unsere Tiere zum Äußersten an und rasten auf einem Pfad, der sich am Ufer entlangschlängelte. Hohe Sträucher und einzelne Bäume flogen an uns vorbei. Sie nahmen die Sicht auf die Straße, die von Civitate den Hang hinunter zur Brücke führte. Vielleicht würden wir es nicht mehr rechtzeitig schaffen. Einmal über die Brücke, würde es schwieriger werden, sie zu verfolgen. Besonders, wenn sich ihnen noch andere versprengte Truppen anschlössen.

Die Büsche hatten wir jetzt hinter uns gelassen und galoppierten auf offener Wiese. Es war nicht mehr weit bis zur Brücke. Und da, ganz in der Nähe, war auch Pandulfs Reitergruppe aufgetaucht, wenn er es denn wirklich war. Auch sie beeilten sich, denn Fulko war ihnen auf den Fersen.

Unsere Pferde begannen zu keuchen. Schaum flog ihnen von den Mäulern. Mit Gebrüll und Schlägen fuhren wir fort, sie anzufeuern. Und am Ende erreichten wir tatsächlich die Brücke als Erste, wenn auch nur knapp. Wir ließen uns aus den Sätteln gleiten, zerrten die heftig atmenden Gäule von der Straße und bauten uns zu dritt mit dem Schild vor dem Leib als lebende Mauer vor dem Brückenaufgang auf. Hinter uns Thore mit dem Bogen im Anschlag.

Pandulfs Leute zerrten überrascht an den Zügeln, Hufe stemmten sich in den Boden, die Gruppe kam zum Stehen. Es waren neun an der Zahl gegen uns vier. Der Letzte von ihnen blickte sich besorgt nach Fulkos Männern um, die über die Auen galoppierten und uns ebenfalls bald erreichen würden.

»Aus dem Weg, ihr Tölpel!«, brüllte einer. Die Stimme kannte ich doch. Und auch wenn Rüstung und Helm ihn anders aussehen ließen – er war es. Pandulf, der Wolf der Abruzzen.

»Steig vom Pferd, Pandulf«, rief ich. »Du bist mein Gefangener.«

Doch das fand er nur zum Lachen. Er drehte sich zu seinen Männern um und rief ihnen zu: »Macht sie fertig, Jungs. Wir wollen hier endlich wegkommen.«

Er bewegte seinen Rappen zur Seite, um Platz zu machen, denn der Brückenaufgang war zu eng für mehr als zwei Reiter gleichzeitig.

Zwei von ihnen preschten mit erhobenen Schwertern auf uns zu. Doch Ivains Wurfaxt traf einen mitten ins Gesicht. Der schrie auf und stürzte zu Boden. Der andere trieb sein Schlachtross weiter, um uns über den Haufen zu rennen. Ich trat einen schnellen Schritt vor und schlug dem Gaul die Schwertklinge mit Wucht ins offene Maul. Das Tier wieherte schrill und setzte sich fast auf die Hinterbeine. Da war Bjarni zur Stelle, zerrte den Mann zu Boden und durchbohrte ihm die Kehle. Der verwundete Gaul bäumte sich auf, versuchte zu wenden und rempelte in die anderen Pferde hinein, die gefolgt waren. Thore nutzte das Durcheinander, um noch einen von ihnen mit einem gezielten Schuss aus dem Sattel zu holen.

Sie zögerten, zogen sich ein paar Schritte zurück, denn jetzt waren sie außer Pandulf nur noch zu fünft. Und da auch Fulko immer näher kam, beschloss einer von ihnen, dass sein Fürst es nicht wert war, sein Leben für ihn aufs Spiel zu setzen. Er gab seinem Gaul die Sporen und sprengte die Böschung zum Fluss hinunter, um sein Heil in der Flucht zu suchen. Kaum war er im brusttiefen Wasser, da legte Thore an und holte ihn aus dem Sattel. Er schlug noch wild mit den Armen um sich, aber die schwere Rüstung zog ihn schnell in die Tiefe.

Inzwischen waren die anderen mit Fulko an der Spitze angekommen und umringten mit gezogenen Schwertern Pandulf und seine vier verbliebenen Söldner. Ich spürte wilden Jubel in mir aufsteigen, hatten wir den Bastard doch tatsächlich erwischt.

»Was zum Teufel geht hier vor?«, rief der Fürst mit einer Stimme, die nicht mehr so fest wie vorher klang.

»Lasst die Waffen fallen und ergebt euch«, sagte ich.

Der Fürst blickte wild um sich, musste aber zusehen, wie seine restlichen Leute Schwerter und Schilde zu Boden warfen. Zwei von den Unsrigen sammelten die Waffen ein, dann befahl Falko den Gefangenen, von ihren Pferden zu steigen, um sich binden zu lassen. Nur Pandulf blieb im Sattel sitzen. Seine Faust umklammerte trotzig den Griff des Schwertes an seiner Seite.

Ich riss mir Helm und Kettenhaube vom Kopf. Als ich mir den Schweiß abwischte, war meine Hand blutig von dem Kratzer auf der Wange.

»Weiter oben ist uns einer entkommen«, sagte Fulko. »Ich glaube, es war Arichis. Der muss die Falle gerochen haben.«

»Schade. Den hätte ich auch gerne geschnappt.«

Bei diesen Worten blickte Pandulf mich erstaunt an. »Ich glaube, ich kenne dich«, sagte er, und etwas wie Furcht flackerte in seinen Augen. »Du bist il Guiscardos Bote.«

»Ganz richtig.« Ich trat an ihn heran. »Und du steigst jetzt besser auch vom Pferd, Prinz von Capua.«

Mit einem spöttischen Lächeln tat er, was ich verlangte. Ich ließ ihn entwaffnen und die Hände auf den Rücken binden wie bei den anderen. Jemand nahm ihm den Helm ab.

»Es ist dir also gelungen, den Fürst von Capua gefangen zu nehmen.« Er grinste, offensichtlich von seinem ersten Schreck erholt. »Glückwunsch, mein Junge, denn jetzt hast du dir ein hübsches Lösegeld verdient. Ich mache dich reicher, als du es dir jemals hättest erträumen können.« Er drehte sich zu den anderen um. »Und deine Kameraden auch. Hört ihr? Bei meiner Ehre werde ich nicht versuchen, zu fliehen. Schickt Boten nach Capua. Man wird euch für meinen Austausch reich entlohnen.«

»Für Drogos Mörder ist kein Lösegeld hoch genug.«

»Was soll ich mit Drogos Tod zu tun haben?«

Ich lachte bitter. »Dein Arichis hat mir alles erzählt. Und wie ich sehe, hat er dich rechtzeitig im Stich gelassen. Ein Kerl wie der arbeitet doch für beide Seiten.«

Das verunsicherte ihn, denn er schien mir die Lüge unbesehen zu glauben. In seiner Welt war Verrat wohl eine alltägliche Angelegenheit. Aber dann zuckte er nur mit den Schultern.

»Vielleicht hätte ich ihn besser bezahlen sollen«, sagte er. Doch gleich wurde er wieder herrisch. »Du hast mich gefangen, also führ mich jetzt vor deinen Herrn, damit wir die Sache hinter uns bringen.«

»Erklär mir erst, was du über Gaitelgrima gesagt hast«, forderte ich ihn auf. »Im Lager des Papstes. Etwas über das Gift dieser Schlange, vor dem Onfroi sich vorsehen sollte.«

Die Frage hatte mich schon eine ganze Weile beschäftigt. Er sah mich erstaunt an. Dann kräuselte ein spöttisches Lächeln um seine Lippen.

»Das möchtest du wohl gerne wissen.« Er kam einen Schritt näher und beugte sich vor, um in mein Ohr zu raunen: »Ihr Normannen seid wirklich zu dumm. Ihr verfluchter Bruder hat sie doch gezwungen, deinen Drogo zu ehelichen. Dabei ist sie eure größte Feindin. Sie hasst euch Bauerntölpel aus dem Norden. Du siehst, Drogo hat sie schon erledigt. Bald wird ihr auch Onfroi ins Netz gehen.«

Ich fuhr entsetzt zurück. »Nicht sie war es, die Drogo ermorden ließ, sondern du.«

Er lachte hässlich. »Aber sie wusste davon. Deshalb war Arichis doch in Melfi.«

Plötzlich packte mich eine unbändige Wut auf diesen Kerl, der die Welt mit seinen Lügen vergiftete. In diesem Augenblick war er der Inbegriff alles Schlechten. Er war verantwortlich für Drogos Mord, irgendwie auch für diesen Krieg, vielleicht sogar für Roberts Tod. Suchte er jetzt seinen Kopf zu retten, indem er Zwietracht säte und Onfrois Weib beschuldigte? Ich zog mein Schwert.

Er blickte in meine Augen, und was er sah, machte ihm Angst. »Rühr mich nicht an!«, schrie er und wich erschrocken zurück. Fast wäre er gestolpert.

»Willst du wissen, was Robert mir aufgetragen hat, du Bastard?«, brüllte ich. »Jedenfalls kein Lösegeld und vor allem keine Gnade.«

Jetzt stand pure Panik in seinem Gesicht. Ich aber konnte nicht länger an mich halten und stieß ihm die Schwertspitze in das verdammte Lügenmaul. Sein Kopf wippte zurück, Blut quoll ihm aus dem Mund. Er spuckte ein paar abgebrochene Zähne aus und holte röchelnd Atem, wich dabei noch weiter zurück. Ich folgte ihm.

»Hör auf, Gilbert«, schrie Fulko.

»Halt dich zurück, Fulko! Ich tue nur, was mir aufgetragen wurde. Von Robert selbst.«

Jetzt holte ich zum endgültigen Hieb aus. Seine Hände waren gefesselt, er konnte sie nicht heben. Doch in Todesangst hatte er sich halb geduckt, so dass ich ihn eher schlecht am Kopf traf. Blut quoll hell aus der Wunde, und er schrie wie am Spieß. Noch einmal schlug ich zu, und diesmal biss die Klinge tief in seinen Hals. Er sank auf die Knie und starrte an sich hinunter, sah, wie sein Leben aus der tödlichen Wunde rann. Eine Weile röchelte er noch, schnappte nach Luft, als könnte ihn das retten, und sah mich dabei an, als wäre ich der Hölle selbst entsprungen. Dann fiel er um und war tot.

Ich hielt das blutige Schwert in der Hand und zitterte am ganzen Leib. Vor Wut. Und noch viel mehr vor der schrecklichen Tat, die ich begangen hatte. Die anderen standen um mich herum und schwiegen betreten.

Mein Herz schlug wie wild, und ich holte tief Luft.

»Robert und Onfroi werden einen Beweis wollen, dass ich den Befehl ausgeführt habe«, sagte ich leise und musste noch einmal tief durchatmen. Ich selbst hatte nicht mehr die Kraft, das Notwendige zu tun.

Verlegene Blicke. Ich glaube, sie alle wussten, was ich meinte. Dann trat Ivain vor und machte sich an die grässliche Arbeit. Jemand hielt ihm einen leeren Brotbeutel hin, und er steckte den blutenden Kopf hinein. Dann ging er zu Alba hinüber, die ruhig graste, und band den Beutel an meinen Sattel.

Ich säuberte mein Schwert an einem Grasbüschel und schob es zurück in die Scheide, sammelte meinen Schild auf und stieg aufs Pferd.

»Wir reiten zurück. Und lasst die anderen laufen. Sollen sie in Capua berichten, wie ihr Herr für seine Frevel bestraft wurde.«

*

Auf dem Weg zurück begann es zu regnen, diesmal dichter und heftiger, so dass wir in kürzester Zeit durchweicht waren. Flüchtende hasteten auf die Brücke hinter uns zu. Sobald sie unserer ansichtig wurden, machten sie einen weiten Bogen um uns. Doch es waren nur wenige, denn der Großteil der Überlebenden des lombardischen Heeres war, wie wir gesehen hatten, nach Norden geflohen und überquerte den Fortore an anderer Stelle.

Niemand sprach. Meine Gefährten senkten den Blick, wenn ich sie ansah, und hielten einen gewissen Abstand zu mir. Jedenfalls kam es mir so vor. Aus Respekt, weil ich einen Fürsten getötet hatte? Oder aus Abscheu, weil er unbewaffnet und hilflos gewesen war? Das grässliche Ding, das an meinem Sattel baumelte, gegen mein Knie schlug und Blut nässte, würde mich noch tagelang um den Schlaf bringen, dessen war ich mir sicher.

In einer düsteren Stimmung, als wäre das Ende der alten Götter gekommen, erreichten wir die Hochebene vor Civitate. Ich wusste nicht recht, wohin wir uns wenden sollten. Wir mussten versuchen, Robert oder Onfroi zu finden, falls sie überhaupt noch am Leben waren, oder wer auch immer die Reste des Normannenheeres jetzt befehligte.

Als wir uns dem Hügel der Schwaben näherten, konnten wir im Regendunst erkennen, dass er wie zuvor voller Krieger war, und doch schien sich in der kurzen Zeit die Lage gänzlich verändert zu haben. Überall standen reiterlose Pferde umher. Kein Kampfgebrüll oder Waffenlärm begrüßte uns, es war fast unheimlich still, außer dem Stöhnen von Verletzten. Ganze Scharen von Männern wanderten über den Hügel, beugten sich vor, um etwas aufzulesen, oder stachen auf Verwundete ein, um sie zum Schweigen zu bringen. Das Ende schien gekommen. Vielleicht sollten wir uns auch aus dem Staub machen.

Und dann wurde mir plötzlich alles klar. Es waren Normannen, die dort die Toten des Gegners fledderten, nach Münzen suchten, sich einen Dolch oder ein Schwert nahmen, ein silbernes Kreuz oder einen hübschen Gürtel. Wo waren die Schwaben? Hatten wir sie etwa besiegt?

Aber so war es, wie uns die Ersten, denen wir begegneten, bestätigten. Der Kampf war lange unentschieden verlaufen, hatte aber schreckliche Verluste auf beiden Seiten gekostet. Bis Richard Drengot zurückgekommen war und die Waagschalen endgültig zum Vorteil der Normannen getippt hatte. Dieser junge Krieger hatte heute wahre Heldentaten vollbracht.

»Sind die Schwaben denn geflohen?«, fragte ich. »Ich sehe sie nicht.«

»Du siehst sie nicht, weil sie tot sind, Kamerad. Wir haben die Großmäuler alle erschlagen.«

Ich hätte mich über die Kälte und Grausamkeit solcher Worte entsetzen sollen. Aber ich konnte es nicht. Umgekehrt wäre es uns zweifellos ähnlich ergangen. Bei Odin und allen Göttern. Das war eine Wende, die ich nicht erwartet hatte.

»Und was ist mit Robert und Onfroi?«

Der Mann deutete ein Stück weit abseits des Schlachtfeldes. »Da drüben reden sie miteinander. Du siehst, es geht ihnen gut. Und auch dein Robert hat heute Großes geleistet, das muss man ihm anerkennen. Dreimal haben sie ihm den Gaul unter dem Hintern getötet, und er hat dennoch nicht nachgelassen, war immer an erster Front. Ohne ihn hätten wir nicht gesiegt. Da wäre selbst Drengot zu spät gekommen.«

Wir ritten zu den beiden hinüber. Onfroi sah uns als Erster und winkte uns heran. Dann drehte sich auch Robert um und blickte erstaunt auf. Man konnte ihn kaum wiedererkennen, denn er war von oben bis unten mit Blut besudelt. Er humpelte auch ein wenig, als er auf uns zukam, und trug eine Schlinge um den Arm, den er mit einem Dolch geschient hatte, schien ansonsten aber unversehrt zu sein.

»Da bist du ja«, sagte er, als ich vom Pferd stieg.

»Verwundet?«, fragte ich besorgt.

»Arm gebrochen. Halb so wild.«

Doch sein Blick war unendlich müde und seine Stimme heiser, vermutlich vom Brüllen von Befehlen und vom Anfeuern der Männer. Ich nahm das schwere Bündel vom Sattel und warf es ihm wortlos vor die Füße. Er hob es nicht auf, schien zu wissen, was sich darin befand.

»Wo ist sein Leichnam?«

»Unten bei der Brücke.«

Er nickte. »Ich werde ein paar Männer schicken. Und dann karren wir ihn nach Capua, wo seine Familie ihm ein würdiges Begräbnis geben kann.«

»Nur eines, Robert. Das war aber das letzte Mal, dass ich deinen verdammten Henker spiele.« Ich konnte mir nicht helfen. Ich war wütend. Auf ihn oder auf mich, das war mir nicht klar.

»Verstehe, Gilbert. Trotzdem danke ich dir. Und Onfroi tut es auch.«

Dann entschuldigte er sich und wandte sich zum Gehen. »Wir reden später, denn es ist noch nicht zu Ende. Wir dürfen den Papst nicht entkommen lassen.«

Das Plündern wurde vorerst abgebrochen, die Mannschaften in Formation gebracht, dann marschierten wir vor die Stadt. Späher berichteten, dass Papst Leo sich immer noch hinter den Mauern befand, die jetzt dicht von römischen Truppen besetzt waren. Es würde nicht leicht werden, Civitate zu stürmen, und in jedem Fall weitere Verluste kosten.

Onfroi ließ sofort das feindliche Lager bewachen, um zu verhindern, dass die Männer sich selbst bedienten. Denn nach den Gerüchten zu urteilen, die sofort die Runde machten, hatten wir reiche Beute gemacht. Aber von der Nahrung, die sich in großen Mengen dort befand, wurde gleich ein Teil an die hungernden Mannschaften verteilt. Sogar Wein gab es in Mengen. Dankbar schlangen wir unsere Rationen hinunter.

Nachdem der schlimmste Hunger gestillt war, warteten wir im strömenden Regen. Boten wurden hin- und hergeschickt, in der Hoffnung, den Papst zur Aufgabe zu bewegen. Auf was konnte er denn noch hoffen? Ein paar Tage zu gewinnen, bis wir ihn ausgehungert hatten? Oder hoffte er auf die Byzantiner, ihn aus dieser Lage zu befreien? Niemand glaubte mehr, dass die Griechen sich noch sehen lassen würden, denn die Kunde unseres Sieges musste sich inzwischen wie ein Lauffeuer durch die Dörfer verbreiten.

Es war eine Erleichterung, Kameraden zu treffen, die die Schlacht überstanden hatten, auch wenn viele notdürftige Verbände trugen. Girard winkte mir zu. Ragnar grinste spöttisch trotz seines verwundeten Arms, Rollo schlug mir fröhlich auf die Schulter, und Hamo wollte alles über Pandulfs Gefangennahme wissen. Sie sahen aus wie blutbespritzte Metzger nach der Herbstschlachtung, obwohl der Regen das Schlimmste schon abgewaschen hatte.

»Wo ist Reynard?«, fragte ich Rainulf, froh, auch ihn am Leben zu sehen.

»Den hat's erwischt«, erwiderte er mit düsterer Miene.

»Wen noch?«, fragte ich betroffen.

»Bjarnis Freund Herve. Und auch den Albaner Skender. Hat wie ein Löwe gekämpft. Aber frag die anderen. Ich hab keine Lust, sie alle aufzuzählen. Es sind zu viele. Ein verflucht teurer Sieg, wenn du mich fragst.«

Herve hatte ich weniger gut gekannt, aber Reynards Tod ging mir zu Herzen. Der Alte hatte mich während des Marsches aus der Normandie unter seine Fittiche genommen und mir so vieles beigebracht. Ein wahrer Kamerad. Ich war froh, dass es regnete, denn so konnte man meine Tränen nicht sehen.

Am späten Nachmittag schien eine Einigung in Sicht. Und tatsächlich öffneten sich die Tore der Stadt und der Papst erschien zu Pferde, gefolgt von wenigen Getreuen. Die Bewohner des Ortes hatten ihn angefleht, weiteres Blutvergießen zu vermeiden. Onfroi, Robert, Richard, der Held des Tages, und die anderen Barone erwarteten ihn zu Fuß.

Leo stieg vom Pferd und trat vor, um sich zu ergeben. Seine Rüstung hatte er abgelegt, trug nur einen dicken Mantel über einem einfachen Mönchshabit. Hier stand der Herr aller Christen wie ein armer Büßer mit entblößtem Haupt im Regen und wartete ergeben darauf, was nun mit ihm geschehen würde. Seine Bezwinger waren ausgerechnet Tancreds Söhne aus dem kleinen Dorf Hauteville, die mit nichts als großen Träumen und ein paar Kriegern in die Welt gezogen waren und nun sogar dem Papst ihren Willen aufdrücken konnten.

Doch zu aller Überraschung trat Onfroi vor, kniete vor Leo nieder und küsste seinen Fischerring. Und alle Normannenführer taten es ihm nach. Sie hatten gesiegt, aber den Papst zu demütigen schien ihnen wenig klug, nach allem, was geschehen war.

Der Regen hörte bald auf, und noch am gleichen Abend bezogen wir das ehemalige Lager unserer Feinde. Deren Zelte waren besser und bequemer. Alles Wertvolle war von Onfrois Männern gesichert worden und würde später nach altem Brauch unter den Anführern und ihren Männern aufgeteilt werden. Inzwischen feierten wir den Sieg und stopften uns mit Essen voll bis zum Erbrechen. An den vor feuchtem Holz qualmenden Feuern wurde gesungen und gesoffen, bis die meisten nicht mehr stehen konnten. Wir beweinten Kameraden, die wir verloren hatten, tranken auf ihr Wohl und gedachten ihrer Taten. Geschichten wurden erzählt und zotige Witze gerissen. Rollo prügelte sich mal wieder, und Ragnar hätte sich trotz Verwundung duelliert, wäre er nicht zu betrunken gewesen.

Spät am Abend, im Schein der Wachfeuer, fand Robert mich in der Menge und bat mich, ein paar Schritte mit ihm zu gehen.

»Es tut mir leid, dass ich dir das zugemutet habe.«

»Der Scheißkerl hat es wenigstens verdient«, erwiderte ich, denn inzwischen hatte ich mich wieder etwas beruhigt.

»Es ist dir nicht leichtgefallen. Das kann ich gut verstehen.« Er legte den Arm um meine Schulter. »Aber er wäre davongekommen, um seine mörderischen Spiele weiter zu treiben. Einmal in Capua hätte es keine Richter gegeben, um ihn zu bestrafen. Und wo kein Richter, da gilt immer noch die Blutrache, auch wenn sie nicht christlich ist.«

»Ich scheiße darauf, ob es christlich ist«, unterbrach ich ihn grob. »Aber er war unbewaffnet.«

»Du hast unseren Bruder gerächt«, fuhr er fort, als hätte er mich gar nicht gehört. »Wie sollen wir den Respekt unserer Leute bewahren, wenn wir Mörder nicht bestrafen? Wie wollen wir uns in diesem Land behaupten, wenn wir nicht einmal die Unsrigen verteidigen?«

Ich verstand, was er sagen wollte. »Und wie geht es jetzt weiter?«

»Der Papst hat sich bereit erklärt, uns die Stadt Benevento zu öffnen. Dort wird er bleiben, bis sein Lösegeld eintrifft.«

»Ich dachte, ihr habt ihm gehuldigt als eurem Herrn.«

Robert lächelte milde, als hätte ich etwas Dummes gesagt. »Natürlich. Es soll ja auch jeder glauben, dass wir uns ihm unterwerfen, ihn als Oberhaupt anerkennen. Wir ehren ihn als Gottes Vertreter auf Erden, behandeln ihn mit Würde und

Respekt. Trotzdem ist er unser Gefangener, und das bedeutet, dass er auch uns respektieren muss. Wir haben uns den Sieg hart genug erkämpft. Mit diesem Tag aber bricht eine neue Zeit an im Mezzogiorno. Nun sind wir wahrhaft Fürsten geworden in diesem Land. Niemand wird uns mehr wie Schurken und Wegelagerer behandeln können, niemand wird uns mehr vertreiben.«

Ja, verdammt. Es war schon ein rechtes Wunder.

Robert blieb stehen und sah mich an. »Ich möchte, dass du die gute Nachricht nach Melfi bringst. Such dir eine Handvoll Männer aus und reite gleich morgen früh.«

Ich würde also am Morgen wieder meine Sachen aufs Pferd schnallen, um den langen Weg zurück anzutreten. Aber ich tat es gern, denn Melfi war jetzt mein Zuhause geworden, wo Gerlaine auf mich wartete.

Epilog

Als nach der ausgelassenen Siegesfeier der Morgen über Lager und Schlachtfeld dämmerte und die Überlebenden erwachten, war eine allgemeine Ernüchterung zu spüren. Kaum jemand, der nicht irgendeine Verwundung zu beklagen hatte, ganz zu schweigen von den vielen Toten. Wir hatten gesiegt, aber zu welchem Preis.

Fulko und Thore boten an, mich auf meiner Reise zu begleiten, was mir mehr als willkommen war. Robert trug mir noch auf, mich auf keinen Fall wieder selbständig zu machen. Meine Aufgabe sei lediglich, Gaitelgrima die gute Nachricht zu überbringen und dann sofort dem Heer mit Neuigkeiten aus Melfi zu folgen. Ich würde sie in Benevento finden, wo er weitere Verwendung für mich haben würde.

Doch bevor wir die Straße nach Süden einschlugen, wollte ich mich noch von Reynard verabschieden. Also machten wir uns daran, ihn zu suchen.

Es gibt kaum etwas Trostloseres als ein Schlachtfeld, wie ich es an diesem Morgen zum ersten Mal zu sehen bekam. Scharen von Krähen und Raben hatten sich angesammelt und pickten den Leichen die Augen aus, der Geruch von Blut und Verwesung hatte streunende Hunde angelockt. Die menschlichen Aasgeier waren kaum besser, denn überall wanderten Beutejäger über die Stellen, wo heftig gekämpft worden war, zogen den Toten Rüstungen und Stiefel aus oder schnitten angeschwollene Finger ab, um an ihre Ringe zu kommen.

Wir begaben uns zu der Stelle auf dem Hügel, wo unsere Jungs gekämpft hatten. Beim Anblick der Berge von Leichen wurde mir übel. Die meisten waren Alemannen, die kreuz und quer durcheinanderlagen, wo der tödliche Stahl sie gerade getroffen hatte. Und dazwischen unsere gefallenen Kameraden und ihre verendeten Gäule. Thore entdeckte ihn schließlich. Reynard lag halb unter dem Kadaver seines Pferdes. Vielleicht hatten sie ihm deshalb die Rüstung gelassen. Ich betrachtete lange sein Gesicht. Er musste im Gemenge den Helm verloren haben, denn eine klaffende Wunde auf der Stirn hatte ihm den Tod gebracht. Ich kniete neben ihm und schloss ihm die Augen und gedachte unserer Freundschaft, während Fulko ein Gebet sprach. Der Gedanke, dass er in Walhall einziehen würde, tröstete mich. Dabei fiel mir sein kleines Amulett ein. Ich tastete unter seinem Kettenhemd, und da war es, Thors Hammer, aus einem Walrosszahn geschnitzt. Zur Erinnerung an den Alten steckte ich es ein.

Inzwischen begannen die ersten Kolonnen auf Onfrois Befehl, die Plünderer zu verscheuchen. Wertvolle Waffen und Rüstungen wurden beiseitegelegt, Massengräber ausgehoben und die Leichen zur Bestattung eingesammelt.

Wir waren froh, dieser traurigen Pflicht zu entgehen, und machten uns auf den Weg. Die dunklen Wolken hatten sich verzogen, es versprach ein herrlicher Tag zu werden. Die Luft war angenehm frisch, das noch feuchte Gras duftete in der Morgensonne, und im Westen zeichneten sich mit scharfen Umrissen die blauen Berge gegen die Weite des Himmels ab. Die Welt war trotz allem schön, und wir hatten das Glück, weiterzuleben. Ein verzücktes Hochgefühl hatte mich erfasst, das mich trunken machte, wenn auch nicht ganz ohne Schuldgefühle in Gedanken an die toten Freunde.

Dazu kam die Vorfreude auf Gerlaine. Ich konnte es kaum erwarten, sie wieder in die Arme zu schließen. Nur eine einzige Nacht hatten wir gehabt, bevor ich hatte aufbrechen müssen. In meiner Vorstellung malte ich mir eine goldene Zukunft aus, angefüllt von unzähligen süßen Liebesnächten. Und mit meinem Anteil an der Beute würden wir endlich einen Hausstand gründen können. Sie würde niemandem mehr zu dienen haben. Ganz im Gegenteil, als Roberts Ritter und Schildträger würde ich ihr gewiss ein angemessenes Leben bieten können, eine Magd, um ihr zur Seite zu stehen, und vielleicht einen Knecht dazu, der sich um meine Pferde kümmerte. Klar, dass ich neben Alba meinen Stall noch mit ein paar guten Gäulen füllen würde.

»Ich hoffe, sie vergessen uns nicht, wenn sie die Beute teilen«, unterbrach Thore meine Träumereien.

Ich schüttelte den Kopf. »Keine Sorge. Rainulf kümmert sich darum. Auf ihn ist Verlass.«

»Da ich doch jetzt bald Vater werde …«

»In dem Fall hab ich noch mehr gute Nachrichten für euch«, rief ich frohlockend. »Ihr erinnert euch doch an unseren Raubzug damals in Benevento und Apulien. Stellt euch vor, Drogo hat unseren Schatz gar nicht zurückgegeben, wie behauptet, sondern ihn für Robert aufbewahrt.«

Die beiden sahen mich erstaunt an.

»Auch die heiligen Gegenstände, die wir aus Sant'Angelo gestohlen haben?«, fragte Fulko mit gerunzelter Stirn.

»Die Statue von San Michele, die hat er zurückgeschickt, alles andere wartet auf uns in Melfi.«

»Ich werd verrückt«, rief Thore und stieß einen Jubelschrei aus, wobei sein Gaul sich erschreckte und er fast aus dem Sattel gefallen wäre. »Das wird ja immer besser. Erst der Sieg und dann das.«

Aber Fulko war weniger begeistert. »Ich will davon nichts haben. Ich kehre auch nicht mehr zum Heer zurück. Ich bleibe fortan in Melfi.« Er machte ein verlegenes Gesicht. »Es mag euch erstaunen, aber ich habe genug vom Kriegshandwerk. Von Rauben, Plündern und Töten.«

Wir sahen ihn verständnislos an. »Was ist denn in dich gefahren?«

»Die Sache mit diesem Pandulf, zum Beispiel, fandet ihr das richtig? Du hast ihn einfach ermordet, Gilbert. Dabei heißt es, allein dem Herrn gebührt die Rache.«

Ich sah ihn schuldbewusst an.

Aber Thore hatte keine solchen Bedenken. »Das einzig Ungute daran war, dass Gilbert noch ein bisschen mit dem Schwert üben muss«, sagte er und feixte ausgelassen. »Sein ungeschicktes Gemetzel war ja wohl erbärmlich.«

Fulko warf ihm einen wütenden Blick zu. »Ist dir gar nichts heilig, Thore? Machst du dich über alles lustig und über nichts Gedanken?«

Thore zog gleichmütig die Schultern hoch. »Du willst in allem einen Sinn finden. Und wenn dir nichts einfällt, dann bemühst du deinen Gott. Ich sage dir aber, es gibt gar keinen Sinn. Welchen Sinn sollte wohl Reynards Tod haben? Kannst du mir das sagen? Der Mensch wird geboren, und er stirbt. Wenn er dazwischen ehrenhaft lebt, ist es gut verlaufen. Wenn nicht, wie bei diesem Pandulf, dann hat er es nicht verdient, weiterzuleben.«

Ich war erstaunt über diese lange Rede. Doch Fulko schüttelte nur den Kopf über so viel Unverständnis aus seiner Sicht.

»Wie gesagt«, fuhr er fort, ohne weiter darauf einzugehen, »ich habe genug von alldem. Das Leben hat Besseres zu bieten, als andere umzubringen.«

»Und was hast du vor?«, fragte ich.

»Ich werde Priester.«

Wir starrten ihn mit großen Augen an.

Er aber lächelte. »Seit unserem Überfall auf Sant'Angelo habe ich darüber gegrübelt, was recht ist und was ich tun kann, um für meine Sünden Buße zu tun. Und schließlich hat Gott mir den Weg gezeigt. Ich habe lange mit dem alten Priester in Melfi gesprochen. Er wird mir alles beibringen.«

»Aber geht das so einfach?«, fragte Thore, der sich wie ich noch kaum von seiner Überraschung erholt hatte. »Muss man da nicht Latein können?«

»Ich werde es lernen und mich dann in Salerno weihen lassen. Ich werde Onfroi bitten, Drogos Versprechen einzulösen und eine neue Kirche zu bauen.«

»Und was sagt Robert dazu?«

»Er ist einverstanden.«

»Donnerwetter«, murmelte Thore.

»Mich kriegst du da aber nicht rein«, sagte ich.

»Wer weiß, Gilbert? Der Herr ist geduldig.«

Der weitere Ritt verlief ohne besondere Ereignisse, und am späten Nachmittag des dritten Tages erreichten wir Melfi.

»Wo kommt ihr her?«, riefen die Wachen am Tor. »Gibt es Neuigkeiten?«

Sofort sammelten sich viele, Männer wie Frauen, um uns. Sogar Kinder kamen angelaufen. Die Gesichter, die zu uns aufschauten, waren ängstlich und besorgt.

»Wir haben gesiegt!«, rief ich mit lauter Stimme. »Wir haben das Heer des Papstes geschlagen und die Truppen des Kaisers. Benevento gehört uns. Sagt es allen weiter.«

Jubel brach aus. Die gute Kunde flog von Mund zu Mund. Fragen stürmten auf uns ein, doch wir drängten uns durch die Menge und ritten zur Burg. Bevor ich Gerlaine in die Arme schließen durfte, wollte ich mich gleich meines Auftrags entledigen und Gaitelgrima berichten.

»Wir warten auf dich in der Halle«, sagte Thore, als wir aus dem Sattel stiegen. »Für einen Schluck wirst du ja wohl noch Zeit haben.«

Gaitelgrima empfing mich nicht weniger beunruhigt und höchst begierig, endlich zu erfahren, wie es uns ergangen war, auch wenn sie sich bemühte, die Fassung zu wahren.

Ich kniete kurz und beugte mein Haupt. Dann erhob ich mich und grinste ihr keck zu. »Ich entbiete Euch die herzlichsten Grüße Eures Gemahls, Domina.«

»Er lebt also?«, hauchte sie.

»Er lebt und ist unverletzt. Bei Civitate ist es zu einer gewaltigen Schlacht gekommen. Und, stellt Euch vor, Herrin, wir Normannen haben gesiegt.«

Sie stand eine Weile still, immer noch halb erstarrt, als müsste sie die Botschaft erst verdauen. Dann atmete sie tief durch, schloss kurz die Augen und bekreuzigte sich.

»Wir haben sogar den Heiligen Vater gefangen genommen. Es finden Friedensverhandlungen statt in Benevento. Und auch von Argyros droht uns keine Gefahr mehr.«

»Grazie a Dio«, murmelte sie. »Meinen Bruder wird es so sehr freuen.«

Ich warf ihr einen überraschten Blick zu. Ihren Bruder Guaimar würde es freuen? Nicht sie selbst? Sofort kamen mir Pandulfs unselige Worte in den Sinn, dass sie uns Normannen hasste und uns am liebsten die Pest an den Hals wünschte. Aber ihre nächsten Worte zerstreuten diese Zweifel wieder.

»Ist Onfroi auch wirklich nichts geschehen?«, fragte sie, und in ihren Augen stand Besorgnis.

»Nein, Herrin. Nicht einmal ein Kratzer. Obwohl wir viele Männer verloren haben.«

»Und wie geht es …« Sie stockte, als wagte sie nicht, weiterzusprechen. Gleichzeitig breitete sich eine Röte über ihrem Antlitz aus. Ich glaubte zu verstehen.

»Auch Robert geht es gut, Domina. Er hat sich den Unterarm gebrochen, das ist alles.«

Sie sah mich lange aus ihren dunklen Augen an, als wäre ihr jetzt erst aufgegangen, dass ich um ihr Geheimnis wusste. Schließlich lächelte sie ein wenig, fast wie eine Verschwörerin. »Ich danke dir, Gilberto.«

Woraufhin ich mich kurz verbeugte. »Graf Onfroi wünscht zu wissen, ob es Euch gutgeht. Und auch, ob es etwas zu vermelden gibt, denn ich werde bald zum Heer zurückkehren.«

»Sag ihm, dass hier alles zum Besten steht. Dass es mir gutgeht und dass ich ihn zu seinem glorreichen Sieg beglückwünsche.«

»Ich werde es ausrichten, Herrin«, erwiderte ich und wandte mich zum Gehen.

»Warte noch, es gibt noch etwas anderes zu vermelden.«

Sie war einen Schritt näher getreten und fasste mich sanft am Arm. Sie schien verlegen. Und doch war ein Leuchten in ihre Augen getreten. »Berichte meinem Herrn Onfroi, dass ich sein Kind unterm Herzen trage.«

Es verschlug mir für einen Augenblick die Sprache. »Er wird sehr glücklich sein, Domina«, stammelte ich. »Bestimmt sehr glücklich.«

Sie nickte und drückte noch einmal meinen Arm.

»Ich auch. Sag ihm das. Ich auch.«

Es was ein herzerwärmender Augenblick zwischen uns.

Ich räusperte mich. »Nun, dann geh ich jetzt lieber, Herrin. Möchtet Ihr auch eine Botschaft für Robert mitgeben?«

Sie überlegte kurz. Dann schüttelte sie den Kopf. »Nein, ich glaube nicht. Ich wünsche ihm nur, dass er bald gesund wird.«

Hatte sie sich endlich in ihr Schicksal ergeben, die Gemahlin eines Normannenfürsten zu sein? Ihre Schwangerschaft schien sie jedenfalls glücklich zu machen. Noch etwas verwirrt über dieses Gespräch stieg ich in den Burghof hinunter und betrat wenig später die Halle.

Kaum hatte ich mich bei meinen Freunden niedergelassen, da war schon Maria an meiner Seite.

»Da bist du ja endlich«, sagte sie und setzte sich neben mich. Sie hatte feucht glänzende Augen. »Die beiden Kerle hier …«, sie deutete auf Fulko und Thore, »… die drucksen nur rum. Ich will jetzt endlich wissen, was mit Reynard ist.«

Ich musste schlucken und sah sie betroffen an. Aber dann fasste ich mir ein Herz. Es war besser, ihr reinen Wein einzuschenken.

»Reynard ist ehrenhaft gefallen, Maria. Es tut mir leid.«

Ihre Augen füllten sich mit Tränen, und sie nickte, als hätte sie es längst geahnt. Schließlich wischte sie sich mit dem Handrücken die Tropfen von der Nase. »So ein Scheißkerl, mich allein zu lassen«, murmelte sie und griff nach Thores Becher, um ihn in einem Zug auszuleeren. »Das hat man davon, wenn man einen Soldaten liebt.«

Ich stand auf. Was konnte man schon sagen, um sie zu trösten? »Ja, ich geh dann mal lieber.«

Sie starrte mich aus nassen Augen an. »Wenn du dein Liebchen suchst, dann kannst du dir die Mühe sparen.«

»Was?« Ich lachte verlegen, obwohl eine eisige Faust nach meinem Herzen griff.

Maria nickte kummervoll. »Tut mir leid, mein Junge, aber sie ist auf und davon.«

»Was soll das heißen?« Ich ließ mich wieder auf meinen Hocker fallen.

»Du hast wohl rumgevögelt, wie ihr Kerle es gerne tut. Nur hat sie's rausgefunden.« Thore und ich wechselten einen dunklen

Blick miteinander. »Ich soll dir ausrichten, dass sie ein für alle Mal mit dir fertig ist. Du sollst dir vor allem nicht einfallen lassen, ihr nachzureiten. Besser, du kommst ihr nie mehr unter die Augen.«

Ich war wie vom Donner gerührt. »Wo ist sie denn hin?«

»Zurück nach Argentano. Alberada wird bald ihr Kind gebären, und da will sie zur Stelle sein. Zwei von Girards Wachen haben sie begleitet.«

Mein Mund war trocken vor Schrecken. Ich hatte alles erwartet, nur nicht das. Oder doch? Im Stillen hatte mich stets die Unruhe geplagt, sie könnte es herausfinden. Und nun war es geschehen. Das war das Ende, denn Gerlaine war stur wie ein Esel, wenn sie sich erst einmal entschieden hatte.

»Ich muss ihr nach«, krächzte ich verzweifelt.

Fulko legte mir die Hand auf den Arm. »Du weißt doch, dass Robert auf dich wartet. Ein zweites Mal kannst du seinen Befehl nicht missachten.«

Thore versuchte, mich zu trösten. »He, Mann. Gib ihr etwas Zeit. Du weißt doch, dass sie dich liebt. Das wird sich wieder einrenken.«

»Da wäre ich mir nicht so sicher«, widersprach Maria. »Ich will dich nicht entmutigen, Gilberto, aber sie war sehr, sehr zornig. Nur, damit du dir keine falschen Hoffnungen machst.«

Ich ließ den Kopf hängen. »Es ist das verdammte Soldatenleben«, sagte ich. »Rollo hatte mich gewarnt.«

Sie sahen mich neugierig an.

»Ich erinnere mich noch genau an seine Worte«, murmelte ich. »Kerle wie wir sind nicht gemacht für Heim und Familie. Heute hier, morgen dort, übermorgen tot.«

Bei diesen Worten wurden Marias Augen wieder feucht. Aber sie schenkte mir ein tapferes Lächeln, hob ihren Becher und stieß mit mir an. Da fasste ich in meine Gürteltasche und zog das Amulett hervor.

»Das gehörte Reynard«, sagte ich und gab es ihr. »Ist wohl besser bei dir aufgehoben als bei mir.«

Halb blind vor Tränen starrte sie auf die kleine Schnitzerei in ihrer Hand. Dann schluchzte sie auf und heulte wie ein Kind.

Nachwort des Autors

Im zehnten und elften Jahrhundert war Süditalien ein verhältnismäßig reiches Gebiet mit Städten wie Gaeta, Neapel, Amalfi, Benevento, Salerno und Bari, politisch jedoch zerrissen.

Die Großmacht im Süden war immer noch Byzanz, das trotz dringender Prioritäten andernorts an seinen Besitzungen in Apulien und Kalabrien festhielt und gerade genug Truppen im Land hielt, um lokale Aufstände niederzuschlagen. Die lombardischen Fürstentümer des westlichen Teils der italienischen Halbinsel waren seit langem in einem erbitterten Ringen um die Vorherrschaft zerstritten. Offiziell huldigten sie dem deutschen Kaiser, aber auch der hatte meist andere Sorgen, als sich um Süditalien zu kümmern.

Das Volk der Region litt unter den immer wieder auftretenden bewaffneten Konflikten, unter den byzantinischen Steuereintreibern und den maurischen Seeräubern, die in vertrauter Regelmäßigkeit das Land heimsuchten und die Bewohner ganzer Dörfer in die Sklaverei verschleppten. Siedlungen und sogar Klöster wurden militärisch befestigt, um sich gegen solche Übergriffe zu schützen, auch gegen solche von benachbarten Herrschern.

In dieser Welt tauchten zu Beginn des elften Jahrhunderts normannische Abenteurer auf, die von den lombardischen

Prinzen gern als Söldner angeworben wurden, um ihre Kleinkriege untereinander auszufechten. Bald begannen diese für Mut und Kampfkraft berüchtigten Krieger ihre eigenen Interessen zu verfolgen, Burgen zu bauen und die Lombardenprinzen gegeneinander auszuspielen. Aversa war die erste normannische Grafschaft, die sogar vom Kaiser bestätigt wurde. Dann, im Zuge einer Revolte gegen Byzanz, an der Normannen sich beteiligten, wurde Melfi erobert, das fortan zum Hauptstützpunkt der normannischen Einwanderer wurde. Die Brüder Williame und Drogo Hauteville hatten sich hervorgetan und wurden zu ihren Anführern gewählt und als Grafen bestätigt. Jahrelang ging es ihnen hauptsächlich um Beute und persönliche Bereicherung.

Mit Onfroi und nach ihm vor allem Robert Guiscard, ebenfalls aus dem Hause Hauteville, begann eine neue Phase der aktiven Landnahme in Süditalien, die schließlich nach der Eroberung Siziliens durch Roger, den jüngsten Sohn der Familie, zur Errichtung eines der bedeutendsten Fürstentümer Europas führte. Auch der spätere deutsche Kaiser Friedrich II., in Süditalien geboren, stammt zur Hälfte von den Hautevilles ab.

Der vorliegende Band erzählt den ersten Teil dieser Entwicklung und endet mit der Schlacht von Civitate, in der der Papst gedemütigt wurde und die Normannen sich zum ersten Mal als eine eigenständige Kraft in Apulien legitimieren konnten.

Der Roman beschreibt nicht nur die wichtigen historischen Ereignisse, sondern enthält auch eine Reihe anekdotischer Einzelheiten aus den Chroniken jener Zeit, wie Roberts Kerkerhaft, die Geiselnahme des Statthalters von Bisignano oder die List mit dem kranken Verwandten auf der Bahre. Allerdings habe ich mir aus dramaturgischen Gründen kleine Änderungen erlaubt, die ich nicht unerwähnt lassen möchte.

Zum einen ist die Zeitspanne von der Ankunft Robert Guiscards in Apulien bis zur Schlacht von Civitate von sechs auf drei Jahre verkürzt dargestellt. Außerdem wurde die Rolle Pandulfs als Bösewicht ein wenig dramatisiert. Er war durchaus ein übler Geselle und hinterhältiger Widersacher Guaimars, hat Klöster ausgeraubt und war vom Kaiser einige Jahre wegen seiner Verbrechen verbannt worden. Auch stand er im Sold der Byzantiner, die, wie man vermutet, die Hintermänner des Mordes an Drogo waren. Seine genaue Rolle in dieser Angelegenheit ist jedoch unklar, und die Rache an ihm durch die Normannen ist von mir erfunden.

Roberts Überfall auf das Heiligtum von Sant'Angelo entstammt ebenfalls meiner Phantasie. Allerdings sind ähnliche Raubzüge von ihm überliefert, und ich habe die Plünderung des Heiligtums als Beispiel für die unzähligen Übergriffe der Normannen benutzt, die tatsächlich in dieser Zeit stattgefunden haben. Auch dass es vorübergehend ein Bündnis zwischen Robert und Pandulf gegeben hat, ist korrekt.

Wen weitere Einzelheiten interessieren, dem kann ich *The Age of Robert Guiscard* von G. A. Loud empfehlen, *The Norman Conquest of Southern Italy and Sicily* von Gordon S. Brown, wie auch die alten Chroniken aus der Zeit von Gaufredus Malaterra, Amatus von Monte Cassino und Wilhelm von Apulien, denen ich viele Einzelheiten verdanke.

Wie immer möchte ich mich bei meinem Agenten Joachim Jessen von der Schlück Agentur für die Unterstützung bedanken, wie auch bei Kerstin von Dobschütz für ihr hervorragendes Lektorat, nun schon zum vierten Mal. Und besonders auch bei meiner Frau Sandra, meiner treuen Testleserin und ehrlichen Kritikerin.

Ein großartiges Panorama der Zeit der Kreuzzüge

ULF SCHIEWE

Der Bastard von Tolosa

ROMAN

Wie Tausende »Soldaten Christi« folgt auch der junge Edelmann Jaufré Montalban 1096 dem Aufruf des Papstes, Jerusalem von den Ungläubigen zu befreien. Viele grausame Schlachten später beginnt er am Sinn des Kreuzzugs zu zweifeln. Als seine Geliebte brutal niedergemetzelt wird, will er sich auf seine Burg nahe dem heutigen Toulouse zurückziehen. Doch dort erwartet ihn eine Gattin, die er nur unter Zwang geheiratet hat – und eine tödliche Intrige um das Rätsel seiner Herkunft.

KNAUR

Troubadoure, Ritter und eine dramatische Intrige

ULF SCHIEWE

Die Comtessa

ROMAN

Südfrankreich in der Mitte des 12. Jahrhunderts: Der mächtige Graf von Toulouse will die Erbin Ermengarda zur Ehe zwingen und so das reiche Narbonne in seine Gewalt bringen. Doch die junge Waise ist fest entschlossen, ihre Freiheit und die der Grafschaft zu verteidigen – und flieht am Tag der geplanten Hochzeit. Nur die beiden Ritter Arnaut und Felipe stehen ihr zur Seite. Trotz aller Angst und Not wächst die Liebe zwischen Ermengarda und Arnaut, aber auch erbitterte Rivalität zwischen den beiden jungen Männern …

»So muss ein historischer Roman sein: authentisch, spannend und mit Figuren versehen, denen man sich nicht entziehen kann.« *Neue Osnabrücker Zeitung*